KB069422

을 유 세 계 문 학 전 집 · 131

단순한 과거

Le Passé simple

by Driss Chraïbi

Copyright ©Éditions Denoël, 1954

All rights reserved.

Korean translation copyright ©EULYOO PUBLISHING CO., LTD., 2024

This Korean Edition is published by arrangement with Éditions Denoël, France

through Milkwood Agency, Korea.

이 책의 한국어판 저작권은 Milkwood Agency를 통해 Éditions Denoël과 독점 계약으로
㈜을유문화사에 있습니다. 저작권법에 의하여 한국 내에서 보호를 받는 저작물이므로
무단전재와 무단복제를 금합니다.

단순한 과거

LE PASSÉ SIMPLE

드리스 슈라이비 지음 · 정지용 옮김

❀ 을유문화사

옮긴이 정지용

서울대학교 불어불문학과에서 학사와 석사를 졸업하고, 파리 3대학(Sorbonne Nouvelle)에서 플로베르의 청년기 작품에 관한 연구로 박사 학위를 받았다. 현재 성균관대학교 프랑스어문학과 교수로 재직 중이다. 논문으로 「마그레브의 프랑스어 추리소설연구: 드리스 슈라이비의 알리 시리즈에 나타난 횡단과 전복의 글쓰기」, 「청년 플로베르와 낭만주의」 등이 있다.

을유세계문학전집 131
단순한 과거

발행일·2024년 1월 15일 초판 1쇄
지은이·드리스 슈라이비 | 옮긴이·정지용
펴낸이·정무영, 정상준 | 펴낸곳·(주)을유문화사
창립일·1945년 12월 1일 | 주소·서울시 마포구 서교동 469-48
전화·02 -733-8153 | FAX·02 -732-9154 | 홈페이지·www.eulyoo.co.kr
ISBN 978-89-324-0525-4 04860   978 -89 -324 -0330-4(세트)

• 이 책의 전체 또는 일부를 재사용하려면 저작권자와 을유문화사의 동의를 받아야 합니다.
• 책값은 뒤표지에 있습니다.
• 잘못된 책은 구입하신 곳에서 바꾸어 드립니다.

차례

1985년 2월, 24년 동안 고향을 떠나 있다가 돌아왔을 때, 나를 따뜻하게 맞이해 준 모든 모로코 학생들에게 이 책을 바친다.

D.C. (1985년 12월 10일)*

그리고 흑인 신부가 나에게 말했다.

- 우리도 성경을 번역했습니다. 우리는 성경에서 하나님이 최초의 인간들을 흑인으로 만드셨다는 것을 알았습니다. 어느 날 흑인 카인이 흑인 아벨을 죽였습니다. 하나님이 카인에게 나타나 물으셨습니다. "너는 아우에게 무슨 짓을 했는가?" 그러자 카인이 너무나 놀라서 얼굴이 하얗게 질렸습니다. 그 뒤로 모든 카인의 후예들은 백인이 되었답니다.

알베르-레몽 로슈* (저자가 기록한 인터뷰 중)

1장
기본 원소

"침묵도 의견이다."

이스마엘*의 후손이 더 이상 검은 실과 흰 실을 구별할 수 없을 때…….

엘 앙크*의 대포 소리가 열두 번 울렸다. 기도 시간을 알리는 무에진*의 외침이 사방에서 연달아 울려 퍼지는 것을 들으면서, 우리는 일어났다. 베라다, 로슈 선생님, 그리고 나. 우리는 이날의 첫 담배를 피워 물었다. 기독교인인 로슈 선생님에게도 첫 담배였다. 그 순간, 갑자기 내 안에서 드라마의 시작을 알리는 **공**이 울렸다.

이후로도 오랫동안, 나는 이 순간을 기억할 것이다. 어떤 예감이 나를 덮쳤고, 미치도록 불안하게 만들었고, 아마도 **가는 선**과 같이 폭력적으로 나를 고립시켰다. 나는 여전히 기억하고 있다. 우리 그림자가 진한 녹색의 부채야자 사이로 보였고, 쉐르기'가 낮게 깔리며 불어왔고, 로슈 선생님의 안남식 바지'가 한 쌍의 깃발처럼 펄럭였다. 거지들의 아우성이 우리에게까지 들려오자, 베라다가 말했다.

"거지들은 금식하지 않았습니다. 로슈 선생님, 보세요. 저들의 목소리는 너무 커요. 무슨 금욕 수행을 해서 지쳤다고 할 수가 없어요."

로슈 선생님이 말했다.

"너희들 신세나 불평해라! 뭐 때문에, 저 사람들에 대해 불평하는 거지? 야! 독일 놈……."

'독일 놈'은 바로 나였다. 나는 간신히 눈을 깜박였다. 내 신경은 이미 풀어져 있었다. 나는 말을 더듬거렸고, 인사 대신에 미안하다는 듯이 웃으며 뮈르독 공원'을 떠났다. 군주가 나를 기다리고 있었기 때문이었다. 그의 법은 논쟁의 여지가 없었다. 나는 그 법에 따라 살았다. 나는 로슈 선생님을 1년 전부터, 매일 두 시간씩, 일주일에 세 번 만났다. 나에게 그 만남은 간통과 같은 것이었다. 만남과 만남 사이에, 나는 정체 상태였다. 내가 지나가던 그 데르브'나, 내가 돌아가던 그 집처럼, 나는 규정된 모든 것을 정체 상태라고 부른다. 내가 당신들에게 맹세하건대, 공원 울타리를 넘자마자, 군주가 펠트로 만든 경건한 사각형 방석 위에 양반다리를 하고 앉아 있는 것만 떠올려도, 나는 올바른 길을 걷는 평범한 보행자로 돌아갔다. 그 길은 알라'의 선택을 받은 자들의 길이었고, 그분이 저주를 내린 자들은 절대 건널 수 없는 길이었다.

무에진들이 조용해졌다. 라마단의 스물네 번째 밤이 나를 집어삼켰다. 나는 노인들이 맨발로 끌고 있는 수레의 뒤를 따라갔다. 문마다 거지가 있었다. 마치 운명처럼 거지와 부딪혔다. 그때마다 거지는 빵 한 조각, 설탕 한 조각, 아니면 담배 마는 종이를 요구했다. 구걸하며 늘어놓는 말들은 너무나 양심적으로 꾸며 대는 바람에 현실이 되어 버렸다. 거지들은 성 압델 카데르*부터 가장 최근의 성 리요테*까지, 마그레브의 모든 성자의 이름을 외쳤다. 그들은 가게와 무어 카페 앞에도 있었다. 그들은 훈족처럼 떠돌았고 거머리처럼 들러붙었다. 상처투성이였고, 설사하듯이 계속 말을 쏟아 냈고, 형형색색의 누더기를 걸치고 있었다. 눈곱이 낀 눈에는 파리들이 들러붙어 있었다. 그 파리들이 진열된 음식의 냄새를 맡고 사방에서 달려들었다. 종려나무로 짠 부채로 쫓아 봐도 소용이 없었다.

이 굶주린 자들과 나는 서로 닮았다. 우리는 모두 종이다. 그들은 13세기에 걸쳐 내려오는 이슬람교의 종이고, 나는 이슬람교의 결정체인 군주의 종이다. 그러나 이 때문에 우리는 서로 달랐다. 늑대 새끼 무리보다 커다란 늑대 한 마리가 더 무서운 법이다.

거지 한 명이 내 손을 잡았다. 그는 손에 입을 두 번 맞추더니, 온 힘을 다해서 매달렸다. 그는 가난에 찌들어 있었다. 그렇지만 나는 그에게 적선하지 않았다. 나는 가진 것이 없었다. 군주는 용돈을 주지 않았다. 그는 구두쇠는 아니었다. 다만 내가 용돈이 필요하지 않다고 판단했을 뿐이었다. 나는 거지의 손을 뿌리쳤다. 그는 하늘이 나한테 큰 벌을 내릴 것이라고 저주를 퍼부었다. 나는 미동도 하지 않았다. 나는 하늘이 두렵지 않았다. 하늘이란 희귀한 기체와 인간이 만든 궤변으로 가득 찬 공간일 뿐이다. 로슈 선생님이 나에게 그렇게 말했다.

이 불경함 때문에, 나는 만 년 동안 지옥에 떨어질 것이다. 군주가 나에게 그렇게 말했다. 5천 년도 아니고, 10만 년도 아니고, 딱 만 년이라고! 군주의 판결은 아주 공정했다. 이유 불문하고, 유대인에게 인사한 자는 손을 잘라야 하며, 남편이 아닌 다른 남자를 쳐다본 아내는 눈을 파내야 한다.

매일 열여섯 시간 동안의 금식, 가뭄, 불에 탄 농작물, 메뚜기 떼의 습격, 쇠락, 불평불만, 발한, 열기, 그리고 그 느릿느릿한 군중의 아우성을 알고 있었다. 나는 늦지 않기 위해서(군주는 기다리는 것을 좋아하지 않았다), 힘겹게, 차근차근 군중 속을 뚫고 걸었다. 예의 따위는 무시했다. 왜냐하면 나는 유럽식으로 옷을 입고 있었고, 거의 유럽화되었기 때문이었다.

청년 두 명이 길가에서 반쯤 누워서 **카드**를 하고 있었다. 둘 사이에는 판돈이 놓여 있었고, 엉덩이 밑에는 주머니칼이 숨겨져 있었다. 그들은 앞으로 창녀촌에서 기도를 보며 주먹질이나 할 잠재적인 범죄자들이었다. 법원은 그들에게 프랑스 보호령의 도로를 놓기 위해 자갈을 깨는 작업을 시킬 것이고, 그 영광은 토목과의 공병과 기술자에게 돌아갈 것이다. 하지만 당분간 아무도 그들을 건들지 않을 것이다. 나는 이 마지막 지적이 마음에 들었다. 로슈 선생님이 한 말이었다. 내 젊은 뇌는 아버지의 추상적인 관념들로 가득 차 있었기 때문에, 이런 날카로운 비판이 담긴 말들은 무조건 저장되었다. 그렇지만 나는 그 말들을 바이러스로 변형시키려고 하지 않았다.

군주는 말했다.

"무모한 자는 무모함 때문에 무모하게 일하고, 무모한 행동으로 결국 쓸모없는 것만 얻게 된다."

나는 쿠란 학교에서 4년 동안 머리와 발바닥을 회초리로 맞아 가면서 이슬람 율법, 교리, 교리의 한계, 하디스'를 배웠다. 너무나 혹독해서 최후의 심판 날까지 잊을 수 없을 것이다.

나는 발걸음을 빨리했다. 내가 늦었다고 한들, 군주는 화내지 않았을 것이다. 그의 신경은 그의 법만큼이나 단단하다. 그가 말하는 것을 들어 보라.

"랍비가 죽든, 천한 유대인이 죽든, 유대인 한 명이 줄어든 것뿐이다. 그다음에 두 명이 태어난다. 그러므로 화를 낼 이유가 없지 않은가?"

그런데 나는 그가 화를 내는 것을 한 번 본 적이 있었다. 우리가 마자간'에서 살던 때였다. 그때 그는 정말로 평온했었다.

저녁 무렵 그 시골 마을의 매력 때문이었을까? 나에게는 남아 있는 것이 전혀 없다. 일상적인 사물들에 대한 감정조차 없다. 군주가 말하길, 아는 것은 아는 것이고, 죽은 것은 죽은 것이다. 이른바 역이란 곳은 플랫폼이 하나밖에 없었는데, 웃기게도 "메르 술탄 역"'이라고 알려져 있었다. 여기를 가로질러 가려면 외팔이 경비원이 고함치는 소리를 들어야 했다(기차가 들어오는 신호가 울렸다). 나는 이 여자 역할을 하는 호모에게 소리쳐야 했다(로슈 선생님은 남자 역할을 했다).

"이 개새끼야, 네가 군주님을 모르지는 않겠지?"

그는 땅바닥까지 허리를 구부려 절을 하고는, 나를 지나가게 했다. 그는 군주에 대해 말하는 것을 들어 알고 있었다. 그다음에는 양고기 정육점의 육중한 도마들, 둑 위에 나뒹굴고 있는 노숙자들, 역겨운 냄새가 나는 쓰레기 더미들, 춤추는 뱀을 구경하기 위해 모인 군중, 길을 잃었거나 아니면 버려진 아이, 암시장과 장터를 굽이굽이 돌아갔다. 정강이를 빠르게 앞으로 내밀면서, 노새 발굽처럼 단단한 발로 썩은 토마토를 밟고 지나갔다. 빨리, 항상 더 빨리! (통상적으로는 기계적이라고 하겠지만, 의식적으로였다!) 어제도, 그저께도, 7년 전부터, 일요일과 휴일만 빼고 매일, 하루에 네 번씩, 집과 고등학교 사이를 변함없이 왕복했다. 아무것도 변하지 않았다. 그리고 앙고라 거리에 있는, 철근 콘크리트로 지은 집까지 갔다. 군주는 내 앞에 상체를 똑바로 펴고, 앞을 똑바로 보고 앉아 있었다. 그는 별로 차갑지는 않았지만, 권위적이었고, 별로 권위적이지는 않았지만, 그 앞에 서기만 하면 그를 제외한 다른 모든 생명체는 소멸해 버렸다. 심지어 열린 창문을 통해 들려오는 거리의 소음조차 사라져 버렸다.

그의 첫 말씀은 다음과 같았다.

"과인의 수프는 과인의 전통과 닮았다. 수프는 애피타이저이자, 든든한 식사이자, 디저트다. 단, 애피타이저와 디저트가 기독교인이 발명한 것과 다른 것이라면 말이다. 그렇지만 알라는 공정하시다. 기독교인들에게 쓸모없는 것을 만드는 재주를 주셨다. 그렇지만 과인은 네가 앞에서 말한 수프를 기독교인들이 생각하듯이 생각하도록 허락하노라. 네가 그들의 언어와 그들의 문화를 공부해야 하기 때문이다. 그런데 기독교인은 '애피타이저를 식게 내버려두지 않는다'라고 하지. 아들아, 과인의 왼쪽에 앉아라. 과인이 식욕이 돋게 해 주겠다."

나는 대답해서는 안 됐다. 먼저 행동으로 보여 주어야 했다. 그것이 관례였다. 군주는 생각하기도 전에 행위가 있다는 것을 분명하게 보여 주었다.

방문에는 신발 여섯 켤레가 줄지어 있었다. 내 신발을 곁에 놓으면서, 나는 확인했다. 카멜 형은 아직 집에 오지 않았다. 조금 전에 나는 틀리지 않았다. 내 귀로 분명하게 들었다.

나는 바지를 걷어 올렸다. 넥타이도 풀어 못에 걸었다. 그런 다음에야 나는 **세다리**˙에 앉을 수 있었다.

어느 날 군주는 선포했다.

"과인은 네가 유럽식으로 옷을 입어야 한다는 것을 이해한다. 네가 젤라바˙를 입고 쉐시아˙를 쓰고 있다면, 프랑스인 고등학교에서는, 북극에 있는 낙타처럼 보일 것이다. 다만, 집에 돌아오면, 과인의 눈에 거슬려서는 안 된다. 넥타이도 안 되고, 긴 바지도 안 된다. 골프 바지처럼 터키식으로 무릎까지 걷어 올려야 한다. 그리고 신발은 당연히 밖에 두어야 한다. 네 아버지가 머무는 방은 지나가는 길이나 마구간이 아니다."

아랍인들이 만든 모조품이라고 해도, 내가 어떻게 이 옷들을 입을 수 있는 권리를 얻게 되었을까? 내 성적표 덕분이었다! 나는 '우등생 명단'에 올랐다. 라틴어, 그리스어, 독일어, 프랑스어 작문과 다른 주요 과목에서 최우등상을 타거나 아니면 차석이었다. 내가 노력하고, 밤을 새우고, 때로는 피곤함에 지쳐서 눈물을 흘렸던 것은, 공부에 대한 열정이나 취향이 있었기 때문이 아니었다. 내가 일곱 명의 아들 중 '신세계'를 배우기 위해 선택받았다는 자존심 때문도 아니었다. 그것은 넥타이, 긴 바지, 양말 때문이었다. 그다음, 나는 열심히 공부하는 학생이 되었을 뿐이다. 시간이 많이 지났고, 또 여전히 지나가고 있었다. 내 성적표도 항상 칭찬으로 가득했다. 예전에는……

어렸을 때조차도 나는 항상 정의감에 불탔다. 소파 위에 앉거나 아니면 바닥에 앉거나! 하루아침에 **하얗게 변한** 흑인을 상상해 보라. 그런데 실수로 빠졌는지 아니면 운명의 장난인지, 코만 까맣게 남았다. 나는 재킷과 긴 바지를 입었다. 발에 양말도 신었다. 허리띠를 차고 주머니에는 손수건도 넣었다. 나는 자랑스러웠다. 작은 유럽인이 된 것이다! 그런데 친구들 사이에서, 나는 내가 그로테스크해 보인다는 사실을 금방 알게 되었다. 정말 그랬다.

"바지를 걷었네! 낚시 가냐?"

짓궂은 놈들이 나를 괴롭혔다! 내 셔츠도 문제였다! 깨끗했다. 구멍도 찢어진 데도 없었다. 그렇지만 세탁한 뒤에 다리지 않았다.

짓궂은 놈들이 비아냥거렸다.

"너 그 옷 입고 자냐?"

군주는 판결을 내렸다.

"그 옷은 셔츠 아니냐? 카라도 있고 단추도 달려 있고. 도대체 뭐가 더 필요하다는 거냐?"

그는 이해하지 못했다. 그는 카라도 없고, 어깨끈으로 여미는 모로코식 셔츠를 입었다. 그는 양말을 신지 않은 채 바부슈'를 신었다.

"아들아, 너는 더 필요한 것이 없다. 너의 신발은 발을 다 덮고 있다. 과인은 발꿈치를 밖으로 내놓고 있다."

그리고 넥타이도 문제였다! 우리 반 동료들은 모두 하나씩 가지고 있었다. 나는 마치 죽기 직전의 남자가 여자를 원하는 것처럼 넥타이를 갖고 싶었다. 그래서 나는 훔쳤다. 아무도 나를 보지 못했고, 아무도 절대 알 수 없을 것이다. 나는 군주의 지갑에서 내 몫을 꺼냈다. 그 돈으로 넥타이와 양말을 샀다. 집에서는 그 넥타이를 매거나 그 양말을 신지 않았다. 내가 그렇게 바보는 아니었다. 애인을 쓰다듬는 바람난 부인이나, 훈장을 쓰다듬는 퇴역한 아랍 군인의 애절한 마음으로, 집 밖에서만 사용했다. 셔츠의 경우에는 군주의 판단에 따라 지낼 수밖에 없었다.

"양은 깃털이 없고, 새는 양털이 없다. 아담의 아들도 마찬가지다. 모든 것을 다 가질 수는 없다. 그렇지 않다면, 아들아, 기독교의 삼위일체와 자웅동체와 카오스를 생각해 보아라."

내가 첫 번째 바칼로레아를 딸 때까지 계속 이랬다. 그 뒤에 양복, 넥타이, 양말을 받았다. 심지어 장갑, 필통, 신분증을 넣는 지갑까지 받았다. 그러나 딱 이것들뿐이었다. 꼭 필요한 것들뿐이었다.

배 속에서 시큼한 추잉검 같은 담즙이 솟구쳐 올라왔다. 군주의 왼쪽에 앉은 뒤에, 침묵이 흐르는 동안, 나는 그 액체를 입 안에서 씹어서 삼켰다. 침묵은 계속 흘렀고, 시간이 지날수록 더 무거워졌다. 바로 그 이유로, 침묵이 계속 흐르면 안 됐다. 더 계속 흐르지 말아야 했다. 카멜 형은 아직도 집에 돌아오지 않았다. 군주님 다른 것이 필요하신지요? 신성한 대포 소리가 울린 지 15분이 지났는데도, 당신의 장남은 여전히 집 밖에 있습니다. 제가 생각하기에, 당신께서는 나머지 자식들에게 저주를 퍼붓고, 아내를 내쫓을 만한 충분한 이유가 있습니다. 당신은 어느 날 세정 의식에 관해 저에게 가르쳐 주셨습니다. 경건하게 씻고 난 뒤에는, 아주 작은 방귀만 뀌어도, 심지어 소리가 나지 않았더라도, 몸이 더러워지기 때문에, 다시 세정 의식을 해야 한다고 말입니다. 아민*, 군주님, 아민! 카멜 형은 당신의 오른쪽에 없으며, 침묵이 우리를 무겁게 누르고 있습니다. 저는 아무것도 할 수가 없습니다. 알라께서는 유대인에게 저주를 내리셨습니다. 우리는 당신의 유대인입니다. 군주님, 이제 입을 여시어 우리에게 저주를 내려 주소서!

"아들아, 낮이 가고, 밤이 오고, 또 해가 뜨고, 또다시 암흑이 찾아온다. 그래서 내일이 온다고 해도, 헛되이 일할 수밖에 없는 과인의 단조로운 삶은 끝나지 않을 것이다. 그렇지만 알라를

20

찬양합니다!"

이것이 바로 전주곡이었다. 그다음 어떤 것이 이어질까? 우화일까? 아니었다. 다른 것이었다. 그의 목소리는 체념한 듯했고, 마지막 문장은 신을 찬양하는 것과는 거리가 멀었다. 군주의 우화는 절대로 이렇게 시작하지 않았다. 그날 밤 관례에 어떤 변화가 일어났다면, 그것은 혁명적인 사건이었을 테다.

나는 읊조렸다.

"알라를 찬양합니다!"

꼭 이렇게 해야 했다. 군주가 **알라**라는 단어를 발음하면, 쿠란의 문구를 암송해야 했다. 성자에 관해 말하면, '알라께서 그를 축복하시고 영광스럽게 하소서!'라고 말해야 했다. 그 정도면 충분했다. 이렇게 하면, 내가 다른 말을 덧붙일 필요가 없었다. 군주님, 계속하십시오.

그는 계속해서 말했다.

"구름은 태양을 덮고, 밤하늘에 달이 빛나고 있다. 그리고 과인은 저녁에 너와 함께 휴식을 취하고 있다. 오늘은 무엇을 배웠느냐?"

아무것도 배운 것이 없었다. 나는 학교에 가지 않았다. 오후 내내 아인 디아브* 해변을 산책했다. 그런데 왜 카멜 형에 관해 말하지 않는 것일까? 거짓말을 하고 싶지 않아 말을 돌렸다.

"특별한 내용은 없었습니다. 저희는 복습했습니다. 시험 기간이 다가오고 있기 때문입니다. 2주 뒤에 시작합니다."

"과인의 마음은 항상 너와 함께한다…… 그리고 다른 일은 없었느냐?"

매일 저녁이 이랬다. 라마단 기간이든 아니든. 의례적인 행동, 우화, 학교생활에 관해 자세히 캐묻기. 그다음은? 그다음은 없었다. 수프도 없었다. 그다음은…….

그날 저녁, 나는 천벌을 받았다. 나는 열여섯 시간 동안 금식을 했었다. 나는 라마단에 관해서 말하고 있다. 마시지도 못하고, 먹지도 못하고, 담배를 피우지도 못하고, 섹스도 못 하고. 참기 힘든 일이었다. 나는 그 고통을 잘 알기 때문에, 이틀에 하루만 금식하게끔 만들어 놓았다. 당연히 군주는 내가 훌륭한 무슬림이라고 믿고 있었다. 그런데 매우 불행하게도, 내가 금식한 날이었다. 나는 재빠르게 계산해 봤다. 나는 시계가 없었다(불필요한 것이었다). 괘종시계는 군주의 방에 있었다. 그렇지만 나는 시간 개념은 있었다. 아홉 시쯤 되었다. 카멜 형, 나는 형이 어디 있는지 알고 있어. 친구들과 여자들과 술을 내버려둬. 여섯 명의 굶주린 배가 형을 기다리고 있어. 나는 군주를 셈에 넣지 않았다. 만일 그가 황당한 생각에 사로잡힌다면, 그는 고행자처럼 밤낮으로 금식을 할 것이다. 기록을 깨기 위해서가 아니라, 이슬람교를 위해서 말이다! 그렇지만…….

내가 말했다.

"한 가지 이해가 잘 안 되는 것이 있습니다. 신화에 나오는 신들은 흥미롭습니다. 그렇지만 저는 그 신들을 진지하게 받아들일 수가 없습니다."

나는 이 말을 마치 '선생님, 화장실 가고 싶어요'(실제로 오줌

이 마렵기도 했다)라고 애원하듯이 뱉었다. 나는 말을 해야만
했다.

"왜 아니겠냐?"

그는 미소 지었다. 나는 그 순간 그에게 사슬의 첫 번째 연결
고리를 제공한 것이었다. 저녁 식사는 곧 시작될 것이다.

"과인도 이교도의 신들과 반신반인들을 믿고 싶다. 왜냐하면
우리 시대에조차 긍정적인 믿음에는 아직 도달하지 못했기 때
문이다. 그 주된 이유는, 신화들이 그리스와 로마의 불쌍한 멍
청이들의 믿음을 지배했었기 때문이다. 왜곡된 사실들을 바로
잡고, 분명하게 상황을 검토해 보면, 과인은, 오히려 세상이 존
재하기 훨씬 전부터, 이 신들이 올림피아라고 불리는 하늘에
살고 있었다고 생각하게 되었다. 그들은 수천 년 전부터 몸에
서 나온 배설물이나 다른 배설물들을 우주로 내보냈고, 어느 날
그것들이 원형과 비슷한 덩어리로 만들어졌는데, 올림피아인
들이 그것을 지구라고 부르게 된 것이다. 그다음에 발효 현상이
일어나서, 그로부터 식물, 동물, 인간 등 생명체가 태어났다. 즉
우리는 분명히 그 신들의 후손인 것이다."

놀랍게도, 나는 그가 말하는 것을 듣고 있었다. 심지어 감탄
하기까지 했다. 그래서 나는 카멜 형도 배고픔도 잊어버렸다.
타르부쉬*를 쓴 이 남자는 자신감이 넘쳤다. 파리도 그가 허락
할 때만 날 수 있었을 것이다. 그는 자신의 입에서 나온 모든 단
어가 내 안에 각인될 줄을 알고 있었다. 그의 얼굴은 전혀 떨리
지 않았다. 나는 그 가면을 벗기고, 그의 속마음을 읽어 냈다. 그

는 글을 읽을 줄 모르기 때문에, 어떤 분야든 어떤 대화든 계속하는 것을 자랑스럽게 여겼다. 만약 이 문맹으로 인한 증오라는 요소가 없었다면, 나는 기꺼이 모든 것을 알고, 모든 것을 경험한 저 왜소한 노인네들과 그를 비교했을 것이다. 자식, 손자, 학위, 자산의 증식과 감소, 첩, 폭음, 성병…… 등 모든 것을 말이다. 그는 나를 맡겨 놓은 서양 세계가 그의 영역 밖에 있다는 사실을 알고 있었다. 그래서 그는 서양을 증오하고 있었다. 그리고 내 안에 이 새로운 세계에 대한 열정이 있을까 두려워하며, 내가 배운 모든 것을 무두질하고, 깨부수고, 껍질을 벗기고, 해부했다. 즉, 하찮은 것으로 만들었다.

나는 그를 다시 쳐다보지 않았다. 그의 눈은 불타고 있었다. 나는 고개를 숙였다. 그 역시 내 속을 관찰하고 있었다.

그는 말을 이어갔다.

"과인이 너에게 이 헛소리를 하지 않는 것은, 네가 내 말을 우화로 만들까 걱정해서였다. 과인은 예수도 아니고, 정신 상태가 기괴한 것도 아니다."

세상에. 나는 쿠란을 읽는 동안 전혀 웃을 수가 없었다.

"……다만 과인은 네가 사물을 건강하게 바라볼 필요가 있다고 확신한다. 아버지로서 과인의 역할은 너를 인도하는 것이다. 네가 배울 수 있는 모든 것을 잘 배워라. 배운 것이 유용한 무기가 되어서, 우선은 시험을 잘 치고, 그다음에는 서양 세계를 잘 이해할 수 있도록 해야 한다. 왜냐하면 과인은 동양의 마비 상태나 서양의 불면증에 빠지지 않고, 또 현대 과학을 흡수해서 과인의 미래 세대에게 가르칠 수 있는 청년들이 필요하다. 그렇지만 네가 배운 것, 지금까지 네가 들어 본 적은 없지만, 교리로 받아들이기에 충분하다고 보이는 그 신기루에 유혹되어서는 안 된다. 실제로 현대의 모든 문명은 가설에 근거하고 있다는 사실을 잊어서는 안 된다. 과인은 네 안에서 곧 폭발이 일어날 것이라 예상한다. 왜냐하면 너는 성질이 불같고 자존심이 매우 강하기 때문이지. 과인은 그 폭발이 너를 현대적이고, 또 무엇보다도 행복한 남자로 만들어 줄 수 있는 변화의 동기가 되기를 진심으로 바란다."

좋아요! 완벽해요! 생각해 주시니 고마워요. 하지만 정말 지겹게 들었네요. 물 위에 글씨를 쓰시고, 죽은 사람을 목매달고 계시네요. 배고파 죽겠습니다.

"바다에서 배가 난파되었을 때, 대부분 사람은 정신이 나간다. 인간의 본성이 잔혹하거나, 비겁하거나, 아니면 때로는 용맹스럽게 드러나는 유일한 순간이지. 사람들은 물에 뛰어들고, 서로 죽이고, 죽음이 가까워지면서 마지막까지 마음속에 담아 두었던 말을 내뱉는다. 사람들은 인생의 마지막 순간을 폭력적으로 사용한다. 그런데 나무 들보를 잡고 거기에 매달리는 사람은 거의 없다."

무미건조하고 확신에 찬 단어들이, 한 단어에서 다른 단어로 연결되면서, 그의 입에서 묵주 알처럼 떨어졌다. 나는 속으로 생각했다. 자갈돌 같군. 망치를 들고 내려치면, 자갈은 깨진다. 그 조각을 다시 치면 잘게 부서진다. 더 치고, 계속해서 치면, 입자, 분자, 원자, 핵분열까지 쪼개지겠지. 이 사람은, 카멜 형이 도착할 때까지 나한테 이븐 루슈드*가 쓴 문헌을 다 읊을 것인가? 그는 이런 방법을 갈아서 가루로 만들어 버리는 것이라고 말했다. 나는 너무나 허기져서 더 이상 배가 고프지 않았다. 돌같이 딱딱하게 굳어 버린 철학자여, 무릎 위에 공손하게 직각으로 겹쳐 놓은 이 두 손을 보시지요. 이 손으로 주머니칼을 던질 줄 압니다.

"두려움, 그리고 희망과 긴장 속에서 터져 나오는 요소들을 잘 다스린다면, 사람들은 나무 들보를 잡고 해변에 도착할 것이다. 아들아, 이 해변은 상징적이다. 그것은 목표를 의미한다. 반면 바다는 인간이 상황을 통제하는 것이 거의 불가능한 세계를 의미한다. 그러므로 알아야 한다…… 그런데 뭐라고 했니?"

그가 너무나 갑작스럽게 물어서, 나는 깜짝 놀랐다. 내가 뭘 하고 있었지? 알지 못하는 사이에 내가 눈을 감았나? 아니면 고개를 저었나?

"아무것도 아닙니다."

"아무것도 아니라고? 그런데 왜 손을 그렇게 떨고 있느냐?"

"손이요?"

나는 손을 봤다. 아마도 내 손이 내면에 있는 과도한 흥분 상태를 드러낸 모양이다. 손을 조심하라는 속담을 명심해야 했다. 손은 너의 무기가 될 수도 있고, 너를 죽일 수도 있다.

"손을 봐라. 너는 조심하기는 하지만, 주의를 집중하지는 않는구나. 할 말이 있느냐?"

나는 정신이 또렷했다. 지금까지는 단지 날카로운 논쟁을 했을 뿐이었다. 이제 곧 사슬은 고리가 두 개가 될 것이다.

"아들아, 나는 질문을 했다."

"아버지, 어느 것에 대한 질문이신가요? 저는 답이 없다고 생각됩니다."

"두아르가 환희에 휩싸일 때는 유대인이 죽었기 때문이지…… 프랑스인은 이럴 때 아니 땐 굴뚝에 연기가 나겠느냐고 한다지? 그렇지 않냐? 도대체 너의 영혼과 정신에 무슨 일이 있는 것이냐?"

"배가 고픕니다."

"배가 고파?"

"네."

"정말 배가 고프냐?"

"네."

"왜 좀 더 일찍 말하지 않았느냐? 배가 고프다는 것은 너무나 자연스러운 현상이다. 배고픔은 죄도 아니고, 부끄러운 것도 아니다. 그러므로 우리의 즐거운 식사 시간을 기다려라. 그래, 막내야, 이리 오너라!"

세상에! 지금까지 나는 형제들의 존재를 잊어 먹고 있었다. 현관 앞에 일렬로 놓여 있는 신발은 그들의 것이었다. 배가 고픈 다섯 명이 똑같이 일렬로 벽에 기대고 있었다. 그들은 나이 순서대로, 거의 완벽한 사다리꼴을 이루고 앉아 있다. 그중에 셋째 압델 크림이 나이가 제일 많아 열일곱 살이었다. 막내 하미드는 아홉 살이었다. 그들은 긁지도, 재채기하지도, 기침하지도, 몸을 돌리지도, 방귀를 뀌지도 않았다. 그들은 말랐고 두려워하고 있었다. 손을 허벅지에 얌전하게 올려놓고, 느린 속도로 소리도 내지 않고 숨을 쉬고 있었다. 그들의 눈빛은 칙칙했고, 안색은 흙빛이었다. 그들이 내 형제들이었다.

군주가 한 명을 집게손가락으로 지목했을 때, 다섯 명의 목젖이 소스라치게 놀라 흔들렸다. 하미드가 무리에서 나와 우리들의 아버지 앞에 엎드렸다.

하미드는 몸이 약했고 성격이 온순했다. 그는 아홉 살이었지만, 두 살은 더 어려 보였다. 그는 나와 눈을 마주치자 바로 고개를 숙였다. 한순간이었지만, 나는 그 시선에 담긴 비밀들을 알아채지 말았어야 했다. S.O.S, 차에 깔려 죽은 개, 게토의 비참함, 부랑자, 이카로스의 꿈, 그것들이 너무나 강렬해서, 나는 어머니가 이 아이를 낳는 순간에 자궁 압박을 시행하는 편이 차라리 나았을 것 같다고 생각했다.

"손을 내밀어라."

그가 손을 내민다면 어떤 벌이 떨어질까? 왜 그래야 할까? 그는 모든 사람처럼 금식했고, 동네 꼬마들과 길에서 얼쩡거리지도 않았고, 용변을 본 뒤에 화장실 변기의 줄을 잡아당겼고, 일어난 뒤 침대 정리를 했고, 손톱을 깨물기는 했지만 숨어서 들키지 않게 했고, 담배꽁초 때문에 나집에게 맞기는 했지만 불평할 생각은 전혀 없었고, 누구에 관해서도, 심지어 군주에 관해서도 나쁘게 말한 적이 없었다.

"오 알라시여, 내가 무슨 괴물이냐? 손 내놓지 못해!"

그의 손은 작고, 핏기가 없고, 섬세하고, 가늘었다. 살이라고는 한 점도 없었다.

"쭉 내밀고, 손가락을 벌려……."

이가 있었다. 가운데 검은 점이 있는 하얀 이였을 뿐이었다. 군주는 그의 젤라바 밑 어딘가에서 이를 낚아채서 잡았다.

괘종시계가 울렸다. 나는 일단 아무 생각이 없었다. 종소리가 두꺼운 천장을 뚫고 지나갔다. 나는 분명하게 아홉 번 울리는 것을 셌다. 아홉 시였다. 그다음 깨달았다. 내가 시계 종소리가 울리는 것을 들었고, 그 소리를 듣는 것이 **가능했다**. 그렇다면, 군주의 **영향력**에 균열이 생겼다는 말인가? 나는 놀랐다. 시끄러운 소리가 울리다 갑자기 멈추면, 그 고요함에 놀라게 된다.

이것이 나를 자유롭게 했다. 나는 조명의 노란색, 아버지의 하얀 관자놀이, 그가 쓴 타르부쉬의 때가 낀 가장자리, 새로 석회를 바른 벽에 쓰여 있는 숫자 계산을 기록했다. 어떤 망상에 사로잡혀서인지, 아니면 아마도 벌어진 그 균열 때문이었는지 모르겠는데, 나는 부엌에서 타진'과 주철 화로 사이에 있는 어머니를 **보았다**. 어머니는 수프가 너무 뜨거워 식히고 있었다. 식으면 다시 불 위에 올리고, 다시 식히고, 다시 데우고……. 어머니는 레이스가 달린 수건을 입에 물고, 마치 40년 동안 흐느꼈던 여자들이 흐느끼는 것처럼, 눈물도 없이, 소리도 없이 흐느끼고 있었다. 그리고 잠깐씩 검정과 흰색으로 된 타일 바닥에 이마를 대고 엎드려 기도했다. 그리스인과 러시아인의 성자들이시여, 저는 우리 이슬람 성자들에게 빌었지만, 그분들은 제 소원을 들어 주시지 않았습니다. 그분들은 군주와 주인을 위해 헌신할 뿐입니다. 그러니 그리스인과 러시아인의 성자들이시여, 작은 사고든, 계단에서 떨어지든, 세균이든, 독일군의 폭탄이든, 저는 죽고 싶습니다. 그리스인과 러시아인의 성자들이시여, 저는 티푸스에 걸려도 죽지 않았고, 이질에 걸려도 죽지 않았습니다. 저는 일곱 명의 아이를 낳았고, 여전히 서 있습니다. 그리스인과 러시아인의 성자들이시여…….

나는 그 괘종시계가 마치 욕을 하듯이 울렸다고 생각했다. 여기서 인간들은 살아 있는 것이 아니라 단지 존재할 뿐이었다. 시간은 내뱉은 침만큼의 가치도 없었다.

"내 바부슈는 건들지 마라."

하미드는 샌들 한 짝을 들어서 이를 때려잡았다. 그리고 곧바로 사다리꼴 속으로 되돌아가, 자기 자리에 앉아 공손한 자세를 취했다. 그때 나는 파문 당하기로 마음을 먹었다.

"너희들은 나에게 기다리고 있다고 말했다. 무엇을 기다리고 있느냐?"

그는 나를 쳐다보았다. 언젠가, 어떤 남자가 우리 아버지의 눈에는 선함과 명예가 가득 서려 있다고 말한 적이 있었다. 좀 객관적으로 말씀하시지요. 그 남자는 20년 전부터 군주의 가게를 청소하고 있었다.

그는 잠깐 나를 쳐다보았다. 그리고 고개를 돌렸다. 단지 그뿐이었다. 비교하자면, 서명하고 도장 찍는 것 같았다.

나는 되물었다.

"무엇을 기다리냐고요?"

그는 고맙게도 바로 대답하지 않았다. 또 다른 날, 또 다른 남자가 나에게 말했었다. 당신 아버지를 만날 때마다, 나는 그분에게 꼭 인사를 하고 가던 길을 갔습니다. 좀 객관적으로 말씀하시지요. 그 남자는 군주의 가게에서 청소부 자리를 얻기 위해 음모를 꾸미며 헛수고만 하고 있었다.

"카멜 형을 기다리고 있습니다. 아니면 누구겠습니까? 다른 무엇이 있나요? 원하시면 제가 가서……."

"아들아, 너는 맏형의 이름을 입 밖에 냈구나. 이번이 마지막이다."

"그렇지만, 저는 배가 고픕니다. 더는 못 기다리겠습니다. 제 잘못이 아닙니다, 카멜 형이……."

"내 말 들어라!"

나는 입천장이 마르고 눈꺼풀은 불에 타는 것 같았다. 벽에 기대고 있는 다섯 개의 그림자, 부엌에서 소리 없이 흐느끼고 있는 소리, 개같이 복종하기를 강요하는 법…… 개같이라? 자, 들어 보시죠! 개들은 아랍 세계에서 추방되었다. 더 정확하게 말하자면, 나, 사다리꼴을 이루고 앉아 있는 형제들, 수프를 데우고 있는 어머니, 이렇게 군주가 앞에 있거나 밖에 있거나, 개같이 복종하는 인간들이 있어서 사라져 버린 것이다. 개가 오줌을 누기 직전이라고 해 보자. 군주는 명령할 것이다. "오줌 누지 마라." 그래도 개는 오줌을 눌 것이다. 그런데 하미드라는 이름을 가진 개의 경우에는, 오줌을 누지 않을 것이다.

"네 말씀하세요."

"'말씀하세요'라고? 너 아주 박사같이 말하는구나. '말씀하세요'라고? 선생님께서 과인의 헛소리에 귀를 기울이시기로 하셨군요. '말씀하세요'라고? 좋다. 그럼 잘 들어라."

그는 내 얼굴을 마주 보았다. 그는 연극적인 반전을 좋아했다.

간유리 전구에서 조명이 들어왔다. 벽에 쓰여 있는 숫자 계산이 구거법(九去法)을 통한 곱셈 검산이라는 것이 보였다. 나는 두 가지 확신이 들었다. 첫째, 부엌에는 오직 주철 화로에서 나오는 불그스레한 불빛밖에 없다는 것. 둘째, 벽에 저렇게 숫자를 써 놓을 수 있는 유일한 사람은 바로 내가 쳐다보기를 피하고 있는 이 남자라는 것.

"너는 편지를 부칠 때, 어디에다 우표를 붙이냐?"

그는 읽거나 쓰지는 못하지만 계산은 아주 잘했다. 그리고 말할 때는, 그 누구보다도 사람을 잘 비꼬았다.

"너는 방금 작정하고 과인을 비난했다. 너는 설명을 요구했다. 과인은 너에게 설명할 준비가 되어 있다. 그러면 적어도 과인을 쳐다볼 용기는 있어야지."

나는 그럴 용기가 있었다. 그의 코는 꼿꼿했고, 입과 눈썹은 정확하게 수평을 이루고 있었다. 나는 그의 얼굴에서 괴상한 색깔의 조합을 발견하고 놀랐다. 관자놀이 근처의 머리카락은 흰색이었고, 콧수염은 흰색과 검은색이 섞여 있었고, 턱수염은 거의 푸른빛이 도는 검은색이었다.

"더 똑바로 바라봐라."

나는 그의 눈을 바라보았다. 나는 검고 거대한 눈만을 바라보았다. 카멜 형은 어디에 있을까? 사고, 예기치 못한 일, 시시콜콜한 일. 더 심각한 무언가가 있었다. 세상에! 그게…….

"아주 좋아, 아버지와 아들이 서로 바라보다니. 매우 자연스럽고, 매우 감동적이군. 그러니 지금 과인에게 말해 주려무나. 과인이 무식해서 너에게 가르침을 받고자 한다는 사실을 너는 잘 알고 있으니까. 은혜를 베풀어서(프랑스어로는 s'il te plaît 라고 하지), 과인을 깨우쳐 주려무나. 가장 좋은 샌드위치는 햄이 들어간 것이냐, 아니면 파테*가 들어간 것이냐?"

나는 그의 검은 눈을 피하지 않았다. 질문 하나가 내 머릿속에서 맴돌았다. 이 비열한 놈은 누구…… 갑자기 위경련이 일어났다. 두려움이 들었다.

"모든 햄 조각에는 지방이 들어 있다. 과인은 지방을 좋아하지 않지. 그래서 너는 과인에게 햄이 들어간 샌드위치를 권할 수 없다. 그럼 파테는? 거기에도 역시 지방이 들어 있지. 그럼 소시송은? 소시송은 우리의 **케밥**과 비슷하지. 무슬림을 위해 특별하게 만든 특별한 종류가 몇 개 있다고 들은 적이 있다. 그러면 포도주는 어떨까?"

괘종시계에서 15분을 알리는 종이 울렸다. 나는 그가 아주 약간 침을 뱉도록 내버려두었다.

"적포도주는 '먹고 싼다'는 서민들의 식사 메뉴에서 꼭 나온다지. 그리고 백포도주를 마시면 무도병*에 걸린다던데. 그렇지

않냐? 무도병 말이야. 매우 다행스럽게도, 과인은 연도가 오래
된 포도주, 샴페인, 그랑 크뤼만 가지고 있다. 너는 어떤 **샤토**에
서 생산된 것을 과인에게 추천하느냐?"

그는 갑자기 내 팔목을 잡아당겼다.

"선생님께서는 기다리실 수가 없다고요?(그는 소리치지 않
았다. 그의 목소리는 언제나 변함이 없었고 날카로웠다). 넌 네
가 무슨 히틀러나 파샤 글라위°나 된다고 생각하는 것이냐? 네
가 과인의 자랑이었다는 것이 후회되는구나! 과인은 너에게 새
신발을 주기 위해서, 낡은 바부슈를 오랫동안 신었다. 너를 과
인이 기대하는 사람으로 만들기 위해서, 과인은 배 속에서 남는
음식, 심지어 꼭 필요한 음식마저 꺼냈다. 그런데 넌 뭘 했느냐?
과인은 너의 팔목을 이렇게 잡아서, 지푸라기처럼 꺾어 버릴 수
도 있다. 너는 아무렇지도 않게 유럽인 구역에 간다. 너의 피부
는 하얗고, 머리는 금발이고, 눈은 파랗다. 예언자 무함마드께
서는 선택된 자들의 이마에 표시를 해 놓지 않으셨다. 왜 그렇
게 하셨어야 했을까? 그분께서는 그의 민족 중에 카멜레온이
있을 것이라 예상하지 못하신 것이었지. 누가 너를 보고 아랍인
이라고 하겠냐? 그런데 그것이 바로 너의 자존심이지? 마치 붉
은 오줌을 싸고, 파란 똥을 눈다고 거만하게 뽐내는 것처럼 말
이야! 동전의 양면이지. 뒷면에는 라 가르 대로, 프랑스 광장°이
그려져 있다. 더군다나 선생님께서는 볼셰비키시라지요. 돼지
고기도 먹고, 포도주도 마시고, 웃고, 농담하고, 토론하고, 즐기
고 계시지요. 라마단 금식은 하시나요? 선생님하고는 상관없으

시죠. 그건 노인네들, 아랍 놈들, 아랍 년들이나 지키는 거지요. 왜 사서 고생하시겠어요. 정말 우연히 거지 같은 세계에 태어났을 뿐인데. 이제 동전의 앞면 보자. 선생님께서는 입을 정성껏 씻고, 이도 잘 닦고, 정말 배고픈 사람처럼 과인의 식탁에 앉아 계시네요. 너는 도대체 어디서 이렇게 사람을 기만하는 기술을 배운 것이냐? 과인의 마음이 모질었다면, 과인이 지켜야 할 도리는 너의 멱살을 이렇게 잡아서(그는 내 팔목을 놓고 멱살을 잡았다) 밖으로 끌고 나가는 것이다. 그리고 피가 나도록 채찍질하고, 패고, 화형에 처하는 것이다. 자, 이것이 너같이 거짓 맹세를 한 놈들이 받아야 하는 처벌이다. 그런데 선생님께서는 불평까지 하시네요. 절대 기다릴 수가 없다고요? 이 개새끼야."

그는 나를 잡아당겼다가, 뒤로 다시 밀었다. 이 두 행동 사이에, 나는 그의 앞 금니만 쳐다봤다. 괘종시계가 30분을 알렸다. 내 얼굴에 침이 흐르고 있었다.

죽음이 닥치는 바로 그 순간에 아이가 태어난다. 가장 진실한 드라마는 사람을 웃게 만드는 드라마라고 누가 말했더라? 창문 아래서, 거지가 우렁찬 목소리로 노래하기 시작했다.

"당신은 메카에 순례를 네 번 갔지요. 저는 한 번 갔어요. 핫지' 파트미 페르디, 제 말씀이 들리세요?"

"핫지 파트미 페르디, 당신의 가문은 유서가 깊지요. 제 이름은 아흐메드 벤 아흐메드입니다. 당신은 1천 헥타르의 토지와 부동산과 가축을 소유하고 있지요. 당신은 강하고 명예롭습니다. 그런데 저는 파샤의 뚜쟁이인 무사의 마구간에서 살고 있어요.”

“예언자 무함마드, 성자 이드리스 1세˚, 성자 이드리스 2세˚, 성자 압델 카데르, 성자 이사˚, 성자 유세프˚, 그리고 성자 야쿱˚께 비나이다. 저에게 보리빵이나, 동전 한 닢이나, 아니면 닭 다리 하나만 던져 주세요.”

“핫지 파트미 페르디, 제 말씀이 들리세요?”

“무함마드께서 당신을 보호하시고, 성자 이드리스 1세께서 당신에게 튼튼한 다리와 좋은 눈을 주시고, 성자 이드리스 2세께서 당신의 수확을 열 배로 늘려 주시고⋯⋯.”

모로코 거지보다 더 짜증 나는 것은 없다. 그 거지는 짜증 나게 했다. 협박, 모욕, 폭행, 그 어떤 것도 거지를 막을 수가 없었다. 하루도 빼놓지 않고, 매일 저녁, 그는 와서 소란을 피웠다. 군주는 마치 고마워하는 듯이 한동안 듣더니, 나에게 수염으로 신호를 보냈다. 나는 빵 반쪽을 가지고 와서 창밖으로 던졌다.

거지는 소리쳤다.

“군주님 번영하시고, 장수하시고, 행복하시길 빕니다. 예언자 무함마드, 성자 이드리스 1세, 성자 이드리스⋯⋯ 뭐야, 씨발, 또 보리빵이야!”

그는 욕을 하면서 떠났다.

“더러운 유대 놈, 개자식, 썩을 놈, 구두쇠, 돼지, 개새끼, 원숭이 아비 같은 놈, 네가 밀로 만든 부드러운 빵을 먹는 동안, 나는 보리빵이나 먹으라고. 좋아! 이 빵은 네 아내가 나를 주려고 일부러 만들었겠지. 이 빵 말고 다른 걸 주겠다고 결심할 때까지 계속 올 거다. 내일도 모레도 앞으로도 매일매일 올 거다. 너에게 쉴 틈을 주지 않을 거다. 예언자 무함마드, 성자 이드리스……."

그날 저녁도 다를 바가 없었다. 군주는 나에게 신호를 보냈다. 나는 일어났다.

"얼굴을 씻어라."

그는 덧붙여 말했다.

"어머니하고 수다 떨지 마라."

형제들은 계속해서 돌처럼 굳어 있었다. 누구 하나 감정을 표시하지 않았다.

"핫지 파트미 페르디, 당신은 메카에 순례를 네 번 갔지요. 저는 한 번 갔어요. 제 말씀이 들리세요……."

그가 이번에 나한테 뱉은 침도, 그가 그전까지 뱉었던 침, 주먹질, 발길질, 따귀, 짓밟기 등에 더해질 것이다. 그 목록은 이미 길고, 저울은 기울어지고 있었다. 군주님, 나는 죄인으로 태어나지 않았습니다.

나는 몸을 구부리고 주철 화로를 불고 있는 어머니를 보았다.

나는 불을 켰다.

어머니는 벌떡 일어나서 내 가슴에 기댔다.

"나의 아들 드리스가 왔구나. 나는 아들 중에 너를 가장 사랑한단다. 이 배에서 네가 나왔고, 아홉 달 동안 이 배가 너를 품었고, 이 가슴으로 너를 먹여 키웠지. 나의 아들 드리스, 내가 빨리 확실하게 죽을 수 있는 방법을 찾아 주렴. 나의 아들 드리스, 그는 재앙처럼 들이닥쳤단다. 그는 모든 방을 돌아다니면서, 청소가 안 된 곳을 찾아냈다. 침대 밑에는 먼지가 있고, 매트리스 밑에는 이가 있고, 벽은 너무 뜨겁고, 바닥은 너무 차고, 공기는 탁하고, 그는 내 조상들을 욕했고, 나를 욕했고, 또 나를 쫓아내겠다고 협박했다."

"어머니 혼자만이 아닙니다. 그는 조금 전에 내 얼굴에 침을 뱉었어요. 보세요."

그녀는 우는 것을 멈췄다. 어머니의 눈꺼풀은 보라색이었다.

"너에게…… 너에게……."

"물론이지요. 제가 학생이라고 면제되는 것은 아닙니다. 그가 감히 저를 건들지 못할 거라 생각하셨나요? 보세요. 그런데, 말씀해 보세요. 카멜 형 때문에……."

"전혀 아니다. 카멜은 네 시에 들어왔는데, 그때 그는 알지 못했다. 카멜이……."

나는 양동이에 손을 담그고 얼굴을 씻었다. 두 번이나.

그다음 불을 껐다.

"빵 반쪽 주세요."

"나와 조금만 더 같이 있으렴, 나의 아들 드리스. 넌 아무것도 할 수 없지? 이 배로……."

내가 문지방을 넘자마자, 그는 나를 공격했다.

"이것은 무엇이냐?"

"거지에게 줄 빵입니다?"

"무슨 거지?"

"저는 생각했는데……."

"뭐라고? 이 빵 도로 갖다 놓아라. 아니 차라리 여기에 놓아라."

나는 빵을 그의 오른쪽에 있는, 기도용 카펫 위에 놓았다. 그 자리에 카멜이 앉아 있었어야 했다. 나는 다리를 꼬고 앉았다.

"핫지 파트미 페르디, 저에게 보리빵이나, 동전 한 닢이나, 아니면 닭 다리 하나만 던져 주세요. 제 말씀이 들리세요? 제 말씀이 들리세요?……."

이 거지는 한 점에 불과했다. 그는 오랫동안, 아마도 새벽까지, 슬픈 소리를 내고, 욕하고, 간청하고, 저주를 퍼붓다가 가 버릴 것이다. 그렇지만, 아버지가 갈아서 가루로 만들어 버린 모든 사람은 가죽 포대기처럼 푹 쓰러졌다.

나만 빼고 모두. 보통 나는 소극적으로 있는 것에 만족했다. 그러나 그날 저녁 나는 싸웠다. 우리는 기다리고 있었다.

좋든 나쁘든, 내가 기억하는 한, 나의 첫 번째 기억은 기다림이었다. 네 살 때였다. 지금은 열아홉 살이다. 내 계산이 맞는다면 거의 5천 번은 기다렸다. 군주가 3년 동안 메카의 검은 돌에 이른바 묵념을 하기 위해서 가 있었다. 나는 그 시간을 세는 것이 공평하다고 생각했다. 규칙은 정해졌고, 그가 없는 동안 우리는 밤을 새우고 무서운 침묵 속에서 그를 기다렸다.

첫 번째 기다림은 겨울 새벽에 마자간에 있는 어두컴컴한 집에서였다. 그 집의 이름은 다르 엘 간두리였다.

희미한 촛불이 두 아이와 어머니가 앉아 있는 작은 방을 간신히 밝히고 있었다.

"얼굴을 씻으러 가거라."

카멜 형이 놀라서 일어났다가, 주먹으로 눈곱이 낀 눈을 비비고, 이불을 어깨 위로 다시 올려 덮었다.

"어머니, 형은 씻었어요. 제가 봤어요. 이도 닦았어요." 내가 뻔뻔하게 거짓말을 했다. 어머니는 알이 굵은 묵주를 다시 손으로 돌리기 시작했다. 100개를 세고, 어머니는 잠시 멈췄다. 침묵이 깔렸다. 그렇지만 촛불에 중얼거리는 어머니의 입술은 계속해서 보였다. 그리고 느리게, 한 알, 한 알, 알이 부드럽게 부딪치며 돌아가는 묵주 소리가 다시 들렸다.

괘종시계에 달려 있는, 천 년이나 된 듯한 오래된 종에서 소리가 울렸다. 방 안에 쏟아지던 졸음이 갑자기 목이 졸린 듯 멈췄다. 어둠 속에서 괘종시계에 달린 누르스름한 추만 보였다. 똑딱 소리는 잊어버렸다. 아주 오랫동안 같은 소리를 들으면, 그 소리를 잊어버리게 된다.

낮은 탁자 위에는 흰색 그릇이 있었는데, 검은 올리브가 가득 담겨 있어 보라색으로 보였다. 바로 옆에 있던 질그릇 접시 위에는, 4년이나 된 버터에서, 역겹고 끈적끈적한 냄새가 뿜어 나오고 있었다.

"카멜, 돗자리를 가만 놔두라고 내가 몇 번을 말했니?"

카멜 형은 조금 전부터 돗자리 줄기를 뜯고 있었다. 눈을 감고, 이불 속에서 손을 내밀어, 내 코를 줄기로 간지럽히고 있었다. 카멜의 손이 마술처럼 사라졌다. 어머니는 묵주를 다시 돌리기 시작했다. 침묵이 어머니와 두 아이 위로 내려왔다. 아이 한 명은 귀까지 이불을 덮고 눈을 감고 있었고, 다른 한 명은 눈을 뜨고 코를 훌쩍거리고 있었다.

그리고 갑자기 장면이 바뀌었다. 촛불 대신 카바이드램프가 켜져 있었다. 아이들은 어머니 곁에 테이블 주위로 얌전하게 앉아 있었다. 램프의 불빛이 깨어 있는 아이들의 머리를 격렬하게 비추고 있었다. 문 옆에 있는 주전자에서는 하얀 김이 나오고 있었다.

밖에 뜰에서, 누군가가 물통 안에서 몸을 씻으면서 손을 철벅거리는 소리가 들렸다. 세면대로 물이 급하게 내려가면서 트림하는 듯한 소리를 냈다. 방에서는 곰팡이 썩는 듯한 악취가 났다. 그리고 다시 조용해지더니, 파리 나는 소리와 손가락 꺾는 소리가 들려왔다. 남자 한 명이 젖은 맨발을 세우고 걸으며, 팔을 앞으로 내밀고, 하얀 모자를 머리에 쓰고 방에 들어왔다. 그는 키가 크고 날씬했다. 그가 들어왔을 때, 마자간의 무에진들이 신자들에게 새벽 기도할 시간임을 알렸다. 덕분에 턱을 따라 수염이 난 그의 모습은 성자와 같이 보였다.

여자가 수건을 손에 들고 서 있었다. 남자가 얼굴과 손발을 닦았다. 그리고 기도를 시작했다. 초록빛이 도는 사각형 펠트 위에서, 아버지가 기도를 이끌었고, 어머니는 뒤에서 아이들과 팔꿈치를 맞대고 있었다. 네 개의 실루엣이 리듬에 맞춰 몸을 구부리고, 무릎을 꿇고, 절을 했다. 그다음 양반다리를 하고 앉아, 왼손은 왼쪽 무릎에 펴고, '저주받은 사탄의 눈을 후벼 파기' 위해서 오른손 집게손가락을 흔들었다. 아버지와 어머니와 아이들은 눈을 하늘로 향한 채 멍한 표정을 지었다.

파리가 다시 윙윙거렸고, 큰 주전자가 재 위에서 약한 불에 끓고 있었다. 기름으로 얼룩진 흰 나무 테이블 주위에 모두가 자리를 잡았다. 램프 속에 있는 카바이드 덩어리가 소리를 내며 물을 빨아들이고 있었다. 나와 카멜 형은 보리빵 한 조각을 잘랐다. 버터를 발라 한 입 먹은 다음, 올리브를 먹었다. 테이블 위에 올리브 씨가 쌓여 갔다. 아무도 말이 없었다.

아버지는 컵 바닥으로 설탕을 깼다. 손바닥으로 녹차 한 줌을 으깬 뒤, 민트 다발에서 잎을 땄다. 팔을 쭉 뻗어 니켈 찻주전자를 들고는, 큰 구리 주전자에 담겨 있던 물을 부었다. 거기서 나오는 김이, 앞에서 웅크리고 있던 여자의 얼굴을 덮었다. 주철 화로는 쟁반 두 개 사이에 있었다. 쟁반 하나에는 잔들이 올려져 있었고, 다른 쟁반에는 구리를 세공해 만든 상자에 설탕, 차, 민트가 담겨 있었다. 그는 쟁반에 물 한 방울도 흘리지 않고, 아주 높은 높이에서 찻주전자로 물을 따라 잔을 채웠다. 남자는 우러난 차를 음미했고, 만족한다는 듯이 쩝쩝거렸다.

그 이후로 아무것도 변하지 않았다. 군주의 수염은 항상 검은색이었고, 우리는, 겨울이나 여름이나, 잘 조절된 꼭두각시처럼, 새벽 기도를 하기 위해 정해진 시간에 침대에서 뛰어내렸다. 가족은 다섯 명이 더 늘었는데, 그 의미가 무엇이었을까? 새로 태어난 아이들은 1년 동안 젖을 먹었고, 2년 동안은 울었다. 그것이 유아기에 할당된 최소한의 시간이었다. 그리고 곧바로 그들은 공포 속에서 자라면서 침묵을 배웠다. 오늘 저녁처럼, 그들은 저녁마다 벽에 드리우는 다섯 개의 그림자가 되었다. 나는 군주와 전혀 다른 존재가 되기 위해 만들어졌다. 그것이 내가 그의 왼쪽에 앉는 이유였다. 내가 잘되라고 침 세례까지 받았다. 카멜 형은 아무 생각 없고 무책임했지만, 주인 앞에서는 가장 완벽한 꼭두각시였다. 그리고 어머니는 온화하고 순종적이었다. 그녀의 키는 1미터 60센티미터였고, 몸무게는 40킬로그램이었다. 어머니의 운명은 자신을 망각하고, 또 그 망각하는 행위마저도 망각하는 것이었다. 40년 동안 그녀의 존재는 이랬다. 털 하나 바뀐 것이 없다.

만일 어머니가 그 운명에 저항했다면, 그리고 내가 마지막 순간에 스스로 연민을 느꼈다면, 예술을 위해서, 아무 이유도 없이, 내가 그 행위를 창조했을 것이다. 언제든, 어쩌면 오늘 밤이라도, 누가 알겠는가?

그런데 창밖에서 화를 내고 있었던, 자칼 같은 거지는 우리에게 무엇을 바랐던 것일까? 그는 우리 삶과 관계가 없었고, 우리의 드라마와도 관계가 없었다. 군주는 그가 말하는 것을 정말로 듣지 않았다. 그는 한 점, 아니 한 점보다도 더 작았다. 그 시간에 괴로워하고 있던 유일한 사람이라고 생각했던 것일까? 모로코에 있는 모든 도시에서, 마을에서, 두아르에서, 문턱 위에서, 창문 아래에서, 그와 비슷한 2백만 명의 사람들이, 반항과 범죄와 광기 때문에, 황산을 뒤집어쓴 것처럼 삭아 간다고 느끼고 있었다. 그렇지만 그들은 행동하는 대신에, 비천하고 비굴하게 작은 뼛조각 하나를 구걸하고, 그것을 닦고, 골수를 빼고, 깨끗하게 씻고, 여전히 거지 혓바닥으로 핥고 있다.

내 인생은 이 첫 번째 기다림부터 시작했다. 나는 아주 최근에 콤플렉스, 억제 등과 같은 프로이트의 이론에 관한 저서를 읽었다. 나는 책을 덮으면서 생각했다. '자, 별 볼 일 없는 이 작은 단어들을 입증할 기회를 만들어야겠다.'

낮에도 나는, 내가 뱉은 올리브 씨를 앞에 두고, 같은 테이블에 앉아 있었다. 어머니가 나를 불렀다. 나는 눈을 떴다. 나는 방에 혼자 있었다.

어머니는 동트기 전에 음시드'로 떠난 카멜 형에게 전해 줄 수프가 담긴 도시락을 나에게 맡겼다. 그 전날 폭우로 인해 전봇대가 인도를 따라 넘어져 있던 장면이 기억났다. 이 기억은 정확했고, 또 아주 이상했다. 형이 아침을 먹었을 때, 나는 형 곁에 계속 있고 싶었다. 그렇게 나는 학교에 가게 되었다. 4년 동안 다녔다. 그 시간 동안 내가 배운 모든 것은 프랑스 우표 위에 놓을 정도밖에 되지 않았다.

공식적으로 나를 학교에 등록할 때, 아버지는 차를 마시러 와서 선생님과 학비를 흥정했다. 특정 장면들에 대한 기억력이 좋은 카멜 형이 확인해 준 바에 따르자면, 대화는 다음 농작물 수확에 대한 예상으로 시작해서, 예언자 무함마드의 제자들을 인용하고 서로 우정 어린 반론을 교환하는 제대로 된 동양식 논쟁으로 끝났다고 한다. 대화가 끝난 다음, 아버지는 선생님에게 25상팀'짜리 동전을 주었다. 그리고 지저분한 교실의 입구를 나가며 소리쳤다.

"카멜과 드리스는 이제 당신 자식이오. 이 아이들이 성스러운 종교를 배우게 하시오. 애들이 그렇게 하지 않으면, 애들을 죽이고 나에게 알려 주시오. 내가 묻으러 올 테니."

카멜 형은 다섯 살 반이었고, 나는 네 살이었다.

아버지가 떠나자마자, 선생님이 튀김 과자를 가져오라고 나를 보냈던 것이 기억났다. 그는 나에게 과자 한 개를 주었다. 나는 조용히 그것을 먹었다. 우리가 점심을 먹으러 갈 시간에, 나는 내가 앉아 있던 자리에서 큰 소변 구덩이를 쉽게 볼 수 있었다. 나는 너무나 무서워서 열세 살 때까지 침대에 오줌을 싸고는 했다.

나는 아침에 일찍 일어나는 것, 침묵과 억압의 고통, 발바닥의 통증, 분노를 재빨리 억누르는 것을 경험하게 되었다. 다른 학생들처럼, 나도 결국 익숙해졌다.

이런 종류의 학교에 다니는 학생들은 세상에서 가장 학구적이었지만, 또 가장 불행했다. 그들은 무에진의 첫 번째 기도 소리에 일어나야 했기 때문에, 씻거나 먹을 시간이 없었다. 해가 뜨기 전에, 그들은 추위에 곱은 손가락으로 그들의 학습판 한쪽 면을 씻어야 했다. 그리고 일종의 회백색 점토를 바른 다음, 아침 햇살에 말리기 위해 벽에 세워 놓아야 했다. 이 학습판은 단단하고 광택이 나는 나무판인데, 한쪽 모퉁이에 구멍을 뚫어 끈으로 걸 수 있게 되어 있었다. 글을 쓰기 위해서는, 정성 들여 깎은 갈대 자락을 양 똥을 훈제해서 만든 잉크에 찍어서 사용했는데, 쉽게 지워졌다. 학생들은 노트도 책도 없었다. 그들에게는 학습판과 기억력만 있었다. 수업이 끝날 때마다, 학습판은 학교에 있는 물통에서 **씻겼다**. 그렇지만 학생들은 배운 것을 기억 속에 지워지지 않게 각인시켜야 했다. 모두가 그것이 당연하다고 생각했다.

문제의 학교는 대체로 어두컴컴하고, 땅바닥에 돗자리가 깔린 지저분한 가게 같은 곳일 뿐이었다. 네 살에서 열두 살까지의 아이들, 때로는 청소년들까지, 학습판을 무릎에 놓고, 양반다리를 한 채 땅바닥에 온종일 앉아 있었다. 그들은 콧물을 흘렸고, 말을 더듬었고, 기억력이 떨어질 때마다 주먹을 꼭 쥐어야 했다. 이 소란은 때때로 고통, 배고픔, 소리 없이 우는 눈물, 그리고 체념으로 색이 변했다.

땅은 축축해서, 아이들은 엉덩이가 시렸다. 하지만 아무 말도 하지 말고 배워야 했다. 처벌을 받을 수 있었다. 썩은 돗자리 밑으로는 바퀴벌레, 빈대, 진딧물 등이 들어왔다. 거미들이 천장으로부터, 어두컴컴해서 잘 보이지 않는 줄을 타고 급강하해서, 피부병이 걸려 빡빡 깎은 아이들의 머리를 간지럽혔다. 아이들은 무서워했다. 대부분은 젤라바 밑에 바지를 입고 있지 않았다. 그들은 피부병에 걸려서 몸을 긁고 있었다. 그들의 어머니들은 할머니들이나 쓰는 약으로 아이들을 치료했다. 마법의 약초도 부적도, 더 쓸 방법이 없을 때가 되어서야 보건소에 갔다. 어른들의 악덕이 아이들에게 전염되었다는 사실은 말할 필요도 없다. 훌륭하신 선생님의 도움을 받든 아니든, 이 학교들에서 수업은 거의 언제나 암묵적으로 미소년과의 성관계를 적용하는 데 이용되었다.

학습판이 마르는 동안에 학생들은 전날 배운 수업을 번갈아 암송했고, 학습판을 **씻기** 전에는 복습했다. 학습이 끝나면, 학습판의 빈 면은 받아쓰기로 채웠다. 그런데 글을 쓸 줄 모르는 아주 어린 아이들이 있었다. 그래서 선생님은 꾀를 냈다. 그는 수업 내용을 연필로 써 놓았다. 아이들은 그것을 보고 잉크로 그대로 다시 그리기만 하면 되었다.

수업을 이해하지 못했다면, 둘 중 하나였다. 선생님이 기분이 좋았다면, 회초리로 머리를 한 대(한 대 혹은 두 대, 그 이상은 아니었다) 맞고 벗어날 수 있었다. 그런데 선생님이 기분이 나빴다면, 그 경우에 그는 가장 나이 많은 학생을 불러 일종의 도움을 받아, **게으른 놈들**의 발을 위로 들어 올리게 했다. 훌륭하신 선생님의 분노 상태에 따라, 발바닥을 때리는 숫자는 열 대에서 백 대까지 다양했다. 사실 어린아이들은 열 대를 넘지 않았다. 나이가 많은 학생들은 더 많이 견딜 수 있었다.

모든 규칙에는 예외가 있었다. 천사같이 귀엽게 생긴 학생들은 어떤 처벌도 받지 않았다. 때로는 부잣집 아이들도 포함되었다. 아주 다행스럽게도 머리 나쁜 아이들과 말썽꾸러기들이 있었다. 그렇지 않았다면, 족쇄와 **팔라카'**는 필요 없었을 것이다. 평범한 학생이었던 나는, 내 발바닥을 평평하고 단단하게 만들어 준 선생님들께 진심으로 감사하고 있다. 덕분에 나는 몇 킬로미터라도 어렵지 않게 걸을 수 있게 되었다. 이런 학교들을 나온 사람들은 모두 탁월한 보행자가 되었다. 모로코 육상 선수들이 바로 그 예다.

학교의 선생님은 **프키**', 즉 쿠란을 전부, 아니면 거의 전부 암기하고 가게 같은 공간을 임대한 개인이었다. 사람들은 그에게 아이들을 맡겼다. 그렇게 그는 음식과 잠잘 곳을 확보했다. 친절한 부모들은 때때로 그를 식사에 초대하거나, 음식이나 케이크를 보냈다. 저녁이 되면 학생들은 학습판을 못에 걸고, 선생님의 손에 입을 맞추고, 바부슈를 신고, 집으로 돌아갔다. 선생님은 매트리스를 펴고, 저녁을 먹고, 기도하고, 담배를 피우고, 촛불을 끄고 잠자리에 들었다. 정말 평안하고 충만한 삶이었다.

어느 날 오후, 나는 아무 생각 없이 학교에 가지 않았다. 나는 길거리를 돌아다니다, 새들과 같이 휘파람을 불다가, 구름이 흘러가는 것을 따라갔다. 결국 나는 길을 잃었다. 노파 한 명이 나를 발견하고, 안아 주고, 2수'를 주었다. 나는 그 동전을 어딘가에서 주웠던 빈 성냥갑에 넣었다.

그날 저녁 무렵, 나는 낯이 익은 사람이 큰 걸음으로 나를 향해 다가오는 것을 보았다. 그 사람은 바로 품위 있고 존경받는 나의 아버지였다. 그와 나 사이의 결산은, 내가 비용을 냈고, 3막으로 진행되었다.

1막: 우리는 선생님을 안심시키기 위해 학교에 들렀다. (내가 등록한 날 쌍방이 맹세한 구두 조약에 따라) 서로에 대한 헌신을 보여 주기에 너무나 좋은 기회였다. 아버지는 나를 허공에 들어서 엎었고, 선생님은 내 발바닥을 회초리로 백 대쯤 때렸다. 우리는 카멜 형을 데리고 나와서, 셋이서 집으로 갔다.

　2막: 집에 온 뒤, 여러 번 설명했다. 안심한 어머니가 눈물을 흘리며 길게 자초지종을 물었다. 조금 전과 같은 장면이 반복되었다. 물론 약간의 차이가 있었다. 내 다리를 잡은 사람은, 내가 돌아온 것이 너무나 기쁜 어머니였고, 방망이를 휘두른 사람은 아버지였다. 30분 동안이었다.

　3막: 발은 피투성이가 되었다. 어머니는 팔을 크게 벌려 나를 안아 주며 위로했다. 아버지는 약점을 인정하지 않았다. 그는 우리 모두를 꾸짖은 다음, 문을 박차고 나갔다. 카멜 형, 어머니 그리고 나는 남아서 유대인 여자들처럼 울었다.

　에필로그: 나는 나중에 기억이 나서, 웃으며 주머니에서 성냥갑을 꺼내, 거기에 들어 있는 것을 보여 주었다. 어쨌든 나는 하루에 2수를 번 것이었다. 어머니는 그것을 소중하게 허리춤에 넣고는, 나를 안아 주었다.

　내가 꿈을 꿨는지, 아니면 그냥 졸았는지 모르겠다. 무엇보다도, 비록 내 과거이기는 했지만, 과거에 대해 연민을 느꼈다는 사실에 대해 죄의식이 생겼다. 그다음 나는 정신을 차렸다. 마치 날카로운 고음들이 한꺼번에 울리듯이, 모든 것이 나를 때렸다. 거지는 더 이상 소리를 지르지 않았다. 괘종시계에서는 열한 시가 울렸다. 군주는 신발을 벗고 있는 카멜 형 앞에 서 있었다. 카멜 형은 명백하게 술에 취해 있었다.

　나는 곧바로 필연적으로 일어날 결과를 감지했다. 내 감각이

극도로 날카로워졌음을 알 수 있었다. 군주의 목은 붉게 물들었다. 신선한 공기가 창문으로 들어오고 있었다. 형의 얼굴은, 내 자리에서 보기에도 이상했다. 나는 얼굴이 아닌 다른 부분을 모두 제거한 뒤, 빠르게, 순식간에, 분석하고, 정의하고, 계산하고, 예측하려고 노력했다. 술의 영향인가, 아니면 흐린 조명의 결과인가? 눈썹, 광대뼈, 코, 턱과 그림자 진 부분, 형의 얼굴에는 무언가 거친 면이 있었다.

로슈 선생님의 말이 머리에 떠올랐다.

"옷이 수도사를 만든다. 이가 아프다고 15분 동안 너 자신을 설득해 봐. 넌 정말로 이가 아프게 될 거야."

아마도 이랬던 것 같다. 뮈르독 공원에 있었을 때부터, 모든 것이 드라마틱했었고, 모든 것이 그렇게 보였다. 카멜 형이 고개를 들었다. 나는 고개를 드는 그 행동이 반항이라고 확신했다. 군주의 목덜미가 보라색으로 변한 것이 보였다. 등에서 식은땀이 났다. 나는 주머니에 손을 넣고, 주머니칼을 잡았다.

나는 웃고 있었다. 나는 이 칼로 모든 것을 잘랐다. 붙어 있는 책의 페이지, 이드 세기르* 때 닭 모가지(총 32회), 이드 엘케비르* 때 양 모가지(총 10회), 그리고 하미드가 태어났을 때, 어머니의 배를 한 번 잘랐다. 이 마지막 업적 이후, 사람들이 이 칼을 창고에 있는 상자 중 하나에 숨겼다. 그렇지만 내가 다시 찾아내서, 녹을 벗기고, 윤을 내고, 날을 세웠다. 아주 정밀하게 갈아서 피혁용 칼처럼 날카로웠다. 그다음 나는 칼을 주머니에 넣고 다녔다. 나는 이 칼을 다시 사용할 수 있으리라 확신했다. 다시 양들의 목을 베거나, 제왕절개 수술에 쓰거나, 아니면 알라가 창조한 날 중 하루, 약간의 기술과 어느 정도의 침착성만 있다면, 군주를 향해 던질 수 있다고 생각했다. 군주의 몸 어디인가를 향해서, 예를 들자면 목에 던져서, 주사기 바늘처럼 손잡이까지 꽂아 넣을 수 있을 것이었다.

"여편네, 이리 와!"

그가 손바닥을 치자 짝 하는 소리가 났다. 그의 목덜미에 몰린 피가 풀렸다. 주머니에서 칼을 반쯤 꺼냈다가, 급하게 다시 넣었다. 베두인 속담에는 '길에서 얼굴을 보고 싶지 않은 사람은 사우나에서 뒷모습을 볼 수 있을 것이다'라는 말이 있다. 나는 약간 실망했지만 체념하고 받아들였다.

어머니는 마치 함정에서 빠져나온 사람처럼 있었다. 넓은 옷자락에, 머리는 손바닥만 했고, 긴 머리카락이 허리까지 무겁게 늘어져 있었다. 그녀는 입을 열었다.

"네, 주인님……."

어머니는 자신에게 일어날 수 있는 모든 재앙에 동의했다. 어머니가 누구인가? 군주가 허벅지에 자물쇠를 채우고, 생사를 좌지우지할 권리를 가지고 있는 여자일 뿐이었다. 어머니는 평생 문이 굳게 닫혀 있고, 창문에는 쇠창살이 달린 집에 살았다. 테라스에서는 오직 하늘과 상징처럼 모스크의 첨탑만 보였다. 쿠란에 의해 감금된 신의 피조물 중 하나였다. '여자들과 섹스하고, 또 해라. 질을 통해서 하는 것이 더욱 유용하다. 그리고 다음번 쾌락까지, 여자들은 잊어버려라.' 그렇다. 어머니는 이렇게 약하고, 복종적이고, 수동적이었다. 어머니는 2년 간격을 두고, 규칙적으로 일곱 명의 아이를 낳았다. 술주정뱅이가 될 수밖에 없는 아들과 이렇게 자기 어머니를 평가하고 있는 나를 포함해서.

군주는 그녀에게 눈길조차 주지 않았다. 나는 카멜이 임시로 사면되었다는 것을 알았다.

"모두 세정 의식은 했겠지?"

이것은 의식과 관련된 질문이었다. 그날 밤에는, 이 질문이 두 시간 늦었을 뿐이었다. 그렇다. 내 형제들은 방귀를 뀌지 않았고, 어머니는 항상 자혜로웠고…… 아, 그렇지! 카멜은 술을 마셨다. 그리고 나는 배신자였다. 그래서 뭐가 어떻다는 것인가? 믿음은 온전하고, 알라는 전지전능하고 자비로우시다.

우리는 이등변 삼각형 모양으로 자리를 잡고 기도를 시작했다. 당연히 기도를 이끄는 것은 군주였다. 우리는 무릎을 꿇고 절을 했다. 그는 기도용 카펫 위에서 기도했고, 우리는 차가운 모자이크 타일 위에서 했다. 그는 한 절, 한 절 낭송했다. 그는 가장 길고, 가장 리듬감이 좋고, 가장 단조로운 절을 골랐다. 우리는 무릎을 꿇을 때마다 "알라는 위대하다"라고 읊조렸고, 절을 할 때마다 "지고하신 알라께 영광을"이라고 읊조렸다. 나는 그의 목소리를 들었는데, 묵직하고 작은 떨림도 없었다. 그것은 신과 동등하게 말하는 자의 목소리였다.

당연히 우리는…… 심지어 나조차도, 입술을 움직이며, 성실하게 그 행동을 따라 했다. 군주가 큰 소리로 말하는 것을 우리는 마음속으로 낭송했다. 그런데 우리가 진심으로 기도한 것은 다음과 같았다.

카멜: 아이 씨발! 그가 어떤 벌로 나를 바닥에 쓰러트릴까? 그냥 창녀촌에 더 있을걸.

어머니: ……저의 군주이자 주인에게 헌신하는…… 그리스인과 러시아인의 성자들이시여, 작은 사고가 나거나, 계단에서 넘어지거나, 알 수 없는 세균에 감염되거나, 독일군 폭탄이 터지거나, 아무거나 좋으니, 저를 죽여 주세요…… 그리스인과 러시아인의 성자들이시여…….

다른 형제들: 아무것도 없다.

나: 도대체 그가 무슨 생각을 하는 거지?

그리고 마치 대천사의 팡파르처럼, 거지가 구걸하는 소리가 다시 들려왔다.

"제 말씀 들리시나요? 제 말씀 들리시나요?"

우리는 마지막으로 무릎을 꿇고, 사탄의 눈을 파고, "아민"이라고 말했다. 그러자 군주는 일어나서, 팔로 카멜 형의 몸을 잡아서 벽에 밀쳐 눌렀다.

"이것이 다 네가 자랑스럽게 마신 포도주 때문이다."

그는 글자 그대로 형을 들었다가, 다시 내동댕이쳤다.

"그리고 이것은 네가 조금 전에 품었던 반항심 때문이다."

그는 등을 돌려서 나를 쳐다봤다.

"칼 내놓아라!"

나는 여전히 무릎을 꿇고 있었다. 나는 일어나며 말했다.

"어떤 칼 말씀인가요?"

그는 내 호주머니에 손을 넣었다.

"바로 이것이다."

그는 엄지와 검지로 칼을 잡고, 단번에 열었다. 하얗고, 가늘고, 긴 칼날이 튀어나왔다. 진짜 피혁용 칼 같았다.

"잡아라."

나는 칼을 잡았다.

"나는 너한테 등을 돌리고 열까지 세겠다. 열에 칼을 던져라."

그는 웃었다.

"예를 들어, 네가 조금 전에 겨냥했던, 내 목덜미를 향해 던져라."

그의 미소가 서서히 사라졌다. 그는 덧붙여 말했다.

"네가 열까지 기다릴 수 없는 것이 아니라면 말이다."

그리고 그는 돌아서서 세기 시작했다. 시계는 열한 시 반을 울렸다.

거지는 저주를 퍼붓기 시작했다.

"둘…… 셋……."

나는 칼을 보고, 카멜 형을 보고, 어머니를 봤다. 카멜 형은 보리빵 옆에 쓰러져 앉아 있었다. 매일 밤 그가 차지하고 있던 자리였다. 그는 가만히 앉아서, 나를 보지 않은 채 내 쪽을 바라보고 있었다. 그는 호되게 대가를 치렀다. 나머지는, 그 다른 모든 것은 그에게 별로 중요하지 않았다. 그는 코와 입에서 피가 났고, 눈썹은 찢어져 있었다.

어머니도 움직이지 않았다. 고개를 고집스럽게 숙이고 있었다. 어머니의 입술은 사제의 입술처럼 우물거렸다. 아마도 계속해서 그리스인과 러시아인의 성자들을 부르는 것 같았다. 왜냐하면, 모든 것이, 심지어 그의 남편의 살인까지 예언되었기 때문이다.

다섯 쌍의 눈이 내 행동을 따라왔다. 단 한 번의 행동이면, 다섯 명의 속이 후련해질 것이다. 다섯 명의 존재가 햇살 아래서 만개했을 것이다.

"여섯…… 일곱……."

나는 칼을 바라보았다. 로슈 선생님이 뭐라고 말했더라.

"칼리프 시대'부터 너희 아랍인들은, 먹고 자는 것을 멈춘 적이 없다. 너희들에게 필요한 것은 효과적인 소규모 전쟁이야."

우리 모두를 만족시켜 줄 수 있는 행동이 내 손끝에 달려 있었다. 나는 칼을 접었다.

"……아홉."

"그만하거라."

어머니가 내 앞에 서 있었다. 나는 무장 해제된 무기를 넘겼다. 어머니의 입은 뒤틀려 있었다. 인정하기 때문인가 아니면 혐오하기 때문인가? 나는 분명하게 알 시간이 없었다. 칼은 이미 군주의 손에 들어가 있었다.

"잘했어, 여편네."

그게 유일한 논평이었다. 원탁이 놓이고, 구리 그릇들이 빛나고, 주전자에서 김이 나오고, 우리는 다시 앉아서, 손에 찻잔을 들고, 마치 아무 일도 일어나지 않았던 것처럼 차를 음미했다. 차가 펄펄 끓을 정도로 뜨거웠지만, 우리는 삼키려고 애썼다. 차는 마시는 게 아니라 음미해야 하는 아페리티프다. 그래서 우리는 계속 기다려야 했다. 시곗바늘이 한 바퀴, 아마도 두 바퀴, 아니면 세 바퀴…… 돌고 나서, 군주가 그의 거처로 물러나면, 우리는 수도꼭지, 물그릇, 물 항아리로 달려갈 테다.

차는 **건파우더**'였다. 군주는 우리에게 알려 주면서 보다 정확하게 말했다.

"통제 지방에서 1940년에 수확했던 것이다. 브랜드는 A.E.T.C.O.인데 미국 회사다. 향이 약간 강하고 색도 약간 탁하지만, 수스' 지방의 슐루' 부족에게는 아주 훌륭한 거지. 킬로그램 당 120프랑이다. 그 이상은 넘지 않지."

우리는 다른 차들도 시음했다. **미 리, 소우 미, 드미슈브, 슈브**…… 열 종류였나, 열두 종류였나, 기억이 나지 않았다. 그가 어떤 브랜드를 비난하면, 우리는 안간힘을 다해 고개를 끄덕였고, 그가 좋아하는 차가 있으면 더 달라고 요청했다.

이 유목민 무리는, 중국 차든, 끓는 기름이든, 바닷물이든, 그 무엇이든지, 끝에 1킬로그램의 렌틸콩을 받을 수 있다면, 그 어떤 것이든 마실 준비가 되어 있다는 점을 생각해야 한다 (비교하자면, 난파된 선원, 죄수, 잘 훈련된 개, 혼자 사는 여자, 그리고 기타 등등을 들 수 있다). 나는 생각했다. 물론 26년 전부터 군주는 차 판매상이었고, 차 도매상인이었고, 차 수입자였고, 차 전문가였고, 또 (차) 전문가, 수입상, 도매상, 판매상 협회의 부회장이었다. 그래서 시음회가 길게 연장되는 일은 다반사였다. 나는 생각했다. '나에게 침을 뱉은 것, 아들을 폭행한 것, 칼을 던지라는 장면, 이 세 드라마는 더 이상 어떤 명목 가치도 없다. 이 남자는 근본적으로 강하다. 그는 강한 남자를 만드는 두 가지 요소인, 시간과 망각을 결합해서 가지고 있다.'

내가 언제나 보아 왔던 그의 모습이 그랬다. 그래서 나는 오랫동안 그를 증오하면서도, 그에게 존경과 찬사를 바치는 것을 멈출 수 없었다.

나는 또 생각했다. '그는 모든 면에서 우리의 신이다. 도대체 그가 우리에게 바라는 것이 무엇일까?'

그 지점에서, 나는 웃기 시작했다. 내 얼굴은 굳었다. 예전에 들었던 이야기가 답이 될 수 있겠다.

부자가 가난한 사람을 만났다. 부자가 말했다.

"원하는 것을 말해 보아라. 너의 소원을 즉시 들어 주겠다."

가난한 자는 굶주려서 뼈만 남았고, 집도 없고, 누더기만 걸치고 있었다.

그래도 그는 대답했다.

"반지를 하나 갖고 싶습니다."

잔들은 금으로 장식이 되어 있었고, 쟁반들은 제나타'의 고운 모래로 매일 윤을 냈다. 찻주전자 뚜껑을 열면, 민트, 세이지, 용현향 향기가 나는 김이 솟아올랐다. 내가 엉덩이로 깔고 앉아 구멍이 난 매트리스는 100킬로그램이나 나가는 고급 천연 양털로 채워져 있었다. 천장은 높아서, 하늘처럼 멀리 있는 것 같았다. 그 천장 위에는 층이 두 개 있었는데, 네모난 방 하나에는 자루, 상자, 항아리가 가득 정리되어 있었다. 꿀부터 올리브유까지, 누에콩부터 그린토마토, 듀럼밀°, 쌀, 숯, 고기 통조림, 녹인 버터, 대추…… **페스 출신** 집안의 토대가 되는 모든 것이 있었다. 당연히 작은 차 상자도 두세 개 있었다. 이 창고에는 문이 하나밖에 없었다. 문에는 잠금장치나 자물쇠도 없었다. 문고리 하나만 달려 있을 뿐이었다. 군주는 선포했었다. '여편네, 사용은 하되, 남용은 하지 마라. 그리고 너희 아이들은 창고와 아무런 관련이 없다는 사실을 굳이 말할 필요는 없겠지.'

실제로 말할 필요가 없었다. 단 한 사람만 법을 어겼는데, 그게 바로 나였다. 내가 칼을 찾아낸 그날, 딱 한 번뿐이었다.

사실, 아무것도 필요가 없었다. 조금 전에 거지에게 주었던 보리빵은, 내가 그냥 한 입 베어 먹거나, 아니면 아예 하나 다 먹고 어머니에게 다른 빵을 다시 달라고 했을 수도 있었다. 군주는 아무것도 알아차릴 수가 없었을 것이다. 내가 반복해서 말하지만, 그는 구두쇠가 아니었다. 그런데 내가 다음 행동을 하지 않았다면, 그 생각이 들지 않았을 것이다. 왜냐고? '우리는 풍요 속에서 죽어가고 있다'고 예언자 이사야가 말했다. 내가 당신들에게 묻겠다. 경제적인 이유로 오랫동안 담배를 피울 수 없었던 골초에게, 담배꽁초는 무엇을 의미할까? 만일 내가 나의 배고픔을 채워야 한다면, 나는 창고를 다 털 것이다. 그런데 만일, 바로 그 순간, 군주가 나에게 다음과 같이 말했다면 어땠을까? '네 안에는 과인이 알 수가 없고, 또 과인을 겁주는 무엇이 있다. 너는 더 이상 과인의 세계 안에 있지 않다. 네가 원하는 바를 말로 표현해 보아라. 과인이 너에게 그것을 허락하겠다.' 나는 대답했을 것이다. '자유를 원합니다'. 그리고 나는 그 자유를 거절했을 것이다.

천장과 형형색색의 모자이크 타일 바닥 사이에서, 여덟 명이 다른 누군가가 입을 열기를 기다리고 있었다. 밖에, 거지가 울부짖고 있는 반대편에서는, 밤에 사람들이 떠들썩하게 움직이는 소리가 올라오고 있었다. 나는 상상했다. 시장통, 델랄*, 이야기꾼을 둘러싼 청중, 인도 위에 벌어지는 노름판, 북적대는 군중 속에서 이뤄지는 은밀한 만남, 암시장의 매매, 소매치기, 기타리스트 그룹, 이스티클랄* 당원들의 연설, 광기와 폭력에 미친 사람들을. 그리고 나는 부스비르*로 몰려가는 남자들을 상상했다. 그곳은 혈통과 피부색이 다른 3천 명이나 되는 여자들이 기숙하며 대량으로 매춘하는 완전히 밀폐된 요새였다(가장 장사가 잘되는 달은 라마단, 즉 가장 신성한 달이었다). 조그만 노인들이, 부족장의 터번을 머리에 감고, 기도용 카펫을 끼고, 무거운 묵주를 들고, 다리를 떨면서, 군중 속에서 길을 잃어버린 소년을 찾으러 종종걸음치고 있었다. 그리고 또 나는 상상했다. 무리를 옮겨 다니면서 은밀한 대화를 나누는, 법도 없고 집도 없는 남자들, 지명 수배된 민족주의자, 지갑을 슬쩍하는 소매치기, 상호 합의로 이루어지는 불법 거래를.

모자이크 타일로 된 바닥과 천장 사이에서는, 침묵과 찻주전자와 다기들에서 나오는 규칙적인 소리만 있었다. 열려 있는 창문은 성벽과 같았다. 우리는 페르디 가문 출신이고, 예언자의 후손이며, 군주들의 후예였다. 여덟 명이 한 명에게 종속되어 있었다. 나는 통찰력이 있었다. 수도사의 얼굴을 한 이 남자는 우리에게 할 말이 있었다.

그가 언제 결정할 것인가? 우리는 아직 완전히 무기력해지지 않았다. 그는 나중에, 조금 더 뒤에 결정할 것이다. 왜냐하면 그가 우리에게 알려 주려는 사실은 충격적일 것이기 때문이었다.

여호와의 분노가 히브리인들에게 닥쳤을 때, 그들은 놀랐을 것이다. 그들은 자신들이 파멸할 것이라 예상했다. 핫지 파트미 페르디, 외람되지만 저는 자부르*를 읽었습니다. 당신이 금니를 드러내는 그 순간까지, 저는 상상력을 이용해서 당신을 피할 것입니다. 당신도 인정했듯이, 저의 상상력은 광활합니다.

나는 내 상상력을 압축하기 시작했고, 그로부터 오래된 이야기를 추출했다. 그리고 나는 속으로 이야기했다. 군주님, 제가 당신에게 이 이야기를 하지 않는다는 것을 용서해 주세요. 이 이야기는 당신과 같은 성스러운 군주들은 들을 수 없는 이야기입니다. 또 제가 이 이야기를 알고 있다는 것도 용서해 주세요. 당신은 저에게 근엄한 것들만 가르쳐 주셨습니다. 그렇지만, 협상과 관련해서 저는 당신에게 도전하겠습니다. 당신이 거지에게 그랬던 것처럼, 우리를 계속해서 무기력하게 만들어 보시지요. 그러면 저는 새벽까지 속으로 묵주를 돌리듯이, 압부 영감의 이야기와 같이 신성을 모독하는 이야기들을 만들어 내며 버티겠습니다. 보세요. 저는 차를 좋아하지 않는데, 벌써 1리터도 넘게 마셨습니다.

메뚜기 튀김 장수가 있었다. 그의 이름은 압부였다(그 뜻은 '농담'이다). 그는 빵 껍질처럼 늙은 남자였다. 그는 메뚜기와 추가 달린 저울이 실린 작은 수레를 밀면서 사방으로 소리쳤다. '짭짜~알하고 맛있어요.'

특히 어린아이들이 메뚜기를 먹었다. 어느 날 저녁, 압부는 열네 살된 베르베르 미소년에 반해서 메뚜기 한 줌을 주었다. 그다음 그는 미소년과의 성관계로 악명 높은 압부 영감의 다리 사이를 지나가야만 했다. 어느 날 영감은 소년에게 말했다.

"난 저녁 기도 시간마다 너랑 할 거다. 알겠지. 그러면 넌 너의 엉덩이와 사슴 같은 눈의 가치보다 더 많은 메뚜기를 먹을 수 있다. 그리고 얘야, 너는 부모도 없고 빈둥빈둥 놀고 있으니까, 내 수레를 밀면서 '짭짜~알하고 맛있어요'라고 소리쳐 주겠니. 그러면 가끔 내가 돈을 줄게. 예순다섯이 되니, 이제 나도 늙기 시작해서 목소리가 나오지 않아. 너는 밀고 소리치고, 나는 파는 거야."

소년은 수레를 밀면서 소리쳤다. '짭짜~알하고 맛있어요.' 노인은 그전보다 메뚜기를 더 많이 팔았고, 저녁에 기도하는 횟수도 두 배가 늘었다. 그런데 소년은 점점 요구하는 것이 더 많아졌다. 그래서 압부는 다음과 같이 말했다.

"얘야, 내 말 좀 들어 봐. 내가 너를 거둬서, 길에서 방황하고 잘못된 길로 빠지지 않게 구해 주었다. 알라 덕분에, 넌 내가 죽을 때 어엿한 장사꾼이 될 수 있다. 내가 너에게 수레와 메뚜기를 물려줄 생각이니까. 그런데 봐라. 어린 것들은 다 배은망덕하다니까. 지난주에 넌 영화 보러 간다고 50프랑을 달라고 했다. 난 너를 아들처럼 사랑하니까, 너에게 50프랑을 줬지. 어제는 미장원에 간다고 했다. 너는 나를 협박하며, 마사지라는 걸 한다고 100프랑을 요구했어. 나는 20프랑을 주고, 역 근처에서 천막을 치고 장사하는 떠돌이 이발사에게 가라고 했지. 그런데 지금 너의 머리는 어제와 똑같은데, 창녀촌에 간다고 50프랑을 달라고 하네. 넌 네 나이에, 할아버지뻘이나 되는 나에게, 이렇게 말하는 게 부끄럽지도 않냐?"

소년이 항상 돈을 요구하자, 압부 영감은 화가 났다.

"잘 들어라, 얘야. 메뚜기를 팔기 위해서 네가 더 이상 필요 없다. 가고 싶은 곳으로 가라. 네가 여기를 지나갈 때, 내가 내 당근을 너의 잉크병에 넣고 싶으면, 널 불러서 약간의 팁과 함께 대가를 낼게."

그리고 압부는 관대한 몸짓을 하며 어린 동업자를 해고했다. 스무 발자국도 못 가서, 털이 북슬북슬 난 손이 소년의 어깨를 잡았다. 이 장면을 지켜보고 있었던 수박 장수였다. 그의 이름은 울드 리브였다. '바람의 아들'이라는 뜻으로, 체구는 거대했고, 얼굴은 붉고 괴상했으며, 나머지 몸의 비율이…….

군주는 손뼉을 쳤다.

"할 말이 있다."

그것은 마치 마술 지팡이 같았다. 여덟 쌍의 눈과 귀가 나타났다. 내가 이겼나?

"과인이 너희에게 우리 모두의 미래가 달린 몇 가지 심각한 사건에 대해 알려 주겠다. 당신 여편네도, 너희 아이들도, 모두 과인의 말을 주의 깊게 들어야 한다. 그리고 과인은 여러분 각자의 제안을 수렴해서 결정을 내리겠다."

여덟 쌍의 눈과 귀가, 한꺼번에 똑같이 해방되었다.

"자, 문제는 이렇다. 잘 들어야 한다. 두 번 다시 말하지 않겠다."

침묵이 흘렀고, 민트와 세이지 향기가 났고, 거지가 소리쳤다.

"과인이 너희들과 사업 이야기를 한 적은 거의 없었다. 너희들에게 과인은 지도자이자 가장이다. 너희들이 생활할 수 있도록 해 주지. 너희들은 자세히 묻지 않았는데, 그것은 아주 옳은 것이다. 너희들은 적어도 과인이 차를 판매한다는 사실 정도는 알고 있겠지. 오늘 밤, 우리는 모두 평등하고 같은 고통을 겪고 있다. 간단히 말하자면, 몇 년 전부터 과인은 모로코에서 차를 수입할 수 있는 열두 명 중 한 명이다. 그런데 전쟁이 모든 것을 바꿔 놓았다. 모로코 조달청은 법령에 따라서 우리 대신에 단일 수입 업자를 임명했고, 그는 우리에게 자기가 원하는 가격에 차를 팔고 있다. 예를 들자면, 미 리 SAFT 42를 우리에게 킬로그램당 250프랑에 판매하고 있다. 열두 명은 한 달에 30~40톤을 받아서, 이윤을 제한 다음에 도매업자들에게 분배하고, 도매업자들은 중간 도매업자들에게 재판매하고, 이렇게 차례차례 소비자까지 이르게 된다. 이제 두 가지 점을 명심해야 한다. 첫째, 도매업자나 중간 도매업자는 재정 상황에 따라 자유롭게 양을 조절해서 사거나, 아니면 아예 안 살 수도 있다. 반면 우리 열두 명은 의무적으로 부과된 가격에 30톤이나 40톤을 사야 한다. 둘째, 과인이 조금 전에 말한 그 미 리 차가 마지막에 소비자에게는 킬로그램당 370프랑에 판매돼야 한다는 것이다. 잘 이해했나?"

알 듯, 모를 듯했다. 그렇지만 여덟 명은 고개를 끄덕였다. 나는 재빨리 머릿속으로 계산했다. 그 결과는 놀라웠다. 나는 우리 아버지가 그렇게 부자라는 것을 몰랐었다.

"그런데 미군이 상륙한 지 6개월이 지났는데, 분배 제도나 프랑스 총영사관의 법령 따위는 무시하면서, 일본군과 동맹군의 화물선에서 압류한 차를 왕국의 모든 시장에 자루째 팔고 있다. 그 결과가 어떻게 되었을까? 너희들은 웃음이 나오거나, 웃다 자빠질 것이다. 같은 예를 다시 들자면, 미 리 SAFT 42가 합법적인 시장에서는 370프랑에 팔리지만, 암시장에서는 130프랑에 팔리고 있다. 웃기지 않냐?"

그런 것 같기도 했고, 주문을 중얼거리는 것같이 들리기도 했다. 그렇지만 난 관심이 없었다.

울드 리브는 아이에게 말했다.

"꼬마야, 걱정하지 마라. 여기가 이제 너의 집이다. 너는 젊지만, 이름이 농담인 저 영감은 늙었다. 그는 메뚜기를 팔지만, 난 수박을 판다. 자! 맛보렴. 꿀처럼 달다. 그리고…… 너의 예쁜 엉덩이처럼 보드랍지. 난 그걸 알아봤지. 나는 이 수박을 마라케시에서 샀다. 그런데 난 물건이 부족해. 우리 둘이 같이 내일 마라케시에 가자."

이 소식을 들은 압부 노인은 분노해서, 메뚜기를 젤라바로 감싸서 집으로 돌아갔다. 그는 부인에게 말했다.

"이봐, 늙은 여편네야! 메뚜기는 더 이상 팔리지 않아. 10킬로그램 정도 남았는데, 네가 먹어라. 너랑 아이들이랑. 결혼한 아들 모하에게도 조금 줘. 그렇지만 며느리에게는 주지 마. 걔는 말라비틀어진 데다 엉덩이도 없어. 그리고 딸 음바르카에게도 줘. 그렇지만 군 중사인 사위가 없을 때 줘. 난 그 자식이 나같이 훌륭한 남자가 준 메뚜기를 먹는 것을 원치 않아. 그 자식은 애들 뒤꽁무니나 쫓아다니고, 수치야! 나는 내일 아침 무에진이 첫 번째 기도를 알릴 때, 마라케시행 버스를 탈 거야. 어서, 내가 천 프랑짜리 지폐를 넣어 둔 양말을 찾아와."

군주는 집게손가락으로 벽을 가리켰다.

"내가 조금 전에 간단하게 검토해 봤다. 봐라! 4개월 재고량, 한 달에 34톤……. 그 결과는 재앙이다."

그는 타르부쉬를 벗어서 냄새를 맡고, 무릎 위에 놓았다. 머리가 없는 부위는 우아한 장미색을 띠었다.

"내 땅, 마자간의 빌라, 내 유동 자산, 우리가 사는 이 집, 너희들이 손에 들고 있는 이 잔까지, 모두 다 집어삼켜 버릴 것이다. 그런데 암시장은 하루하루 가격을 낮추고 있다. 지난주에는 150프랑, 오늘은 130, 내일은 100, 그리고 만일 알라께서 원하신다면, 50이 될 것이다. 그분만이 영원히 남으실 거다. 그렇지만 내일 세상이 망하는 것은 아니다. 자! 이제 말을 해 봐라. 너희들은 모든 정보를 알고 있다. 이제 너희들이 위기를 해결해야 한다. 왜냐하면 너희들도 이 사실을 알아야 하기 때문이다. 과인은 일해서 너희들 모두를 행복하게 만들었고, 과인의 노년을 위해서, 또 너희들이 각자 자리 잡을 수 있도록 재산을 모았다. 너희들은 모든 것을 편하게 받기만 했다. 내일 과인은 동전 한 푼 없게 될 것이다. 말해 봐라. 나이나 이 집에서 맡은 역할을 볼 때, 여편네, 당신이 먼저 말해 봐라. 그렇지만 분명하게 말해라."

"아, 저요, 군주님. 저는 가련한 여자입니다(눈꺼풀에 속눈썹이 없었다). 성자들에게 기도하는 것 외에 가련한 여자가 무엇을 할 수 있겠습니까……."

"성자들은 안 된다."

"글쎄요……."

"과인은 분명하게 말하라고 했다."

"알겠습니다! 글쎄요……."

"그만해라. 과인은 너의 제안을 받아들이겠다. 비록 '산파와 네가 애꾸눈 아이를 낳았지만'. 네 차례다. 압델 크림."

"만약 차가……."

나는 내가 마지막에 질문을 받을 것을 알고 있었다. 그리고 나는 대답이 다 준비되어 있었기 때문에, 내 이야기의 다음 부분을 계속 이어갔다. 군주는 잠들어 있는 내 눈, 멍한 표정, 무관심을 놓치지 않고 간파할 테다. 그러면 나는 정말 기쁠 것이다. 밤새도록, 그는 상처에 칼이 박혀 있는 것 아니겠는가?

마라케시에서 그는 설득력이 있고, 관대할 수 있었다. 그는 여행의

목적인 소년을 찾았고, 바람의 아들이 휘두르는 주먹에도 불구하고 그를 카사블랑카로 데려왔다. 그다음, 그 역시 수박을 팔았다. 심지어 대추, 멜론, 호두, 무화과까지 팔았다. 그는 알라를 찬양했다! 그는 천막을 시장 한복판에 세울 수 있게 되었다. 소년은 편안하게 그와 함께 머물렀으며, 그의 돈을 조금씩 훔쳤고, 순식간에 살이 쪘다.

해적 같은 바람의 아들로부터 자초지종을 들은 사람들이 인심 좋게 압부의 부인에게 모든 것을 말해 주기 전까지는 그랬다. 압부 영감은 이를 갈았다.

"들어 봐, 할망구야. 너 먹지? 자지? 술 마시지? 그런데 뭔 말 같은 정력이 필요하냐? 그 나이에 아직도 만족을 못 해? 손자가 둘이나 있어요. 내가 보기에, 넌 악마들 때문에 머리가 이상해졌어. 그러니까 시흐마드 와후크를 보러 가. 그자가 표범 불알 조각을 너에게 주고, 너를 사로잡은 악령을 내쫓아 줄 거야. 왜냐하면, 넌 내가 다시 너의 다리 사이에 있는 쭈글쭈글한 피부 속을 뒤지는 것을 원치 않을 거니까, 그렇지? 그러니까, 60와트짜리 전구를 조심하라고! 그렇지 않으면, 난 또 어쩔 수 없이 너를 사다리에 묶고, 수단에서 하는 식으로 매질할 수밖에 없으니까. 그러니 눈에 쌍심지를 켜고 쳐다보지 말고, 찻주전자나 가득 채워."

압부 부인은 아무 말도 하지 않았다. 그러나 그다음 날, 이른 새벽, 남편의 천막을 감시하러 갔다. 소년은 정오쯤 나왔다.

"얘, 얘야, 이리 와 봐라……."

그리고 소년이…….

그는 기다리고 있었다. 그는 나를 쳐다보지 않았다. 그저 기다리고 있었다. **그리고 소년이 아주 가까이……**. 나는 갑자기 닥친 이 침묵과 비교할 만한 다른 어떤 것을 경험해 본 적이 없었다. 마치 잔칫상 한가운데 시체가 떨어진 듯했다. 이 침묵은 만질 수 있고, 두터웠으며, 지상의 삶이 아닌 다른 삶과 관련된 것 같았다. **그리고 소년이 아주 가까이 왔을 때, 압부 부인의 쉰 목소리는 사람들을 불러 모았는데……**.

그는 이 침묵을 밑에 놓고, 거기에 우리의 물질성, 우리의 삶, 우리의 방정식, 인간적으로 동화할 수 있는 모든 것을 넣고 녹였다. 그렇게 해서 그는 사람을 몹시 피곤하게 만드는 단조로운 음조의 시를 만들었다. 그 리듬은 졸음 오는 쿠란의 리듬이었고, 그 어휘는 단순하지만 정확한 어휘……. **가까이 왔을 때, 압부 부인의 쉰 목소리는 지나가는 사람들을 불러 모았다.**

"야! 네가 불알 달린 여자지? 나하고 칼리파*에게 가자……."

나는 반수면 상태였다. 내분비샘이 급격하게 분비되었다. 그 순간의 위협과 위험(군주의 용어로는 가루로 만들어 버림)을 연장하는 가학적인 쾌감을 즐겼다. 이런 감정의 근거가 불충분하고 불필요하다는 의식이 들었다. 그리고 여러 생각들을 결합해서, 아주 세련된, 아주 잔인하게 세련된 힌두 예술을 떠올렸다. 그리고 작고하신 무함마드를 떠올렸다. 왜 안 되겠는가? 그는 예언자이자 전사이자 입법자이시니까. 그리고 직접적으로나 간접적으로나, 초월적으로나 아니면 다른 것으로(나는 알고 싶지 않았다), 이 저녁 식사 후의 모임과 이슬람의 승화를 주무르고 있는 우리의 내장을 결정하는 분이시니. 나는 아주 빠른 속도로 다음과 같이 기록했다. 감정이 격해지면, 드리스 페르디 씨는 외설적인 말을 하는 병적인 성향이 있다. 그리고 잊어버렸던 점을 발견하고 즉시 덧붙였다. "알라가 그를 축복하시고 영광스럽게 하소서!" 왜냐하면 나는 직전에 예언자 무함마드를 생각했기 때문이었다.

그들에게 무엇이 필요하지? 렌틸콩? 그리고 다음에는? 빙글빙글 도는 이슬람 수도승 같으니라고. 여러분은 못 들으셨나요? 군주가 말했잖아요. '내일 세상이 망하는 것이 아니다'라고요. 어머니, 형제들, 여러분은 내일 또 밤을 지새울 겁니다. 매일 저녁, 저 거지가 말하는 것을 들을 겁니다. 자, 들어 보세요.

"뭐, 좋습니다! 저는 내일 또 오겠습니다. 그리고 모레도 오겠습니다. 앞으로도 매일……."

여러분에게 무엇이 필요하지요? 한 분에 대해서만 말해야 한다면, 어머니께 말씀드리고 싶습니다. 어머니, 그가 맞아요. 성자들은 안 돼요. 그들은 그냥 성자일 뿐이에요. 살아 있는 사람들, 남자들, 어머니를 위한 한 남자, 다른 남자를 만나세요. 제발, '내 귀에는 아무것도 안 들렸다' 이렇게 말하지 마세요. 어머니는 분명히 알아들었어요. 애인이요! 어머니를 사로잡고 만족시켜 주는 애인이라고요! 보세요, 전 어머니의 오래된 비밀을 발견했어요. 저는 위로해 드릴 수가 없어요. 전 아들일 뿐인걸요. 이 말은 모호하지 않아요. 오히려 아주 분명하죠. 두려워하지 마세요. 어머니는 전부 이해했어요.

아, 그런가? 어머니 눈에는 비난이 서려 있었다. 그 눈은 이렇게 말하는 것 같았다. '드리스, 사랑하는 내 아들…… 등등…… 포기해라, 항복해라, 다시 한번 복종해라. 너는 나를 지키고 싶고, 나를 깃발처럼 흔들고 싶어 하지. 넌 잘못 생각하고 있어. 나는 그러고 싶지 않아. 봐라. 내 가슴은 물렁물렁해졌고 피부에는 지방이 끼었어. 너는 맹목적이다. 너무 맹목적이야. 내 손바닥은 오래된 무화과처럼 쭈글쭈글해졌어. 난 이제 웃을 줄도 몰라. 예전에는 아마도…… 그러나 지금은? 내 영혼과 의식 속에는 어떤 욕망도 없고, 심지어는 분노도 없다. 항복해라. 이번이 마지막이야. 내가 너를 축복할 것이다…….'

그렇게 보였다. 나는 눈을 돌렸다. 레몽 로슈 선생님조차도 반복해서 말했다. 소규모 전쟁이라고 그랬던가? 그것이 바람직하고 적당하기 때문이며, 또 전쟁이 끝나자마자, 아랍인들은 곧바로 잠자러 가서, 분명히 더 깊은 잠에 빠질 것이기 때문이라고. 홍수가 난 곳에 우산이 무슨 소용이 있을까? 차라리 이렇게 말하는 게 낫지 않을까? '당신의 타락한 정액으로부터 바보 같은 아이들이 태어났다면, 그 아이들을 바보 취급하세요.' 위에, 군주의 방에는 아주 좋은 양피지로 만든 두루마리 책들이 있었다. 나는 그것들을 모두 읽었다. 그 모든 책은 분명하게 말하고 있었다. '아담이라는 자의 아들이 말하기를, 아무개가 언젠가 기억했던 것을 아무개가 들었고, 그것을 아무개가 증언했는데……' 등등. 그리고 교리에는 그 사용법이 붙어 있다. 이해하지 말 것, 판단하지 말 것, 그리고 믿을 것. 이것이 당신에게 요구하는 전부다. 아민!

나는 포기했다. 바로 그 순간 그가 나를 불렀다.

"그럼 너는 어떻게 생각하느냐?"

"저는 생각 중이었습니다. 대화에서 한 마디도 놓치지 않았습니다. 아버지, 저는 제안할 것이 없습니다. 다만 상기시켜 드릴 일이 있습니다."

나는 웃었다. 그도 역시 웃었다.

"말해 보아라."

"3년 전 어느 날 저녁에도, 오늘 저녁처럼 저희 모두를 모이게 하셨습니다. 그때 조금 전에 말씀하신 것 같은 심각한 사건을 우리에게 알려 주셨습니다. 계속할까요?"

"물론!"

"저는 모든 것을 기억하고 있습니다. 특히 화물선의 이름을요. 더반 마루호는 마다가스카르 먼 바다 앞에서 침몰했고, 트리콜로르 호는 다카르에서 몇백 미터 떨어진 곳에서 독일군 잠수함으로부터 어뢰 공격을 받았었습니다. 두 화물선 모두 차를 운반하고 있었습니다. 100여 톤이었고, 아버지가 모든 책임을 지신 것으로 알고 있습니다. 제가 정말……?"

"계속해도 되느냐고? 물론이다."

미소가 우리 입가를 떠나지 않았다. 나는 억지로, 쓸데없이, 고집스럽게 미소를 지었고, 그는 환하게 웃었다.

"그때 아버지가 어떻게 파산을 면하셨는지, 저는 아직도 궁금합니다. FTC는 아버지가 보증금만 지급하고 구매한 상품의 전액을 요구했었고, 로이드사는 전시에 적용되는 국제법령을 인용하며 소송을 취하했었습니다. 사건을 맡겼던 변호사는 유대인이었는데, 유대인답게 엄청난 수수료를 요구했었습니다. 아버지는 그를 해고했었고, 투아렉* 부족이 비를 기다리듯이 기다리기만 했었습니다. 그런데 어느 날 아버지는 우리에게 소송에서 이겼다는 사실을 알려 주셨습니다. 그뿐만이 아니라, FTC에 지급한 이자까지 돌려받을 권리가 있었다는 것까지요."

"넌 손익을 빼놓고 있다. 어쨌든 계속해라."

"그 후에 아버지는 제게 아버지의 전략에 대해 말씀해 주셨습니다. 저는 몇 가지밖에 기억하지 못합니다. 페탱 원수*가 집권하기 전 프랑스와 영국 사이에 체결된 무역 조약이 무효화되었다는 것과 당시 여전히 유효했던 영국 법률이 경제법 소송에 대해서 유예 기간을 한 번만 허용한다는 것이었습니다. 제가 제대로 이해하지 못했기에, 다시 말씀드리는 것을 용서해 주세요."

"아무 상관 없다. 계속하거라."

"그런데 저는 다음과 같이 기억하고 있습니다. 아버지의 모든 재산이 압류되었고, 건물은 봉인되었고, 거의 아무것도 가진 것이 없으셨습니다. 그래서 어머니가 기꺼이 금팔찌를 빼서 아버지께 드렸습니다. 아버지는 그것을 받으시고, 고개를 끄덕이시더니, 눈을 반쯤 감고 말씀하셨습니다. '과인이 이것으로 무엇이든 하려고 노력할 것이다.' 그때 무엇을 하셨나요? 6개월 뒤, 이 집, 트럭 두 대, 그리고 아인 디아브의 토지…… 5천만에서 6천만 프랑을 되찾았습니다."

"부정확하다. 4천 8백만이었다."

"그리고 소송은 진행 중이었습니다."

"정확하다. 그런데 이 긴 연설의 교훈은 무엇인지 말해 줄 수 있겠니?"

그는 승리의 미소를 지었고, 나는 웃는 것을 멈췄다.

"교훈이요?"

이것이 그가 웃었던 이유였다. 이것이 그가 마지막에 나에게 물어본 이유였고, 머독 공원에서 내가 잠시 앞일을 예견했던 이유이기도 했다. 그는 내가 말하려는 내용을 예상했고, 나도 내 말이 어떤 결과를 낳을지 알고 있었다.

"교훈이요? 아버지께서는 다시 한번, 반드시 이길 수 있습니다."

"아들아, 왜 내가 그래야 하지?"

그는 이 단어를 조용하게, 마치 호소하듯이 말했다. 나는 대답하지 않았다. 몇 초가 지나자, 그는 소리를 지르기 시작했다.

"왜냐고? 무엇을 위해서, 누구를 위해서? 아버지를 배신하고 죽으려는 너를 위해서? 아니면 주정뱅이 카멜을 위해서? 아니면 음흉하게 뒤에서 떨고 있는 다른 형제들을 위해서? 아니면 새끼를 낳고, 네 주인님이라는 말밖에 할 줄 모르는 저 여자를 위해서? 당연히 과인은 상황을 되돌릴 수 있다. 과인의 피부는 가죽처럼 질기고, 과인은 이로 철근을 물어뜯을 수 있다. 그런데 누구를 위해서 그래야 하지? 내가 죽기만 기다리고 있는 너희들을 위해서? 그리고 무엇을 위해서 그래야 하지? 이 집에 들

어와서, 저 여자가 무릎을 꿇고 있는 것을 보기 위해서? 저 여자
는 자기 임무를 마쳤으니, 무릎 꿇고 있기만 하면 되지. 그런데
과인은, 지금까지 일한 것이, 아들 중 한 명이 나무 깎는 칼로 과
인을 죽이려고 음모를 꾸미는 것을 보기 위해서였던가? 이 층
화장실에 있는 한쪽 벽은 오줌 튀기는 것을 막는 행주 같은 역할
을 하지. 거기에는 카멜부터 하미드까지 너희들 모두가 남긴 음
경 자국이 있다. 그런데 과인이 과인의 영광이 될 것이라 여겼
던 너는 도대체 누구냐? 칼도 좋고, 라마단도 좋다. 그런데 너의
꿈은 도대체 뭐냐? 과인을 떠나서, 과인을 빨리, 완전히 잊어버
리는 것이냐? 떠나자마자 과인을 증오하고, 모든 이슬람을 증
오하고, 모든 아랍을 증오하는 것이냐? 네가 게수 학교*에 다닐
때 있었던 압데즐릴 선생이 어떻게 된 줄 아냐? 그는 지금 파리
에 있다. 가톨릭 신자가 되었다. 심지어 신부가 되었다…… 너
는 더 잘해 봐라. 알라께서 너를 도울 것이다! 어쩌면 교황이 되
겠지. 아니면 세속적인 것에 더 관심이 있냐? 군용 부츠, 장교 모
자, 그리고 채찍을 들고 아랍 놈들의 등을 갈기는 것, 이런 것이
냐?"

"아닙니다. 아버지."

"누가 너에게 물어봤냐? 아니면 네가 여전히 말할 수 있다는
것을 보여 주기 위해 말한 것이냐? 그게 너의 마지막 말이냐? 율
법이 과인에게 무엇을 허락하는지 알고는 있냐?"

그는 기다렸다. 나는 몰랐다.

"너희들 모두를 쫓아내는 것이다."

다시 조용해졌다. 침묵도 의견이다.

"여자들은 돈 주고 살 수 있고, 아이들은 만들 수 있다. 그리고 필요하다면, 과인은 법도 어길 것이다. 그렇지만 너희들에게 내려질 벌은 여기 머무는 것이다. 너희들 각자는 파렴치한 행동과 증오와 과부 생활과 분노를 계속 이어갈 것이다. 특히, 너, 드리스!"

그의 미소는 사라졌다.

"결론을 내릴 필요가 있을까? 너희들이 알아서 해라. 과인은 여러분의 현명한 제안에 감사한다. 특히 드리스, 너의 제안에 대해서."

"아버지……."

"대화는 끝났다."

그는 어머니를 향해 몸을 돌렸다.

"여편네, 오늘 저녁 과인을 위해 무엇을 준비했지?"

"군주님, 수프와 렌틸콩입니다. 저는 잘 준비하려고 했었습니다. 고기구이, 닭, 모든 걸 다 해 봤는데, 요리들이 상합니다. 아이들이 점점 덜 배가 고프고……."

"잘됐네. 음식을 차리게."

어머니는 사라졌다. 나는 일어났다.

"죄송하지만 먼저……."

"매우 놀랍구나."

"아버지, 죄송하지만 먼저……."

그는 놀란 것처럼 보였다.

"아버지라고 했냐?"

나는 질문을 듣고 놀랐다.

"네, 아버지."

"그래서?"

"죄송하지만 허락해 주신다면, 먼저 자러 올라가겠습니다. 전혀 배가 고프지 않습니다."

"아들아, 조건이 하나 있다."

다시 악순환이다!

"네, 말씀하세요."

"대답해 봐라. 너무 기다려서 배가 더 이상 고프지 않은 것이냐, 아니면 내일부터 더 이상 금식을 하지 않기로 결심했기 때문이냐?"

나는 간신히 생각할 수 있었다. 나는 솔직했다.

"둘 다입니다. 아버지."

"좋다. 가라!"

내가 파티오를 지나갈 때, 그가 나를 다시 불렀다.

"이 보리빵을 가져가라."

나는 복종했다. 식탁 위에는 렌틸콩으로 만든 타진에서 김이 모락모락 나고 있었다.

"이게 필요할 거다."

그는 덧붙여 말했다.

"아니면, 거지에게나 줘라."

그는 나에게 칼을 내밀었다.

"빵을 자를 때 써라."

그리고 그의 마지막 문장은 다음과 같았다.

"아니면, 다음 기회에 과인을 노려라. 성공할 수도 있겠지. 잘 자거라."

나는 창문을 활짝 열었다. 내 방은 어둠에 젖어 있었다. 나는 빛을 보고 싶지 않았다.

숨을 들이쉰다? 그런데 무엇을 들이쉬는 걸까? 이른바 바깥의 깨끗한 공기와 밤의 한기가 느껴졌다. 부엌에서 버린 채소 껍질 냄새, 소변과 이슬과 말똥과 최근에 깐 시멘트가 혼합된 냄새, 시장의 쓰레기 냄새, 가난한 사람들의 썩어 가는 입냄새가 났다. 그리고 가수면 상태에서 휘두르는 주먹질처럼, 여기저기서 거지들이 외치는 소리가 들렸다. 또, 내 앞에 있는 이 집, 다닥다닥 붙어 있는 집들, 동네가 보였다. 그곳에는 나의 군주와 같은 군주들이 찻잔을 느리게 채웠다, 비웠다 하고 있었다. 나는 조심스레 덧창을 닫았다. 나는 칠흑 같은 어둠 속에 있었다.

가는 선, 가는 선, 불면증이 있는 아이가 엄마에게 자장가를 불러 달라고 조르는 것처럼, 나는 너를 불렀다. 나는 빵 냄새를 맡았다. 동물처럼, 강한 본능을 느꼈다. 감정과 말은 필요 없었다. 스무 시간의 금식 때문에 위가 쪼그라들어 있었다. '네가 무엇을 하든, 네가 어떤 존재이든, 넌 꼭두각시일 뿐이다. 가끔 과인은 의도적으로 너를 잊어버린다. 너는 그 틈을 이용해서 교량이나 날개나, 비현실적인 꿈을 만들지. 그러면 과인은 손을 뻗

어서, 너를 힘껏 흔든다. 자, 너를 봐라. 너는 꼭두각시일 뿐이다.'

그날 저녁, 그는 나를 탈탈 털었다. 그리고 나에게 보리빵을 적선했다. 나는 그가 희미하게 미소 짓는 장면을 상상했다. '너는 너의 방으로 돌아갈 것이다. 너는 단호하고 집요해질 것이다. 그리고 너는 허기를 채울 것이다.' 나는 어둠 속으로 빵을 던져 버렸다. 나는 아직 더 금식할 수 있다. 새벽은 곧 올 것이고, 새로운 새벽의 무게는 엄청날 것이다. 나는 **쿠비투스**'를 쭉 펴고 침대에 누웠다. 가는 선, 가는 선······.

칼리파는 상식이 있는 남자였다. 그는 압부 영감, 그의 부인, 그리고 아이를 바라보았다. 그다음 다음과 같이 판결했다.

만일, 정확하게, 바로 오늘 밤, 군주가 새로 일어난 차 사건을 이미 해결해 놓았다면?

그의 평결은 매우 간단했다.

"당신들 둘 다 늙었다. 그러니 조용히들 사시오. 당신들의 끔찍한 이야기는 더 이상 듣고 싶지 않소. 아이는 내가 대신 돌봐 주겠소."

그렇다면, 왜 이런 무대를 설치하고, 심문하고, 마지막 결말을 미완성 상태로 두었을까? 군주의 연극이란 말인가?

실제로 그는 압부 영감이나 바람의 아들보다 훨씬 더 아이를 잘 돌봐 주었다.

나는 **가는 선**을 통해서 탈출했다. 그 선은 방 안에 섬광처럼 떨어졌다. 군주여, 당신의 꼭두각시를 보시오.

잠들어야 한다는 생각에 긴장하면서, 눈꺼풀을 필사적으로 감았다. 처음에는 거미줄같이 가느다란 실이, 너무나 미세해서 비현실적으로 보이는 선이 나타났다. 그 선은 글자나 숫자, 또는 끊어진 선이었다. 움직이지는 않았지만, 점점 더 커지는 것이 보였다. 아! 처음에는 매우 느리고, 부드럽고, 알아차릴 수 없을 정도로 커졌다. 점점 더 커지고, 분명해지면서, 글자, 끊어진 선, 또는 숫자는 물질이 되고, 움직이고, 흔들리고, 점점 더 빠른 속도로 춤을 췄다. 그리고 **가는 선**은 손가락만큼 두꺼워지고, 팔뚝만큼 굵어져서, 모터의 피스톤이나, 비행기의 프로펠러, 로켓의 궤도와 같아 보였다. 산만큼 거대해졌지만, 여전히 숫자나 글자, 또는 끊어진 선의 형태로 되어 있었다. 그리고 **선**의 속도와 두께가 정점에 도달하면서, 그 물질성은 가시적이고 현실적인 것이 되었고, 어떤 소리가 나왔다. 처음에는 거의 들리지 않았지만, 점점 더 분명해졌고, 그다음에는 총알이 날아가는 소리처럼 들렸다. 그리고 아스팔트 길, 포석이 깔린 길, 아니면 자갈길 위를 달리는 자동차 바퀴 소리같이 정확하고, 강하고, 난폭하고, 폭포가 떨어지는 것처럼 들렸다. 그리고 마지막에는 달리는 기차의 거대한 아우성 같아졌다. 이 모든 것이, 잠들어야 한다는 생각에 긴장하면서 필사적으로 감은 눈꺼풀 뒤에서, 공포에 질린 내 눈 속에서, 그 시끄러운 소리에 귀가 먹먹하고, 그 무게에 으깨지고, 그 속도에 잘게 잘린 내 머릿속 전체에서 일어났다.

그다음 소음의 음계 톤이 이렇게, 저렇게 바뀌고, 속도가 줄어들었다. 산은 글자나 숫자 덩어리가 됐다. 잠들어야 한다는 생각에 긴장하면서 필사적으로 감은 눈꺼풀 뒤에서, 이 덩어리는 소리도 없고, 움직임도 없는, **가는 선**일 뿐이었다. 거미줄같이 아주 가늘고 미세해서, 비현실적으로 보이는 선이 되었다.

그리고 **가는 선**은 갑자기 저절로 사라졌다. 나는 어두운 방 안에 남아 있었다. 거지는 성 압델 카데르를 인용하며 자신의 배고픔을 증언했다.

나는 불을 켜고, 창문을 열고, 빵을 집어 들어 길에 떨어뜨렸다. 그리고 즉시 창문을 닫았다. '그들은 눈이 있어도 아무것도 볼 수가 없습니다. 그들은 귀가 있어도 아무것도 들을 수가 없습니다.' 그리스인과 러시아인의 성자들이시여, 왜 제가 그들 중 한 명이 아닙니까?

2장
전이 기간

"조금 더 빛을!"*

3톤짜리 버스는 '카사블랑카-페스, 왕복, 모든 물건, 모든 속도, 모든 가격'이었다(나는 글자 그대로 회사 이름을 인용했다). 운전사는 자기 이름이 쥘 세자르*라고 했다. 내가 놀라자, 그는 설명했다.

"왜? 내가 아랍인이기 때문에, 내 이름은 알리 벤 쿠스쿠스 같아야 하나?"

나는 웃었다. 그는 자기 신분증을 보여 주었다.

"자! 봐."

정말 그랬다. 성: 쥘. 이름: 세자르. 모하메드 벤 모하메드와 얌나 벤트 X의 아들. 1912년 아글라갈 두아르에서 출생 추정. 타스켐트 부족, 템시라 파. 이민타누트 검사소, 마라케시, 모로코. 직업: 운전사. 국적: 미국 시민.

"도대체 어떻게 한 거야?"

"당연히 세르클'의 지휘관이 만들어 준 거지. 그자는 늙은 식
민지 관리 중 한 명인데, 우리는 등본이 필요했어. 그자에게 모
로코란, 피에르 로티'나 타로 형제'가 정의했던 것처럼, 모험과
신비의 땅이니까. 그자는 태양과 교감하고, 대추와 메슈이'를
먹고, 터번을 쓰고 있어. 빵빵거리며 놀고, 갑옷을 입고, 우표를
수집하고, 타라스콩의 타르타렝'과 로빈슨 크루소를 따라 해.
그래서 베니 멜랄'부터 제마 엘 프나'까지, 노래꾼들이 그자를
조롱할 정도야. 하! 그들은 경비견에 익숙하니까. 나는 말이야,
그자가 정말 원하는 게 아랍 여자라는 걸 알고 있었거든. 그래
서 내가 여동생을 갖다 바쳤더니, 이 신분증을 발급해 주었지."

내가 그를 뚫어지게 쳐다보자, 그가 물었다.

"그런데 넌, 이름이 뭐냐?"

"드리스 페르디."

"핫지 파트미의 아들?"

"핫지 파트미 페르디의 아들."

"제기랄!"

그는 차 앞창에 침을 뱉더니, 눈과 손끝만 보이는 어머니를 가
리켰다.

"너의 여동생, 아내, 아니면 할머니?"

"어머니."

그는 '제기랄'을 반복하더니, 멍하니 앉아 있던 슐루 부족 한
쌍에게 다가가 어깨를 쳤다. 그들은 차 위로 올라가더니, 한 줄

로 정리된 드럼통과 카누 한 척 사이에 자리를 잡았다. 어머니와 나는 그들의 자리를 차지했다. 쥘 세자르는, 다리가 서로 묶여 있는 암탉 무리 사이를 성큼성큼 뛰어넘었다. 그리고 돌아서서 여행객을 바라보았다.

"교우님들, 주목하세요. 여러분 중에 어쩌면 겁쟁이, 임산부, 심장 질환자, 토하거나 설사하는 경향이 있으신 분들이 계실 겁니다. 즉시 내리셔서 프랑스 회사를 이용하세요. C.T.M.˚이나 발레나 같은 회사는 수입인지가 붙은 청구서에 대해서 안전을 보장합니다. 없으신가요?"

아무도 움직이지 않았다. 쥘 세자르는 결론을 내렸다.

"좋아. 다 말했으니, 이 쉐보레는 아담 영감님처럼 코를 골지어다. 왜냐하면……."

그는 모자를 눌러썼다.

"내가 이 기계를 폭파해 버리거나, 아니면 이 기계가 우리를 모두 죽일 테니까."

그는 핸들을 잡았다.

"준비됐나?"

정비공이 소리쳤다.

"준비됐습니다."

그가 문을 쾅 닫자, 차는 연기를 가득 뿜으며 시동이 걸렸다. 어머니는 얇은 망사로 된 베일 뒤에서 중얼중얼 기도했다. 나는 어머니가 어떤 성자에게 영혼을 맡겼는지 알 수가 없었다. 그녀는 눈을 감고, 다시 뜨지 않았다.

쥘 세자르는 운전을 잘했다. 처음 100미터를 가는 동안, 그는 인도를 스치고 지나가고, 성 프란체스코회 예배 행렬을 흩어지게 하고, 발바리 한 마리를 깔아뭉갰다. 그는 좌석에 반쯤 누워서, 건방진 태도로, 마치 담배를 피우듯이 엄지와 검지로만 핸들을 잡고 있었다. 가끔, 그는 나를 보고 미소를 지었다. 그는 자기 앞을 가로막는 전통, 인간관계, 공손한 어법 등, 모든 것을 무시할 수 있는 시민권을 가지고 있었다. 도로가 그의 밑으로 흘러 지나갔다. 마치 홍수에 범람한 강물처럼, 현기증이 날 정도로 빨랐다. 그렇지만 그는 앞에 있는 태양을 바라보는 임무를 충실하게 수행했다. 그의 미소를 보면서, 나는 알리 수다의 원초적인 철학을 떠올렸다. 그는 수많은 사촌 중 한 명이었는데, 구두 장인이었다. 그는 바부슈 한 쌍을 만들어 판 뒤, 가게 문을 닫고, 3~4일 동안 편하게 지내며 아무것도 하지 않았다. 그다음에 그는 다시 일했다. 사람들은 그에게 물었다. '왜 바부슈를 두 쌍, 열 쌍, 열두 쌍을 만들지 않나요? 그러면 더 오래 쉴 수 있을 텐데요?' 그는 질문을 이해할 수 없어서 대답하지 않았다. 알리 수다는 노동을 조절했다. 그에게 첫 번째 단계는, 필요하지만, 또한 충분한 것이기도 했다.

그와 비교해서, 나는 알라의 당에 관해 생각하기 시작했다. 당은 이맘'과 상인들로 구성되어 있다. 당의 목적은 프랑스인을 바다로 몰아내는 것이다. 예언자 무함마드는 이것을 아무개에게 말했고, 그는 다른 아무개에게 전달했고…… 그래서 아무개는 이 가르침을 양의 어깨뼈에 새겼다. 비가역적으로, 돌이킬 수 없이, 하나의 사상이 고정되었다. 마치 월트 디즈니 만화에 나오는 곰이 무조건 미키의 머리를 박살 내고 싶어 하는 것처럼 말이다. 첫 번째 단계. 그다음에는, 홍수가 나거나 아니면 아무 일도 없거나였다.

쥘 세자르는 액셀을 밟고, 커브를 돌고, 클랙슨을 울렸다. 건물들, 유칼립투스 나무들, 포석길 등, 모든 것이 눈에 들어오자마자 뒤로 사라졌다. 내 앞에는 베르베르 남자 한 명이 신문을 읽고 있었다. 차체가 요동쳤다. 어머니는 더듬거리며 내 손을 찾았다. 나는 손을 그대로 두었다. 어머니는 여윈 손으로 내 손을 잡았다. 마치 작은 새나, 어떤 물건이나 지지대를 잡는 것 같았다. 어린 소녀였을 때, 어머니는 감금되었다. 군주는 먼저 자물쇠를 채워서 아내를 가두었다. 그다음, 차례차례 일곱 번 임신시켰다. 그 결과, 하녀도 없이 젖을 먹여야 하거나, 아니면 임신 중이었기 때문에, 열린 문은 어머니에게 더 이상 의미가 없었다. 그녀의 마지막 여행은 결혼하는 날이었다.

어머니는 흰 하이크*로 가린 안쪽에 화려하게 옷을 차려입고 있었다. 장미차 색의 **카프탄***, 비단과 은실로 짠 **바디아***, 커다란 금 허리띠, 금실과 은실로 자수를 놓은 바부슈, 그리고 양쪽 팔목에는 10여 개의 팔찌를 차고 있었다. 어머니는 페스로 가는 중이었다. 그렇지만 어머니는 향수는 뿌리지 않았다. 군주의 아내였기 때문이었다.

페스에서 어머니는 할아버지의 비석에 이마를 맞부딪힐 것이다. 그는 마라부*였다. 새벽 기도를 하기 직전에, 군주는 그렇게 해 주기를 원한다고 말했었다.

비록 눈을 감고 가슴을 펴고 있었지만, 나는 어머니가 불안해하고 있음을 알고 있었다. 불안. 이보다 더 정확한 다른 용어는 없을 것이다. 이 버스는 아주 빠른 속도로 어머니를 조상들이 있는 도시로 데려가고 있었다. 어머니는 아주 오래전에 그 도시를 떠났었다. 아주 오래전에, 어머니는 체념하고 더 울지도 않았고, 죽기 전에 한 번만 그곳에 다시 갈 수 있게 허락해 달라고 더 애원하지도 않았다. 그녀에게 고향은 5억 명의 순진무구한 사람들이 꿈꾸는 메카 같은 곳이었다. 그런데 어머니는 하얗고, 높고, 각이 진, 철근 콘크리트로 만든 그 집에서 멀리 떨어져 있었다. 그리고 쥘 세자르는 발로 액셀을 짓이기듯 밟고 있었다.

기쁨? 어머니는 기뻐서 뛰었을 수 있다. 오줌을 쌀 정도로 말이다. 고향을 떠날 때와는 분위기가 달랐다. 여행객들이 앞에도, 뒤에도, 옆에도 있었다. 마지막 여행 이후로 얼마나 많은 집이 땅에서 솟아났는지! 시끄러운 소리가 들리고, 사람들 보이고, 마음이 떨리고, 처음 보는 것들이 눈에 들어왔다. 그녀는 눈을 감았다. 자! 군주가 오른손을 뻗어서 모든 것을 사라지게 할 거야.

쥘 세자르는 악마고, 이 자동차는 지옥에서 온 기계야. 그런데 박쥐는 야행성인데. 그렇지만 어머니는 우연히 사고가 일어난 것이라고 여겼다. 쿠란은 분명했다. '순례 중 죽은 자는 틀림없이 하늘나라에 갈 것이다.'

내가 큰 소리로 '아민!'이라고 외쳤을 때, 쥘 세자르는 브레이크를 완전히 밟았다. 우리는 검문소의 바리케이드 앞에 멈췄다. 문을 열고 들어온 프랑스인 중사는 반쯤 자고 있었다. 통역관이 그를 도와주고 있었다. 그들은 어깨끈을 차고 있었다. 한 사람 것은 리볼버였고, 다른 사람 것은 가방이었다. 그들 뒤에는 프랑스군에 동원된 모로코 원주민 병사들이 기관총으로 무장하고 밀집해 있었다. 군주는 이 자에르˙ 부족 사람들을 고용해서, 자신의 농장에서 가축을 이용해 짐 부리는 일을 시켰다. 나는 이 사람들이 돌로 똥을 닦는 모습을 본 적이 있다.

나는 안전유리창을 내리고, 건조하고 뜨거운 공기로 가슴을 가득 채웠다. 매미의 합창 소리에 귀가 먹먹했다. 나는 고개를 내밀었다. 지프 한 대, 나란히 서 있는 오토바이 두 대, 그리고 프랑스 삼색기가 보였다. 통역사가 물었다.

"암탉은 몇 마리?"

쥘 세자르가 답했다.

"스무 마리요."

그는 모자를 벗어, 핸들에 대고 먼지를 털었다. 그의 빈정거리는 눈빛에는 불안이 서려 있었지만, 뒤로는 협박할 방법을 모색하고 있었다. 통역사가 비난하는 어조로 말했다.

"너무 많아. 너무너무 많아. 세금 낼래, 협상할래?"

"두고 보죠."

"좋아, 승객은 몇 명?"

"60명이요. 마흔두 명은 좌석, 나머지는 입석, 또 슐루 부족 두 명은 위에 있고…….. 그리고 나요."

통역사가 반복했다.

"너무 많아. 너무너무 많아. 세금 낼래, 협상할래?"

쥘 세자르가 답했다.

"두고 보죠."

"좋아. 나무통은?"

그는 손을 비비고 있었다. 천천히, 그렇지만 아주 규칙적으로. 어느 날, 그는 학업 증명서를 받았다. 또 다른 어느 날, 그는 세관 통역사로 임명되었다. 그는 양지바른 곳에 자리를 잡은 것이었다. 쥘 세자르가 답했다.

"일곱 개요."

"뭐가 들어 있지?"

"화약요."

통역사는 몸을 움찔했다. 쥘 세자르는 조용히 덧붙였다.

"세부 강*에서 활동하는 민족주의자들에게 줄 건데요."

그리고 그는 프랑스인 중위에게 신분증을 내밀었다. 중위는 그것을 검사했다. 이 신성한 블레드*에서, 그 어느 것도 그를 막을 수 없었다. 중위는 말했다.

"통과시켜!"

쥘 세자르는 머리를 가다듬고, 클러치를 넣고, 속도를 바꾸었다. 그는 **라 마르세예즈***를 흥얼거렸다. 왕도가 그의 앞에 열려 있었다. 그는 군주로 태어나지는 않았지만, 군주가 되었다. 그는 법, 모로코 원주민 병사들, 소총들을 비웃었다. 돈벌이 시킬 여동생이나 딸이 없는 자들은, 누구도 그를 포주라고 부를 수 없을 것이다. 그는 속력을 높였다. 예전에 그는 썩은 고기를 찾아다니는 자칼의 무리 중 한 마리였다. 이제 그는 기름진 양 떼 한가운데 있는 늑대가 되었다. 그게 다였다. 도덕의 가치는 무엇이었겠는가?

태양이 하얀 후광처럼 빛나고 있었다. 아스팔트는 거울처럼 반짝이고 있었다. 길가에는 거대한 뽕나무들이 심겨 있었고, 집도 울타리도 없는 광활한 평야에 적갈색 보리가 엉겨서 펼쳐져 있었다. 나는 충동적으로 될까 두려워, 시선을 낮추고, 내 앞에서 계속 신문을 읽고 있는 베르베르 남자를 자세히 뜯어보기 시작했다. 그는 젊고, 눈에 힘이 있었다. 입으로는 계속 중얼거리고 있었다. 그런데 이상한 점이 있었다. 그가 파키르*가 아니고서는, 그 신문을 읽을 수가 없었다. 나는 그에게 말을 걸었다.

"그래, 형제님, 좋은 소식이라도 있나요?"

그는 나를 쳐다보고, 헛기침하고, 다시 신문에 주의를 집중하더니, 더 빨리 입술을 움직였다. 그는 대답했다.

"항상 똑같지요. 형제님은 글을 읽을 줄 모르시나요?"

나는 조심스럽게 대답했다.

"모릅니다."

"참 불행한 일이네요. 그런데 당신은 유럽식으로 입고 있는데…… 영국 상황이 안 좋군요. 삼촌 핫지*가 직접 영국에 갔습니다. 예루살렘의 무프티*인 아민 후세이니*와 함께요. 그는 히틀러하고 형제지간입니다. 그래서 그들은 런던에 가서 처칠을 무함마드의 성스러운 종교로 개종시키려고 했습니다. 이 전쟁을 끝낼 수 있는 또 다른 방법이지요. 그리고 그들은 돌아와서 글라위 문제를 진지하게 다룰 것 같습니다."

그는 여러 가지 언어를 놀라울 정도로 섞어 가며 나에게 이 정보를 전했다. 나는 그의 말을 매우 정중하게 듣고 나서 일어났다. 모든 점을 고려해 보면, 그는 이 신문을 읽을 **줄은 알았다**. 쥘 세자르가 백미러를 보고 웃으며 나를 불렀다. 나는 가서 그의 어깨를 다정하게 잡았다.

"만일 핫지 파트미 페르디의 아들이, 어느 날, 나는 네가 필요하다고 말하면, 나를 도와줄 수 있겠지?"

그는 하마터면 커브를 도는 것을 놓칠 뻔했다.

"물론!"

그는 덧붙여 말했다.

"부스비르에서 날 찾을 수 있어. 이틀 중 하룻밤은 거기에 있으니까."

길에는 아무도 없었지만, 그는 클랙슨을 길게 눌렀다.

나는 자리로 돌아와서 베르베르 남자에게 고맙다는 인사를 한 뒤, 그가 들고 있던 신문을 올바른 방향으로 돌려주었다. 그는 신문을 거꾸로 들고 **읽고** 있었다. 그는 신문을 구겨서 공처럼 만든 다음, 심각한 표정으로 주머니에 쑤셔 넣었다.

*
**

우리는 페스에 도착했다. 밥 프투'부터 공증인들이 있는 지역까지는 걸어서 두 시간이었다. 나는 빈 노새를 끌고 가는 사람에게 어머니를 부탁했다. 그는 어머니를 키가 작은 당나귀에 태우고, 발길질로 자기 앞에 있는 나귀 무리를 몰았다. 나는 기뻤다. 혼자였다. 내 머리 위로 햇살이 펼쳐졌다.

나는 이 도시를 좋아하지 않았다. 이 도시는 내 과거였고, 나는 내 과거가 마음에 들지 않았다. 나는 여기서 자랐고, 다듬어졌다. 페스는 그저 쪼그라들었을 뿐이었다. 그렇지만 내가 그 안으로 들어가면 갈수록, 도시는 나를 움켜잡고, 한 개의 구성 요소로 만들어 버렸다는 사실을 알게 되었다. 나는 아주 작은 존재, 벽돌 중 한 개, 도마뱀, 먼지 같은 것이 되었다. 나는 그것을 의식할 필요도 없었다. 이곳은 군주들의 도시가 아닌가?

어느 집에서나, 아무 가게에서나, 어느 길모퉁이에서나, 물질적인 것에 대한 폭력적인 거부를 느낄 수 있었다. 그 이유는 페스가 오래된 도시이거나, 이 시대의 기계적인 물건들이 거의 눈에 띄지 않기 때문이 아니다. 내 생각에는, 이 도시가 성스러운 향기를 풍기고 있고, 그 향기가 건물과 사람들의 정신과 공기 중에 배어들었기 때문이다. 이 성스러움은 수도원이나 순례지의 성스러움과는 관계가 없고, 사람들의 존경심과 순종하는 마음에서 우러난다. 그것은 사람들이 수천 년을 산 은둔자에게 가질 수 있는 마음과 같다. 나는 이 도시가 어떻게 일어나서, 하루를 보내고, 잠드는지를 알고 있다. 이곳에는 고유한 향과 색과 음조가 존재한다. 그래서 여기를 떠난 사람들도 이러한 특징들을 간직하고 있다. 군주가 여기서 태어나지 않았던가?

모로코의 도시에서는, 특히 저녁때, 거지들이 구걸하는 타령 소리를 들을 수 있다. 페스에도 거지들이 우글거린다. 그렇지만 그들의 하소연은 카사블랑카에서처럼 적극적이거나 집요하지 않다. 빵 한 조각이나 수프 한 사발을 구걸하더라도 에둘러 말하고, 군주나 성자의 이름도 그들의 타령 소리에 감미롭거나 서글픈 어조를 더해 준다. 새벽이 되면, 이 타령 소리는 저음으로 들린다. 반쯤 잠에 빠진 집처럼 거지의 목청도 잠긴다. 거지도 예의를 갖춘다. 왜냐하면 그 시간에 깨어 있는 사람들은, 교외의 정원으로 일하러 가는 노동자들, 쿠란 학교에 갈 준비를 하는 아이들, 그리고 하녀들이기 때문이다. 장인들과 장사꾼들은 아홉 시에서 열 시 사이에 일어난다. 부유한 부르주아들은 정오에나 일어난다.

수많은 모스크에서 기도를 알리는 무에진들도, 물레 이드리스의 왕릉˙과 카라위인 신학대학˙에서 들려오는 절제된 기도 소리를 가라앉게 할 수 없다. 수탉은 테라스 위에서 울고, 비둘기는 구구거리고, 거지들은 감미로운 목소리로 흐느끼고, 노새는 길에 굴러다니는 자갈을 밟고 다니고, 분수는 졸졸거리며 흐른다. 이곳저곳, 거의 모든 사거리마다, 거리의 어둠 속에서 오븐이 붉게 빛나고 있다. 이 도시는, 이 시간이 되면, 떨어진 말똥의 매콤함과 젖은 흙내가 뒤섞여 난다.

곧 가난한 사람들의 향기가 퍼질 것이다. 이 향기는 오래된 옷, 초록색으로 칠해진 오래된 벽, 광장을 뒤덮은 오래된 갈대에서 나온다. 구역에 따라, 이 향기는 속을 뒤집어 놓는 따뜻한 빵과 달콤한 과자의 냄새, 군중의 땀 냄새, 바부슈와 향신료 가게의 곰팡내와 섞일 것이다. 그리고 곳곳에 이 향기가 퍼질 것이다. 구리나 은으로 만든 쟁반을 망치와 송곳으로 세공하는 덱가긴*에도, 방망이로 가죽을 무두질하고, 염소 가죽을 바닥에 펼쳐 놓아 행인들이 밟고 지나가며 역한 냄새가 나는 슈라블린*에도, 여러 가지 색의 비단실을 물레로 돌리고 있는 하라린*에도, 사업가들이 올리브 냄새와 기름 냄새 속에서 돈을 세면서 엄지손가락에 침을 묻히고 있는 밥 프투에도, 민트 향기가 찻주전자에서 나오는 무어 카페들이 있는 부 즐루드*에도, 주부들이 빵을 굽고 파리를 쫓고 있는 집에도, 돗자리와 카펫이 깔려 있어 많은 신도가 엉덩이를 습기로부터 보호할 수 있는 모스크에도, 이해할 수 없는 글과 알아볼 수 없는 서명의 잉크를 석회 분말로 말리고 있는 공증인의 사무소에도, 행인들, 약장수들, 빈둥거리는 사람들, 아픈 사람들, 짐꾼들, 배 나온 사람들, 당나귀들, 경매인들, 대마초를 태우는 셉시*, 분수, 모든 곳에 퍼질 것이다.

상가들이 있는 거리와 광장은 사람들로 붐볐다. 군중은 느리게 걷고 있었다. 이 시대의 열기는 숫자와 뻔뻔함으로 머리만 자극했을 뿐이었다. 발은 예외적인 상황에서만 서두른다.

정오가 되었다. 사람들은 나를 앞뒤로 흔들었고, 나의 자아는 피곤하고, 배고프고, 불면증에 시달렸다. '서둘러라. 정신 차려라. 너의 이모부가 기다리고 있다. 너의 어머니가 기다리고 있다. 너는 한 시간 동안 돌아다니고 있다. 쥘 세자르가 너를 내려

준 이후로, 너는 돌아다니고 있다. 어디로 가고 있는 것이냐? 신물이 나고, 메스껍다고. 너는 그 상태를 표출, 일탈, 아니면 시라고 부르냐? 바보 같은 놈! 돌아오지 않을래?' 나는 그 소리를 때려죽였다. 그 소리는 바로 군주의 목소리가 아니었던가?

나는 땅에서 몇 센티미터 떨어진 곳에 놓인 카메라를 상상했다. 카메라는 평화롭게, 소리도 거의 내지 않고, 뱀처럼 우글거리는 장면을 찍을 것이다. 매끈하게 닳은 바부슈를 신고 있고, 발뒤꿈치는 돌처럼 거친 맨발 한 쌍이 나타난다. 그것은 식료품상이나 나귀를 모는 사람의 발일 것이다. 거친 모직으로 된 하의와 밑창이 두꺼운 고무로 된 바부슈가 나타난다. 아마도 프키일 것이다. 사람들은 고인의 무덤에 가서 쿠란의 구절을 암송하기 위해 그들에게 약간의 성의를 표시하거나 쿠스쿠스를 가져다준다. 아니면 무에진이거나, 델랄린* 중 한 명이거나, 아니면 담배 상인일 것이다. 흰 비단으로 감싼 다리와, 옅은 노란색이나 흰색의 얇은 바부슈를 조심스럽게 신은 발이 나타난다. 이 신발은 '박사의' 바부슈라고 하는데, 공증인, 사업가, 이맘, 예술가, 아니면 부유한 한량의 것이다. 또 구두, 샌들, 나일*, 맨발도 있다. 맨발은 오븐에서 일하는 소년이거나 학교의 말썽꾸러기들이다.

정점에 오른 햇살이 채로 친 것처럼 흩어지고, 그 아래 있는 사람들의 머리 그림자가 서로 겹쳐지는 시간이었다. 정오의 기도가 끝나자, 신자들은 모스크를 나와 길로, 집으로 향하고, 신앙심이 없는 사람들이나 냉담한 사람들은 그들보다 먼저 가거나, 아니면 뒤따라가는 시간이었다. 상점, 광장, 사거리, 시장, 길, 골목길, 막다른 골목, 모든 곳에서, 군중은 제자리걸음을 쳤다. 그렇지만 이 힘겨운 시간, 이 신발들, 이 막다른 골목들, 이 군중의 머리들에도 불구하고, 이 모든 곳에는 사하라 사막의 모래가 석양을 마시듯이, 오래된 향기가 남아 있었다. 그 향기는 그늘과 햇빛이 잘 드는 모서리에서 올라왔다. 벽에서도, 집 꼭대기에서도, 성자들을 모신 예배당의 둥근 지붕과 미나레°에서도 올라왔다. 그 향기는 거친 껍질과 같은 외벽과 졸린 듯한 내부에 섞여 들었다. 그 향기는 지붕을 날아다니는 비둘기만이 맡을 수 있는 향기였을 것이다. 내가 잡아서 그 냄새를 맡을 수 있었으면 좋았을 텐데. 그 사이, 가난한 사람들이나 부유한 상인들이나 모두 낮잠을 잤다. 가난한 사람들은 지쳐서 잠에 빠져 내일을 잊어버렸다. 부유한 상인들은 쿠션 위 앉아서, 어떤 멍청이를 또 등쳐서 100만 프랑을 뜯어내고, 그 돈으로 특별히 처녀임이 보장된 열세 살의 매력적인 소녀를 살 방법을 궁리하고 있었다. 그동안 그 옆에서는 네다섯 명의 부인들이 가슴을 드러내고, 엉덩이를 다소곳하게 가리고, 맨발로 춤을 추며 노래하고 있었다. 우와! 꿈이 넘쳐 났다.

나는 도시를 걷고 있었다. 나는 외부 자극에 민감하게 반응하며 정처 없이 돌아다니고 있었다. 개 같은 인생처럼, 나는 문명의 무게를 앞으로 밀고 있었다. 내가 그 문명을 요구한 것이 아니었다. 그렇지만 나는 그것이 자랑스러웠다. 내가 태어난 이 도시에서 내가 낯설게 느껴졌다. 나는 길과 좁은 골목을, 생각과 영상을 꿰매며 돌아다녔다. 행인과 돌을 하나하나 비난하고 있었다. 저 사람은 나에게 감히 돌을 던지지 못한 자였다. 저 돌은 그가 감히 나에게 던지지 못한 돌이었다.

나는 유대 부족에게 기름통을 붓고, 과거 중세 서사시에 나온 것처럼, 그들이 횃불에 산채로 타서 죽는 것을 구경하는 자들이 더 이상 아니었다. 또 메디나'의 대추를 핥고, 화석을 숭배하는 자들도 더 이상 아니었다. 나의 아버지는 로슈 선생님이었고, 나의 형제들은 베라다, 뤼시엥, 치쵸였다. 나의 종교는 반항이었다. 심지어 눈물샘이 마르고, 끔찍할 정도로 다정스럽다는 것을 잘 알고 있는 어머니에게조차도 그랬다. 정오가 되기 직전, 나는 쥘 세자르와 밥 프투에서 악수했다. 그는 차를 돌려서 떠났고, 나는 페스의 미로 속으로 들어왔다. 여섯 시간 동안 걸었다. 여섯 시간 동안의 거짓 자유였다. 가끔 과인은 너를 의도적으로 잊어버린다. 그리고 과인은 손을 내밀어서 등등. 군주는 말했었다. '가라, 페스로 가라(다마스쿠스의 길'), 너의 어머니를 데리고 가라. 외할아버지는 마라부다, 너는······.'

나는 저녁까지 걸었다. 전구에 불이 들어왔다. 불빛은 내가 걸어왔던 꼬불꼬불한 골목길을 희미하게 비추고 있었다. 분수대와 지하의 물줄기에서 찰랑거리는 소리가 들렸다. 도시의 성문은 닫혀 있었다. 어둠 속에서 고양이들이 뛰어다니고 야옹거리더니 총알처럼 사라졌다. 습기가 덮쳐 왔다. 벽에는 땀 나듯이 물이 맺혔고, 문에서는 물이 스며 나왔고, 땅바닥에는 안개가 서렸다. 가난한 사람들이 은신처로 사용하는 마구간에서 말 한 마리가 코로 거친 숨을 내쉬고 있었다. 나는 슬펐다. 막 묘지를 산책하고 나온 것 같았다.

나는 집 문턱을 넘으면서, 절을 하듯이 허리를 구부렸다. 내가 너무 크고, 문이 너무 낮았기 때문이었다. 복도는 어둡고, 벽과 조그만 창고 같은 곳 근처에 흐르는 물에서 곰팡내가 났다. 화장실이었다. 또 다른 문을 넘자, 하늘과 석양이 보였다. 내 앞에는 고행자의 얼굴을 한 남자가 몸을 구부리고 있었다.

"음침한 기독교인아, 무엇을 원하는가? 나는 세금도 냈고, 신고할 벼룩이나 이도 없고, 정치도 안 한다. 이 집에 거주하는 사람들은 모두 세상의 모든 질병에 대해 백신을 맞았고, 그 결과……."

나는 허리를 펴면서 말했다.

"저를 몰라보시겠습니까? 저 드리스입니다."

그는 놀라면서, 내가 입을 맞출 수 있도록 손을 내밀었다.

"그럴 수도 있지. 프랑스의 보호령이 된 뒤로, 이 땅에서는 모든 것이 다 가능하니까. 알라를 찬양하라!"

그는 높이가 3미터 정도 되는 문 쪽으로 향했다. 문이 장엄하게 열렸다.

"우리는 너에 대해서 걱정했단다. 조카야, 들어오렴."

타진과 따뜻한 빵이 가득 놓인 식탁에, 우리 세 명이 앉았다. 프키가 손을 모으고 암송했다.

"우주의 왕이시며, 선하고 자비로우신 알라를 찬양하라!"

그는 키가 크고 몸집이 거대했다. 이는 하얗고 얼굴은 불그스름했다. 이모부는 오른쪽 엄지손가락으로 따뜻한 빵에 한 줄로 구멍을 쭉 냈다. 이게 모로코인이 빵을 자르는 방식이다. 구멍에서 김이 났다. 초대받은 사람은 계속해서 더 빨리 암송했다.

"우리가 사모하는 분은 바로 당신이시며, 우리는 당신 앞에 엎드립니다. 우리를 올바른 길로 인도하여 주시옵소서. 그 길로 당신께서 저주한 사람들은 절대로 지날 수 없고, 당신께서 선택하신 사람들만이 갈 수 있게 하시옵소서."

모두가 '아민'을 외쳤다.

우리는 타진을 열고, 뚜껑을 테이블 밑에 놓은 다음, 손가락을 소스에 담갔다. 닭을 자르고, 잘게 쪼개고, 으깨고, 뼈를 부러트렸다. 이 모든 일이 몇 초 동안에 일어났다. 나는 소스에 담근 빵과 접시 바닥에서 건져 올린 올리브 몇 개를 먹는 것으로 만족했다. 성자가 말했다.

"애야, 너는 아무것도 먹지 않는구나. 자, 받아라. 아이들은 모두 이걸 좋아한다."

그의 눈을 쳐다보는 것은 위험했다. 나는 그가 준 것을 받았다. 그것은 수탉의 불알 두 쪽이었다.

나는 그자의 이름과 명성만 알고 있었다. 그는 사악한 시 케타니였다. 나는 그가 동성연애자라는 사실을 알지 못했다. 그가 준 생식 기관을 씹으면서 나는 그를 관찰했다. 만일 그가 군주에게 목살을 잡혀서 보는 앞에 무릎을 꿇게 된다면, 그는 이상하게 담배 라이터와 같은 모습이 될 것 같았다. 부싯돌 바퀴를 한 바퀴만 돌리면, 불이 붙을 것이다. 군주는 라이터를 사용하고 불어서 꺼 버릴 것이다. 그다음 군주는 그를 분해할 것이다. 기름, 심지, 부싯돌. 그러면 진짜 녹슨 색이 드러날 것이다.

나는 차갑게 굴었다. 나는 건방지고 까칠했다.

"시 케타니 선생님, 죄송하지만……."

"그래, 애야."

그는 접시를 두 손으로 들고, 남은 소스를 핥았다.

"선생님께서 하셨던 기도 중에, 분명히 사례금을 받지 않으셨던 것도 한두 번 있으셨겠지요?"

그는 놀라서 말했다.

"아니, 내 기도는 모두 사례금을 받지 않는다. 애야, 너에게도 그렇다."

"그럼 저를 위해서 몇 번 부탁드려도 될까요. 저는 기도가 필요합니다."

그는 손가락을 핥았다. 그가 사용하는 언어는, 내가 의도적으로 단언하는데, 황소의 성기처럼 뾰쪽하고 단단했다.

그는 나를 주의 깊게 바라보았다.

"말해 봐라."

"왜 그러시지요? 전 단지 저를 위해 기도를 부탁드리는 것뿐입니다. 제가 돈을 드려야 하나요? 저는 돈이 없습니다. 죄송합니다."

갑자기 이모부가 끼어들었다.

"저 말을 듣지 마시지요. 저는 저 아이를 태어날 때부터 알고 있습니다. 변하지 않았습니다. 신경질적이고, 사교적이지도 않고요."

프키가 말했다.

"알겠습니다. 저 아이를 용서합니다. 그렇지만 어떤 방향으로 제가 기도를 해야 하는지는 알 필요가 있습니다. 개가 짖는다고 죽이지는 않지요."

이모부가 말했다.

"그것은 제가 대답해 드릴 수 있다고 생각합니다. 며칠 뒤, 저 아이는 바칼로레아 2차 시험을 치러야 합니다. 아이의 아버지는 아들이 우리 곁에서 쉴 수 있도록 보냈습니다. 저는 이렇게 생각합니다. 저 아이가 훌륭한 무슬림처럼 행동하려고 당신께 부탁을……"

프키가 답을 내렸다.

"좋습니다, 아주 좋습니다. 지금부터 자신이 알라의 도움을 받을 수 있다고 생각해도 됩니다. 그런데…… (그는 자기 자리에서 약간 일어나서, 크게 한 번 방귀를 뀌었다. 이모부가 말했다. '편하게 하세요'. 프키가 대답했다. '고맙습니다. 이 가스가 내장을 불편하게 했었는데, 이제야 나왔습니다. 알라를 찬양하라!'), 그런데…… 발라코…… 라바코…… 뭐라고 말씀하셨지요?"

"바칼로레아입니다. 학위입니다."

"학위요? 그게 무슨 뜻이지요?"

"자격증입니다. 대학에 입학할 수 있는 자격을 얻게 됩니다."

그가 이해하지 못한 것처럼 보였기 때문에, 나는 더욱 차갑게 굴었다. 지독할 정도로 차갑게. 다리를 한 번 들어 올리기만 하면, 이 테이블은 산산조각이 나서 날아갈 것이다. 그가 핥아 먹던 저 접시, 고행자 같은 저 머리, 불그스름하고 괴상한 저 얼굴…… 나를 계속 괴롭히던 거북함도…… 그런데 행동하기는 할 것인가? 아무 행동이라도? 타고 있는 심지의 끝은 누구를 향해 폭발할 것인가? 도둑. 당나귀 지키는 사람. 사고로 심하게 다친 사람. 정신 나간 사람. 장관. 또는 사형 집행인. 그래! 노골적으로 탐욕스러운 저 사악한 자를 향해서다. 저 남자는 나를 탐하고 있다. 수많은 골칫거리, 나는 그것들과 관계가 없었다. 그렇지만 '너는 페스로 가라. 너의 어머니를 데리고 가라. 외할아버지는 거기 마라부다, 너는…….'

군주는 결단코 예의를 버리지 않았다. 나는 예의 바르게 행동했다.

나는 설명했다.

"말하자면, 바칼로레아 합격자는 프키와 동등한 권력과 존경을 받을 것입니다."

"드리스…… 저 아이를 용서해 주십시오. 시 케타니 선생님."

프키가 말했다.

"괜찮습니다! 말하게 내버려두세요."

그의 눈에서 친절함이 모두 사라졌다. 나는 거기서 욕망이 미약하게나마 흔들리는지를 찾았으나, 헛수고였다. 그는 진짜 라이터였다.

나는 덧붙여 말했다.

"미래의 엘리트는 바칼로레아 합격자로만 구성될 것입니다."

"그럼 다른 사람들은? 우리와 같은 다른 사람들은?"

나는 미소 짓는 것을 멈추었다.

"제가 분명하게 말씀드릴 수 있는 것은, 저는 아무 관심도 없다는 거죠."

"드리스……."

그다음에 외삼촌은 말했다.

"저 아이를 용서해 주십시오. 시 케타니 선생님."

"안 됩니다."

그는 자기가 소리쳤다는 사실을 깨달았다. 그래서 그는 미소를 지었다. 그의 붉은 수염이 뾰쪽해졌다. 그는 반복했다.

"안 됩니다."

그리고 내 쪽으로 완전히 돌아앉았다. 머리. 가슴. 의자. 다리. 그는 양손을 사용해서, 왼손을 방석 위에 놓고, 오른손으로는 마치 임산부처럼 배를 들어 올리며 돌았다.

"애야, 계속해 보아라."

나는 말했다.

"물론이지요."

그는 벌겋게 달아올랐다. 왜 그 남자였을까? 한 시간 전까지 나는 그를 알지도 못했는데 말이다. 왜 다른 사람이 아니라 그였을까? 나는 말을 좋아하지 않는다. 왜 비참함, 어리석음, 고통, 죽음인가? 이 말들을 제거해도, 여전히 비참함, 어리석음,

고통, 죽음이 남아 있다.

　나는 말했다.

"물론입니다. 당연하지요. 계속하겠습니다. 이모부께서는 안절부절못하시지만, 저는 계속하겠습니다. 이모부께서 초대한 손님이시지요? 그렇지요? 성함이 시 케타니시지요? 그렇지요? 학교 친구가 있는데, 아버지가 장군입니다. 그렇지만 제가 모든 과목에서 그 친구를 이기는 것을 막을 수는 없습니다. 선생님, 시대가 바뀌었습니다. 10년 전에 저는 여기 있었습니다. 손을 쥐어짜고 있는 저 이모부 집에요. 보시죠. 손을 쥐어짜고 있지요. 이런 말을 아시나요. 인사하고 이야기하다가, 떠날 때 좆된다. 그래서 저는 여기에 있었습니다. 군주는 메카에 계셨습니다. 이른바 메카라는 곳에요. 그분께서 돌아오셨을 때, 그분은 저희에게 가진 재산의 거의 전부를 다마스쿠스에서 탕진해 버렸다는 아주 좋은 소식을 알려 주셨습니다. 게다가, 메디나에서 대추 1킬로그램도 가져오셨습니다. 이른바 메디나라는 곳에서요. 그리고 핫지라는 명예로운 지위도 함께요. 이른바 명예롭다고 말해지죠. 도대체 어떤 기적이 일어나서 그렇게 되었을까요? 선생님께서도 핫지이시니, 아마 이해하시겠지요. 그래서 저는 여기에 있었습니다. 저는 여덟 살이었습니다. 저는 마음대로 살 수 있게 되었습니다. 숨을 크게 들이마셔 가슴을 채우고, 웃고, 울고, 꼴리는 대로 행동했습니다. 또, 순수하고 단순한 꿈, 순간적인 만족을 추구했습니다. 자위도 했습니다. 규범을 벗어난 행동이라면 그 무엇이라도 하기 위해서였죠. 그런데 제 착각이었습니다. 저는 이른 새벽에 일어나 음시드에 가야 했고, 캄캄한 밤에 돌아와야 했습니다. 그리고 다시 맞았습니다. 음시드에서, 이모부 집에서, 머리에, 발바닥에, 등에, 손가락에, 쿠란의 이름으로 맞았습니다. 변비, 식욕 부진, 통증, 구토 때문에도 맞았습니다. 수없이 많은 손에 입을 맞추어야 했습니다. 일어나자마자는 이모의 손에, 아침과 저녁에는 이모부의 손에, 제가 하루 동안 만나야 하는 프키, 모카뎀*, 탈렙*, 핫지의 손에 입을 맞췄습니다. 사람들은 저의 머리를 때렸습니다. 알라의 영광을 위해서였죠! 저녁마다 저는 어머니의 발에 입을 맞췄습니다. 군주의 영광을 위해서였죠! 그리고 저는 낡고 더러운 천이 덮인 침대 위에 쓰러졌습니다. 저는 엄청나게 많은 이를 잡아 죽였습니다. 그만큼의 범죄를 의식적으로 저지른 셈입니다. 저와 선생님처럼, 이도 알라의 피조물이니까요. 시 케타니 선생님, 안 그런가요? 어느 날, 이모부는 저를 물레 야쿱*에 있는 온천에 데리고 가서, 유황 냄새가 나는 물에 목욕시켰습니다. 습진에 걸렸기 때문이었습니다. 또 다른 날은, 염소 수염을 한 이발사가 저의 팔을 등 뒤로 묶고, 창가에 앉히고는 제 다리를 벌렸습니다. 할례를 했습니다. 그다음, 군주가 메디나의 대추와 새로 얻은 지위를 가지고 돌아왔습니다. 그리고 모든 것이 끝났습니다. 오늘 오후에, 저는 이 모든 것을 떠올리면서 페스를 돌아다녔습니다. 증오심으로 가득 찬 과거로 무장하고, 감히 저를 쳐다보는 첫 번째 프키에게 한 방을 날리겠다고 결심했습니다. 개종한 유대인보다 더 나쁜, 페스에 있는 모든 돌이, 모든 그림자가, 모든 똥이 저의 감정을 자극했습니다. 자……."

내 다리가 움직였다. 테이블이 날아가 벽에 부닥쳤다.

"시 케타니 선생님, 이것이 제가 당신에게 말을 한 이유입니다."

나는 다시 다리를 접고 앉았다.

"그리고 두 번째 이유는 말입니다. 당신이 핫지이기 때문입니다. 군주처럼요. 또 부자이기 때문입니다. 군주처럼요. 그리고 권력이 있고, 자신만만하고, 명예롭기 때문입니다. 그분처럼요. 저는 당신을 증오합니다."

그들은 나를 바라보았다. 케타니는 붉은 수염을 매만졌다. 이 모부는 두 손을 마주쳤다. 그는 중얼거렸다. '미친놈은 곧 기독교인이야. 저 아이는 기독교인이 된 거고. 기독교인은 미쳤지. 저 아이는 미친 거야…….' 나는 갑자기 한없이 피곤해지는 것을 느꼈다.

"저는 당신을 증오합니다. 당신 그 자체는 아닙니다. 그러나 지금 저는 당신이 군주라고 상상하고 있습니다. 그리고 저는 쿠란의 문구를 암송하지도 않습니다. 바로 이겁니다. 벽을 받치세요, 곧 무너질 것 같습니다. 당신이 제가 얼마나 취했는지 알고 계시면 좋겠습니다. 군주님. 전 당신에게 저항합니다. 그리고 당신에게 말하는데, 전 당신을 증오합니다. 당신은 파산했습니다. 저는 돈이 없습니다. 저는 도둑이 될 것입니다. 당신에게 적선하기 위해서요. 당신은, 항상, 어디에서나, 저를 뼛속까지 알고 계시지요. 자비를 베풀어 주십시오! 저는 개떡 같아도 제 마음대로 하고 싶습니다. 오늘 아침, 기억해 보세요. 일어나라. 준비해라. 어머니를 페스로 데리고 가라. 어머니는 마라부인 할아버지에게 간청할 것이다. 할아버지가 우리를 구할 수 있다. 준비해라. 그러더니 당신은 자러 갔습니다."

'기독교인은 미쳤시…….' 뼈가 튀어나온 이모부의 얼굴은 시계추처럼 흔들렸다. 뚱뚱한 프키는 숨어서 움직이지 않고 있었다. 개도 공포와 같은 강한 감정을 인식한다고 한다. 분명하게, 나는 폭력이 설사처럼 안에서 터져 나오는 것을 느꼈다.

"여기 여자 한 명이 있습니다(나는 여전히 내 목소리가 작고, 뼈마디가 피곤하고, 눈꺼풀이 무겁다고 느끼고 있었다). 그 여자는 40년 동안 원하던 바를, 갑자기 이루게 되었습니다. 나는 내려갔습니다. 그 여자는 부드럽고 조심스럽게 찻주전자를 닦고 있었습니다. 당신께서는 아픈 아이를 재워 본 적이 있으신지 모르겠습니다. 저는 있습니다. 동생 하미드를 재웠습니다. 믿어 주세요. 똑같이 부드럽고 다정하게 했습니다. 모든 것을 체념한 사람, 바다에 난파당한 사람의 마음 같았습니다. 어머니, 우리는 떠날 겁니다. 어머니는 부드럽고 조심스럽게 찻주전자를 내려놓았습니다. 저는 좋습니다. 옷을 입고, 준비하고, 초조하게 참으면서, 우리는 기다렸습니다. 한 시간, 두 시간, 해가 떴습니다. 그분은 자고 계셨습니다. 우리는 기다리고 있었습니다."

나는 더 이상 내 생각을 통제할 수 없었다. 나는 그 사실 또한 알고 있었다. 나는 테이블이 떨어진 곳을 찾았다. 기름 램프 주위를 나비 한 마리가 멍청하게 돌고 있는 것이 보였다.

"그분은-우리에게-돈을-주지-않았습니다. 잊어버려서, 부주의해서 그런 것이 아니었습니다. 일부러 그랬습니다. 갈고 씨를 뿌려라. 비는 언젠가 올 것이다. 군주님, 당신은 정말 군주이십니다. 당신은 자고 계셨습니다. 우리는 기다리고 있었습니다. 하지만 저는 당신이 깨어났을 때 분노하는 모습을 상상합니다. 우리는 멀리 떠났으니까요. 당신의 돈을 가지고요."

나는 케타니의 손을 잡고 꽉 쥐었다. 그의 손은 기름지고, 물렁물렁하고, 축축했다.

"그렇지만 당신은 군주가 아닙니다. 군주의 손은 가늘고, 길고, 단단합니다. 이것이 제가 횡설수설한 이유입니다. 네, 이모부, 저는 미쳤습니다. 이모부가 맞습니다. 아무것도 이해하실 수 없을 것입니다. 자! 안녕히 계세요. 어머니에게 돌아가겠습니다."

나는 일어나려고 했다. 프키가 손으로 나를 잡았다.

그는 말했다.

"내 하인 중에, 아침 11시 40분에, 나와 화장실이라는 곳에 같이 가는 일만 하는 사람이 있다. 내 똥을 깨끗하고 신속하게 닦아 주는 일만 하면 되지. 다시 앉아라, 애야."

나는 복종했다. 그는 계속해서 말했다.

"또 다른 하인은 내 발밑에 몸을 구부리고 앉아 웃는 것이 임무란다. 내가 담배를 피우고 싶으면, 그 얼굴에 연기를 내뿜지. 왜냐하면, 난 담배를 자주 피우지 않거든."

그는 말을 아주 많이 했다. 그는 **우물거리며** 말했다. 마치 입에 물을 가득 넣고 있는 것 같았다. 음절이 섞이고 음조가 깨졌다. 나는 그의 얼굴을 보았다. 관자놀이의 핏줄, 입 주위 근육, 광대뼈, 모두 풀어졌다. 단지 말만 거칠었다. 안티스테네스*의 제자가 이런 말을 했었지. 말을 해라, 내가 너를 알 수 있도록!

잠시 맑아졌다가, 다시 피로기 안개처럼 내려앉았다. 나는 말했다.

"알겠습니다. 알겠다고요. 당신이 인용하는 말은 지루한 반복입니다. 1천2백만 명의 모로코인이 그 말을 중얼거린 그 시간 이후로요. 그런데 당신은 왜 저에게 그 말을 인용하시나요? 저에게 감동을 주시려고요? 제가 이야기를 하나 해 드리겠습니다. 제 형의 이름은 카멜입니다. 몇 년 전에 자동차 정비소를 운영했었습니다. 누가 고장 난 엔진을 맡겼습니다. 고객이 다시 돌아왔을 때 카멜은 말했습니다. '수명이 다했습니다. 델코 점화 코일도 맛이 갔고, 백금 점화플러그도 맛이 갔고, 실린더 튜브, 밸브, 피스톤, 모두 맛이 갔습니다. 엔진을 완전히 분해하고, 때를 제거하고, 용접하고…… 그래서 지금은 잘 작동합니다. 정말입니다! 1만 프랑은 주셔야겠습니다.' 고객은 아무 불만 없이 돈을 냈습니다. 사실은, 제가 말씀드리는데, 노즐이 막혔을 뿐이었습니다. 그것이 원인이었습니다."

그는 팔을 뻗었다. 아마도 발언권을 얻고 싶었거나, 아니면 나에게 주먹을 날리고 싶어서였을 것이다. 나는 중간에 그의 팔을 잡았다.

"네가 나에게 원하는……."

나는 소리쳤다.

"아니요. 소용없습니다. 저에게 무엇을 알려 주시려고요? 당신이 동성연애자라는 것을요? 저는 알고 있습니다. 당신이 어떻게 모로코의 성직자 모임에서 이맘이 되었는지를요? 모두가 그 내용을 다 알고 있습니다. 어느 날 아침 당신은 거의 하얀 천으로 몸을 감싸고, 문마다 두드리고, 거리마다 돌아다니고, 모스크마다 돌아다니면서 소리쳤습니다. 당신이 꿈에서 예언자 무함마드께서 프랭클린 델러노 루스벨트 대통령과 세계정세를 토론하는 것을 봤다고요. 사람들은 당신에게 자우이아'를 맡겼습니다. 그런데 당신은 갑자기 은퇴했습니다. 이 세상의 허영심을 경멸한다고 하면서, 상당한 연금을 챙겼지요. 그 후, 당신은 구체적인 기부를 통해서 신속하게 이익을 얻을 수 있는 또 다른 꿈을 꾸었습니다. 특히 법률 고문과 캐딜락 자동차 같은 것 말입니다. 프랑스 총영사는 당신을 마크젠'의 최고 고문으로 임명했고, 페스의 명사들은 모두 당신을 초대했습니다. 오늘 저녁에는 저의 이모부 집에 오셨습니다. 저는 아직도 그 이유를 모르겠습니다. 그리고 당신은 이모부가 잡은 수탉을 서른두 개의 이빨로 기념하셨습니다. 그중에 열두 개는 금으로 되었다지요. 제가 한 시간 전부터 당신에게 퍼붓고 있는 저의 불평불만은, 일종의 고백이라고 여겨 주시기를 부탁드립니다. 사람들은 때로는 적에게 비밀을 털어놓습니다. 물론 당신은 저의 적은 아닙니다. 더 무시해도 좋을 존재지요. 그저 낯선 사람일 뿐입니다. 어쩌시려고요?"

"저 젊은이는 도대체 누구요?"

기름 램프는 쇠로 만든 것이었다. 누군가가 반쯤 칠했는데, 아마도 남은 페인트를 사용하기 위해서였던 것 같았다. 나비는 사라졌다. 이모부가 황급하게 말했다.

"저는 모릅니다. 제가 모르는……."

그는 떨리는 목소리로 대답했다. 마치 의무에 따라서 배우자를 받아들여야 하는 아내의 목소리 같았다. 그는 엎드려서 겨드랑이를 무릎에 붙이고, 프키의 손에 입을 맞췄다. 중간에 입을 맞추고, 몇 음절 말하고, 입을 맞추고…… 이 깡패 새끼야, 깡패 같은 너의 혓바닥이 만든 작품을 봐라. 그 배경은 다음과 같았다. 쿠션이 있는 의자, 비단, 카펫, 가죽, 무늬가 새겨진 목조 가구, 금장식이 있었다. 작은 들보가 있는 천장은 어두웠다. 거기에 달린 샹들리에는 꺼져 있었지만, 유리 장식들이 빛을 반사하고 있었다. 벽에 놓여 있는 녹색과 붉은색으로 칠한 도자기가 빛나고 있었다. 그리고 거대한 자물쇠가 달린 크고 무거운 문이 있었다. 그 문 뒤에는, 분수의 수반에서 물이 졸졸거리며 나오고 있었다. 나는 갑자기 미군 군화로 액셀을 으깨듯이 짓밟던 쥘 세자르를 떠올렸다.

"다시 묻지 않겠습니다. 쟤 누구입니까?"

"제 외사촌입니다, 선생님. 하찮은 외사촌일 뿐입니다. 그저……."

"이런 바보를 봤나. 이름을 물어봤잖아요."

"드리스 페르디입니다. 저의 처제의 아들입니다. 그러니까……."

"핫지 파트미?"

"선생님께서 저의 동서를 아시나요?"

"이런 바보를 봤나."

그리고 내 앞에서 갑작스러운 변화가 일어났다. 내가 받은 서양식 교육에도 불구하고, 나는 거리 모퉁이에 자리 잡은 이야기꾼들처럼, 계속 과장해서 삶을 즐기고, 행동하고, 판단했다. 그이야기꾼들은 매우 배고프고 비관적이지만, 아주 적은 돈을 받더라도, 아주 작은 미소나 몸짓만 보여 주어도, 이야기를 쏟아낸다. 어쩌다 누군가가 반대하거나 의심하며 침묵하면, 그들은 그 누구라도, 모든 경우에 맞춰서 이야기를 더 아름답게 만들거나 중단하거나 아니면 변화시킬 것이다.

이 남자가 갑자기 비굴해지는 것을 보면서, 나는 화학 교과서를 떠올렸다. 기초 산성 물질, 발열과 염분, 급격하고 그래서 약간 감동적인 반응 말이다. 로슈 선생님이 말했다. '너같이 조용히 있는 사람이 폭력을 부른다. 더운 지방에서 가장 흔한 그림이 만년설을 그린 그림인 것처럼 말이야.'

나는 그가 내 손을 잡고, 발을 잡고, 무릎에 아첨 떨게 내버려두었다. 그리고 나를 흔드는 누적된 감정들 속에서, 먼저 기괴한 연민이 느껴졌다. 커다란 배로 납작 엎드려 있는 케타니가 힘이 들 것 같았다. 그가 유대인 여자가 우는 것처럼 흐느꼈던 이유가 그 때문이었을까?

"나는 전혀 생각도 못 했네. 전혀. 내가……."

누적된 감정들은, 전체적으로 보면, 흩어졌다 다시 뭉쳐지면서 분명해졌다. 탐험대가 남극에서 30년 전에 잃어버린 개를 발견했는데, 놀라울 정도로 잘 보존되어 있었다는 것을 여행기에서 읽은 적이 있다. 그 개는 선 채로 얼어 있었다고 한다. 이모부를 보면서, 미안하지만, 그 개와 비교힐 수 있었다. 나는 대화의 흐름을 거슬러 올라갔다. 케타니가 마지막으로 어떤 단어를 발음했기에, 입 모양이 저렇게 되었지?

"……할 정도로 너무나 유명하신…… 자네의 아버지는……."

누적된 감정들은 이랬다. 군주의 아들이라는 자부심을 느꼈고, 나병처럼 퍼지는 군주의 주권을 다시 한번 확인하면서 무기력과 분노를 느꼈고, 그가 복종하는 것을 보며, 심지어 초월적이고 영롱하기까지 한 즐거움을 느꼈다. 나는 무의미한 말과 생각과 폭력을 표출했다. 에너지를 행동으로 바꿔 사용했지만, 그 결과는 군주의 영광으로 나타났을 뿐이었다. 그리고 그 위로, 그 너머로, 행복을 찾았지만, 모든 것이 빙글빙글 돌고, 가라앉았고, 나도 가라앉았다. 제발! 몇 시간 전부터, 나는 계속해서 정신이 또렷해졌다. 죽어 가는 사람은 죽어 갈수록 성욕은 더 강렬해진다.

"저의 아버지라고요? 그럴 수 있겠습니다. 제가 보기에, 그분은 변하지 않았습니다. 신경도 강철 같고, 권위도 강철 같고, 그 표현도 강철 같습니다. 그 강철이 녹이 슨다면, 태양은 더 이상 빛나지 않을 것입니다. 그 강철은 녹슬지 않습니다. 보세요. 시케타니 선생님. 보시라니까요. 선생님과 저와는 무관하게, 바로 그분께서 현재 우리의 태도를 결정하고 계십니다. 선생님께서는 뱀처럼 기는 데 익숙하지 않으시고, 저도 뱀을 싫어하지만 말입니다."

나는 잠시 멈추고 숨을 쉬었다. 미적지근한 공기에서 오래된 가죽, 먹고 남은 닭요리, 튀긴 기름 냄새가 났다. 페스의 가난한 사람들이 사는 집에서 나오는 공통된 향기는 어디에 있는 것일까? 그다음, 나는 다른 못을 박았다.

"그런데 그분에 관해서 말씀드리면, 놀라셔야 할 겁니다. 그분은 파산했습니다."

그는 깜짝 놀랐다. 힘겹게 일어나, 마치 알을 막 낳으려는 암탉처럼, 물렁물렁한 엉덩이로 수평을 잡았다. 나는 그의 배를 관찰했다. 배는 앞뒤로 흔들리고, 좌우로 흔들리더니, 이전의 반쯤 부른 모습을 되찾았다. 나는 이모부의 앞가슴뼈를 검지로 밀면서 소리쳤다.

"완전히 파산했습니다."

이모부는 털썩 주저앉았다.

"입을 다무시지요!"

그는 입을 닫고, 침을 삼켰다. 나는 약간 몸을 구부렸다. 머리에 이렇게 살이 없으면 목젖이 크기 마련이다. 나는 손으로 만져 봤다. 정말 그랬다. 나는 말했다.

"선생님께서는 자신감을 되찾으셨나요? 필연적이지요. 어떻게 그렇지 않을 수 있겠습니까? 자칼 한 마리가 줄어들면, 나머지 자칼들은 더 사나워지는 법이지요."

수반이 있었다. 나는 들어오면서 그것을 보지 못했다. 파티오는 어두웠고, 하늘에는 이미 석양이 지고 있었다. 수반은 대리석으로 만든 것 같았다. 검은색, 흰색, 아니면 녹색이었다. 그 모양은 물레 이스마엘* 스타일이었다. 역사는 한쪽만 거세된 이 노랑든 노인을 빌굴해서, 루이 14세와 비교했다. 로슈 선생님은 말했다. 생각해 보자! 모로코는 대부분 근대화되었다. 그런데 왕족과 귀족 칭호가 필요하다니…… 황당한 계획이야. 분수는 완전히 멈춰 있었다. 막혀서, 말라서, 곰팡이가 펴서, 아니면 지쳐서? 나는 그렇게 생각하지 않았다. 어느 날, 사람들은 분수에게 말했다. '여기 너의 노즐이 있고, 저기 너의 물이 있다. 너는 이 물을 노즐로 막았다가, 알라를 향해서 12피트 4인치 높이까지 뿜어 올릴 것이다. 그다음, 너는 다시 떨어져서, 이 수반 안에 퍼지게 될 것이다. 지금은 시간을 견디며 기다려라.'

분수는 기다렸다. 왜 안 그러겠는가?

나는 다시 말을 했다.

"그러니까, 그분은 완전히 파산했습니다. 차와 관련된 조금 복잡한 이야기인데, 제가 졸려서 말씀드리지는 않겠습니다. 조금 전에 제가 선생님 기도 레퍼토리 가운데 공짜로 몇 번을 부탁드렸지요. 그분을 위해서였습니다. 바다에 돌 하나 더 넣든 말든, 바다는 넘치지 않습니다. 영구대 위에 누워 계신 그분처럼요. 그 영구대는 싸구려 전나무로 만들었기 때문에, 호두 기름으로 윤을 냈답니다. 저는 그분을 본 적도 없고 알지도 못합니다. 오늘 새벽에야 그분의 이름을 알았습니다. 이스마엘의 후손

114

이 어두워서 더 이상 구분할 수 없는 시간에……. 아 참…… 저는 그분에게 기도해야 합니다. 바다에 돌을 하나 더 넣든지 말든지. 그분은, 카탈로그에 2740번으로 등록된 성자이십니다. 어머니께 여쭤봤습니다. 어머니께서도 전혀 모르시고, 본 적도 없으시답니다. 군주가 저에게 말씀해 주셨습니다. 귀도 먹고, 말도 못 하는 장님이셨는데, 말년에는 애들이 겨드랑이에 끼고 다니는 망가진 장난감과 같은 상태가 되셨답니다. 그분은 요람 안에서 서서히 늙어 가셨습니다. 그분도 이전에는 탈렘이고, 모카렘이고, 인간이셨지요. 사람들은 줄과 도르래를 이용해서, 그분을 하루에 두 번 내렸습니다. 아침에는 씻기고 죽을 먹이고, 저녁에도 죽을 먹이고 쿠란을 읽어 주었습니다. 오랜 습관이었습니다. 그리고 탁! 줄을 당기면, 요람 바구니는 어둠과 거미줄을 향해서 올라갔습니다. 그리고 줄을 문 손잡이에 묶었습니다. 제가 이유는 모르지만, 그분은 성인품에 올랐습니다. 그분의 묘소와 신도들도 있습니다. 그래서 저는 그분께 기도하러 가야 합니다.”

나는 허공을 팔로 저었다. 이 집에 두 번째 분수가 있었다면, 그것은 나였을 것이다.

“저는 선생님께 본질적인 것은 이야기했다고 생각합니다. 그렇다고 종양의 고름이 전부 짜진 것은 아닙니다. 언젠가 저는 이 고름을 전부 짜낼 것입니다. 오늘 저녁에 그러려고 했지만, 할 수가 없었습니다. 죄송합니다. 시 케타니 선생님, 어떠신가요?”

"어떻다니, 뭐가?"

나는 이 게임을 알고 있었다. 마른 무화과가 있다. 평평하게 만든 다음, 구멍을 뚫고, 종려나무를 꼬아 만든 실로 꿴다. 두아르*의 소년 한 명이 이 묶음을 들고 팔러 갈 준비를 한다. 그런데 그 순간, 항상 그를 부르는 사람이 있다. 이 무화과도 더해 줘. 잊어 먹었어. 이렇게 며칠이 지나간다. 결국 무화과 한 트럭이 수크*로 가는 길을 떠난다. 시 케타니는 자기 무화과를 더하고 싶은 것이다. 나는 말했다.

"저는 이 게임을 알고 있었습니다. 마른 무화과가 있습니다. 평평하게 만든 다음, 구멍을 뚫고, 종려나무를 꼬아 만든 실로 꿴니다. 두아르의 소년 한 명이 그 꾸러미를 들고 팔러 갈 준비가 되어 있습니다. 그런데 그 순간, 항상 그를 부르는 사람이 있습니다. 선생님 것은 무엇입니까? 말씀해 주세요."

그는 웃기로 했다. 그는 말했다.

"내 영혼과 의식 속에서, 나는 무기를 내려놓을 수밖에 없군. 자네는 당나귀처럼 패거나, 아니면 지극히 사랑해야 할 청년일세."

나는 매트리스처럼 두꺼운 카펫 위에 쓰러졌다. 잠들기 일보 직전이었다.

"어느 쪽인지 망설이시는 것인가요?"

그는 한숨을 쉬며 말했다.

"아닐세. 자네와 나, 우리의 관계는 공식적이지. 지극히 사랑해야지, 애야. 아주 지극히 사랑해야지."

그래, 당신 말이 맞지, 뚱보.

밤늦게, 뚱보는 우리에게 법적 문서를 읽어 주었다. 나는 아무 준비도 되어 있지 않았다. 나는 깨어났다. 그런데 내가 정말 잤었나?

나는 질문을 몇 개 던졌다. 종합해 보니, 켄자 이모가, 베일을 아직 벗지 않은 채, 발을 누더기로 된 보따리 위에 올려놓고, 옆방에서 기다리고 있다는 것을 알았다. 이모는 어머니와 수다를 떨고 있었을 것이다. 이 모로코 여자 두 명은, 더군다나 같은 부모 밑에서 태어났기에, 정신이 나갈 정도로 수다를 떨 수 있었다. 시 케타니의 높고 알아들을 수 없는 목소리를 지워 버리면서, 나는 귀를 기울였다. 그러나 분수의 금속성 속삭임만 귀에 들렸다. 아마도, 두 여자가 몸짓으로만 대화하는 것에 만족했나 보다.

나는 잘 알고 있었다. 전날 저녁, 켄자 이모는 수프 한 사발을 내놓았었다. 그 수프는 차가웠다. 이모부는 찬 수프를 좋아하지 않았다. 그래서 그는 바부슈를 신고, 공증인이 사는 이웃집에 가서 문을 두드렸다. 켄자 이모는 파혼당하고 쫓겨났다. 격식에 맞는 행위였다.

간단한 것도, 간단하게 만들 수 있는 것도 아니었다. 섹스를 하든, 방귀를 뀌든, 판단하는 자를 욕해야 한다. 당연한 일이다.

오늘 저녁, 켄자 이모는 다시 이모부의 합법적인 아내가 되었다. '새로운 문서의 전능한 효력에 의해서, 이전 문서는 무효가 되었고, 합법적이고 신이 축복한, 신학적이고 도덕적이고 사회적이고 인간적인 능력에 의하여, 거명된 켄자 즈위텐과의 결혼 관계를 복원한다. 그녀는 성스러운 의무를 지키지 못하고 잠시 길을 잃었다. 이는 이 지상에서 종종 일어나는 일이다. 그러나 그녀는 즉시 자신의 방황을 뉘우쳤으며, 알라께서 허락하신 마지막 날까지, 그녀의 주인이자 군주가 도착할 때까지 정성껏 수프를 따뜻하게 유지할 것을 맹세했다. 남편은 세정을 하고, 성스러운 쿠란의 예순 번째 장*이 실려 있는 경건한 가죽 표지 위에 엄숙하게 맹세하고 확인했다. 알라께서 이렇게 쉽게, 이렇게 빨리 용서해 준 남편을 축복하여 주소서, 아민! 날인비, 인지대, 문서 작성비로 합계 3프랑. 신청자의 지문은 라마단의 달 25일 작성한 이 문서의 하단에 찍혀 있음.

아델*:
시 케타니

아델-보좌관:
서명 읽을 수 없음.
카디*의 날인
알라를 찬양하라!
아민!'

시 케타니는 이모부에게 문서를 넘겨주고 일어났다. 그는 바부슈를 신으면서 500프랑을 요구했다. 그는 고열로 침대에 누워 있는 판사에게 간청할 수밖에 없었다. 하녀가 카디의 침대에서 밀알 한 개를 잃어버렸다. 그 한 알이면 충분했다. 카디는 열이 났다. 나는 파혼을 무효로 하는 판결에 대해서 기권하겠네.
카디는 유명한 철학자이기도 했는데, 그는 오래전부터 직인의
복사본을 만들어서 아델 그리고 아델과 유사한 일을 하는 자들
에게 맡겨 두었다. 서명의 경우에는, 엄밀하게 말해 읽을 수가
없었다.

그런데 만일 이모부가 그가 좋다고 판단했었다면, 씨를 뺀 올
리브 한 자루나 이탈리아산 옷감 한 두루마리를 그에게 보냈을
것이다. 이것을 내 방식대로 바꿔 말해 보겠다. 저에게 보리빵
한 조각, 동전 한 닢, 아니면 닭 다리 한 개를 던져 주세요. 물론,
이 모든 것은 중요하지 않았다. 우리는 음식을 같이 먹으면서,
친구로서 사적인 대화를 나누었다.

이번에는 이모부가 일어나더니, 그에게 400프랑만 주었다.
나는 이모부의 몸짓을 관찰했다. 그는 단호했다. 나는 시 케타
니에게 물었다.

"그런데 시 케타니 선생님. 하녀는 어떻게 되었나요?"

그는 오랫동안 나를 바라보았다. 조그만 입, 솜털이 난 볼, 그
리스 청년 같은 곱슬머리, 고집불통인 얼굴…… 자네가 페르디
의 아들만 아니었다면…….

"하녀는 몽둥이로 300대를 맞을 것이다. 이른 새벽에, 물레 드
리스 광장에서, 왼쪽 어깨뼈와 오른쪽 허벅지 안쪽을 맞을 것이
다. 그리고 주인인 카디의 집으로 다시 돌아가서, 노예 중에 가
장 낮은 등급에 배치될 것이다."

그는 나에게 손을 내밀었다. 습기가 느껴졌다. 소리 없는 잔혹

함의 표현이었다.

"언제 한번 날 보러 오게나. 자네를 다시 보면 기쁘겠네. 약속하지?"

나는 별로 주저하지 않았다. 나는 말했다.

"저는 남자 역할을 합니다."

"그래?"

나는 덧붙여 말했다.

"저는 늙은이들은 좋아하지 않습니다."

그는 내 손을 으깨질 정도로 꽉 잡았다. 그는 다시 말했다.

"그래? 너같이 말 안 듣고 매력적인 청년을 위해서, 나 같은 노인은 오래전부터 왕좌를 예약해 놓았다. 또 보자, 애야."

나는 그를 거칠게 밀었다. 그다음 그가 나간 뒤 문을 세 겹으로 닫았다.

그리고 손을 문질러 닦았다. 이 신사분들 다음 분! 나는 미국 소설가들에게서 자유를 배웠다. 코끼리는 도자기 가게 안에서 많은 것을 깨뜨리지 않았다.' 그래서 코끼리는 조그만 빵을 먹을 자격을 얻었다.

파티오 안으로 돌아와서, 나는 성냥에 불을 붙였다. 이모부가 소리쳤다.

"너는 기독교인이 되었을 뿐만 아니라, 버릇도 없어졌구나. 이제 담배도 피우냐?"

어떤 이상한 불빛 때문인지 모르겠는데, 이모부의 모습이 벽에 반달 같은 그림자를 만들었다. 쿠라이시의 목자'는 이렇게 말했었다. '밤은 캄캄하고, 지상의 뼈들은 신음하고, 초승달은 당신들의 머리 위에서 복수할 것이다, 불경한 민족이여.' 나는 성냥개비를 버리기 전에 둘로 쪼갰다. 나는 말했다.

"완벽하죠. 담배 좀 있으신가요?"

수반은 흰 대리석으로 만들어졌고, 물은 청록색이었다. 솟아나오는 물줄기의 색과 정확함이 알라의 계명 같았다. 내 의식의 몽롱함은 안개처럼 사라졌다.

이모부는 앞에서 맨발로 종종걸음 치며 걸었다. 복도를 지나, 모퉁이를 돌아, 빗장이 잠긴 문을 열었다. 희미한 빛이 보였다. 이모부는 말했다.

"너희들은 달걀이나 부쳐 먹어라. 닭은 발만 남았다. 그리고 집을 잘 지키고 있어라. 나는 모스크에 간다. 정직한 사람으로서 하루 동안 너무나 많은 죄를 지었다."

그는 벙어리장갑을 끼듯이 손을 바부슈에 넣었다. 그러고는 손을 내렸다. 바부슈가 동시에 떨어져, 툭 하는 소리가 한 번만 났다.

"알라께서 허락하시면, 한 시간 후에 돌아올 것이다. 켄자, 난 수프 한 그릇을 먹을지도 몰라."

그는 바부슈를 신고, 나이 든 사람처럼 천천히 종종걸음을 걸었다. 어둠이 그를 집어삼켰다. 목동은 이렇게 말했었다. '밤은 캄캄할 것이다. 그리고 믿음이 부족한 자들은 사라질 것이다.' 나는 들어갔다. 두 여자가 울면서 부둥켜안고 있었다. 켄자 이모는 다시 이모부의 아내가 되었다.

보따리가 바닥에 있었다. 세 개였다. 나는 그것들을 발로 몇 번 쳐서 밀었다. 옷가지, 냄비, 매트리스, 발 받침. 이것이 한 여자의 재산이었다. 방 안을 둘러보았다. 낮은 천장, 매트리스 두 개, 돗자리, 먼지, 그리고 초 두 개가 있었다. 하나는 뒤집어 놓은 그릇 위에, 다른 하나는 바닥에 있었다(내가 잘못 알았다. 신문지 위였다. 신중함에 감탄했다). 공기는 뜨거웠다. 모든 것은 낡았고, 벽 밑에는 회반죽 부스러기가 떨어져 있었다. 이것이 여자들의 방이었다.

놀라는 소리를 듣고, 나는 말했다.

"저도 알아요. 제가 기독교인과 닮았지요. 양복을 벗어도 마찬가지입니다. 저의 성격은 기독교인보다 더합니다. 저는 이글루 속에 있는 터키 카펫 같습니다. 어쨌든, 이모. 저의 인사나 받으세요."

나는 이모의 이마에 입을 맞추려고 했는데, 이모는 손을 내밀었다.

"두 분은 계속해서 추억과 소감을 나누세요. 저는 신경 쓰지 마세요. 어머니, 이모에게 우리가 어떻게 떠날 수 있었는지 이야기해 주세요. 저는 이 코코넛 매트리스 위에 눕겠습니다. 금방이라도 잠들 것 같아요."

그렇지만 나는 약간 늦게 잠들었다. 그 시간 동안 나는 두 여자의 입술에서 어떤 의미를 읽을 수 있었다.

어머니와 이모는 돌아가면서, 같이 몸을 움직이며, 말을 많이 했다. 그렇지만 두 사람의 입술은 거짓말을 하고 있었다.

나는 할 수 있을 때마다, 여자들의 입술을 연구했다. 나는 그 것들을 정리해서 다 기억하고 있는데, 일종의 수면제이자 오락의 원천이라고 할 수 있었다. 그런데 남편들은 질투심으로 여자들의 얼굴을 베일로 가렸다. 그리고 나는 소녀들에게는 관심이 없었다. 내가 알기로는 그랬다. 어머니는…… 메아 쿨파!* 그래서 이날 저녁까지 내가 수집한 것은 모두 유럽 여성의 입술이었다. 이렇게…….

나는 입술을 많이 봤다. 관능적으로 늘어지고, 멍청해 보이는, 입꼬리가 아래에 있는 입술. 슬픔, 아이러니, 잔인함으로 접힌 입술. 주름이 없고, 아래위가 일치하고, 통통하고, 비인간적인, 그렇지만 비밀을 드러내고 있는 입술. 왜냐하면, 진홍빛 장미색으로 화장을 하고, 기름기가 없고, 선이 꽃과 같고, 두툼하고, 가늘어지고, 예술적으로 선을 그렸지만, 급하게 칠했기 때문이었다. 손에 반지를 꼈지만, 결혼하지 않은 여자의 입술, 오래된 양피지 문서 사이로 보이는 놀랄 정도로 젊은 입술, 냉소적이지만 모든 것을 다 할 듯한, 심지어 진실을 말할 것 같은 입술, 짐승처럼 역겹고, 남을 헐뜯고, 돈을 따라 다니는 입술, 비밀이나 고통을 악물고 있는 입술, 원한, 욕망, 또는 암으로 오그라든 입술, 간염으로 꼬인 입술, 상황에 따라 변하고, 장삿속이 밝고, 비열하게 웃는 미소 속에, 고른 이, 뻐드렁니, 틀니, 몇 개 빠진 이, 금, 납, 백금, 상아로 만든 이가 드러나거나, 아니면 아예 이가 없고 잇몸만 보이는 입술, 코로 숨 쉬는 대신 항상 입을 열고, 산소와 질소, 애교와 탐욕, 놀라움과 소심함, 미소와 권태, 반감과 희망의 혼합물을 숨 쉬는 입술.

불쾌한 입술, 호감이 가는 입술, 관심 없게 만드는 입술, 생기 있게 부풀어 올라 물어서 벌주고 싶고, 도발적이지만, 남이 속삭이든 물어뜯든 무관심한 입술, 화장했든 아니든 경험이 없는 입술, 불규칙적이지만 너무나 아름답고, 조화롭지 않아도 너무나 달콤하고, 너무나 매혹적이어서 입 맞추면 더럽혀질 것 같은 입술, 꿈이 떠도는 입술, 애무하는 것만큼이나 부드럽고 매끈한 입술, 늙은 여자, 젊은 여자, 관리인, 판매인, 창녀, 평범한 아내의 입술들. 나는 모든 입술에 주목했고, 그중에 일부는 잊어버릴 수가 없었다. 그 입술들은 유럽 여자들, 프랑스 여자들, 심지어 파리 여자들의 것이었다. 그 입술들은 문명의 크림을 맛볼 권리가 있었다. 그 입술 위에 놓인 남자들의 입술은 첨단 과학 산업의 정점과 입을 맞춘 것이었다.

이상은 원문을 그대로 옮긴 것이다.

나는 잠이 들었다.

어머니, 이모, 저는 두 분의 입술에 의해서 쫓겨났습니다. 두 분의 입술은 속삭이고, 떨리고, 입 맞추고, 빨고, 욕하고, 또 기도했습니다. 열기와 희미한 빛과 침묵 때문에, 입술은 열정적이지만 봉인되어 있었습니다. 미소 짓고, 웃고, 흐느끼고, 순진하고 충직하게, 조상을 따르고 순종하면서, 입술은 볼품없게 완성되었습니다. 그리고 두 분의 입술에는 주름이 졌습니다.

언젠가, 누군가가, 눈을 감기듯이, 두 분의 입술을 닫을 것입니다. 티푸스든, 아니면 노화든, 마치 문을 박차고 들어오는 것처럼 급작스러울 것입니다.

　어느 날 두 분은 결혼했습니다. 그리고 그때부터 두 분은 계속해서 죽어 있었던 것입니다.

　그날 밤, 나는 **가는 선**을 보지 못했다. 이른 아침, 나는 그것을 불렀다. 헛수고였다. 그러나 저녁이 되자⋯⋯.

　나는 녹색 카펫을 두르고, 젤라바를 입고, 머리에는 페즈를 쓰고 밖으로 나갔다. 이모부가 말했다.

　"스물일곱 번째 밤'은 혁명의 밤이다."

　켄자 이모가 덧붙였다.

　"신앙의 밤이기도 합니다."

　어머니가 말했다.

　"권능의 밤이기도 합니다."

　어머니는 대추를 핥았다. 군주가 메디나에서 가져왔던 대추 중에 남은 마지막 1킬로그램이었다. 그들이 동시에 물었다.

　"어디 가니?"

　나는 답했다.

　"모르겠습니다. 산책하고, 정처 없이 거닐고, 담배 피우고, 술집에서 한잔하고, 아마도 모스크에도 들어가겠지요. 그리고 누군가를 위해 기도하겠지요. 아버지 사업이 여전히 힘든 상태잖아요. 잊지 마세요."

　권능의 밤이었다. 카라위인 신학대학의 울레마'는, 석양이 가장 어두울 때, 흰 밀랍으로 만든 초에 불을 붙였다. 40개의 미나레에 불이 들어오고, 파랑, 노랑, 빨강, 초록빛 전구가 물결처럼 흔들렸다. 40명의 목청이 신앙심에 호소하며 울기 시작했다. 거리에 있는 상점에서는 물건들을 황급하게 치웠다. 시장과 가축의 무리에 백단향과 제례용 향이 스며들었다. 믿지 않았던 자는 믿었고, 마지못해 가던 자들은 앞으로 걸어가고 있었다. 화약과 폭죽이 솟아올랐다. 모닥불을 흔들자, 그 위로 마치 줄넘기를 하듯이, 손을 잡거나 원을 그리며, 소녀들과 할머니들이 뛰었다. 그들 중에 누구도 배고프고, 목마르고, 춥고, 덥고, 마음이 아프고, 몸이 비참하다는 사실을 떠올리지 않았다. 또, 할머니가 소녀였었다는 사실을, 소녀도 늙고, 이가 빠지고, 쇠약해지고, 쇠똥, 골방, 정향, 오줌 냄새를 풍길 것이라는 사실을 생각하지 않았다. 거지들의 무리는, 다음 날이 되면 거지가 될 사람들이 참여해서 더 커졌다. 그들은 눈을 뚫고 나오는 꽃처럼 군중 속을 파고들었다. 그들은 광주리, 종려나무로 만든 바구니, 마대 자루를 들고 있었다. 보통 그 안에는 이슬람의 자비'가 동전으로 쏟아졌겠지만, 벌레 먹은 무화과, 상한 호두, 누더기, 냄비 바닥에 남은 끈적끈적한 찌꺼기, 낡은 슬리퍼, 헌 옷만 던져졌다. 내년에나 오게, 자네 동료 거지 스무 명이 벌써 지나갔다네. 시간의 순서는 다음과 같았다. 그의 손은, 힘줄은 하얗고, 힘줄 사이에 움푹 들어간 부분은 보라색이었다. 그는 깜짝 놀라며, 얼이 빠져, 커다란 빵을 받았다. 그다음, 그의 손은 힘과 인간적인 따스함이 도는 손으로 변했다. 그는 자기 빵을, 빵을 얻지 못한, 손이 잘려 없는 다른 거지에게 가져다주러 갔거나, 아니면 모퉁이 표지판 아래 꿈쩍하지 않고 있는 앉은뱅이에게 갔다. 앉은뱅이는 나무통처럼 굴려지고, 소음과 사람이 넘치는 혼란 속에서 아이처럼 길을 잃어버릴지 모른다는 환상에 두려워 떨고 있었다. 빈혈에 걸린 건달의 두 눈에도 장면들이 지나갔다. 그의 눈에는 과도한 흥분, 빛, 소란이 박혀 이식되었다. 그는 어머니가 쥘 세자르의 버스에서 눈을 감았던 것처럼 눈을 감고는, 흰 밀랍으로 만든 초에 불이 켜질 때, 알라께서 지옥에 있는 모든 피조물을 풀어 놓고 권능의 밤에 천사들과 화해하라고 한 것이 아닌지 생각했다.

현자 한 명이 깔개를 꺼내더니, 길 한 가운데 자리를 잡고 앉았다. 군중은 그를 뛰어넘어 가고, 노새들은 그를 돌아서 갔다. 나는 멈췄다.

"자리 좀 내주시지요."

나는 그의 옆에 누웠다. 그는 긴 담뱃대에 초록색 담뱃잎을 채웠다. 우리는 길게 담배 연기를 내뿜었다. 그리고 조용해졌다. 분노가 넘치는 바다에 있는 작은 섬 같았다. 우리 머리 위로, 별들이 심연 속에서 빛났다.

차고 문 아래서, 밤바라' 부족 남자가 묵주의 알을 세고 있었다. 그의 관자놀이에는 피부병이 번져 있었고, 눈은 멀어서 눈꺼풀을 감고 있었다. 그는 커다란 구형 라디오를 의자처럼 사용하고 있었다. 이 기계는 분명히 전력을 다해 소리를 냈었을 것이다. 지금은 한낮의 햇살 아래 놓인 촛불 같았다. 그저 떨리고 있다는 것만 알 수 있었다. 그의 발치에는, 가녀린 멧비둘기가 보릿짚으로 짠 바구니 위에 앉아 있었는데, 너무나 겁에 질려서 날개를 반쯤 접은 채, 날아갈지 말지 결정하지 못하고 있었다. 밤바라 부족 남자는 노래하고 있었지만, 나는 들을 수가 없었다. 그의 입은 바다의 썰물과 밀물 같았다. 아마도 밤바라 부족을 노예로 만든 자들의 영광을 찬양하는 노래 중 하나일 것이다. 나는 검지를 똑바로 펴서, 그의 눈꺼풀을 들어 올렸다. 그는 노래를 멈추고, 계속해서 묵주를 한 알씩 세면서, 백내장에 걸려 하얗게 변한 눈으로 나를 응시했다.

나는 놀라서 소리쳤다.

"우와."

그리고 나는 군중 속으로 들어갔다. 그 안에서 붕 떠서, 옮겨다니고, 빙글빙글 돌았다. 그들에게서는 땀과 양털 냄새가 났다. 그들은 소리 지르고, 노래하고, 으르렁거리고, 다닥다닥 붙어서, 하나의 움직임, 하나의 힘을 만들었다. 그 안에 퇴역한 미군이 관광하고 있었다. 사람들이 그의 옷을 벗기고 신발을 벗기고, 폭행했다. 그는 계속 서 있었는데, 뇌졸중 환자처럼 마비된 그의 얼굴이 보였다. 갑작스럽고 무시무시한 장면이었다. 그는 무슨 일인지 이해할 수 없다고 말했다. 누군가가 내 귀에 대고 소리쳤다. 그리고 내 손에 감자를 하나 건네주었다. 미국인은 이미 어둠 속으로 사라져 버렸다. 언제 어떻게 그렇게 되었는지 알 수가 없었다. 나는 감자 덩어리를, 알라를 외치고 있는 사람의 벌어진 입에 집어넣어 버렸다. 그는 이미 취해서, 빙글빙글 돌고 어지럽게 움직이다가, 쭈그려 앉았다. 그는 동력이 끊어져도 계속해서 돌아가는 기계 바퀴 같았다. 그는 갑자기 비었다가, 갑자기 다시 차는 공간 속에서 몹시 당황해했다. 긴 시간이, 아주 긴 시간이 흘렀다. 그다음 군중은 서서히 느려지더니, 멈추고, 흩어져 버렸다. 나는 큰 타일로 된 바닥 위에 펼쳐져 있는, 빨간색과 초록색으로 된 돗자리 앞에 있었다. 나는 팔에 여전히 기도용 카펫을 들고 있었다. 조금 전에 빛나던 별들처럼, 고요함은 심연처럼 깊었다.

나는 신발을 손에 들고, 돗자리의 가장자리를 따라서 앞으로 갔다. 사람들이 무리 지어 어둠 속에서 평화롭게 몸을 움직이고 있었다. 공기는 시원하다 못해 차가웠다. 나는 기둥들을 피해서, 둥근 천장과 아케이드와 흔들리는 초롱 아래로 지나갔다. 나는 타일과 카펫 위로 걸어갔다. 사람들이 슬그머니 나를 앞서 가더니 엎드렸다. 사람들이 점점 더 많아졌다. 그들은 줄줄이 앉아서, 팔짱을 끼고, 고개를 끄덕였다. 나는 계속 걸었다. 목소리가 들려왔다. 모두가 거기에 집중했다.

"여러분은 아마도 5천 명일 수도, 아마도 열 명일 수도, 아마도 두 명일 수도 있습니다. 확실한 것은 알라만 아십니다. 저는 단지 '아마도'라고만 말씀드릴 수 있을 뿐입니다. 아마도, 제가 여러분께 말씀드리고 있고, 여러분이 제 말씀을 듣고 있는 이 성 이드리스 모스크가 꽉 찰 때, 저는 우리가 3만 명이라고 말씀드릴 수 있을 것입니다. 그렇지만, 저는 여러분께 반복해서 말씀드립니다. 오직 알라만이, 여러분이 손에 쥔 것과 뒤에 감춘 것을 알고 계십니다. 그런데 형제 여러분, 생각해 보십시오. 페스에 40개의 모스크가 있다는 것을 생각해 보십시오. 왕국에 있는 모든 모스크를, 다른 나라에 있는 모스크를, 세계 방방곡곡에 있는 모스크를 생각해 보십시오. 여러분은 알제리를 알고 있습니다. 이집트에 대해서 말하는 것을 들어 봤습니다. 여러분 중 대부분은 파키스탄이 어디에 있는지 묻지 않습니다. 아마도 그곳에 있는 모스크들이 가장 지혜로울 것입니다. 여기서나 거기서나, 신자는 항상 신자입니다. 조금 후에 페스의 무에진들이 밤 기도의 시작을 알릴 것입니다. 여러분이 아시는지 모르시는지 모르겠습니다만, 이 나라에서 저 나라까지, 이 대륙에서 저 대륙까지, 시간의 차이가 존재합니다. 그렇지만, 어쨌든, 오늘 밤, 지구상에 있는 모든 무슬림은 기도할 것입니다. 그런데 제가 여러분께 이 세상에 5억 명의 무슬림이 있다고 말씀드린다면 믿으시겠습니까?"

그는 자기 젤라바를 벗더니, 팔을 앞으로 내밀어 멀리 던졌다. 돌아볼 필요도 없이, 나는 내 뒤에 있는 군중의 헐떡임을 느끼고 있었다. 나조차도 열이 오르기 시작했다. 나는 맨 앞줄에 도달했다. 나는 그곳을 지나서, 가져온 초록색 카펫을 펴 놓고 앉았다. 바로 근처에 시 케타니가 있었다. 거의 그의 발 있는 곳이었다. 그는 나를 한 번도 쳐다보지 않았다. 나는 내 바부슈를 조용히 내려놓았다. 그가 다시 설교하기 시작했다.

"5억입니다. 여러분. 상인이든, 봉급쟁이든, 할 일 없이 노는 사람이든, 연금 수급자든, 실업자든, 장애인이든, 여러분은 필수적으로 물건을 돈으로 바꾸는 데 익숙해져 있지요. 5억 프랑은 여러분에게 천 년 동안의 노동이거나, 아니면 전화 한 통화이거나, 아니면 한 국가의 예산을 의미할 것입니다. 여러분은 거기에 무게를 더합니다. 몇 킬로그램을요. 또 효용성을 더합니다. 집, 자동차, 여자…… 그리고 또 의미를 더합니다. 나는 원한다. 나는 지급한다. 나는 왕 중의 왕이다. 먹는 데 왕이고, 자는 데 왕이다. 여러분은 그다음 어떻게 될지 알고 있습니다. 5억 명의 사람이 있습니다. 여러분은 어떻게 생각하시나요?"

그는 타르부쉬를 벗어 던지더니 발로 쿵쿵 뛰며 밟았다. 깊고 어두컴컴한 둥근 천장을 향해서 입김이 올라갔다 부서졌다.

"저와 같은 신을 믿는 사람이 5억 명입니다. 그들은 여러분들처럼 쿠란을 읽으며 교육을 받았습니다. 그들은 푸아티에 전투 이후부터, 여러분과 저처럼 죽은 사람처럼 지내고 있습니다. 메카의 검은 돌을 향해 있는 5억 명이 오늘 밤 깨어나서, 다시 용기와 지혜를 갖추었습니다. 왜냐하면, 지금은 권능의 밤이며 새벽까지 우리 각자가 권능을 지니게 되기 때문입니다. 우리뿐만 아니라 모든 창조물이 권능을 지니게 됩니다. 하이에나, 메뚜기, 바위, 사막의 모래, 그리고 또 지옥에 있는 악마와 하늘에 있는 천사까지 포함됩니다. 조금 뒤에, 미나레 위에 있는 무에진이 소리칠 것입니다. 저는 그를 알고 있습니다. 바로 제가 그에게 이 임무를 맡겼습니다. 그는 이전에 묘지를 파는 인부였습니다. 그는 자신의 처지를 좋아하지 않았습니다. 제가 그 무에진이 곧 사방으로 소리칠 것이라고 말씀드렸지요. 그가 권능을 지니게 될 첫 번째 사람입니다. 그러면 우리는 모두 일어나……."

무에진의 노래가 울려 퍼지기 시작했다.

"……그리고 우리 각자는 쿠란의 기본밖에 모르지만, 기도하러 올 것입니다. 이렇게……."

우리는 일어났다. 사람들의 물결이 일어나는 것을 보면서, 나는 모스크가 완전히 다 찼다는 것을 알았다. 시 케타니가 큰 소리로 외쳤다.

"이렇게…… 이렇게…… 좀 조용히 해 주세요. 무함마드의 후손이자 종교 지도자이자 자우이아의 대표로서, 제가 시작하겠습니다."

그는 이맘을 위해 마련된 내실로 향하더니, 벽을 바라보았다.

"관대하고 자비로우신 알라의 이름으로……."

3만 명의 목소리가 따라 했다.

"관대하고 자비로우신 알라의 이름으로……."

그리고 **가는 선**이 나를 사로잡았다.

나는 레몽 로슈 선생님의 가르침을 떠올렸다. '사물은 적합한 이름과 정해진 용도가 부여될 때만 존재하게 된다. **가는 선**이 너를 괴롭히니? 그것을 명확하게 표현하려고 해 봐. 특히, 추상적인 것을 다른 추상적인 것으로 설명하려고 하지 마. 그러면, 너 자신이 추상적인 것이 될 위험이 있어.'

로슈 선생님, 들어 보세요. 어느 날 한 남자가 저에게 말했습니다. 아버지는 하루에 30프랑을 주고, 그를 농장 노동자로 고용했었습니다. 그날 농장에서, 저는 햇볕을 쬐며 편하게 쉬면서, 그가 땀을 흘리고 있는 모습을 바라보았습니다. 저는 그에게 말을 해 본 적도 없었고, 그를 알지도 못했습니다. 선생님께서는 오랫동안 모로코에 체류하고 계시니, 노골적인 질투나 욕망을 모르시지는 않겠지요. 그 남자는 자신이 삽질하고 있던 땅에 삽을 꽂더니, 저에게 물었습니다. 저는 그의 쉰 목소리를 여전히 기억하고 있습니다.

"바늘을 만들 수 있습니까?"

"바느질하는 바늘 말인가요? (그는 맞다고 고개를 끄덕였습니다) 물론이죠! 나에게, 강철, 철사 뽑는 기계, 드릴, 그러니까 필요한 재료와 기본적인 장비를 주면 됩니다."

그 남자는 웃으면서 말했다.

"아무것도 줄 수 없습니다. 만일 제가 당신이 요구한 것을 다 준다면, 당신이 창조하는 것은 무엇인가요? 그러니, 당신은 바늘을 만들 수 없는 것입니다."

로슈 선생님. 저는 이해했습니다.

가는 선이 이 모스크 안에서 형성되었다는 것이 첫 번째 정보였다. 라마단의 스물일곱 번째 날이라는 것이 또 다른 정보였다. 내 마음의 상태가 세 번째 정보였다. 그 선이 더 일찍 혹은 더 늦게 나타났었다면, 나는 아마도 아무것도 이해하지 못했을 것이다.

케타니는 더 이상 배가 나와 있지 않았다. 나는 등밖에 보지 못했다. 앞에서 봤을 때도, 배가 나와 있지 않았다. 그는 더 이상 추하지도, 짐승 같지도 않았다. 그는 높고 노래하는 듯한 목소리로 권좌의 장'에 실린 절구를 암송하고 있었다. 때로 성자, 예언자 무함마드, 또는 알라가 언급되었다. 그리고 모스크 전체가 합창과 열기의 파도에 따라 움직이며 외쳤다. '알라가 그를 축복하고 영광스럽게 하소서!' 아니면 '알라께 영광을!'이라고.

나는 정상적인 균형을 즐겼어야 했다. 군주가 나를 페스에 보냈었나? 나는 여기에 있다. 마라부에게 호소하기 위해서였나? 나는 눈을 감았다. '아무 마라부나 좋습니다. 저는 당신께 애원합니다. 저의 아버지는 파산했습니다. 무엇이라도 해 주세요.' 나는 눈을 다시 떴다. **가는 선**은 쉬지 않고 나를 흔들었다.

가는 선은 선명해졌다. 모든 것이 눈앞에서 흐려지면서, 선은 매우 선명하게 보였다. 가는 선이 나에게 말했다. 너는 흑인 남자다. 너는 몇 세대 전부터 백인과 교배해서 만들어진 흑인이다. 너는 지금 **선을 넘어가려고** 하고 있다. 너에게 남은 정통 흑인의 마지막 핏방울마저 잃어버리려 하고 있다. 너의 얼굴 각도는 벌어지고, 너의 머리는 더 이상 곱슬곱슬하지 않고, 너의 입술은 더 이상 두툼하지 않다. 너는 원래 동양에서 태어났으나, 너의 고통스러운 과거, 너의 상상력, 네가 받은 교육 덕분에, 너는 동양을 극복하게 될 것이다. 너는 알라를 전혀 믿지 않으며, 전설을 파헤쳐 분석할 수 있고, 프랑스어로 생각하고, 볼테르를 읽고, 칸트를 찬양한다. 그렇지만 너는, 네가 도달하려는 서양 세계도 어리석음과 추악함이 퍼져 있는 것 같다고 생각한다. 네가 탈출하려는 그 추악함과 어리석음과 별 차이가 없다는 것이지. 그뿐만 아니라, 너는 그 세계가 적대적이고, 너를 즉시 받아들이지 않으리라는 점을 깨달았다. 그래서 넓고 편안한 자리에서 좁고 불편한 의자로 바꿔 앉아야 하는 순간, 너는 뒤로 물러서고 있다. 자, 바로 이것이 내가 네 앞에 나타난 이유다. 내가 너에게 나타난 첫날부터, 너는 상처에 불과했다.

절대 아니야! 나는 케타니에게 다가가 그의 어깨를 두드렸다. '실례해도 될까요?' 거기에는 분명히 **가는 선**이 의미할 수 있는 모든 것이 있었다. 그렇지만 또한, 꼼짝하지도 않는 권태나 어려운 시에 대한 나의 날카로운 감각도 있었다. 내 감각이 너무나 날카로워서 로슈 선생님은 나를 백파이프에 비교했었다.

조금 전에, 군중과 빛과 함성 속에서 내가 즐길 수 있었다면, 어떤 것을 벌해야 할까? 나의 감수성이다. 그렇다. 해가 지는 순간, 달이 뜨는 순간, 바람, 폭풍, 8월의 후덥지근한 열기, 나의 감수성은 항상 이 모든 것에 예민했다. 사춘기 이전의 이 원초적인 즐거움들은 항상 내 안의 깊숙한 곳에 살아 있었다. 그 어떤 독서도, 그 어떤 고통도, 그 어떤 교리도 억누르는 데 성공하지 못했었다.

시 케타니는 제자리에서 돌아섰다. 장의 첫 번째 절인 하 밈'을 찬양하기 시작하면서, 나는 **미흐라브**'로 들어갔다. **가는 선**도 나를 따라 들어왔다.

"하 밈! '여기 길을 인도하는 책이 있다. 알라께서는 너희가 쉽게 읽고 이해할 수 있기를 바라셨다. 알라께서는 이를 매우 중요하게 여기시며, 많은 것을 담으셨다.

만일 너희들이 영적인 목적이 없는 민족이라면, 알라께서 과거에 너희들에게 얼마나 많은 예언자를 보내셨는지를 여기서 상기시킬 필요가 없을 것이다.

　예언자는 올 때마다, 항상 자신을 조롱하는 민족을 맞이했다.

　알라께서는 그 민족들에게 재앙을 내리셨고, 과거의 예는 사라져……'"

　알라시여. 네, 당신의 말씀이 정확합니다. 보세요. 저는 당신을 여전히 받아들이고 있습니다. 당신은 당신의 '특사'를 매개로 해서 말씀하십니다. 저는 사람들이 그가 정직하고 선한 사람이라고 말하는 것을 들었습니다. 당신은 필요한 단어들을 선택하시고, 우리에게 저주를 퍼붓거나, 최후의 심판에 받을 벌을 자세하게 묘사할 때조차도, 주술적인 리듬으로 표현하십니다. 알라시여, 아시나요. 핫지 파트미 페르디는 저에게 당신을 사랑하는 법을 가르쳤습니다. 그것을 배우면서 저의 육체는 공포로 떨었고 영혼은 황폐해졌습니다. 그는 당신의 법을 적용했습니다. 그는 한 여인을 고문했습니다. 근엄하고, 규칙적으로, 당당하게요. 그녀는 너무나 고문에 길들어서, 그 고문이 없어진다면, 가루가 되어 사라져 버릴 것입니다. 그는 아들들을 묶고, 결박하고, 베고, 짓밟았습니다. 그는 이것을 의무와 명예라고 말했습니다. 그렇지만 저는 당신을 여전히 사랑합니다. 그래서 비록 당신으로부터 저에게, 결정하시는 당신으로부터 결정되는 저에게, 기도는 부질없겠지만, 제가 당신을 여전히, 오랫동안 사랑하게 해 주시기를 빕니다.

　당신의 집에서, 당신의 신자들 귀에 제가 낭송하고 있는 이 구절들을, 저는 살에 경련을 일으키며 말하고 있습니다. 왜냐하면 당신께서는 음시드에서 말하는, 사람들에게 족쇄를 채우는 알라와는 다른 어떤 존재여야 하기 때문입니다. 모든 것을 알고 계시고, 심지어 우리가 모르는 것조차 알고 계시는 당신께 이를 설명한다는 것이 가소롭기는 합니다. 다시 말씀드리지만, 저는 족쇄가 채워져 있습니다. 안대로 눈이 가려져 있고, 굴레가 씌어 있습니다. 이러! 이랴! 멈춰! 다시 가! 자, 여기 너의 구유가 있고, 저기 너의 여물통이 있다. 저는 말합니다. 좋습니다. 왜 안 되겠습니까? 무로부터 바늘을 만드는 것은 가능합니다.

"너희가 아담의 아들에게 누가 땅과 하늘을 만들었냐고 묻는다면, 그는 너희에게 지고하신 분이라고 답할 것이다.

'그분의 의지로 하늘에서 물이 떨어졌다. 알라께서 사용하신 물로 죽은 땅을 비옥하게 만들었고, 너희가 땅에서 나왔다.'"

누군가가 나를 팔꿈치로 쳤다. 무슨 일이시죠? 저는 아직 끝나지 않았는데…… 감사합니다…… 나는 파란색 종이를 건네받았다.

"남자에게는 여자를, 여자에게는 남자를 보편적으로 창조하시고……."

"너를 찾아서 모스크를 열네 군데나 돌아다녔다. 너의 어머니는 무서워서 죽을 지경이다. 나는 읽을 줄을 몰라서……."

"그리고 너희가 땀을 흘리지 않고, 또 이동할 수 있도록, 배와 가축을 마련하셨다. 그래서 너희가 안장 위에서 편안하게 앉아서, 주님께 감사를 드릴 수 있느니라!"

나는 입을 다물었다.

내 뒤로, 침묵이 흘렀다. 이 거대한 모스크에 나 혼자 있다는 생각이 들 정도였다. 나는 뒤로 돌았다. 이모부는 나를 쳐다보고 있었다. 그의 눈에는 슬픔이 서려 있었다. 내가 침을 삼키는 소리가 들렸다. 내가 손에 들고 있는 종이는 전보였다.

줄지어 있는 사람들의 얼굴이 나를 바라보고 있었다. 나는 그중 몇 명을 관찰했다. 거만한 얼굴, 머리가 텁수룩한 얼굴, 아주 작은 얼굴…… 이 세 사람의 눈은 놀라울 정도로 움직이지 않고 있었다. 시 케타니는 사라졌다. **가는 선**도 사라졌다.

나는 전보를 펼쳤다. 읽고, 또 읽었다. 놀라운 것은, 나를 뚫고 올라온 감정이 놀라움이나 고통이 아니라 기쁨이었다는 사실이었다. 왼쪽 두개골, 왼쪽 얼굴, 왼쪽 가슴, 왼쪽 다리, 나는 어떻게 내 왼쪽 다리로부터 전율이 올라와 물결처럼 퍼졌는지 여전히 기억하고 있다. 움직임이 일어났다. 나는 소리를 질렀다.

"나는 계속하겠습니다. 안장 위에서 편안하게 앉아서, 주님께 감사를 드릴 것입니다. 그런데 무엇을 하기 위해서인가요? 그분에게 필요한 것이 있나요? 왜 감사해야 하나요?"

세 번째로 사라진 것은 이모부였다. 아! 내 귀는 아무것도 듣지 못하고 있었다. 분명했다.

"뭐라고 하셨나요? 여러분, 아닙니다. 저는 신성모독을 하는 사람이 아닙니다. 공산주의자냐고요? 그것도 아닙니다. 저는 드리스라고 합니다. 핫지 파트미 페르디의 아들이자, 오마르 즈위텐의 손자입니다. 여러분은 두 분 다 아시지요. 한 분은 차 중 개상이고, 다른 분은 마라부이시죠. 이 사실이 제가 더 말하는 것을 막지는 못합니다. 왜냐하면 오늘은 권능의 밤이니까요. 알라시여, 당신은 저에게 권능을 주셨습니다. 이에 대해 감사드립니다. 그러나 저는 이 능력을 어디로 인도해야 할지 모르겠습니다……."

중얼거리던 소리가 돌풍 소리처럼 커졌다. 내 앞에는 사람들의 줄도, 샹들리에도, 기둥도, 천장의 아치도 더 이상 존재하지 않았다. 갑자기 나는 분노로 동요하는 원의 중심에 있었다. 나는 생각을 멈췄다. 고꾸라지고, 정강이뼈를 찧고, 배를 문지르고, 비틀거리다가, 움푹 팬 곳에 넘어졌다. 그리고 앉았다.

사람들이 무리 지어 계속해서 지나갔다. 그들의 얼굴은 일그러져 있었고, 눈은 충혈되었고, 나를 보며 빠르고 확실하게 목을 조르겠다는 손짓을 했다. 몇 시간 동안, 나는 생각에 잠긴 채 그대로 있었다. 그리고 내가 신고 온 바부슈를 잃어버려서, 내 치수라고 생각되는 부츠 한 켤레를 집어서 신고 그곳을 떠났다.

나는 어머니가 분수대 앞에 엎드려 있는 것을 발견했다. 내가 다가서자 어머니는 일어섰다. 나는 말했다.

"하미드가요."

어머니는 정신을 잃고 쓰러졌다. 5년 뒤에, 나는 나무 자루가 떨어지는 소리를 들을 기회가 있었다. 어머니가 쓰러지면서 난 소리가 바로 그 소리였다.

나는 무릎을 꿇고, 어머니의 얼굴을 들어 올렸다. 소리가 날 만큼 세게 어머니의 뺨을 때렸다. 그 순간 나는 느꼈다. 시큼한 땀과 출산으로 말라 버린 여자들의 내장을.

이모부는 나무통에 손을 씻고 있었다. 켄자 이모는, 문틈에 서서, 황새처럼 한쪽 다리를 허벅지 위에 올려놓고, 흐느껴 울고 있었다. 나는 손가락을 폈다가, 다시 쥐고, 마구 때렸다. 어머니는 그제야 눈을 떴다.

"괜찮다."

나는 어머니를 붙잡고 일으켜 세웠다.

"기차는요?"

이모부가 이제는 발을 씻으면서 말하기 시작했다.

"알라가 허락하신다면……."

"허락하실 것입니다. 첫 기차가 몇 시지요?"

"떠났다. 저녁까지 기다려야 한다."

"그렇다면, 일어나세요. 케타니 집에 저를 데려다 주세요."

"왜?"

"그는 차를 가지고 있습니다."

"설마 너는 그가……."

"네."

"그런데, 나는 지금 세정을 하는 중인데."

"일어나세요."

그는 일어나더니 팔을 흔들면서 물을 털어 냈다. 그러곤 화를 냈다.

"켄자, 난 당신이 이제 좀 철들 줄 알았는데, 수건 가져와."

나는 그의 어깨를 잡고 밖으로 끌고 나왔다.

시 케타니는 목욕탕에서 우리를 맞이했다. 그는 팔을 좌우로 펴고, 고개를 숙이고, 눈은 반쯤 감고 있었다. 젊은 슐루 부족 남자가 맨손으로 그에게 기름 마사지를 해 주고 있었다.

"시 케타니 선생님."

"애야, 왜 그러니?"

"자동차를 가지고 계시지요……."

"애야, 네 대나 있지."

그의 가슴은 물렁물렁했고, 팔다리에는 털이 없었다.

"조금 전 전보를 받았습니다. 카사블랑카로 급히 돌아가야 합니다. 그런데 떠나는 첫 기차가 오늘 밤이라, 열여섯, 열일곱 시간은 기다려야 합니다."

"애야, 그래서?"

"저에게 자동차를 한 대 빌려 주시면 대단히 고맙겠습니다. 다시 말씀드리지만, 급한 일이……."

"애야, 안 된다."

나는 금니 열두 개와, 그의 코 위에 맺혀 있는 땀방울 네 개를 셌다. 그는 반복해서 말했다.

"안 된다."

삼촌이 중얼거렸다.

"그럴 줄 알았다."

프키가 다시 말을 했다.

"만약에……."

그는 갑자기 노골적으로 다리를 벌렸다. 몸을 가리고 있던 작은 수건이 미끄러졌다. 내가 틀리지 않았다. 그의 생식기는 황소 같았다.

"만약에, 그 전에 우리가 서로 사이가 좋아진다면 말이야. 15분이면 충분하지만, 꼭 필요한 시간이겠지."

그는 팔을 내리더니, 슐루 부족 남자의 머리를 어루만졌다. 그 남자는 부르르 떨었다. 나는 소리쳤다.

"개새끼."

그는 베르베르 남자를 밀치고, 앞으로 나왔다. 뚱뚱하고, 무겁고, 기름기가 넘쳐났다. 그는 내 얼굴에서 몇 밀리미터 앞까지 다가와 말했다.

"바로 너의 발밑에는 해치가 있다. 나는 거기를 통해서, 너 같은 새끼들을 지하 감방에 처넣지. 거기에는 침팬지 세 마리가 있는데, 너 같은 새끼들을 강간하려고 기다리고 있다. 훈련이 잘되어 있지. 여기서 꺼져라."

어머니는 몇 마이크로미터도 움직이지 않았다. 그녀는 다리도 곧게 펴지 않았다. 내가 어머니를 일으켰었을 때, 급하게 행동했었다는 것이 기억났다. 어머니가 말했다.

"하미드는?"

내가 답했다.

"죽었어요."

이번에는 어머니가 기절하는 것을 보지 못했다. 나는 몸을 웅크리고 앉아서, 엄지손가락으로 관자놀이를 누르고 있었다. 나의 즐거움은 사라졌고, 다른 물결이 그 뒤를 이었다. 그것이 무엇인지 의식하기가 두려웠다. 말하는 소리가 들렸다.

"켄자, 때려 봐. 세게 때려 봐. 그래도 안 깨어나면, 물통으로 물을 부어. 그리고 양파 냄새를 맡게 해 봐."

나는 단번에 일어나서 달려갔다.

이모부는 세 겹으로 접힌 매트리스에 올라서, 벽시계를 감고 있었다.

"이모부, 페스에 사창가가 있나요? 있다면 어디에 있나요?"

밖에는 동트기 전이라 어스름한 빛이 올라오기 시작했다. 거지 한 명이 쇠로 된 피리 소리에 맞춰 굶주림을 노래하고 있었다. 아이들의 굶주림, 막내에게 젖을 먹이고 있는 아내의 굶주림, 그리고 암으로 쇠약해진 어머니의 굶주림. 노인 한 명이 표지석 쪽으로 돌아서서 손으로 배를 움켜잡고 붉은색으로 된 무엇인가를 토하고 있었다. 포도주라기보다는 피 같았다. 그는 독감에 걸린 것처럼 컹컹거리며 기침을 했다. 그는 삐쩍 말랐고, 부끄러워했다. 조금 떨어진 곳에는, 버려진 수박 쓰레기 위에, 옷이 반쯤 벗겨진 어린아이가 하얀 이를 드러내고, 눈도 하얗게 뜬 채, 죽어 있었다. 비둘기들은 구구거리고 있었고, 공용 화덕은 불그스름하게 빛나고 있었다. 창문은 빛을 반사하고 있었고, 수평선에는 이미 여명이 붉게 타오르고 있는 것이 보였다. 누구도 여기에 더 이상 생명이 없다고 말할 수는 없었다. 내 발끝마다, 내 발바닥이 밟고 다니는 쓰레기마다, 살아 있는 것들은 귀가 멍할 정도로 소리를 질렀다.

늙은 할머니처럼 나는 계산했다. 이틀 중 하룻밤. 쥘 세자르는 나에게 말했었다. '이틀 중 하룻밤은 부스비르에서 날 찾을 수 있어.' 사흘 전에 그는 이 말을 했었다. 사흘 전에 그는 여기에 있었다. 어제 그는 부스비르에 있었다. 오늘 밤 그는 다시 페스로 돌아왔다. 그는 어디에 있을까? 틀림없이 페스의 사창가인 물레 아브달라에 있을 것이다.

내가 문턱을 넘어섰을 때, 그는 거기에서 나왔다. 그는 기어들어 가는 목소리로 말했다.

"잘 지냈나."

그는 완전히 취한 것은 아니었다. 그는 저장해 놓았던 정액을 쏟았고, 약 48시간 동안의 수면이 필요한 것이었다.

"버스는 어디에 있어?"

"내 쉐보레? 기다려 봐."

그는 내 두 뺨에 입을 맞추더니 웃었다. 피곤해서 아주 희미하게 웃었기 때문에, 나는 그가 울고 있다고 생각했다.

"나의 오랜 형제, 내가 흑인 소녀를 만났는데 말이야…… 우리는 같이 그 여자 방에 들어가서……."

"버스는 어디에 있어?"

"그래서, 생각해 봐. 그 순간…… 우와! 그 여자애가 말했어. '무릎 치워요.' 무릎을 치우라니. 그 여자애는 내 그것이 무릎인 줄 알았다니까."

그는 내가 전혀 웃고 있지 않음을 알아차렸다.

15분 뒤, 그의 버스는 떠오르는 태양을 향하여 전속력으로 내달렸다.

3장
반응

"풀은 자라야 하고, 아이들은 죽어야 한다."

  날카로운 느낌은 내 촉감의 고통스러운 감수성 때문이 아니었다. 그것은 내가 아무 생각 없이 손톱으로 긁고 있고, 부드러운 손바닥으로 만지고 있는, 석회를 바른 이 벽의 고유한 성질 때문이었다. 미장용 흙손이 아니라, 인간이 만든 다른 아무 도구나 사용해서 시멘트 입자를 바른 것 같았다.

  나는 어머니를 생각했다. 어머니의 임무 중 하나는, 1년에 두 번씩 벽에 석회를 바르는 것이었다. 어머니는 고생했다. 그녀는 서툴고, 고집스럽고, 겁도 없었다. 그래도 결국 집은 하얗게 됐다. 아마도, 나는 너그러워져야 할 것이다. 아마도! 나는 주먹을 쥐고, 피가 튀어나와 파인 홈을 따라 흐를 때까지, 벽을 거칠게 긁었다. 왜냐하면, 모든 고통이 내 안에서 죽었기 때문이었다. 그리고 주머니에 손을 넣었다. 피는 굳을 것이고, 피부는 다시 아물 것이다.

　내가 서 있던 방은 창고였다. 사람들이 그 창고를 비우고, 하미드를 그의 매트리스와 함께 눕혔다. 하미드는 그 매트리스 위에서 죽었다. 카멜과 군주가, 한 명은 앞에서, 다른 한 명은 뒤에서, 짐꾼처럼 그 모두를 들었다. 그때 나는 아직 페스에 있었다. 그렇지만, 나는 그들이 시신과 짚으로 속을 채운 매트리스를 어떻게 놓았을지 상상했다. 쓰레기통, 그 이상도 그 이하도 아니었을 것이다. 이것이 법이다. 죽은 것은 부패한다. 밤을 지새울 필요도 없고, 간소하고 신속하게 장례식을 치른다. 곧바로 청소한다.

　쥘 세자르의 버스는 전속력으로 공간을 집어삼켰다. 그 이후로 아마 두 시간은 흘렀을 것 같았다. 그러나 내가 그 벽 앞에 멈추자마자, 시간은 더 이상 존재하지 않았다. 시간이 너무나 증폭되고, 너무나 강렬하고, 너무나 생생했기 때문이었던 것 같다. 나는 필사적으로 균형을 찾으려 애썼다.

　마치 스크린에 투사되어 움직이는 이미지들처럼, 모든 것이 분명하고, 날카롭고, 생생하게 느껴졌다. 그러나 영사기가 꺼지면, 스크린은 다시 캔버스와 나무 조각이 될 것이다. 피는 굳고 피부는 다시 아물 것이다. 그러니 주먹을 긁어 상처를 내고, 문장을 만들자.

　오열하는 소리가 집 안을 찢어 놓고 있었다. 창문이 열려 있기 때문에, 아마 행인들의 마음도 찢어 놓고 있었을 것이다. 오열하는 소리의 음색과 빈도는 준엄했다. 군주가 허락한 대로 따라야 했다. 울음소리는 허락된 시간만큼만 지속했다. 나는 그 소리를 구분했다. 마디니의 과장된 울음소리, 절망한 어머니의 울음소리, 그리고 억지로 우는 소리, 합창하듯이 우는 소리. 특히 그 소리는 나집 때문에, 떼를 지어 우는 소리 같아서 더 그렇게 들렸다. 나는 그들의 위치를 파악했다. 어머니는, 두려움에 헐떡이는 쥐처럼, 벽 구석에 자리 잡고 있다. 뛰어오르는 것도 힘을 내어 도망치는 것도 불가능해, 움직이지 않고 있었다. 누군가 1층 화장실에 바리케이드를 쳤다. 다른 사람은 내 종이 더미를 뒤지고 있었다. 나는 군주를 잊고 있었다. 그러나 그의 시간이 곧 올 것이다.

창문들은 열려 있었다. 여자 한 명이 멈춰 섰다. 다른 이웃 여자가 소식을 알려 주었다. 그 여자는 다시 가던 길을 가면서 말했다.

"이 떼거지 속에 한 명 더 많든, 한 명 더 적든 무슨 상관이람."

나는 단숨에 뛰어나가, 그 여자에게 주먹을 날렸다. 그 여자의 몸은 한 치도 움직이지 않은 채, 머리만 뒤로 젖혀졌다.

하미드의 옆에는, 나쁜 기운을 막기 위해 칼을 빼서 놓아두었다. 그 칼로 아랫배를 찌른 것은 아니었다. 그러나 나는 알 수 있었다. 군주는 그 칼을 구두 뒤축을 파내기 위해서 썼다. 그가 그랬다면, 그것은 분명히 어떤 상징적인 행동이었다. 그런데 나는 그것이 무엇을 뜻하는지 알 수가 없었다. 병 주둥이에 꽂혀 있는 초가 불타고 있었다. 시신을 치울 때까지 이 초가 버틸 것이다. 밖에는 태양이 수직으로 내리쬐고 있다.

모든 고통에 저항하고, 모든 감정을 거부해야 했다. 나는 이 죽음은 단순한 사실일 뿐이라 생각했다. 그것은 행동이었다. 군주라고 이름 붙인 이 성채 안에서, 비록 매우 작기는 하지만, 나는 그 행동이 틈을 만들었다고 생각했다. 그리고 내 살과 신경이 고통을 느끼기 전에, 그것을 즉시 이용해야 했다. 이러한 계산은 나를 비인간적으로 만들었다. 그 점을 나는 잘 알고 있었고, 이에 대해 만족했다. 그렇지만, 나는 내가 곧 힘없이 무너질 줄을 알고 있었다. 그리스인과 러시아인의 성자들이시여, 가능한 한 최대한 그 순간을 늦춰 주소서.

나는 당연히 전화했었다. 대체한 것은 아니었다. 그렇다면 승화하기 위해서였나? 뭐, 여러분이 그렇게 생각한다면 어쩔 수 없지만! 그렇지만 내 생각은 달랐다. 이런 사건은 매일 일어나지 않는 사건 중 하나였다. 이런 종류의 사건을 19년 동안 기다려 온 나 같은 사람에게는 극단적이었지만, 또 쉽게 전파될 수 있는 것이었다.

"로슈 선생님이세요? ……여보세요, 로슈 선생님이세요? 네, 네. 저 독일 놈 드리스입니다…… 네, 잘 지냅니다. 감사합니다. 선생님께서는요? 물론이죠. 세 가지입니다. 그중에 한 가지는 페스에서 얻었습니다. 네, 그럼요. 페스에 갔었습니다. 그거에 대해서 자세하게 말씀드리겠습니다…… 그러니까 쥘 세자르라는 이름을 가진 사람이 있었고, 페스에 도착해서…… 선생님께서 이 이야기에 정말 관심이 많으시리라 생각합니다. 정말 무겁고 원초적인 아이러니입니다……. 네? 뭐라고 말씀하셨나요?

제 목소리가 이상하다고요? 선생님께서 알아차리셨다니 다행입니다. 아닙니다, 동생의 죽음은 그냥 단순한······."

나는 그에게 하미드는 학교에 전혀 간 적이 없다는 사실을 상기시켰다. 우리는 우리 둘만의 작은 세계를 가지고 있었다. 그 세계는 잘 숨겨져 있고, 아주 매혹적이고, 또 아주 헛된 것이었다. 동생은 나와 같이 암기했다. '**로자 알바, 로잠 알밤, 로자에 알베에***······' 아니면, 눈을 반쯤 감고, 두 손을 모으고, 독일어 구절을 노래했었다.

이히 하텐 카메라덴
엔 베서른 핀트스트 두 니히트'

내가 독일어와 라틴어를 배우고 있었기 때문이었다.

나는 담배 파이프 컬렉션을 가지고 있었다. 열네 개였다. 하미드는 그것을 비우고, 윤을 내고, 정리하고는 했다. 담배도 있었냐고? 군주는 나에게 용돈을 주지 않았다. 그래서 하미드는 군주의 침대 밑으로 기어가서 나에게 담배꽁초를 가져다주었다. 군주는 밤마다 침대에서 자기 전에 담배를 몇 대 피웠다.

규범에 어긋나고, 금지되었던 많은 작은 것들, 그것들이 우리를 살아가게 했었다. 내가 전등을 켜면, 그는 의자를 당겨 내 앞에 앉아서, 조용히 나를 쳐다보았다. 숙제를 끝내면, 나는 책, 공책, 종이를 정리했다. 하미드는 내 책상 위에 양반다리를 하고 앉았다. 그리고 우리는 둘이서 라루스 20세기 백과사전에 있는 이미지들을 같이 보곤 했다.

나는 하미드에게 열쇠를 맡겼다. 그는 그 누구라도 내 방에 들어가지 못하게 막았다. 그래서 그는 다른 형제들에게 맞았다. 그는 울면서 위협했다.

"드리스 형이 곧 올 거야. 형들이 날 때렸다고 말할 거야. 드리스 형은 권투를 할 줄 알아. 난 형들이 맞아서 이가 빠져 떨어지면, 그걸 하나하나 주울 거야."

그는 내 방에 들어올 수 있었다. 그렇지만 나는 내 종이들이 어질러져 있는 것을 본 적이 없었다. 그는 현미경에 눈을 붙이고 있다가, 렌즈를 조심스럽게 닦은 뒤에 나갔다.

어느 날 마디니가 그의 따귀를 때렸다. 하미드는 잇몸에서 피가 났다. 그는 종이 한 장을 집어 들어 봉투를 접은 다음, 침을 뱉고 주머니에 넣었다. 밤에 그 장면을 이야기해 주면서, 그는 피를 증거물처럼 보여 주었다. 나는 아래층으로 내려가서, 분노에 치를 떨면서 마디니가 숨어 있던 방의 문을 때려 부쉈다. 문과 함께 벽돌도 몇 개가 떨어졌다. 군주는 나에게 피해를 복구하라는 벌을 내렸다. 하미드가 시멘트를 준비했고, 내가 벽을 다시 발랐다.

하미드는 군주의 집에서 가장 힘이 없고, 가장 병약하고, 가장 작았다. 로슈 선생님은 결론을 내렸다.

"풀은 자라고, 아이들은 죽는다."

누가 이 말을 했지? 빅토르 위고. 제기랄, 빅토르 위고라니!

화장실에 있는 사람이 물을 내렸다. 그는 오줌을 싸거나 아니면 똥을 쌌겠지만, 계속해서 울었다. 위에 있는 내 방에서, 서랍을 뒤지던 사람은 화가 났다. 그는 하미드와 내가 아마도 밤늦게까지 함께 가지고 놀았던 작은 물건을 발견하지 못했다. 그도 역시 계속해서 울었다. 초가 반으로 줄었다. 불꽃은 흔들리고 있었다. 초는 땅바닥으로 옮겨져 있었다. 찬바람이 들어왔는데, 어디로인지 알 수가 없었다. 거기서 바퀴벌레 냄새가 먼저 나지 않는다면, 석회 냄새가 날 것 같았다. 아주 약간 바꾸고, 새것을 더하면, 시간은 다시 굴러갈 것이다. 내 종아리에는 이미 쥐가 났다. 어머니의 통곡만이 한결같았다.

수도승이 이를 흔들어 쫓는 것처럼, 나는 몸을 흔들었다. 모든 것이 강렬한 채로 남아 있어야 했다. 그렇지 않으면, 좁은 틈은 메워지고 굳어져서, 냉소적으로 될 위험이 있었다. 시체를 파먹는 벌레들로부터 하미드를 지켜 주고 있던 칼은, 내가 항상 가지고 다니는 주머니칼보다 날이 더 길고 더 번쩍였다. 나는 칼을 바꾸었다. 그리고 죽은 동생의 뺨을 가볍게 두드려 주며 큰 소리로 말했다.

"곧 보자! 그렇게 오래 걸리지 않을 거야."

정원에는 아무도 없었다. 쇠파리 한 쌍만 짝짓기하느라 아래위로 붙은 채, 소리를 내며 날고 있다. 부엌문이 살짝 열려 있다. 누군가 막 연 것 같았다. 주전자가 다려지고 있었고, 냄비가 끓고 있었다. 빗자루가 구석에, 삼각형으로 쌓아 올린 껍질들 위에 올려져 있다. 기름 항아리는 가득 차 있었다. 나는 한 국자를 떴다. 알라시여, 저에게 다시 힘을 주소서!

이 집을 지었을 때, 군주는 건물이 오래 가기를 원했다. 나는 콘크리트로 만든 계단을 올랐다. 맨발이라서, 발의 뼈가 부스러지는 것같이 느껴졌다. 그렇지만 아무도 내가 올라가는 소리를 듣지 못했을 것이다.

계단을 올라가면서, 나는 군주가 파산했다는 사실을 기억했다. 나는 스스로 물어봤다. '몇 시간 동안, 몇 분 동안, 내가 그 사실을 생각하지 않았을까?' 나는 단지 발걸음을 바꿨을 뿐이다. 그것뿐, 또 다른 것은 없었다.

나집은 내가 좋아하는 의자를 차지하고 있었다. 그는 울고 있었다. 그의 무릎에는 현미경이 있었다. 책상에 엎드려서, 압델 크림은 라루스 백과사전을 보고 있었다. 그는 울고 있지 않았다. 나는 열린 문 앞에 멈췄다. 내가 교대 시간에 들이닥쳤나? 나집은 우는 것을 멈췄고, 압델 크림이 이어서 울기 시작했다. 방에 들어갔을 때, 나는 그들의 의도를 목 돌리는 것까지도 알 수 있었다. 백과사전은 S자로 시작하는 항목이 있는 곳이 펼쳐져 있었고, 현미경 아래는 한 쌍의 얇은 슬라이드가 있었다. 나는 열쇠를 외투를 거는 고리에 걸었다. 그들은 나를 보기보다는 내 행동을 보더니, 함께 코를 훌쩍이기 시작했다. 그들의 눈은 칼을 응시하고 있었다. 나는 말했다.

"너희들, 이 칼 보이지? 움직이지 마."

바로 그 순간 고양이가 나타났다. 나는 왜 그 고양이가 마르고 굶주렸다고 상상했는지 모르겠다. 고양이는 여기저기 털이 빠졌고, 배에는 물집이 있었을 것이다. 고양이는 죽은 동생을 위해 울었다. 나는 그 소리가 늙은 부엉이가 우는 소리와 같다고 생각했다. 고양이는 한 번 울더니, 나타났을 때처럼 갑자기 조용해졌다.

나는 현미경의 슬라이드를 꺼냈다. 그 안에는 아직도 약간의 타액과 피가 섞인 침이 있었다. 나는 매우 슬픈 목소리로 다시 말하기 시작했다.

"너희들은 나에게 먼저 말했어야 했어. 나를 찾아와서, 팔을 잡고, 말했어야 했다니까. '드리스 형, 우리는 궁금했어요. 우리가 여기 산 지 6년이 넘었어요. 우리는 형 방문 열쇠를 찾아서 들어왔고, 사전과 현미경을 발견했어요. 드리스 형, 우리는 실험을 해 보고 싶었어요.' 너희는 이렇게 해야 했어. 내가 너희들에게 화내는 게 아니다. 왜 내가 화를 내야 하겠니? 지금 우리는 여기에 있고, 불건전한 호기심에 목을 돌리고 있지. 나집, 일어나라!"

고양이가 다시 울지 않았다면, 내가 주먹으로 나집의 머리를 내리쳤었을 것이다. 왜냐하면 그는 내 말에 복종해야 할지 망설이고 있었기 때문이었다. 그때 고양이가 울었고, 나는 부드럽게 말했다.

"자, 일어나야지."

아마도 고양이 울음소리 때문이었는지, 나집은 일어났다. 나는 그에게 등을 돌리고, 압델 크림 위로 몸을 구부리고 말했다.

"자, 보자. 아직 그게 아니네. SPAD, SPAR…… 몇 페이지 더 넘겨, 넘기라니까……. 거기다. SPEC, SPEF, SPER…… 자……

Sperme. 이 단어가 우리가 찾고 있었던 거지, 그렇지? 너도 일어나라."

나는 서랍을 뒤져서, 둘에게 휴지를 한 장씩 준 다음 앉았다.

"나는 기다릴게. 나는 너희들을 믿는다. 너희들은 재빨리 하면 된다. 이유는 세 가지다. 첫 번째, 너희들은 모두 혈기왕성한 청소년이다. 두 번째, 너희들은 습관적으로 한다. 세 번째, 사람들이 곧 시신을 옮기려고 올 것이다. 지금 너희들은 문제가 되는 일을 끝내고 싶지 않을 수도 있고, 아니면 여러 가지 이유로 너희들의 분비샘 활동이 **멎었을** 수도 있다. 그럴 경우에는, 이 칼을 봐라. 내가 칼날로 엄지손톱을 깎을 테니, 잘 봐라. 완벽하게 잘라 냈지. 또, 이 집의 주인이 와서 우리를 덮칠 수도 있다. 그럴 경우, 너희들은 기억해야 할 거야. 지금으로부터 3일과 몇 시간 전에, 내가 칼을 가지고 있었는데, 그 칼을 사용하지 않았다는 사실을 말이야. **지금, 이 칼은,** 내가 분명히 말하는데, 만일 군주가 들어온다면, 내 손에서 화살처럼 날아가 꽂힐 것이다."

엄격한 자세로 다리를 꼬고 앉은 다음, 나는 덧붙여 말했다.

"너희들이 부끄러워하는 문제를 해결하기 위해서, 벽 쪽을 보면서 할 수 있다. 일을 끝내고 나면, 내가 너희들에게 준 휴지를 이용해라. 가구나 벽이나 바닥에 튀지 않게 해라."

암고양이도 분만할 때 고통을 느끼나? 아픈 고양이였나. 아니면 발정 난 고양이였나. 오직 알라만이 현실을 알고 계신다. 누군가, 벵가지 광장에서 이를 뽑는 사람처럼, 고양이를 잡아서, 섬세하게 털을 하나씩 뽑으며 놀고 있었는지도 모를 일이었다.

나는 창문으로 가 보지도 않았고, 어깨를 으쓱하지도 않았다. 창문에는 창살이 달려 있었다. 그곳으로 울부짖는 소리가 뜨거운 열기와 함께 들어왔다. 마치 한 쌍의 주먹 같았다.

내 방은 작은 사각형이었다. 천장은 낮았고 벽은 흰색이었다. 나는 그 방에 있는 무겁고 어두운색의 가구를 좋아했다. 소파의 가죽은 주름져 있었고, 긴 의자는 울퉁불퉁했다. 구석에 있는 책장의 책들은 오래되어 부서질 것 같았다. 로슈 선생님이 오래된 훌륭한 도시의 예로 런던에 대해서 말한 적이 있다. 거기서 모든 것은 어머니를 닮아서, 소음은 조그맣게 들리고, 건물의 외관은 부드럽고, 안개는 포근하다고 했다. 거친 군주의 집에서, 내 방은 약간 런던과 같은 곳이었다.

그런데 눈치 없는 두 동생이 들어와서는, 내가 매일 밤 윤을 내는 마룻바닥을 못이 박힌 신발창으로 긁어 놓았다. 그리고 창문을 활짝 열어서 명암의 조화와 시적인 느낌을 모두 파괴해 버리고 외쳤다. 우리는 모로코에 있다! 그리고 따뜻한 안식처인 내 의자를 침범했다. 내가 오랫동안 앉아서, 의자에는 내 엉덩이 주름이 잡혀 버렸다. 내 엉덩이는 뾰쪽하고, 말랐다. 그렇지만 그게 내 엉덩이다. 나는 거기에 파이프를 입에 물고, 무릎 위에 책을 펼쳐 놓은 채 앉아서, 몇 시간 동안이나 소녀의 꿈처럼 분명하게 말할 수 없는 명상 속에 빠져 지냈다. 그리고 나는, 비록 알파벳 고딕체로 쓴 것이기는 하지만, 내 동생들에 의해 내 일기장이 순결을 잃어버리고 더럽혀졌음을 알고 있었다. 그들은 눈짓을 주고받으며 음탕한 미소를 지었다. 나는 확신한다.

거미는 집을 다 짓고 나면 살인자가 된다. 그렇지만 환희에 차서 집을 돌 때, 사람들은 빗자루로 거미집을 파괴해 버린다. 이 버러지야, 좋은 시절 다 갔다!

내 동생들이 자위 행위를 하는 모습을 보면서, 나는 상실감 같은 것을 느꼈다. 두 차례에 걸쳐서, 한 놈은 도망갈 뻔했고, 다른 놈은 돌아서서 팔짱을 끼고 거부했다. 두 번 다, 그들은 슬프지도, 엄하지도 않고, 절대적인 무관심으로 **생기가 도는** 내 눈을 마주쳐야 했다. 그들이 다시 일하기 시작했을 때, 나는 그들이 내 눈에서 군주의 검은 홍채와 빛나는 동공을 본 것이 아니었을까 생각했다.

고양이는 남아 있었다. 분명히 내가 꼬리를 밟았거나 간지럽힌 것은 아니었다. 고양이가 울었지만, 나는 더 이상 그 이유를 알고 싶지 않았다. 핵심은, 고양이가 울었으며, 심지어 드라마의 구성 요소가 되었다는 점이었다. 고양이는 세 번 운 다음에, 기척도 없었다. 나는 기다렸다. 마치 물방울 고문*을 당하는 사람처럼.

"너 끝났냐?"

조심스럽게, 압델 크림은 나에게 휴지를 내밀었다.

"너는?"

나집은 소리쳤다.

"에이! 아직……."

"빨리 해!"

바지를 단추를 잠그면서, 압델 크림은 나를 어두운 표정으로 살펴봤다. 그는 정성껏 자위 행위를 했다. 그에게 내 명령은 다음과 같은 속담이 의미하는 것이었다. '양의 넓적다리로 개를 패라. 개는 오히려 만족할 것이다.' 그의 경련은 멎었다. 그래서 그는 어두운 표정으로 나를 보고·있었다. 솔직하게 말해서, 나는 이 침묵을 욕이라고 해석했다. 늙은 암소 껍질 같은 자식, 쓰레기 같은 놈, 유대인이나 빨아먹을 새끼…… 그리고 좋은 환경에서 자란 청년들에게 익숙한 욕설 한 다발.

나집은 짧게 숨을 헐떡였다. 무릎은 구부러져 있었고 가벼운 떨림으로 흔들렸다. 나는 움직이지 않았다. 내가 만일 움직였다면, 나집은 뒤로 돌아서 내 목을 졸랐을 것이다. 증오로 잉태된 아이들 중, 그가 나에 대해서 가장 강한 증오를 표출했었다. 나는 그가 등이 뻣뻣해지는 것을 보았다. 자위 행위를 하는 동안, 그는 완전히 육체적이었다. 그렇지만 그 순간 그는 오래된 후회가 밀려오는 것처럼, 괴롭고 울고 싶은 욕구를 느끼고 있었다. 나의 상실감도 커졌다.

나집은 바닥에 푹 쓰러지더니, 머리를 두 손으로 잡고 의무감에 나를 바라보기 시작했다. 정말로 이상했다. 몇 년 동안 우리는 내면의 가장 작은 움직임조차 알 수 있을 정도로 익숙한 사람들 사이에서 살고 있다. 그런데 어느 날 우리는 이 사람들이, 눈이 파란지, 코가 납작한지 분명하게 말할 수 없다는 것을 알아차렸다.

나집이 쓰러져 웅크리고 있다고, 나는 놀라지 않았다. 그가 화를 냈었다면, 잠깐이었을 것이다. 그런데 나는 갑자기 동생이

옆 머리뼈가 튀어나와서 귀가 매우 길다는 것을 **알아차리고는** 깜짝 놀랐다. 이 사실을 발견하고, 나는 곰곰이 생각해 봤다. 잠시, 나는 이 문제의 두 번째 측면이 무엇일까 생각했다. 아주 간단하게 말해서, 동생들에게 내가 검은 염소라고 치자. 검은색이었던가? 어쨌든, 이 사실 때문에 다른 모든 인상착의는 무의한 것이 된다. 그런데 어느 날 동생들이 나에게 팔다리, 가슴, 얼굴 등 있다는 것을 알아차린다면, 그들은 얼마나 놀랄까? 이것은 마치 늪지를 측량하는 것과 같다. 먼저 다른 사람들이 있다. 내가 사랑하는 사람들, 존경하는 사람들, 그리고 질투하는 사람들, 무관심한 사람들. 그다음, 나머지 세상 전부는 무게도, 길이도 없이, 이름 하나, 단어 하나만 붙어 있는 사물들이다. 이러한 관계의 질서 때문에, 불행하게도 쿠란이 칫솔을 두고 '이것은 배다'라고 판결하면, 신자는 칫솔을 들고서 '이것은 배다'라고 말하는 것일까?

나는 나집의 휴지를 집어 들었다. 그의 정액은, 그 성질이 무슨 명언 같았다. 건조하고 각이 져 있었다. 내가 다시 일어서자, 나집은 갑자기 내 등 뒤로 소리 없이 와서는, 내 정강이뼈를 향해서 오른발을 날렸다. 나는 정확하게 그렇게 때릴 줄 예상했었다. 나는 그의 공격을 피한 다음, 마치 부주의해서 그런 것처럼, 그의 손을 발로 짓밟았다. 다른 발을 들어서 몸의 무게를 더 싣고, 오랫동안, 확실하게, 그의 얼굴이 뇌졸중 환자처럼 하얗게 질릴 때까지 밟았다. 나집은 한 번도 비명을 지르지 않았다. 그동안 나는 궁금했다. 동생들은 왜 나를 증오할까? 그리고 왜 나는 그들을 증오할 수 없는 것일까? 후회하며, 나는 발을 떼었다.

압델 크림은 창문에 팔을 괴고 있었다. 나는 그의 어깨를 툭치며, 정액을 섞으라고 했다. 나는 주의 깊게 그의 얼굴을 살펴보았다. 그도 역시 나에게 익숙했다. 그런데 주근깨는 언제, 언제부터 그의 얼굴에 자국을 남겼던 것일까? 그는 휴지 조각을 잘라서, 주걱처럼 사용했다.

머리를 숙이고 그는 혼합물을 섞었다. 도대체 그의 주걱턱은 어디서 온 것일까? 페르디 가문은 스스로 낮추지 않는다. 즈위텐 가문도 아니다. 군주의 설명은 이렇다. '너희들이 완두콩을 심으면 완두콩이 난다. 그런데 거기에 더해서, 너희들이 라피아 야자수를 수확한다면 영원하신 알라를 찬양해야 한다. 우리의 어머니 대자연은 끝내 주는 창녀니까.' 간접적으로 나를 겨냥하면서, 군주는 이렇게 말했었다.

압델 크림은 혼합물을 섞고 있었다. 그는 멍하니 섞고 있었다. 그에게서 마르세유 비누 냄새, 뜨뜻미지근한 땀 냄새, 그리고 타고난 게으름을 느낄 수 있었다. 나는 막 집을 완성한 모가도르*의 석공에 대해 생각했다. 그는 집주인을 찾아갔다. '선생님, 집이 완성되었습니다. 이제 무엇을 할까요?' '그 집을 부수어라.' 집이 다 부수어졌다. '이제는 어떻게 할까요?' '다시 지어라.' 석공은 집과 관련해서 자기가 엄청나게 멍청한 짓을 하고 있음을 알지 못하는 것처럼 보였다. 만일 이런 일을 놓고 모로코에 콩쿠르나 수상 제도나 기록 집계가 생긴다면, 미국은 즉시 정상을 내어 줄 것이다. 나는 수스 지방의 나이 든 탈렙을 알고 있는데, 그는 생 피아크르 블랑이라는 완두콩 변종을 먹어 본 적이 전혀 없었다. 나는 알아듣게 설명했다.

"인생이 개 같다고 나한테 말할 필요는 없어. 나도 너하고 같은 생각이야. 나는 네가 정액을 돌리고, 또 돌리는 것을 보고 있는데, 넌 내가 뒤지는 것을 보고 싶겠지. 나도 네가 뒤질 걸 보고 싶다. 너는 아래층에, 매트리스 위에 있는 동생이, 그렇게 누워 있어서는 안 된다고 생각하지. 다른 사람이 대신 죽었어야 한다고 말이야. 나도 같은 생각이야. 예를 들자면, 왜 개고, 넌 아니지? 동생아, 돌려라, 돌려!"

그는 턱에 털이 몇 개 나 있었다. 그의 비웃음을 참을 수 없었다. 나는 질렸다. 지쳤어. 제발 나를 내버려둬! 늙어 버린 청년보다 더 추한 것은 없다. 나는 소리를 질렀다.

"그만해! 충분히 잘 섞였어. 난 어쩔 수 없이 너의 형이 될 수밖에 없다. 그래, 넌 알지. 내가 끔찍하게 싫어하는 것을. 너도 역시……."

나는 재빨리 어깨 위로 오른손 주먹을 들어서 올렸다. 나는 나집의 손을 힘껏 내리쳤다. 내가 그에게 등을 돌렸을 때, 그는 일어나서 들키지 않게 칼을 움켜쥐었었다. 그렇지만, 그는 무기를 내려놓고, 다시 웅크리고 앉아 손목을 문질렀다. 나는 계속해서 말했다.

"내가 끔찍하게 싫은 것은, 네가 어쩔 수 없이 내 동생이라는 사실이야. 너도 어쩔 수 없다는 사실을 확인하고, 끔찍하게 싫은 것이고. 그러니까, 다시 앉거나 아니면 서 있어. 아니면 날아

가려고 해 봐. 만일 네가 자랑스럽게 생각하고 있는 뾰쪽하게
생긴 너의 머리통이, 나에게 절대로 복종하지 말라고 하면 말이
야."

그는 긴 의자 위에 누웠다. 나는 미소를 지었다. 그의 본능은
여전히 어린애 같았다. 나는 현미경의 슬라이드 사이에 **농축**한
정액을 주입했다. 나는 말했다.

"조금 전에, 내가 들어왔을 때, 나집(그는 추워 보였다), 너는
이 기구를 무릎 위에 들고서, 침을 관찰하고 있었다. 압델 크림
(그는 허벅지 사이를 긁고 있었다), 너는 백과사전에서 어떤 단
어를 몰래 찾고 있었다. 너희들이 나한테 친절하게 인사나 하기
위해서 여기에 왔다고 말하면 안 되겠지. 침을 관찰하고, 단어
의 뜻을 알아본 뒤에, 조용히 나가려고 했다고 말해야겠지. 그
러면 나는 너희들에게 나는 진짜 못된 놈이다라고 대답하면 되
는 것이고. 단지 나는 너희들이 감히 그러지 못할 거라는 사실
을 알고 있었다. 그래서 나는 들어와서 너희들을 도와준 것이
다. 어쩌면 너희들의 생각에는 너무 거칠었을 수 있었겠지만,
오히려 너희들에게는 충격적인 설득 수단이 어울리지 않았냐
고 묻고 싶은데? 이제 작품, 정말 아름다운 작품이 준비되었다.
나는 거의 웃고 싶은 지경이다. 너희들은 호기심을 만족시키기
만 하면 된다. 여기 현미경이 있고, 또 정액이 있다. 모두 다 준
비해 놓았다. 나는 너희들만 남겨 놓고 나갈 생각이다. 훌륭하
게 실험이 끝나면, 너희들은 정말 궁금해할 필요가 전혀 없었다
는 사실을 알아차릴 것이다. 이게 그거야?…… 겨우 이거야? 그

럴 경우, 나를 불러라. 나는 아래층에 있을 거니까. 내가 올라와
서, 우리는 딜레마를 해결하기 위해 토론할 것이다. 즉, 이 현미
경을 쓰레기통에 버릴 것인가, 아니면 내가 너희들 아구창을 날
릴 것인가를 두고 말이야. 조만간 너희들은 하미드와 내가 정자
를 관찰했던 것도 아니고, 또 책 속에서 음탕한 단어를 찾았던
것도 아니라고 결론을 낼 수 있을 것이다. 그렇다면 우리를 하
나로 묶어 주었던 것, 우리를 두 명의 친구와 같은 사이로 만들
어 주었던 것은 무엇이었을까? 형제였으니까? 너희도 형제지.
이 새끼들아, 그것은 현미경도 아니고, 백과사전도 아니고, 담
배 파이프도 아니고, **좆 크기**도 아니었다. 우리를 훔쳐보는 너
희에 대해 말하고 싶은 욕구도 아니었다. 이 문에 관해 말하자
면……."

나는 기름을 떴던 국자를 문고리에서 **빼서** 들었다.

"열쇠를 여기에 두었었는데, 너희들이 그것으로 문을 열었다.
이 열쇠, 가지고 있어라. 그러면 언제든지 원하면, 들어오고 나
갈 수 있다. 밤에도 들어와서, 드리스 페르디라는 이름을 가진
자를 봐라. 그는 가장의 아들이자, 성자의 손자이자, 암울한 운
명 때문에 기독교인이 된 자다. 악마를 저주하고, 눈을 파낼지
어다! 잠자는 사람은 죽은 상태와 비슷하다고 말하는데, 기독교
인인 나도 내가 자는 동안에는 정확하게 어떤지 알 수 없다. 기
독교인은 놀라운 관찰 대상이야. 그러니 너희들은, 내가 자는
모습을 지켜봐라. 그다음에 내가 코를 고는지, 방귀를 뀌는지,
아니면 악몽을 꾸는지 말해 줘. 또 '잠자는 기독교인은 돼지'라

는 속담이 맞는지도 확인해 줘. 내 몸에서 나는 냄새도 맡아 주면 고맙겠다. 나는 내 몸에서 밤에 냄새가 나는지, 전혀 알 수가 없거든. 이 문은 말이야, 너희들이 문을 열었을 때 알아챘듯이, 열쇠가 잘 작동하지 않아. 그러니까……."

나는 기름 국자로 갑자기 반원을 그렸다. 만일 자물쇠에 기름을 쳐도 소용이 없다면, 운명이라 생각하고 욕이나 하시지.

"……여기 기름칠을 할게. 봐라! 이제 열쇠가 돌지…… 버터를 바른 것처럼…… 소리도 없이. 난 너희들에게 길을 터 주고, 장애물을 제거하고, 울퉁불퉁한 것들을 평탄하게 만들 거야. 너희는 여기서 너희들 방처럼 지낼 수 있어. 나는 너희들을 사랑해."

나는 칼을 다시 주워 들었다.

"이것은 다시 가져갈게. 내가 쓰던 것이니까. 그런데 사실은, 내가 이 칼로 찌르려고 했던 사람은 아직 나타나지 않았다. 잘 있어라!"

내가 나갈 때, 누군가 손으로 내 어깨를 잡았다. 나는 그것이 나집의 손이라는 것을 알고 있었고, 재빨리 공격에 대비했다. 늑대는 두 번 공격당하면 화가 폭발한다. 나는 화가 폭발했다.

내가 돌아섰을 때, 나집의 눈이 나를 반겼다. 내가 기억하는 한, 그는 그런 눈길을 준 적이 없었다. 아마도 내가 틀렸는지도 모르겠다. 아니면, 아마도 내가 감정적으로 너무 예민해져서, 내가 틀렸는지 자문할 수 있는 상태가 아니었는지도 모르겠다. 그의 눈은 빨려 들어갈 듯했고, 내가 잡은 그의 손에서는 형제

애가 느껴질 정도였다. 나집은 중얼거렸다.

"드리스 형, 날 믿어. 내가 돌대가리기는 하지만, 형은 나 믿어
도 돼."

그의 얼굴이 경련을 일으켰다. 나는 조금 전에 내가 짓밟았던
손을 잡았다. 내가 손을 놓자 그가 덧붙여 말했다.

"형에게 모든 것을 다 이야기할게. 하미드가 어떻게 죽었는
지, 무슨 일이……."

나는 말했다.

"좀 이따가."

그가 따라서 말했다.

"좀 이따가."

그것이 다였다. 내 계획의 윤곽이 드러나고 있었다. 파티오를
지나는 동안, 단 한 번도, 나집이 내 뒤에서 원한을 품고 주먹을
날릴 것으로 생각하지 않았다.

패드를 덧붙인 문은 밀어도 열리지 않았다. 나는 점점 더 세게
발길질했다. 문이 열릴 때까지 기다렸는데, 어머니가 와서 열어
주었다. 어머니가 물었다.

"무슨 일이니?"

그리고 어머니는 이 단어들을 발음하면서, 우느라고 몇 초간
말을 멈췄다는 사실을 알아차렸다. 어머니는 양손을 마주치고
비틀었다. 그녀는 허리띠 대신에 울긋불긋하게 장식된 폭넓은
천을 두르고 있었다. 나는 누구를 위해서 그걸 입었냐고 물어보
았다. 어머니는 고개를 들었다. 만일 그녀가 내 눈에서 평상시

와 다른 무언가를 발견했다면, 분명히 어리석은 결론을 내렸을 것이다.

"우리 아들 드리스."

"어머니 아들 드리스, 여기 있습니다."

쥘 세자르의 버스는 두 바퀴로 돌더니, 군주의 집 앞에 어머니와 나를 내려 주었었다. 이 집의 문턱을, 어머니는 마치 재앙을 건너듯이 넘었다. 베일은 흐트러졌고, 금실로 장식된 바부슈는 벗겨져 떨어졌다. 시신에 몸을 던지기 전에, 군주가 팔로 어머니를 잡았다. 그는 어머니를 호두 자루처럼 흔들었고, 또 호두 자루처럼 끌고서 안방으로 데리고 갔다. 넌 저기 있어. 울고 싶은 만큼 울어. 하고 싶으면 깨진 병 조각으로 뺨을 긁어도 좋아. 그렇지만 절대 소란은 피우지 마. 과인이 말하면 들어라.

어머니는 딸꾹질하면서 반복해서 말했다.

"우리 아들 드리스."

"제가 어머니 아들 드리스가 여기 있다고 말씀드렸잖아요."

나는 알아차리기 시작했다. 나는 오른손으로 칼을 흔들고 있었고, 왼손으로는 기름 국자를 흔들고 있었다. 그러면서 불경스럽게 두 발을 모으고, 내 몸을 흔들기 시작했었다. 나는 세 번밖에 울지 않았던 그 고양이의 운명이 어떻게 되었을지 궁금했다. 내 생각으로는 세 번 우는 것은 충분하지 않았다. 고양이 가죽을 벗기며 놀던 사람이 인내심이 부족했었다고 생각했다.

나는 어머니에게 물었다.

"왜 이 천을 두르셨나요?"

나는 내 목소리가 부드럽다는 것을 알고 놀랐다.

"우리 아들 드리스……."

"당신 아들 드리스예요. 그래서요?"

예전에 나는 어머니의 손과 발에 입을 맞추곤 했었다. 그녀는 부부 관계 때 썼던 수건을 매트리스 밑에 숨겨 두었다. 내가 그것을 발견했을 때, 어머니는 황급히 나에게 설명했다. 밤에 감기에 걸려서, 그것으로 코를 풀었다. 나는 중얼거렸다. 이것은- 어머니가-코를-푼-수건이다! 어머니는 내가 괴로워하지 않도록 나를 축복해 주셨던 것 같다.

나는 허리띠를 가리키며 분명하게 물었다.

"왜 이것을 하셨나요?"

내 목소리에도 내 눈빛에도 불손함이 담겨 있었다. 그래서 어머니는 불안해하고 언짢아했다. 그녀는 아들 드리스가 두 팔을 벌려 안아 주고, 그 안에서 안식을 취할 수 있기를 기대했었다. 하미드의 죽음은 대재앙이며, 나는 몸과 살도 없이 피를 흘리는 영혼이며, 어머니의 고통은 적어도 십자가에 못 박힌 그리스도의 고통과 같다고 말하고 싶었다. 그러나 그 대신에 나는 다리를 붙이고, 몸을 흔들면서 질문을 던지고 있었다.

나는 어머니가 힘없고 어수룩한 여자라고 생각했다. 먹고, 마시고, 자고, 싸고, 섹스했다. 순서에 맞춰, 하루에 다섯 시간씩 두 번, 군주가 정해 놓은 메뉴를 차리고, 군주의 뜻에 따라 차를 준비했다. 그 사이에는, 요리하고, 씻고, 쓸고, 빨래하고, 바느질하고, 손질하고, 정리하고, 빵을 만들고, 쥐와 바퀴벌레를 잡고,

밀을 빻고, 체로 거르고, '암산'을 하고, 수건에 수를 놓고, 탬버린을 치고, 맨발로 춤을 추고, 파리를 쫓았다. 이 모든 것을, 나는 받아들였다.

"저는 어머니가 힘없고 어수룩한 여자라고 생각했습니다. 먹고, 마시고, 자고, 싸고, 섹스하지요. 순서에 맞춰, 하루에 다섯 시간씩 두 번, 군주가 정해 놓은 메뉴를 차리고, 군주의 뜻에 따라 차를 준비하지요. 그 사이에는, 요리하고, 씻고, 쓸고, 빨래하고, 바느질하고, 손질하고, 정리하고, 빵을 만들고, 쥐와 바퀴벌레를 잡고, 밀을 빻고, 체로 거르고, '암산'을 하고, 수건에 수를 놓고, 탬버린을 치고, 맨발로 춤을 추고, 파리를 쫓지요. 이 모든 것을, 저는 받아들였어요. 그런데 제가 이해할 수 없는 것은, 허리에 두르신 이 천이에요. 제가 알기로, 오늘은 잔칫날이 아니잖아요. 왜 입술은 양귀비 꽃잎으로 물들이셨나요? 왜 눈꺼풀에는 콜*을 칠하셨나요? 왜 화장하고, 손톱에 칠을 하고, 난리를 피우시나요? 도대체 이게 다 뭔가요? 왜 우시는지 말씀 좀 해 주세요?"

어머니는 입에 대고 있던 손으로 내 손을 잡았다. 어머니는 그 위에 입맞춤했다. 손에 각인된 고통이 나를 격분하게 했다.

"우리 아들 드리스……."

"어머니 아들 드리스가 물었잖아요. **대답하세요.**"

어머니는 자연스럽게 대답했다. 너무나 자연스러워서 나는 그것이 의도적이라는 인상을 받았다. 그래서 그 대답을 이해할 수 없었다. 나는 정신이 혼란스러워져서, 다시 물어볼 수밖에 없었던 것 같다. 그 사이, 내가 정신적인 충격을 받았거나, 아니면 거의 적응하지 못했던 것 같다.

어머니는 반복해서 말했다.

"그 아이는 막내였지. 이제 대신 다른 아이를 갖고 싶어."

이 단어들. 고양이의 기분 나쁜 울음소리가 비통한 노래처럼 솟아나와, 이 단어들을 도드라지게 만들었다. 짧고, 길고, 짧은, 세 음으로 된 모티브가 반복되었고, 두 음 사이에는 비천한 침묵이 짧게 흘렀다.

나는 몸을 흔들면서 웃었다. 비죽거리는 웃음 속에는 괴로움이 담겨 있었다. 고양이가 우는 동안, 어머니가 떨고 있는 동안, 밖에 햇빛 아래 짐승과 사람들이 무기력하게 늘어져 있는 동안, 나는 내 손을 붙잡고 있는 이 여자에게, 어떻게 하면 간결한 단어와 잔인한 어조로 말을 내뱉을지 생각했다.

나는 소리쳤다.

"씨받이!"

나는 다시 소리쳤다.

"씨받이!"

그리고 뒤돌아서 떠났다.

내가 콘크리트 계단을 내려가는 동안, 고양이 울음소리는 멈췄다. 나는 조금 전, 이 계단을 올라가면서, 군주가 파산했다는 사실을 떠올렸던 것이 기억났다. 몇 시간, 몇 분 동안…… 벗어나자마자, 시간은 벌써 다시 흘러가고 있었다.

부엌에 있는 빗자루는 항상 쓰레기 더미 위에 있어서 가짜처럼 보였다. 알 수 없는 중력의 변덕 때문인지, 손잡이가 약간 미끄러졌다. 항아리에 담겨 있는 기름은, 내가 국자를 던져 넣자, 출렁거리는 소리를 냈다. 그리고 거품이 올라오고, 물결이 퍼지다가 잠잠해졌다. 나는 큰 솥을 봤다. 물은 끓고 또 끓어서, 밑에 강한 불이 남아 있었지만 움직임이 없었다. 만일 여러분이 이러한 나의 잠재의식을 비난한다면, 나는 즉시 손뼉을 치며 환영할 것이다.

그전에 파리 한 쌍이 윙윙거리며 짝짓기하고 있었다. 아직도 윙윙거리며 짝짓기하고 있었다. 나는 이 파리들이 적어도 여섯 번은 즐겼으리라 추측했지만, 확신할 수는 없었다. 그것은 내가 마디니가 내장을 점액까지 다 비웠는지, 아니면 단지 변비가 있었던 것뿐인지 확인할 수 없는 것과 같았다. 화장실의 문을 발로 부수고, 나는 그에게 물었다. 그는 울음을 멈추었다.

"헉! 무슨 일이야? 나 아직……."

발뒤꿈치로 멧돼지처럼 들이받으니 문이 열렸다.

"미안. 좀 확인할 것이 있어서."

초는 이제 손가락 네 개 정도 크기가 되었다. 하미드의 뺨에는 눈물이 마른 자국이 있었다. 아마 30분 정도밖에 그의 곁을 떠나지 않았지만, 그 시간이면 충분했다. 그의 몸은 굳어지고, 쭉 펴졌다. 그는 아마도 그렇게 자기가 분명히 죽었고, 단지 시체일 뿐이라는 사실을 나에게 알려 주고 싶어 하는 것 같았다. 나는 받아들였다. 나는 그를 나의 작은 새라고 부르곤 했었다.

나는 움직이지 않고 있었다. 갑자기 침묵이 흘렀다. 문이 몇 개 열렸거나, 아니면 닫혔다. 향이 타면서 매캐한 냄새를 풍겼다. 나는 알고 있었다. 바로, 이 냄새가 최종적으로 정화를 하고, 죽음의 냄새를 내쫓는다는 것을. 곧 하미드와 그의 매트리스가 마차 위에 올려지면, 물통 수십 개가 집 곳곳에 물을 퍼부을 것이다. 나의 작은 새야.

나의 작은 새야. 너의 시신과 짚으로 만든 너의 매트리스 앞에, 나는 서 있을 것이다. 마지막 1센티미터 남은 초가 연기를 내며 타들어 갈 때까지, 쿠란을 중얼거리는 소리가 침묵을 가라앉힐 때까지.

집 앞에 늘어선 군중은 둘로 갈라졌다. 우리가 매트리스를 들고 계단을 내려가는 순간, 웅성거리는 소리가 들렸다. 나는 그 소리를 정확하게 파악했다. '저 남자가 핫지 파트미 페르디입니다. 사람들 말로는, 저자가 자기 아들을 죽였답니다…… 제가 알기로는 머리를 쳤대요. 그런데 사람들은 항상 나쁘게만 말하잖아요. 저도 확신할 수 없습니다. 다른 남자는 기독교인이랍니다. 자기 동생 장례식인데도 기독교인처럼 입은 채 있군요. 사람들이 말하길, 저 남자는…….' 몇 초도 안 지나서, 군중은 장송곡을 불렀다.

하늘이 하얗게 불타고 있었다. 너무나 하얘서, 태양을 구분할 수가 없었다. 우리가 나오자, 문이 육중하게 닫혔다. 어머니는 주먹으로 문을 치고 이마를 찧었다. 어머니가 장례식에 참석하는 것은 이슬람법으로 금지되어 있었다. 어머니가 울부짖는 소리는 끔찍했다. 이슬람과 무함마드의 성자들이시여, 나는 당신들에게 간청하지 않았습니다. 그래서 당신들은 복수했습니다. 저에게서 막냇동생을 빼앗아 갔습니다…… 그리스인과 러시아인의 성자들이시여, 나는 당신들에게 간청했습니다. 당신들은 소원을 이루어 주시고는, 저의 막냇동생을 빼앗아 갔습니다…… 유대인과 타타르인의 성자들이시여, 사람들은 당신들이 존재한다고 말합니다. 당연하지요. 그러니, 저 문을 열어 주세요…… 당신들이 원하신다면, 저는 유대인이 되고, 당신들이 원하신다면, 저는 타타르인이 되고, 개새끼, 쓰레기, 개똥이라도 되겠습니다. 제발 저 문을 열어 주세요! 저-문-을-열-어-주-세-요! 그 순간, 나는 내가 문을 팔로 부숴 버릴 수도 있다고 생각했다.

곧 햇볕이 강하게 내리쬐었다. 하얀 수의가 거울같이 빛을 반사할 정도였다. 우리는 느리고 조심스럽게 계단을 내려갔다. 군주는 내 앞에서 뒷걸음치며 걸으면서, 팔을 높게 들었다. 그래서 하미드는 수평을 유지할 수 있었다. 나는 그의 행동에 감사함을 느낄 정도였다.

나는 마지막 계단을 내려가면서, 고양이를 알아봤다. 고양이는 붉은색에 회색 점이 있었고, 코는 분홍빛이었고, 눈빛은 촉촉했다. 자갈과 돌과 깡통들이 쌓여 있는 더미 아래에 몸이 반쯤 묻혀 있었다. 고양이는 힘이 빠져 움직이지 않고 있었다. 조금 전에 머리 위로 이 모든 잔해가 쏟아져 내린 것처럼 보였다. 고양이는 몸부림치고, 울고, 진땀을 흘렸다. 그리고 힘이 빠졌다. 그는 곧 자기가 죽을 것을 알고 있었다. 내가 건너뛸 때, 고양이는 나를 쳐다보지 않았다. 그는 평화롭게 나도 자기에게 돌을 던져 주기를 기다리고 있었다.

나는 쥘 세자르에게 거기 있으라고 말했었다. 그는 거기에 있었다. 그는 나에게 손짓을 했고, 나는 고개를 끄덕여 답했다. 나는 그에게 무엇인가를 찾아 달라고 부탁했었다. 그는 그것을 찾았다. 그의 버스는 부릉거리고 있다. 차에는 바이올린, 기타, 탬버린을 든 사람들이 지붕 위까지 가득 차 있었다. 쥘 세자르는 범퍼 위에 앉아 있었다. 그는 지루해하면서도 인내심을 가지고 군중이 조용해지기를 기다리는 오케스트라 지휘자 같았다. 내가 곁을 아주 가까이 지나갈 때, 그는 고개를 들었다. 그의 눈은 매우 검고 매우 순진해 보였다. 그는 이렇게 말하는 것 같았다. '어떻게 할래? 비열한 너의 아버지를 끝장내자!'

아버지는 아무것도 보지 않았다. 그는 이 사람들을 몰랐다. 그는 뒤로 걸으면서도, 똑바로 걸었고, 고개도 꼿꼿이 들고 있었다. 그의 형상은 바위로 만든 것 같았다. 어깨가 약간 구부러져 있었지만, 무거워서 어쩔 수 없이 경직되었기 때문이었다. 내가 또 잘못 생각했다. 빛이 너무나 강해서, 모든 것이 축 늘어져 있었던 것이었다.

장송곡이 들려왔다. '알라를 찬양합니다! 알라만이 영원하십니다. 알라는 가장 높은 존재이십니다. 권능과 영광은 오로지 알라의 것입니다. 우리는 불행하며, 우리의 육체는 소멸하기 마련입니다.' 내가 확신하건대, 모든 사람의 얼굴에는 땀이 흘렀고, 그들의 목소리는 열정적이었다. 매트리스를 마차에 위에 올려놓는 순간, 침묵의 **구덩이가 파였다.** 말이 움직이기 시작하자, 합창이 다시 시작되었다.

집들의 벽은 높았고, 창문에는 창살이 있었다. 창문에 있는 사람들의 머리는 움직이지 않았다. 그들은 입으로 장송곡을 중얼거렸다. 전봇대에는 스바스티카 십자가와 분명하지 않은 문구들이 장식되어 있었다. 그 아래에는 오줌과 똥이 늪에 흩어져 있는 섬들처럼 널려 있었다. 오래전부터 **독특한** 냄새가 뿜어 나오고 있었다. 아마도 그 때문인지, 통통하고 겉보기에는 잘 자란 개 한 마리가, 이 고요한 늪 속에서, 항아리에 머리를 넣고, 그저께 버린 쓰레기 더미에 꼬리를 치고 있었다.

군주와 나, 우리는 마차를 따라갔다. 정이 많은 열댓 명 정도의 사람들이 군중으로부터 떨어져서 우리를 따라왔다. 나는 그 사람들의 발소리를 들으면서, 열두 명 정도, 최대 열다섯 명, 아니면 더 적을 것으로 헤아렸다. 행렬의 마지막에는 쥘 세자르와 그의 건달들이 있었다. 거기에서 연습 삼아 하는 것같이 삐걱거리는 바이올린 소리가 들려왔다. 내가 사로잡힌 감정에 그들도 사로잡혔다. 우리는 불행하며, 우리의 육체는 소멸하기 마련입니다.

내 옆에서 걷고 있던 그 남자는 나의 깃발이었다. 사람들은 깃발 아래서 싸울 때, 그 깃발을 좋아한다. 물론 같은 이유로 그 깃발을 증오할 수도 있다. 그는 한 발씩 앞으로, 얇은 바부슈를 신고, 부드러운 걸음으로 걸었다. 특히 그의 손이 내 관심을 끌었다. 그 손은 분명히 사람들이 무덤으로 들고 가는 동생의 머리를 내리쳤다. 그 손은 동생의 눈을 감겨 주었고, 뜨거운 소금물로 마지막 화장을 해 주었다. 손바닥은 다정했고 손가락은 능숙했다. 그다음, 두 손을 모으고, 엄숙하고, 간결하게, 하미드를 축복해 주었다. '하미드야, 너는 우리의 합법적인 결합에서 나온 결실이었다. 하미드야, 너는 여름에 태어나서, 아홉 번의 여름을 살았다. 그런데 하미드야, 너는 이 나이에 대지로 돌아가야 하는구나. 우리는 불행하며, 우리의 육체는 부패합니다. 아민.' 의연한 그의 얼굴에는 눈물 한 방울도, 미세한 떨림도 없었다.

그는 걸으면서 손을 흔들었다. 너무나 자연스럽게 흔들어서, 산책하는 사람의 손 같았다. 그가 장송곡을 따라서 부른 것은, 성직자의 역할을 맡았기 때문이었다. 그가 고통을 느꼈더라도, 그의 어깨는 그 때문에 전혀 구부러지지 않았고, 그의 등은 꼿꼿했다. 그의 얼굴에는 평상시와 같은 냉정함이 엄격하고 정확하게 새겨져 있었다. 그는 자백을 듣는 자이자, 자신을 판결하는 자였다. 나는 갑자기 내 손으로 그의 손을 꽉 쥐었다.

"아버지, 만약에 제가……."

그가 말했다.

"걸어라!"

나는 그의 넓고 단단한 손에서 압력이 느껴지기를 기다렸다. 압력이 증가했다. 건물들과 공터들을 지나갔다. 길의 포석이 빛났다.

"아버지, 만약에 아버지께서 아신다면……."

"걸어라!"

묘지는 고요했다. 어디서 불어오는지, 어떻게 그럴 수 있는지 모르겠지만, 부드러운 바람에 나뭇잎이 흔들거리며 소리를 내고 있었다. 탈렙들이 쿠란을 큰 소리로 외치고 있었다. 그들은 항상 묘지에 살다시피 머물러 있다. 장례 마차가 지나가자 마치 용수철이 튀어 오르듯이 일어난 사람들에 의해 그 숫자가 늘었다. 도랑을 따라서, 앞으로 나온 단 위에는, 문을 달기 위해 안으로 움푹 들어간 구멍들이 있는데, 그들은 그 안에서 **평생 잠을 잔다.** 그들은 오로지 무덤에 가서 울부짖을 때만 깨어난다. 그러곤 다시 혼수상태에 빠져, 중간에 깨지도 않을 것이다.

무덤을 파야 했다. 묘지 인부가 삽을 들어 올릴 때마다 그 끝이 번쩍거렸다. 연결하는 끈이 없었다. 인부는 헉헉거렸다. 그는 몸통을 구부렸다 폈다를 반복했다. 땀을 다 흘려 버렸는지, 머리카락이 없는 그의 머리에서 더 이상 땀이 나오지 않았다. 그는 일을 잘했다. 그는 올바로 무덤을 팠다. 무덤은 부서지지 않고 단단했다. 그는 자기가 부자를 상대하고 있다는 것을 알고 있었다.

성스러운 구절을 외치던 사람들은 땅바닥에 둥글게 앉아, 박자를 맞춰 손뼉을 치면서, 작업이 느리다고 생각했다. 그들은 서로 격려했다. 목소리가 한 단계 낮아질 때마다, 누군가 다음 장으로 건너뛰었고, 목소리와 열의가 다시 올라갔다. 그들은 스무 명에서 서른 명 정도였다. 그들의 눈은 빛났다. 그들은 곧 쿠스쿠스를 접시 한가득 받을 것이다.

군주의 손이 올라갔다가 내려왔다. 너무나 빨라서 두 동작을 구분할 수 없었다. 묘지 인부는 땅바닥까지 몸을 구부리고, 하미드를 무덤 안에 내려놓았다. 관도, 덮는 천도 없었다. 단지 두툼한 하얀 천으로 된 수의뿐이었다. 그는 삽으로 돌 하나를 조각내서, 평평하게 만들어 머리를 받쳤다. 다른 돌들이 시신 위로 떨어졌고, 붉은 흙이 구덩이를 메웠다.

나는 무릎을 꿇었다. 그리고 다시 일어났다. 도마뱀이 덤불 속에서 빠르게 움직이고 있었고, 비둘기가 날갯짓 소리를 내며 뜨거운 공기를 가르고 있었다. 가장 양심적인 탈렙들은 여전히 앉아서, 마음을 정하지 못한 채, 마지막 구절의 마지막 단어들을 중얼거렸다. 나는 완전히 일어났다. 그리고 움직이지 않은 채, 모자를 벗고, 군주를 봤다. 그는 집게손가락으로 검은 수염을 매만지고 있었다. 그의 푸르스름한 눈가 아래쪽으로 실핏줄이 나타나더니, 갑자기 격렬하게 떨렸다.

그 순간부터 일은 빠르고 확실하게 막힘없이 진행되었다. 하미드를 땅에 묻자마자, 마치 통풍에 걸린 환자들이 갑자기, 엉덩이에 황산을 뿌리면 미친 듯이 달리는 경주마로 변신한 것 같았다.

묘지 문 앞에 삯마차가 서 있었다. 군주가 내게 물었다.

"과인과 함께 가겠느냐? 과인은 아인 보르자*에 간다."

탈렙들은 중얼거렸다. 매우 더웠고, 이날이 라마단 중 가장 더웠고, 저녁 대포 소리를 들으며 아주 만족해할 것이라고. 군주는 설명했다.

"올해는 아인 보르자에서 곡물 시장이 열린다. 몇 시간 뒤면 초승달이 뜰 것 같다. 그러니까, 내일은 중요한 기념일인 이드 세기르다. 과인을 비롯해서 모든 신자가 밀이나 보리를 필요한 사람들에게 나누어 주는 것을 영광으로 삼아야 하는 날이다. 과인은 이 행동이 신의 섭리에 감사를 표하는 매우 적절한 행동이라고 판단한다. 과인은 신의 섭리에 따라 29일 동안 금식했다. 과인은 이 삯마차로 아인 보르자에 갈 것이다."

쥘 세자르는 작은 목소리로 욕을 하면서, 그의 버스 주변을 돌고 있었다. 그는 고개를 숙이고, 땅을 살펴보면서, 한 걸음 한 걸음 내디뎠다. 땅이 파였나? 그는 주의를 기울이며 체계적으로 살폈다.

군주가 결론을 내렸다.

"네가 원하는 대로 해라!"

그는 삯마차에 앉더니, 덧붙여 말했다.

"그러면 네가 탈렙들을 맡아라. 저들에게 쿠스쿠스를 줘라. 과인이 너의 어머니에게 준비해 놓으라고 말해 두었다. 그러나 저들을 집 안에 들어오게는 하지 마라. 과인이 돌아올 때까지, 저들은 계속해서 집에 머무를 방법을 찾으려 할 것이다. 마부, 출발!"

자전거 타이어로 만든 일종의 곤봉으로 말을 때리자, 삯마차와 마부가 모래 먼지를 일으키며 순식간에 눈앞에서 사라졌다.

쥘 세자르는 꼼짝도 하지 않고 있었다.

"너 혹시……."

"……저 탈렘들을 내 차에 태울 수 있냐고? 물론이지! 친구들, 이리 와 봐!"

곧바로 네 명의 남자가 우리를 에워쌌다. 쥘 세자르는 그들을 나에게 소개했다.

"**일 킬로**. 이런 별명을 얻게 된 것은, 이자의 생식기 무게를 다 합치면 그만큼이 되기 때문이지. **웃는 당나귀**. 웃는 당나귀 본 적 있어? 세상에! 이 친구를 봐! 이자는 **스탈린**. 왜 스탈린인지 는 나도 잘 몰라. 아마도 돈도 없고, 집도 없고, 법도 없기 때문인 것 같아. 이자는 우리 주머니를 털고, 우리 여자들도 따먹어. 이 자는 그걸 '공산주의'라고 부르지. 나도 아직은 이해가 잘 안 돼. 그리고 마지막으로 **빅토르 위고**. 이자는 우리에게 빅토르 위고 의 시를 낭송해 줘. 너는 도대체 우리와 같은 깡패와 사기꾼에 게 뭘 바라는 거냐? 빅토르 위고의 시라니!"

그의 부하들은 탈렘들을 맡아서, 욕설과 달래는 말을 퍼부으 며 문으로 밀어 넣었다. 쥘 세자르는 핸들을 뒤로 돌렸고, 그의 버스는 쏜살같이 출발했다. 스탈린은 보닛 위에 올라탔고, 빅토 르 위고는 휀다 위에 누웠다.

쥘 세자르가 기어를 바꾸면서 말했다.

"참 재밌는 부하들이야. 네 명 모두 게으름뱅이에, 싸움꾼에, 허풍쟁이들이지. 그렇지만 저들은 모두 나한테 헌신적이야. 그 게 중요하지!"

습관처럼 그는 매우 빠르게 차를 몰았다. 나는 그를 마주하고 앉아, 거의 그의 무릎 위에서, 핸들을 잡은 그의 손이 경련을 일으키고, 그의 콧구멍이 떨리는 것을 보았다.

"나한테 화났어?"

내가 답했다.

"모르겠어."

그는 힘주어 다시 말했다.

"너는 그럴 권리가 있지. 친구들 모두 모아서, 서커스 곡예같이 어려운 일을 꾸미고, **테 데움**을 신기록을 세울 정도로 빨리 가르쳐서, 우리가 묘지에 갔을 때 연주하게 하고…… 그래서 그 결과는 어땠어? 아무도 실수하지 않았지. 심지어 나조차도. 너한테만 말하는데, 어떻게 그럴 수 있었을까? 나는 알 수가 없네. 너는 이걸 설명할 수 있어?"

나는 다시 말했다.

"모르겠어."

새로 온 고문 기술자들은 현관 계단 앞에 내려야만 했다. 나는 돌무덤의 크기가 늘어나는 것을 보면서, 몇 명인지 가늠해 봤다. 고양이는 머리, 발 하나, 꼬리 끝만 보였다. 아직 죽지는 않았다. 고양이는 내가 계단을 올라가는 것을 온순하게 바라봤다.

나는 소리쳤다.

"무엇을 원하나요? 당신들이 나를 따라와서, 무엇을 원하나요?"

그들은 모두 나에게 복종하기를 원했다. 그렇지만, 나는 쥘 세자르와 부하들만 들어오게 했다.

나집은 손을 주머니에 넣고, 골똘히 생각에 잠긴 듯 계단 중간에 서 있었다.

"형, 이게 무슨 난리야?"

"그러니까! 내려와서, 저 사람들에게 입 좀 닥치라고 해. 그리고 조용해지면, 모두가 둥글게 원을 그리고 멀리 앉게 해. 테라스 벽 위에서 50킬로그램이 나가는 무언가를 던져도, 한 사람도 다치지 않고 바닥에 떨어질 수 있도록 말이야. 그리고 너는 다음 일을 기다리면 돼. 아! 계단 근처에 고양이가 거의 다 파묻혀서 죽게 생겼는데, 죽이지 마. 내가 처리할 테니까."

"알았어."

그는 주머니에 손을 넣은 채, 계단을 내려왔다.

곡물창고 문을 잠그는 걸쇠는 나무로 만들어졌다. 나는 그냥 잡아당기지 않고, 걸쇠를 부숴 버렸다. 일 킬로가 휘파람으로 신호를 보냈다. 그가 말했다.

"우와! 식량을, 이렇게 많은 식량을 쌓아 놓고 있다니. 씨발! 개같이 사는 동안 이런 축복은 첨 보네. 이 정도인 줄 알았다면, 지난겨울에 내가…… 담배 피우겠소?"

나는 말했다.

"그랬으면, 자네는 감옥에서 갔을 거야. 아니면, 땅에 묻혀서 지금쯤 벌레들한테 반쯤 먹혔거나. 왜냐하면 군주인 나의 아버지는 도둑들을 좋아하지 않거든. 담배 좋지. 괜찮다면 여러 대 주면 좋고."

나는 담배 한 대에 불을 붙여, 연기를 급하게 폐까지 들이마셨다. 쥘 세자르가 물었다.

"우리 뭐 하지? 왜 우리를 여기 올라오라고 했는지, 나는 이해가 안 되는데."

"간단해. 잘 들어 봐. 첫째, 나는 무슬림이고, 오늘 밤, 금식 기간이 끝나. 둘째, 밖에는 너의 부하들과 약 30여 명의 탈렙들이 있는데, 너도 알다시피 배가 고프다고 먹을 수 있는 사람은 단 한 명도 없지?"

"그건 그렇지. 하지만 난 잘 모르겠는데……."

"그러니까, 여기에 이 식량들이 있잖아."

나는 더 자세하게 말하지 않고, 담배 피우는 것을 즐겼다. 그는 갑자기 발로 뛰어오르면서, 소리쳤다.

"아하!"

나는 빈 상자를 뒤집어서, 햇볕이 잘 드는 구석에 밀어 놓고 앉았다. 내가 일어났을 때, 나는 담배 다섯 대를 피웠고, 창고는 완전히 비어 있었다. 나는 말했다.

"완벽해. 훌륭한 작업이었어. 아주 감동했어. 한 가지가 남았는데, 바로 청소야. 너희들은 내려가서 길과 주변을 청소해. 지푸라기 하나, 밀알 하나도 남기지 말고. 그렇다고 너무 꼼꼼하게 하지는 말아. 그러면 주인이 알아차릴 수 있으니까. 그 다음, 해산하고 돌아가."

나는 담배꽁초를 던지고 발뒤꿈치로 밟았다. 쥘 세자르는 그것을 주워서, 손바닥에 놓고 다시 말했다. 그는 말했다.

"불 좀 줘. 그런데 이웃들이……."

나는 그의 말을 잘랐다.

"그렇게 생각 안 해. 이유는 두 가지야. 첫째, 만일 네가 군주에 관해서 말하는 것을 들었다면, 너는 군주를 에워싸고 있는 침묵의 벽에 대해서도 들었을 거야. 그에게는 이웃이 없어. 그리고 만약에, 정말 예외적으로, 어떤 자비로운 사람이 '군주님, 살라말렉!'이라는 정중한 인사보다 조금 더 말을 하고 싶어 한다고 해도, 군주는 그냥 자기 길을 가 버릴 거야. 믿어도 돼. 그에게는 이웃이 없기 때문이야. 둘째, 사람들은 그를 너무나 잘 알고 있어서, 창고에 있는 것이 그의 명령이 아닌 다른 방법으로 길거리에 쏟아졌다고는 생각할 수 없기 때문이지."

그는 이해한 것처럼 보이지는 않았다. 그렇지만 그는 나에게 손을 내밀었다.

"또 보자."

"또 보자."

그와의 악수는 짧았다. 그는 서둘러 떠나려는 것 같았다.

"당연히 너를 믿을 수 있겠지?"

침묵이 흘렀다. 나는 덧붙였다.

"혹시 네가 필요하면?"

"언제든지."

"왜냐하면, 조만간 네가 또 필요할 수 있어."

"언제든지. 또 보자."

"잠시만 기다려 봐."

나는 갑자기 콧물을 훌쩍였다.

"어디서 너를 만날 수 있지? 예를 들어, 오늘 밤, 만일 그럴 경우가 생긴다면?"

그는 조심스럽게 속눈썹을 만지더니, 어깨를 갑자기 으쓱 들어 올렸다.

"그러니까, 오늘 밤은 사촌 중 한 명이 결혼해서 초대받았어. 그래서 내일 아침 일찍 페스로 향해. 너무 오래 머물지는 않을 거야. 어쨌든……."

"어쨌든이라, 너는 겁이 나는군. 그러니까, 너는 반항하고는 싶지만, 어떤 선까지만이라는 거지. 아무 문제 없을 정도만. 너는 가짜 화약통을 옮기기는 하지만, 페르디 아들의 친구가 되는 것은 그렇게 좋아하지 않는군. 너의 통에는 끽해야 석회 가루가 들어 있을 뿐이었지. 내가 확인했어. 그런데 나의 아버지는 너에게 문제의 원인이 될 수 있으니까. 너는 자신이 해방되었다고 생각하겠지만, 여기에는 아무런 손익 계산을 하지 않고 해방된 사람들이 있어. 내 형제들이야. 그들의 이름은 쥘 세자르가 아니야."

그는 다시 어깨를 으쓱했다. 그의 태도가 실망한 것처럼 보였다. 나는 나를 좋아하지 않는 사람들의 명단이 더 늘어났다는 것을 알 수 있었다. 나는 담배에 불을 붙였다.

"드리스, 너 잘못 생각하는 거야."

"그랬으면 좋겠네. 그런데 내가 너에게 길거리를 청소하라고 부탁했던 사실을 다시 상기시킬 필요가 없다고 판단한다면, 내가 틀린 것인가?"

"그래. 그럴 필요 없어."

"그럼, 잘 가!"

일 킬로가 마지막으로 떠났다. 그가 한숨을 쉬며 말했다.

"난 당신을 도와줄 준비가 되어 있습니다."

"네가?"

"왜 안 돼요? 아마도 언젠가 가구들과 이 집에 남아 있는 것들을 털기 위해서 나에게 연락할 수도 있겠죠. 누가 알겠습니까. 그리고 난 당신이 맘에 듭니다. 여기 주소가 여러 개 있습니다."

그는 주머니에서 스탬프, 잉크 패드, 수첩을 꺼냈다. 그는 종이를 한 장 뜯더니, 그 위에 스탬프를 찍었다. 그는 미안해하며 말했다.

"나는 글을 쓸 줄 모릅니다."

그는 담배 두 갑도 주었다.

"당신 담배가 떨어진 것 같던데."

그리고 손을 비비며 떠났다.

어머니는 의자에 앉아 나를 기다리고 있었다. 그녀는 무성한 머리카락을 머리띠로 일정하게 묶고 있었다. 그래서 얼굴은 좁아지고, 이마의 피부는 끌어올려져 있었다. 향을 약 15분 정도 태웠다. 단지 15분 정도만이었다. 나는 말했다.

"저는 어머니하고 완전히 같은 생각입니다. 하미드는 죽어서 묻혔습니다. 반달족 같은 놈들이 군주의 저택에 침입했었습니다. 그리고 저는 입가에 담배를 물고 있지요."

나는 계속 말했다.

"말씀하지 마세요. 제발 말씀하지 마세요. 어머니가 말씀하시자마자 저의 겨드랑이 털은 하얗게 셀 겁니다. 어머니가 하시고 싶은 말씀이 무엇인지 저는 알아요. 우리는 불행합니다. 네, 이미 들었습니다. 그리고 저에게 다시 말씀하시면, 언제나 그랬듯이 단조로운 어조로 하소연하실 것을 알고 있습니다. 제가 이미 잘 알고 있는 그 어조로 말입니다. 그러니 아무 말씀 하지 마세요. 손을 저에게 주시고, 두려워하지 마세요."

어머니의 배에서 나온 자들은 자신들이 할 짓을 알고 있다. 나처럼, 어느 날, 그들은 자기들 어머니의 발아래 앉아서, 손을 잡고서 설명을 요구할 것이다. 나는 계속해서 말했다.

"모든 일이 다 잘 끝났습니다. 그러니까, 하미드의 묘지는 제법 괜찮아요. 깊이는 석판 아래로 1미터고, 작은 무화과나무와 식나무 사이에 있습니다. 묘지에서 나무가 있는 유일한 곳입니다. 다른 곳에는 가시덤불과 종려나무와 잡초가 무성합니다. 언제 어머니를 모시고 가겠습니다. 이왕이면 오늘처럼 해가 뜨겁게 내리쬐는 날이 좋겠네요. 어머니는 무화과나무 아래, 저는 식나무 아래 앉겠죠. 왜냐하면 무화과나무가 식나무보다 그늘이 더 많이 지니까요. 저의 어머니이시고, 연세도 생각하면 당연하죠. 어머니의 고통도 더 심하실 테니, 식나무 아래보다는 무화과나무 아래서 그러시는 것이 더 격에 맞는 듯합니다. 우리는 묘를 꼼꼼히 살펴본 다음, 묘지를 한 바퀴 완전히 돌면서, 가시덤불과 종려나무와 잡초 속에 있는 약 6만 개의 묘비를 발견하겠지요. 해가, 성스러운 해가 떠 있고, 묘지 인부 아니면 그의 형제거나 대신 일하는 사람이 붉은 구덩이 속에서 몸을 반쯤 드러내고 있을 텝니다. 이것이 하미드를 위한 일입니다. 알라는 분명 그의 영혼을 가져가셨고, 벌레들은 이미 그의 피부를 파먹었습니다. 다른 것에 관해 말합시다. 제가 어머니 발아래 앉아서 손을 잡고 여기 있는 이유는, 다른 것을 말씀드리기 위해서입니다."

자신들의 어머니에게 책임을 묻기로 결심한 자들은 꼭 그렇게 했다. 그렇지만 실행에 옮기면서, 그들은 갓난아기처럼 울게 된다. 어머니는 나를 무릎 위에 놓고, 입에 젖을 물리고, 엉덩이에 분을 발라 주셨을 것이다. 그리고 나중에, 그녀가 이 에피소드를 이야기를 해 주려고 할 때, 그것은 뒤죽박죽이 얽힌 환상이 된다······ 네, 사랑스러운 어머니, 말씀드리는데, 저는 어느 여름날 오후 늦게, 부모님 방 의자에 앉아 있었는데······. 말씀드려야 하는 것은 그날 하미드가, 잘 아시겠지만, 하미드가······ 그리고 저 드리스가 들어왔는데······ 그 순간 저는 그 아이가 장난치는 줄 알았어요······. 그 다음 저는 고통이······ 저는 잊을 수가 없었어요······. 그 애는 저에게 미친 사람처럼 말을 했어요, 네, 사랑하는 어머니, 미친 것처럼요······. 그는 사나운 눈을 하고, 저의 손을 녹여 버릴 듯이 잡았어요······. 특히 그의 눈이 너무 무서웠어요······.

"그래서 어머니는 일곱 명의 남자아이를 낳으셨습니다. 그중 한 명이 죽었습니다. 여섯 명이 남았습니다. 그들에 관해 말합시다."

나는 어머니의 얼굴에서 주름살을 셌다. 이마에 가로질러 세 개, 가운데 하나, 입가에 두 개가 있었다. 평소에 어머니 얼굴은 창백했다. 어머니는 양귀비꽃으로 만든 분을 발라 얼굴을 화사하게 만들었다. 맨얼굴일 때 주름살은 누르스름하고 부드러웠다. 그러나 화장하면, 주름살은 깊게 패고, 벽돌색이 되어서 도드라졌다. 말은 서서 잔다. 말이 다르게 자면, 서커스의 구경거리가 된다. 이 예시는 군주가 말한 것이다. 만일 내가 여기에 방귀 같은 소리를 덧붙여 말한다면, 나는 무례함에 대한 대가를 치르게 될 것이다. 나는 계속해서 말했다.

"씨를 뿌리고 또 거두는 자들은 저와는 상관이 없습니다. 중요한 것은 두 작업 사이에서 씨앗은 성장하기를 포기한다는 거죠. 어머니도 마찬가지입니다. 애정을 품고, 분비선이 완벽하게 자란 열다섯 살의 나이에 페스를 떠나셨습니다. 스물아홉 번째 맞이하는 라마단은 분비선에 악영향을 끼쳤고, 애정은 거꾸로 돌아가게 했습니다. 그 사이에, 지구는 태양을 스물네 번 돌았고, 어머니의 자궁은 일곱 번 배출했습니다. 결산해 봅시다. 시신으로 변한 아들 한 명, 술주정뱅이 아들 한 명, 미친 아들 두 명, 그림자같이 존재감이 없는 아들 두 명, 그리고 저입니다. 그리고 주인 한 명과, 새 아이를 낳겠다는 희망과, 오랜 노동의 결과로 굳어 버린 이 손이 더 있지요."

나는 성냥을 그 손에 격렬하게 문질러 켰다. 내 담배는 오래전부터 꺼져 있었다. 어머니는 손은 빨리 뺐지만, 입은 다문 채 그대로 있었다. 너무나 의연해서 나는 그 입술을 들어 올릴 뻔했다. 나는 불규칙한 어조로 말을 계속했다.

"바로 이겁니다. 말씀하지 마세요. 제가 부탁해서가 아닙니다. 어머니는 온 힘을 다해서 군주가 갑자기 개입하도록 호소하기 때문입니다. 안됐네요! 그분은 아인 보르자에 있습니다. 저는 앞으로 시간이 많습니다. 그러니, 제발, 제 말씀에 아주 조금이라도 관심이 있다고 표정이라도 지어 보세요. 아니면, **부인**께서는 너무나 지겨우신 것인가요? 눈물을 흘리고 울부짖는 의무를 다하셨습니다. 그러니, 조금 후, 대포 소리가 울리면, 부인께서는 다시 누에콩 요리 앞에 있을 것입니다. 똑같은 거지, 똑같은 기다림, 똑같은 사다리꼴 모양…… 부인께서는 소녀같이 되어, 진하게 화장하고, 향수를 뿌리셨습니다. 약간의 운과 기술이 따라 주면, 남편께서 오늘 밤 결합에서 나온 분비물을 발사하실 수도 있겠네요. 그러면 인생은 계속되겠군요. 제가 말씀드리는데, 그것은 불가능합니다."

나는 일어나서 열한 번째 담배에 불을 붙였다가, 카펫에 던진 다음, 발로 밟았다. 어머니의 입이 경련을 일으켰다. 더러운 자식, 난 네가 미쳤다고 생각했는데, 넌 그저 못된 놈일 뿐이었어……. 나집이 주머니를 손에 넣고, 머리에는 지푸라기를 꽂고, 방문에 등을 기대고 서 있는 것이 보였다. 그는 소리 없이 들어와서, 기다리고 있었다. 그는 나에게 알려 주기 위해서, 내 눈이 자기 눈과 마주치기를 기다렸었다.

"탈렙들은 떠났어. 버스도. 내가 있어도 될까?"

그는 이 말을 매우 느리게, 조용한 목소리로 했다. 개미 한 마리가 햇빛 아래 뜨거워지고 있었다. 아니면, 대서양이 막 고갈되었던가. 분명히, 그가 여기 온 지는 좀 지났다. 나는 대답했다.

"꼭 그러지 않아도 돼. 카멜 형은 뭐해?"

"취해 뻗었어."

"압델 크림은?"

"자고 있어."

"마디니는?"

"앉아 있어."

"그리고 자드는?"

"모르겠는데."

나는 팔을 허공에서 흔들었다.

"다들 올라오게 해. 이 문 뒤에 매트리스를 놓아. 여기서 자든, 다른 데든, 무슨 차이가 있겠니? 내가 신호하면, 한 명씩 들여보내."

그는 바지 주머니를 긁으면서 사라졌다. 어머니는 거의 움직이지 않고 의젓하게 있었다. 어머니는 속눈썹이 없는 눈꺼풀 사이로 나를 쳐다보았다. 나는 세 다리에 누워서, 똑딱 소리를 들었다. 나는 고개를 들어서 괘종시계를 보았다. 추는 움직이며 규칙적으로 몇백 년 동안 똑딱거리고 있었다. 나는 어머니가 초를 세고 있다는 것을 알고 있었다. 너무나 긴장해서 어머니는 시간의 흐름을 빠르게 만들고 싶은 것 같았다. 나는 말을 다시 했다.

"제가 조금 전에 말씀드린 것은, 해야 할 말이었기 때문입니다. 그렇지만, 그것은 서론에 불과합니다. 어머님께서 들으셨든지 말든지요. 만일 첫 번째 경우라면, 그다음 말을 이해하는 것이 어머니에게 도움이 될 것입니다. 두 번째 경우라도, 어쨌든 이해하시게 될 것입니다. 왜냐하면, 두 경우 모두, 어머니는 제 말씀을 듣는 것 외에는 다른 수가 없으니까요. 들어 보세요. 제가 이야기를 하나 해 드리겠습니다."

나는 절망적으로, 내 목소리 안에서, 내 감정의 입자에 도달하기 위해서 노력했다. 나는 아마도 햇살 아래 놓인 촛불의 빛과 같았을 것이다. 그렇지만 시도해 볼 가치는 있었다. 만약 내가 어머니에게 내 동기를 설득시킬 수 있다면, 나머지는 식은 죽 먹기였을 것이다. 그런데 평범한 사람을 '깨우치는' 것보다 더 힘든 일은 없다.

"이 이야기는, 약 15년 전 어느 겨울밤에 일어났습니다. 우리는 마자간의 다르 엘 간두리에서 살고 있었습니다. 아이는 카멜, 압델 크림, 그리고 저 이렇게 세 명밖에 없었지요. 카멜을 자고 있었고, 압델 크림은 요람 안에 있었습니다. 그는 막 홍역에 걸려서, 어머니께서는 올리브오일을 뿌리고, 꿀을 발라 주었습니다. 홍역 초기부터 어머니께서는 카펫을 짜면서 졸고 계셨지요. 왜냐하면 그가 꿀과 기름을 사기 위해서 미리 어머니에게 돈을 줬기 때문이었죠. 어머니의 남편인 군주가 뭐라고 했던가요? '만약 우리 아이들 중 한 명이······.'"

"드리스, 우리 아들 드리스, 제발······."

"이야기하게 내버려두세요."

내가 이겼다. 당장 좋아할 일은 아니었다. 달리는 말에 박차를 가해야 했다.

"그에게는 항상 끔찍한 법들이 있었습니다. 그날 저녁, 그는 밖에 있었습니다. 새벽 한 시였죠. 어머니는 카펫을 짜면서, 저에게 고향에서의 추억과 동화를 이야기해 주시고, 수수께끼도 내셨지요. 불쌍한 어머니! 저는 그것을 모두 기억하고 있습니다. 특히 그 단조로운 이야기들을요. 그래서 저는 이야기가 변하거나, 아직 들어 보지 못한 주제가 등장하기를 기대하면서, 잠들지 않고 있었습니다. 하지만 결국은 잠들고 말았지요."

"왜 그 기억을 떠올리는 거니? 나는 벌써 괴롭구나. 왜 나를 더 괴롭게 만드는 거니?"

"왜냐고요? 계속해서 짖는 개들이 있습니다. 원칙은 때가 되면 '한 대 갈기는 것'입니다. 그러면, 개들은 진짜로 짖게 될 것입니다."

나는 결국 잠들었다. 집 안 어딘가에 있는 덧문이, 돌풍에 부서졌는지, 규칙적으로 삐걱거렸다. 배가 고픈 것보다, 그 덧문 소리가 내가 완전히 잠드는 데 더 도움이 되었다.

나를 깨운 것은 고요함이었다. 바람은 멈췄고, 비가 왔었던가 아니었던가, 모르겠다. 내가 한두 시간만 잤는지 아니면 사나흘을 잤는지, 나는 아무것도 확신할 수가 없었다. 나는 눈을 떴다.

어머니는 졸음에 멍해진 채 등을 굽히고, 지폐를 열 장 또는 스무 장씩 묶어 핀으로 꽂은 다음, 돗자리 위에 쌓고 있었다. 군주는 노란 연필을 귀에 꽂고, 차르랑 소리를 내며 동전을 세고 있었다. 입으로는 중얼거리고 있었고, 손은 니켈과 은을 만져서 검게 변해 있었다. 그는 동전 더미를 쌓고, 하얀 벽에 숫자를 적고, 연필을 다시 귀에 꽂았다. 그 일은 오래 걸렸다. 그다음 그는 튼튼한 천으로 만든 주머니에 동전을 모아 넣고, 지폐는 자루에 넣고, 오른발로 차곡차곡 눌렀다. 그리고 금고에 주머니와 자루를 던져 넣고, 잠금장치와 자물쇠로 잠갔다. 그는 목에 열쇠를 걸고 나갔다. 나는 그가 세정 의식을 하는 소리를 들었다. 그는 다시 들어와서, 저녁 기도를 중얼거리고, 눕더니 방귀를 크게 뀌었다. 잠시 후, 그는 눈을 반쯤 감은 채 평화롭게 코 고는 소리를 냈다.

어머니는 와서 그의 이불을 덮어 주었다. 나는 어머니가 한순간 침대 앞에 서서, 그를 강렬하게 바라보며, 턱이 떨리고, 고통 속에서 두 손을 모으고 있는 것을 보았다. 어머니는 쓰러지기 직전이었다. 그러나 아무 일도 일어나지 않았다. 어머니는 천천히 돌아서서, 마치 후회하듯이, 초를 들고 불을 붙여서 병 구멍에 꽂고, 램프를 들어 카바이드를 넣고는, 밖으로 나갔다. 어머니도 세정 의식을 하고 저녁 기도를 했다. 기도하는 카펫에 무릎을 꿇고, 묵주 알을 하나씩 세면서, 고향의 성자인 물레 이드리스를 기리며 기도를 끊임없이 중얼거렸다. 그다음 촛불을 끄고, 내 곁에 있는 침대에 누웠다.

나는 더 이상 잠을 잘 수가 없었다. 새벽까지 나는 아주 작은 울음소리를 들었다. 분명하지 않았다. 그러나 아침에 어머니의 눈은 평소보다 더 깊게 패어 있었다. 그 눈이 그 순간 나를 보고 있었다. 너무나 작은 얼굴 안에서, 눈이 너무나 컸기 때문에, 더 이상 그 눈을 알아볼 수가 없었다. 또 그 눈이 화장한 얼굴 가운데에 너무나 **헐벗은** 채로 있었기 때문에, 나는 내 눈을 감아 버렸다. 그 눈은 더 이상 아무것도 표현하지 않았다. 비난도, 비탄도, 심지어 무관심조차 없었다. 나는 결론을 내렸다.

"그날 밤, 어머니 아들 드리스가 태어난 것이었습니다. 사랑의 깃발을 펄럭이면서, 저는 당신을 사랑하는 것을 멈추지 않았습니다. 끊임없이 당신을 지지했습니다. 또 당신의 아주 짧은 말씀이라도, 아주 작은 환상일지라도 귀를 기울였습니다. 일방적으로요. 그러니까, 어머니가 저로부터 사랑과 이해를 받으셨다면, 단 한 번이라도, 저도 역시 길 잃은 개가 아닌지 생각해 보지 않으셨나요? 저의 머리를 쓰다듬고, 이가 들끓을 때는 이를 잡아 주시고, 어루만져 주셨습니다. 주먹으로 두들겨 패지 않으셨지요. 그런데 제가 원했던 것은 바로 주먹질이었습니다. 생각해 보세요. 저는 항상 주먹으로 때려 주시기를 기다리고 있었습니다. 저는 발을 들고, '뒷발로 서'거나 아니면 물고, 깨물고 했겠지요. 저는 에너지가 너무 넘치고 제어를 할 수 없어서 주먹질이 필요했었습니다. 제가 어머니 무릎 위에 웅크리고 있을 수 없다는 것을 다시 한번 받아들일 수밖에 없었습니다. 그때, 어머니는 손으로 저를 쫓으셨습니다. 제가 핥지 않았던 그 손으로요. 어서 저리 가라, 내일 다시 와라, 다음 이야기해 줄게. 아주 어렸을 때였습니다. 저는 어두운 구석으로 가서, 짚을 넣은 매트리스 위에서 비참하게 울었어요. 비참하고 또 비참했습니다.

조금 큰 다음에는, 카멜 형의 가슴에 안겨 울었습니다. 형에게 의미 없는 말들을 주절거렸죠. 형은 딱 2분만 참고는 저를 매정하게 밀어 버렸습니다. 개판이야! 이 똥파리 같은 놈 없이는 한 걸음도 갈 수 없다니! 그리고 청소년이 되어서는, 책상 근처에 있는 소파의 움푹 파인 자리에 앉아서, 희미한 불빛 아래 책을 읽고 또 읽었습니다. 그리고 오래된 담배로 파이프를 채우고, 불을 붙이고, 고통까지 다 피워 버렸습니다……."

나는 잠시 쉬었다. 숨을 고르기 위해서라기보다는, 행위를 실행하기 위해서였다. 드라마를 마무리하기 위해, 중간의 휴식 시간은 발판으로 사용된다. 사람들은 지금까지 진행된 것에 관해서 판단하고, 몇 분 뒤에 더 높게 뛰어오르기 위해서 뒤로 한발 물러선다. 그게 바로 내가 한 행동이었다. 나는 담배를 한 대 피웠다. 눈은 계속 감고 있었다. 나는 소리를 질렀다.

"몇 년 동안, 해가 뜨든지 말든지, 저는 아무것도 몰랐습니다. 시간은 밥 먹고, 기도하고, 밤이 오기를 기다리는 것으로 나뉘어 있을 뿐이었죠. 너무나 잘 작동해서, 제가 낮인지 밤인지 알 수 없다고 말씀드렸을 때, 저를 믿으셨어야 했습니다. 지금 어머니의 아들 드리스가 너무나 참을 수 없다는 사실을 믿으셔야 하는 것처럼요."

어쨌든 나는 눈을 떴다. 그리고 엎드려 있는 형태를 보았기 때문에, 나는 확인했다. 문 방향을 향해서였다. 계산해 보니 군주가 문으로 들어오는 방향이었다. 나는 다시 목소리의 어조를 높였다.

"어머니의 아들 드리스는 죽었습니다. 어머니를 위해 죽었고, 이 개 같은 인생 때문에 죽었습니다. 그리고 그는 떠날 것입니다. 그렇지만, 그 전에 밑동이 톱으로 잘린 떡갈나무를 상상해 보세요. 그렇게 저는 아버지인 군주를 바닥에 쓰러트릴 것입니다. 그리고 어머니, 저는 어머니를 멍청한 여자 취급할 것입니다."

나는 어머니 위에 서서, 멱살을 잡고 어머니를 일으켰다. 나는 조용히 반복해서 말했다.

"어머니는 멍청한 여자입니다. 떡갈나무가 흔들리고 있습니다. 아시겠어요? 즉시 넘어트려야 합니다. 아시겠어요? 아니면, 어머니는 무능한 여자로 남아 있고 싶으세요? 그리고 싶은 강한 집착이 있으시죠. 그렇다면, 저에게 말씀해 주세요. 저는 어머니를 단순히 멍청한 여자가 아니라 무능한 여자라고 여길 테니까요."

나는 어머니의 멱살을 계속 잡은 채 앉았다.

"제가 어머니를 자랑스러워하지 않으리라 생각해 본 적이 전혀 없으셨나요? 저의 어머니일 수는 있지만, 그저 무능한 여자일 뿐인데요. 어머니가 300~400그램 정도의 태반과 함께 저를 밖으로 배출한 그 순간부터, 제가 어머니를 찬양하며 살 것으로 생각하셨나요? 설마요!…… 그래서요?"

나는 모르지 않았다. 어머니가 전적으로 그의 주인에게 복종하는 것처럼, 절대적으로 이 **그래서요?**를 받아들일 수 없었다는 사실을 말이다.

"그래서요?"

그렇지만, 나는 의식하고 있었다. 시력이 나쁘다는 것만 빼고, 군주는 내 안에서 완전하게 다시 만들어졌다는 사실을 말이다. 또, 나는 소리를 지를 권리도 가지고 있었다.

"그래서요?"

그러나 너무나 큰 차이가 있었다. 군주는 한 번 소리를 지르고 말았겠지만, 나는 어린아이처럼 굴고 있었다.

"그래서요?"

나는 어머니를 놓았다.

"좋습니다!"

그리고 나는 문을 열었다.

"다음 들어와!"

나는 지쳤다.

"앉아. 너의 이름은 압델 크림이고, 내 동생이다. 무엇보다도 원칙에 관련된 질문이다. 너도 아무 말도 하지 않겠다고 결심했니?"

그는 앉았지만, 대답하기를 주저했다.

"다음 들어와!"

피곤함이 점점 더 심해졌다.

말을 하면 할수록, 피곤함이 더 심해졌다. 오른쪽, 왼쪽…… 시계추의 원반은 황동색이었다. 그림자와 빛이 반사되면서, 원반은 윤기가 더 없어지고 흐릿해져서, 검은 갈색으로 변했다. 나는 말했다.

나는 모두를 들어오게 했다. 몇몇은 앉았고, 카멜은 코를 골았고, 나집은 문턱에 머물러 있었다. 그는 두 가지 결정 사이에서 움직이지 않고 있었다. 이 문턱을 지나서 나에게 손뼉을 칠 것인가, 아니면 뒤로 한 발 뒤로 물러나서 어깨를 으쓱 올릴 것인가. 그래도, 그는 내 말을 듣고 있는 유일한 사람이었다.

15분, 30분, 한 시간을 알리는 종이 여러 번 울렸다. 구슬로 장식된 유리창이 노랗다가, 붉게 변했고, 서서히 꺼졌다. 내가 뱉은 담배 연기는 흩어지려고 애썼지만, 어두운 구석에 희미하게 깔려 있거나, 창문 앞에 모여 무기력하게 떠다니고 있었다. 밖에는, 아직은 멀리서, 거지들이 외치는 첫 번째 외침이 물결처럼 올라왔다. 나는 동물처럼 잠을 자고 싶었다. 나는 입을 닫았다. 나집은 문을 닫았다. 그는 말했다.

"내가 형에게 대답하려고 해 볼게. 우리 아버지는 두 가지 점에서 약해졌어. 하나는 사업체가 파산한 것 때문이고, 다른 하나는 하미드의 죽음 때문이야. 자! 이제 두 번째 단계야. 그때부터 형은 우리를 설득하기 위해서 거의 세 시간을 썼어. 우리 각자가 겪은 특별하게 혹독한 기억을 떠올리게 하면서, 행동할 필요가 있다고, 즉 일종의 쿠데타를 시도할 필요가 있다고 말이야. 형은 설명을 마치고, 우리가 침묵하고만 있다는 것에 놀라고 이해할 수 없다고 말했지. 드리스 형, **지금** 내가 형에게 말하는 것은, 모두를 대표해서 말하는 것인데, 우리도 **왜** 형이 우리를 설득하려고 하는지 이해할 수가 없어."

그는 두 걸음을 펄쩍 뛰어서, 내 옆에 앉았다.

"그래. 형은 우리와 같은 곳에서 위로 올라갔어. 그런데 형은 도대체 왜 여기 남아 있는 **우리**가 고통 받고 있고, 또 여기 있는 것을 고통스러워한다고 생각하는 거야? 형이 잘못 생각하고 있거나, 아니면 우리가 이미 더 이상 우리 자신을 이해할 수 없게 된 거겠지. 나는 형처럼 내 생각을 말할 수는 없어. 하지만 이 몇 마디면 형에게 충분할 것 같은데. 그렇지만 나는 알고 싶어. 형이 정말 여기서 숨이 막힌다면, 왜 그냥 문밖으로 나가지 않는 거야?"

나는 그냥 대답만 했다.

"내 경우는 좀 복잡해."

"알겠네! 형은 혁명을 일으키고 싶은 거지? 형 마음대로 해, 하지만 우리는 가만히 내버려둬……. 어쨌든, 내가 하미드가 어떤 상황에서 죽었는지 말해 주겠다고 약속했으니, 잘 들어 봐!"

문이 열렸을 때도, 나는 여전히 듣고 있었다. 샹들리에가 켜지고, 나는 군주가 어깨 위에서 보릿자루를 내려놓는 것을 보았다. 그는 거기에 앉더니 선포했다.

"너희들을 여기에 모이게 한 사람은 좋은 생각이 있었군."

엘 앙크의 대포에서 퍼붓는 첫 번째 발포 소리가 들려왔다.

프랑스 정착민들은 어떤가? 그들은 본토에 사는 것처럼 사하라 사막에 정착할 것인가? 문제를 거꾸로 생각해 보자. 우리는 왜 동물원에 있는 원숭이를 보고 놀라는가? 단지 배경만 바뀌었을 뿐이다.

물론 벽에 기대고 선 사다리꼴에는 선이 네 개밖에 없다. 그렇지만, 그 선들이 서로 거리를 두면서, 그 결과 사다리꼴이 거기에 만들어졌다. 그 사다리꼴은 온순했고, 눈빛은 우울했고, 말은 없었고, 초라했다. 군주의 오른쪽에는 카멜이 있었다. 나는 형이 취했다는 것을 알고 있었다. 그러나 얼굴이나 몸을 보면 취했다고 추측할 수가 없었다. 그렇지만, 그의 창조자는 알고 있었다. 군주는 대기실로 사용되었던 서너 개의 매트리스를 볼 수밖에 없었다. 그리고 그는 오래전에 꺼진 담배의 냄새를 완벽하게 맡았고, 그 출처와 의미를 규정했다. 그는 즉시 자신을 맞이하는 무례한 태도를 감지했을 것이다. 바로 그 때문에, 그가 의례적인 문구를 말했을 때, 엘 앙크의 대포 소리에 이어서 무에진이 기도를 알리는 소리가 터졌다.

"모두 여전히 세정 의식 중인가?(나는 그의 왼쪽에 앉아 있었다)."

나는 구르기를 마치고 공격했다.

"아닙니다."

"누가 안 했지?"

"당신입니다."

나는 갑자기 왜 당나귀들이 가끔 뒤집어 눕는지 이해했다. 당나귀들은 그렇게 해서 등의 가려운 곳을 긁는 것이 분명하다. 그리고 그 자세로 몇 시간씩 움직이지 않는다. 당나귀의 눈은 먼 하늘 위를 바라본다. 만일 당나귀로 사는 동안, 햇빛을 계속해서 방출하고 있는 저 새파란 천장에 발굽이 닿을 수만 있다면 얼마나 좋을까!

　나는 어떤가? 왜 안 그러고 싶겠는가? 나는 열아홉 살 먹은 당나귀였다. 열아홉 살이 될 때까지, 아버지가 올라타고 있었다. 그러므로 이제 내 뒷발질을 받아 주시길 빕니다.

　만일 그가 큰소리를 쳤다면 어땠을까? 이 매트리스들은 도대체 뭐냐? 너는 이제 담배도 피우냐? 그것도 방에서? 아니면, 이런 종류와 전혀 다른 말을 했다면? 만일 그가 나를 때렸다면, 나는 아무것도 하지 않고, 아무 말도 하지 않았을 것이다. 누에콩 요리를 먹고, 자러 갔을 것이다. 콩은 아주 조금만 먹고, 뱉었을 것이다. 그랬을 거라고 여러분에게 맹세할 수 있다. 하지만⋯⋯.

　그는 자신이 없는 동안 일어난 일을 전혀 모르고 있었다. 그래서 그는 결론을 내렸다. 드리스가 한 짓이다. 그리고 그는 군주로서 머리를 돌리고, 따져 보고, 결론을 내렸다. 군주의 무관심 때문이었다. 그의 빗자루는 내가 싼 똥을 치우기에는 너무나 깨끗했다. 좋다! 내가 설명했다.

　"문제가 잘못 제기되었으니, 인정합시다⋯⋯."

　"**과인**은 아무것도 인정하지 않는다."

　"당신이 그러시겠다면! 그렇지만 문제는 잘못된 채 남아 있습니다. 매일 저녁 공이 울리는 소리처럼 이 짧은 문장이 덮쳤습니다. '모두 아직 세정 의식 중인가?' 당신으로부터 우리에게요. 신정 통치를 하는 당신으로부터 순수한 우리에게요. 우리는 선천적으로 더럽혀질 수밖에 없었습니다. 저는 묻습니다. 도대체 무슨 권리로 그러시는 것입니다?"

벽지, 카펫, 비단, 아라베스크 양식의 금장식, 반짝이는 샹들리에, 평소에는 눈에 들어오지 않던 물건들이 두드러지고 생생하게 보였다. 두드러져 보이든 그렇지 않든, 문턱에 쭈그러져 있는 보릿자루까지, 그 물건들은 자신들의 언어로 이 드라마에 참여하고 싶었던 것일까? 공기는 더욱 뜨거워졌다. 잠시 시원해질 것으로 생각해서 기뻐했지만, 다시 뜨거워졌다.

"계속하거라. 그리고 왜 그런지!"

"왜 그런지요! 양날의 검이라고 할 수 있습니다. 첫째, 죽은 자는 묻혔고, 산 자는 계속 살아야 하고, 당신의 법은 계속됩니다. 이 주제에 대해, 당신은 분명히 우리에게 긴 설교를 늘어놓으시겠지요? 기도 후에, 규정에 따라, 더욱 엄숙하게 말입니다. 다른 교훈은 프로그램 안에 없습니까? 우화나 철학적인 인터뷰는 없습니까? 없습니까? 정말로요? 그럼 다음으로 넘어가죠! 저녁 끝날 때 콩 요리 한 접시가 있다고 알려드립니다…… 아, 네…… 알고 있으시다고요? 그럼 다음으로 넘어가죠! 그런데 정말로, 당신은 아무것도 바뀌지 않았다고 판단하십니까?"

"또 다른 쪽 날은 무엇인가?"

"조금 후에 말씀드리겠습니다."

그는 예의 발랐다. 매우 예의가 발랐다. 나는 외설적으로 되고 싶었다. '내 무릎 위에 미인을 앉혔다. 나는 그 여자가 끔찍하다고 느꼈다. 그래서 그 여자를 욕했다." 아, 정말인가? 그 여자가 그렇게 하게 내버려두었나? 잘난 랭보야, 꺼져라!

"조금 후에 말씀드리겠습니다. 급하신가요? 그전에 먼저, 주먹으로 죽이셨나요, 아니면 방망이를 이용하셨나요?"

"틀렸다. 죽이지 않았다. 따귀를 살짝 두 번 때렸을 뿐이다."

"방망이를 이용하셨을 것입니다. 그렇지 않았다면, 지금 그는 살아 있었을 것입니다. 나집!"

나는 손뼉을 쳤지만, 나집은 움직이지 않았다. 어쩌면, 고양이가 다시 울었을 수 있다. 아니면, 바로 그 순간, 내가 고양이가 울기를 기다렸던가? '핫지 파트미 페르디, 당신은 메카에 순례를 네 번 갔지요. 저는 한 번 갔어요……' 거지가 창문 5~6미터 아래 있었다. 그의 머리와 볼의 피부는 빛이 났고, 이는 완전하고 단단했으며, 목소리는 우렁찼다.

"괜찮아, 나집. 네가 겁내는 것은 당연해. 그러니 너 대신 내가 말할게. 사흘 전에, 아버지께서는 저에게 어머니를 모시고 페스에 가라고 명하셨습니다. 그리고 주무시러 가셨습니다. 아버지는 깨어나셨을 때, 어머니와 제가 이미 페스로 가는 길 위에 있다는 사실을 아셨습니다. 또, 지갑에서 지폐가 몇 장 없어진 것도 아셨습니다. 그리고 간략한 메모가 남아 있었지요. '아버지, 제가 여비로 썼습니다. 주무시는 것을 방해할까 걱정되었습니다. 바이, 바이! 드리스'. 누군가 아버지에게 하미드가 저의 공범이라고 말했겠지요. 지금 아버지가 보고 있는 누군가는 바로 사다리꼴의 왼쪽 두 번째 선입니다."

"내가 아니야."

나는 조용히 말했다.

"너야, 나잖."

군주는 말했다.

"계속하거라!"

어쨌든! 거지의 하소연 속에는 새로운 구절이 가득했다. 그는 머뭇거리면서 시끄럽게 그 구절들을 낭송했다. 그렇지만, 뭐! 다음 날이면 그가 완벽하게 낭송하리라는 확신이 들었다.

'핫지 파트미 페르디, 지금 당신의 일부분이 땅속에서 묻혀 자고 있습니다.'

'제 말씀이 들리세요? 제 말씀이 들리세요?'

'지금 당신의 권력이 줄어들었다고 부끄러워하지 마세요.'

'핫지 파트미 페르디, 제 말씀이 들리세요?'

'그러면 저에게 부드러운 빵 한 조각, 차 한 봉지, 아니면 양 다리 하나를 던져 주세요.'

"계속하라고요? 매우 냉소적이시군요. 따귀 두 대가 무엇을 의미하는지 아시나요? 외상, 뇌출혈, 고의적인 살인입니다. 당신은 살인자입니다. 그런데 불행하게도, 저는 아무것도 할 수가 없습니다. 검시관이 다녀갔습니다. 아랍 놈 시체가 하나 있는데, 티푸스든 페스트든, 그에게는 무슨 상관이 있겠습니까? 저는 그에게 아무 말도 하지 않았습니다. 선생님, 이것은 범죄입니다. 제가 이렇게 말했다면, 저는 곧 귀향 간 자들의 길을 따라가야 했겠지요. 당신의 말은 그만큼 무게가 있으니까요."

"사실 그렇다."

"사실 그렇죠. 당신은 비열합니다."

나는 알고 있었다. 미나레에는 불이 들어오고, 시장에는 향기가 돌고, 건물 앞에는 깃발이 펄럭이고, 모두 라마단은 끝났다고 반복해 말할 것이다. 곧 사제가 모스크에 들어와 암소의 장'을 읽을 것이다. '관대하고 자비로우신 알라시여, 저희는 당신께 감사드립니다. 저희는 방금 당신께서 명하신 금식을 마쳤습니다……' 여러분이 번역해 보시지요. '세상에! 29일 동안 허리띠를 졸라맸습니다. 술도 마시지 않고, 섹스도 안 하고, 지랄 같은 전통을 지켰습니다. 선하고 선하신 알라시여, 이제 먹고, 마시고, 섹스하겠습니다!'

나는 발을 굴렀다. 그리고 예고했다.

"첫 번째 문장이 끝났습니다. 두 번째로 가기 전에, 잠시 막간극을 감상하시죠."

고함을 치던 그 거지가 나에게 그 기회를 제공했다. 그는 거기에 필연적으로 있었다. 그는 아마 사창가를 돌고 싶었을 것이다. 여러분에게 분명하게 말하는데, 거지도 섹스를 한다.

"군주님, 저 거지를 기리기 위한 작은 막간극입니다. 수염으로 신호는 안 보내시나요? 보리빵 반쪽을 줄까요? 아니면 당신께서 적선할 것을 꼭 선택하셔야 하는지요? 그렇다면, 시간이 있습니다. 그럼, 기다리면서……."

나는 꾸러미를 들어 올리고 끈을 풀었다. 그리고 창문에 달린 창살 사이로, 그 안에 있던 내용물을 쏟아 버렸다. 아마 3초가 걸렸을 것이다.

"자, 보세요."

나는 앉았다. 노랑나비 한 마리가 들어와서 샹들리에 사이를 오가며 날았다. 나는 어머니를 한 번 봤다. 빛에 드러난 허리띠는 덜 화려했다. 어머니의 눈은 나를 향해 있었지만, 나를 전혀 보고 있지 않았다. 어머니는 자고 있었다.

"이런 자루가 60개 있었습니다. 제가 세어 봤습니다. 설탕 세 자루, 차 열네 상자, 토마토, 대추, 고추, 쌀…… 아버지의 창고는 이 자루처럼 비었습니다. 묘지의 탈렙들을 기억하시나요? 당신께서 눈길조차 주지 않았던 그 건달들이 모두 가져갔습니다. 자, 어떻게 하실 건가요? 몽둥이, 따귀, 저주나 단순한 무관심? 몽둥이는 제가 부쉈습니다. 따귀는 제가 어떻게 방어해야 할지 모르겠습니다. 저주는 제게 무슨 영향을 미칠까요? 당신의 그 무관심은 한번 논의해 봅시다."

거지가 외쳤다.

'나의 군주님, 축하드립니다. 군주님께 영광이 있기를, 군주님께서 만수무강하시기를 빕니다! 연약한 저의 어머니 배에, 이 많은 곡물을 주신 것인가요? 성 이드리스 1세께서 당신에게 튼튼한 다리와 맑은 눈을 주시기를…… 이드리스 2세께서 당신의 수확을 열 배로 늘려 주시기를…… 제기랄! 또 보리빵이네. 이 유대인 새끼, 구두쇠, 돼지…….'

군주는 일어나 말했다.

"과인의 원하는 바는 다음과 같다. 그런데, 봐라."

시계는 열 시를 가리키고 있었다. 나는 시계가 울리는 소리를 듣지 못했다. 그는 대답했다.

"먼저 기도를 해야겠다! 과인은 너의 말이 이 장소와 이 장소가 있는 이 건물을 더럽혔다고 생각한다. 지금 모스크에 가야 할 필요가 있다. 그 참에 과인은 귀를 정화할 것이다. 그리고 돌아와서, 기꺼이 이 대화를 다시 이어 가겠다."

"농담이시지요?"

나는 주의 깊게 들었다. 나는 속지 않았다. 그는 정말 궁지에 몰렸다.

"저는 속지 않습니다. 아버지는 정말 궁지에 몰렸습니다. 모스크에 기도하러 간다고요? 상기시켜드리는데, 오늘 저녁의 시작은 바로 당신이라는 말이었습니다. 당신은 세정 의식을 하지 않았습니다. 왜 모스크에 가시나요? 당신은 그곳에 갈 상태가 아닙니다. 이곳에서조차 당신은 부정을 탄 상태입니다. 아버지, 당신께서는 조금 전에 두 번째 날을 요구하셨습니다. 자세히 보시기 위해서, 앉으실 것인가요? 아니면 서 계실 것인가요? 정하시지요. 저는 담배 한 대 피우겠습니다."

나는 담배에 불을 붙였다. 그는 투쟁을 받아들였다. 그는 앉은 다음, 타르부쉬를 벗어 한쪽 무릎 위에 얹었다. 그는 그 냄새를 무심코 맡았다. 그의 민머리는 형태가 반원이었는데, 거의 흰색에 가까운, 아주 연한 장밋빛이 돌았다. 이마에 땀방울이 몇 개가 맺혀 있었다. 그는 말했다.

"완벽하군! 과인에게 말해 봐라."

나는 다시 광대가 되었다. 카펫은 고급 양모로 짠 것, 벽 걸개는 이즈미르에서 만든 것이고, 조금 전에 태웠던 향은 다시 냄새가 났다. 비록 담배 악취가 좀 남아 있기는 했지만 말이다.

"됐냐?"

됐다. 이류나 삼류의 감정 상태에 이름과 의미를 부여한 사람들을 비난하시라. 기본적인 상태에 완벽하게 만족하는 사람들에게, 이 파생된 상태는 그 효과가 아주 훌륭하게 나타난다. 예를 들자면, 나 같은 경우가 그렇다.

"됐습니다. 이류나 삼류의 감정 상태에 이름과 의미를 부여한 사람들을 비난하시지요. 기본적인 상태에 완벽하게 만족하는 사람들에게, 이 파생된 상태는 그 효과가 아주 훌륭하게 나타납니다. 이에 관한 아버지의 의견은 어떠신지요?"

"무슨 말을 하고 싶은 것이냐?"

"기다리시죠. 제가 설명하겠습니다. 아버지가 떡갈나무라고 가정해 보시지요. 높이가 약 30미터쯤 되는 거대하고 존경스러운 나무라고요. 저는 나무꾼입니다. 당신을 쓰러트릴 수 있는 **능력**이 있기에 저의 자만심은 매우 커졌습니다. 이 거대함, 이 웅대함, 이 거룩함을 제거할 능력은 아무에게나 있는 것이 아니지요. 그렇지만 제가 당신을 실제로 **쓰러트리는** 것은, 또 다른 문제입니다."

"모두 은유구나!"

나는 담배를 껐다.

"이제 은유를 좋아하지 않으시나요?"

"무슨 말을 하고 싶은 것이냐?"

"말씀드리겠습니다."

담배꽁초는 더 피울 수 있었다. 서너 모금 더 피우는 것이 그에게는 전혀 문제가 되지 않았지만, 나에게는 아주 좋았다. 나는 다시 불을 붙였다.

"우리는 여전히 거래할 수 있습니다. 지나간 모든 일을 저는 잊어버릴 준비가 되어 있습니다. 제가 무슨 말을 하는 거죠? 저는 모두 잊어버렸습니다. 누에콩을 먹을 준비가 되어 있고, 당신이 좋아하신다면 자지도 않고, 당신의 부인에게 그녀가 원하는 자식을 낳게 할 수도 있습니다. 저 여자를 보세요. 기뻐하고 있습니다. 그리고 내일이면 당신 아들 드리스가 다시 태어날 것입니다. 당신의 노예 드리스가요. 그런데 조건이 있습니다……."

"조건이라고? 과인에게 조건을 제시한단 말인가? 누구를, 아니 무엇을 놀리는 거냐?"

우리는 동시에 일어났다. 그의 타르부쉬는 굴러 떨어졌고, 나는 손가락으로 담배꽁초 끝부분을 껐다. 그사이에 나는 거지가 떠났는지, 왜 괘종시계의 종은 더 이상 울리지 않는지, 몇 시쯤인지, 고양이는 죽기로 마음먹었는지 생각해 봤다.

"조건은……."

"조건은 없다. 협박하지 마라."

"저를 입으로 불어서 한 줌의 연기로 날려 버릴 것인가요? 저는 천일야화를 더 이상 믿지 않습니다. 저는 말씀드립니다. 제 조건은, 당신이 신정 통치를 부성애로 바꾸는 것입니다. 저는 아버지와 어머니와 가족이 필요합니다. 또, 관용과 자유도 필요합니다. 그것이 불가능하다면, 저의 교육을 위해서는 쿠란 학교까지만 보내셨어야 했습니다. 누에콩 요리, 기다림, 기도, 복종, 초라함이면 됐었습니다. 아버지는 주권을 훼손하지 않고도, 저에게 약간의 개혁을 허락해 주실 수 있지 않을까요. 왜냐하면 저는 여전히 당신의 후견 아래 있기 때문입니다. 당나귀는 컸습니다. 이제는 귀리 세 자루가 필요합니다. 계속해서 당신은 예외적인 아버지라고 저에게 주장하지는 마십시오. 저는 계속 무시해 왔으니까요. 저는 우리를 갈라놓고 있는 저 타르부쉬는 그냥 호박 같은 것이라고 말씀드리고 싶습니다. 어떻게 생각하시나요?"

"그렇지 않다면?"

"그렇지 않다면, 두 번째 날입니다. 앉아서 받으실 것인가요, 아니면 서서 받으실 것인가요?"

"서서 받겠다. 개새끼야."

"마음대로 하시지요. 개새끼라니, 그 개가 곧 당신을 물 것입니다. 그러나 그 전에 생각해 보세요. 저는 당신을 믿습니다. 당신은 지적이시고, 아주 지적이시고, 지나치리만큼 지적이십니다. 그렇지만 저는 알고 있습니다. 당신이 견디지 못하는 것은, 제가 당신의 권위에 반란을 일으켰다는 생각이 아니라(저는 네 살 때부터 그래 왔고, 당신도 알고 받아들이셨지요), 이 반란이 성공할 수 있었다는 사실입니다. 이슬람 신정 통치라고요? 사차원이네요. 그렇지만 당신도 사람들이 아타튀르크*에 대해서 말하는 것을 들어 보셨겠지요? 만일 당신이 계속해서 고집을 굽히지 않는다면, 두 번째 아타튀르크가 나올 것입니다. 바로, 여기에서요."

소리를 지르거나 중얼거리면서, 내 말은 중간중간 끊어졌다. 나는 그를 조롱했지만, 본질적인 조롱은 아니었다. 쉰여덟 살에, 검은 수염, 벗어진 머리, 좋은 풍채, 본연의 모습이 드러났다. 그런 그를 나는 좋아했다. 유럽에서 태어났다면, 그는 보잘 것없는 식료품상이 되었거나, 청렴한 공무원이 되었을 것이다.

"말 다 했냐?"

"그런 것 같습니다."

"나가라."

그의 입에서, 마치 침을 뱉듯이, 이 짧은 단어가 튀어나왔다.

"저를 쫓아내시는 것인가요? 그냥 저를 쫓아내시는 것인가요? 그럴 것이라 예상했었습니다. 제가 복종해야 하나요? 관대하고 자비로우신 알라의 이름으로요!"

나는 전혀 그러고 싶지는 않았지만, 웃기 시작했다. 내 머리 위의 천장이 증인이 되었다. 천장은 증언하고 싶었을 것이다.

"당신은 용기가 없지 않습니다. 당신은 겸손함 빼고는 아무것도 부족한 것이 없습니다. 제가 이렇게 당신을 궁지에 몰아넣었는데, 당신은 저와 대결한다고요? 당신이 저에게 '나가라'고 하면, 저는 나가야 하는가요?"

"나가라!"

"저는 다시 한번 기회를 드릴 수 있습니다만……."

"나가지 않을래?"

"당신의 타고난 냉정함은 어디로 갔나요?"

"나가지 않을래?"

우리는 돌기 시작했다. 우리는 불과 몇 센티미터만 떨어져 있었다. 그는 나를 향해 걸어왔고, 나는 물러섰고, 우리는 함께 돌았다.

"두 번째 날에 관심이 있을 줄 알았습니다만?"

"나가…….."

"어쨌든, 말씀을 드리겠습니다."

그는 나를 향해 손을 들었고, 나는 그의 손을 꼼짝 못 하게 잡았다. 내가 여러분에게 그의 손이 쇠로 만들지 않았을까 상상했다고 말했었는데, 손가락으로 잡은 그의 손은 힘이 없었을까? 대담하게 행동하는 게 중요했다. 괘종시계의 바늘은 대략 열한 시를 가리키고 있었다.

"참, 모스크에 가고 싶다고 하셨죠? 왜죠? 당신은 하루에 다섯 번 기도하고, 당신의 묵주는 1킬로그램이나 나가는데요. 모두가 당신을 존경합니다. 수염도 아주 가부장적이지요. 당신은 알라께서 보낸 사람입니다. 저는 당신을 존경하고, 당신에게 헌신적입니다. 저는 당신의 성스러움 앞에 고개를 숙입니다. 당신은 성자이십니다. 대예언자의 직계 후손이시며, 알라께서 당신을 축복하시고 영광스럽게 합니다. 모스크에 가신다고요? 마침 저도 거기로 갑니다. 기도용 카펫을 저에게 주시지요. 제가 보기에, 가지고 다니시는 것이 약간 힘드신 것 같습니다. 괜찮다고요? 알겠습니다. 펠트로 만든 성스러운 사각형의 천 아래, **대**

마초 100그램을 깊숙이 숨겨 놓으셨기 때문이겠지요. 정신적인 것과 물질적인 것을 동시에, 맞지요? 그게 인생이니까요. 알라는 위대하십니다!"

나는 문에 기대고 서서, 그가 하얗게 질리는 것을 봤다. 나는 잡은 손을 놓았고, 그는 자기 손을 주의 깊게 살펴보았다. 돈을 벌고, 벌을 주고, 명령하고, 축복하기 위한 그 손으로, 어떻게 나를 공격해서 박살을 내 버릴까? 더 이상 무관심이 문제가 아니다. 행동해야 한다.

"손을 보고 계시는가요? 돈을 벌고, 벌을 주고, 명령하고, 축복하기 위한 그 손으로, 어떻게 저를 박살을 내실 것인가요? 더 이상 무관심이 문제가 아닙니다. 당신은 행동해야 합니다. 제가 방법을 알려드리겠습니다. 또 다른 논거의, 그 유명한 두 번째 날을 보여 드리면서요. 다들, 내 말 듣고 있습니까?"

그들은 내 말을 듣고 있었다. 긁지도 않고, 재채기도 하지 않고, 기침도 하지 않고, 몸을 돌리지도 않고, 방귀도 뀌지 않으면서, 내 말을 완벽하게 듣고 있었다. 카멜은 생각했을 것이다. '이 지랄, 이거 오래 걸릴까? 알았다면 사창가에 더 있었을 텐데.' 어머니는 입술을 굳게 다물고 있었다. '지옥과 나락의 성자들이시여, 사람들은 당신들에게 빌어야 한다고 가르쳤습니다. 저는 당신들에게 빕니다. 제발 당장 이 땅이 저를 삼켜 버리게 해 주십시오. 아니면 저 미치광이를 집어삼키게 하시든가요!'

나비가 사라졌다. 왜 나비가 있었을까? 나는 심지어 나비가 대담하게 우리 사이에 잠시 머물렀다고 비난하기까지 했다.

"여러분, 내 말을 듣고 있지요. 긁지도 않고, 재채기도 하지 않고, 기침도 하지 않고, 몸을 돌리지도 않고, 방귀도 뀌지 않으면서, 내 말을 완벽하게 듣고 있지요. 카멜 형은 생각했을 것입니다. '이 지랄, 이거 오래 걸릴까? 알았다면 사창가에 더 있었을 텐데.' 그리고 어머니는 입술을 굳게 다물고 계시지요. '지옥과 나락의 성자들이시여, 사람들은 당신들에게 빌어야 한다고 가르쳤습니다. 저는 당신들에게 빕니다. 제발 당장 이 땅이 저를 삼켜 버리게 해 주십시오. 아니면 저 미치광이를 집어삼키게 하시든가요!' 저는 여러분 모두를 이해합니다. 조금 전에 여러분은 침묵으로 저를 **비난했습니다**. 여러분이 누에콩 요리를 받았을 때, 그 안에 어떤 이데올로기가 들어 있는지 알기나 하십니까? 저는 알고 있습니다. 사람들은 히틀러나, 무솔리니나, 루스벨트의 집에 가서 문을 두드릴 것입니다. 그리고 말할 것입니다. 이 전쟁에 끝을 낼 방법이 하나 있습니다. 그러면 당신들은 앞에서 말한 그 방법을 제시할 것입니다. 바로 그 하마 똥 덩어리 1킬로그램을 말입니다. 왜 안 되겠습니까? 당신들은 노벨상을 받을 겁니다. 제가 자유, 주권, 아랍 돌대가리들의 개혁을 말했지만, 돌아오는 것은 침묵, 경멸, 불신, 명백한 몰이해뿐이었습니다. 저는 조금 전에 여러분이 놀라 자빠질 만한 사실들을 알려 주었습니다. 그런데 여러분은 사다리꼴을 이루고, '취해서 앉아 있고', 입을 다물고 있습니다. 보나마나 바로 그 누에콩 요리가 나올 겁니다! 여러분은 군주가 하얗게 질리는 것을 봤습니다. 그게 단지 여러분의 망막뿐이었군요. 색안경을 끼고서도 달을 봤다고 자랑한 게 누군가요? 그가 하얗게 질렸지만, 알라, 카바', 바알세불'이시여, 그에게 어떤 영향도 주지 않았습니다. 또, 여러분의 누에콩 요리가 참새 혓바닥 요리로 바뀌지도 않을 것입니다. 군주님, 좋습니다! 제가 계속 말해도 될까요?"

그의 얼굴은 딱딱하게 굳었다. 몇 시간 전, 묘지에서 보았던 작은 실핏줄이 튀어나와 팔딱거렸다. 그는 손을 폈다가 다시 쥐었다. 그는 숨을 쉬기가 어려워 보였다.

"아직 시간이 있습니다. 신호를 보내시면, 저는 입을 다물겠습니다. 당신 무릎에 매달려 용서와 은총을 구할 준비도 되어 있습니다. 저의 요구 사항들을 다 포기하겠습니다. 당신은 너무나 강하고, 너무나 고귀하시기에, 저는 당신이 고통 받으시는 것을 보고 싶지 않습니다. 저는 당신과 친근하게 이야기하며 오늘 저녁을 마무리하고 싶습니다. 예전처럼요. 아주 오래전에, 제가 처음 말을 시작했을 때처럼요. 아버지, 부탁입니다! 제가 입을 다물게 해 주세요."

그는 말했다.

"너무 늦었다."

이 말이 경매장의 작은 망치 소리나, 사람이 없는 교회의 미사 같이 들렸다. 태양이 환상에서 깨어나 떠오르자, 태어날 때부터 눈이 먼 거지들이 피리 소리에 맞춰 **열정적으로** 노래했다.

"저는 그것을 부정하지는 않습니다. 그렇지만 저는 여전히 확신하고 있습니다…… 그리고 젠장! 제가 주장한 것의 증거가 뭐냐고요? 여기 기도용 카펫이 있습니다. 제가 열어 보니, 여기 아편이 있습니다. 저의 들뜬 이 행동을 이해해 주시기를 바랍니다. 저도 지쳤습니다. 두 번째로."

무에진이 다시 소리를 지르기 시작했다.

"두 번째로, 두 번째 불결함입니다. 우리는 당신의 부품이자, 소유물이자, 결과물입니다. 이것이 무엇을 의미하나요? 아인디아브에 있는 당신의 농장에는 토마토가 심겨 있습니다. 그 토마토 나무들, 그리고 쿠립가 출신 어린 여자 농부가 있습니다. 제가 확인했습니다. 쿠립가 출신 여자애들은 매우 조숙하지요. 쿠립가 출신인 그 소녀는 열세 살, 아니면 열네 살이었습니다. 제가 확인했습니다. 낮에 그 여자는 토마토를 종려나무 잎으로 가지에 묶습니다. 밤에는요? 그 여자는 사생아 두 명을 낳았습니다. 제가 확인했지요. 당신이 탱탱한 젖가슴을 쓰다듬고 물어뜯었기 때문입니다. 제가 확인한 것은 아니지만, 저는 봤습니다. 그 가슴 때문에 당신이 이슬람법에 따라 합법적으로 결혼한 부인의 축 늘어진 가슴을, 일곱 명의 아이를 먹여 기른 그 가슴을 잊어버렸다는 사실을 말입니다. 아민! 저 거지들이 소리치는군요."

그들은 소리쳤다. 밤이 깊어졌기 때문이기도 했고, 밤 기도 시간이기 때문이기도 했다. 여자의 몸 위에 누워 있는 자들은 일어나 기도했다. 여인의 몸에서 느껴지는 평온함은 환상일 뿐이다. 그렇지만, 그 다음은…… 초승달이 떴다. 무에진은 가난한 자들의 범주에 속해야 한다. 그래야, 밀이나 보리 한 그릇이라도 감사하게 받을 것이다. 물론, 알라께서는 하늘과 땅 위에 군

3장 반응 **215**

림하고 계신다.

나는 반복해서 말했다.

"아민!"

차 쟁반 위에 숟가락이 하나 놓여 있는 것이 보였다. 나는 그것을 잡았다. '만일 세상의 모든 소녀들이……' 폴 포르'는 어느 날 이 시를 썼다. 이 시는 어떻게 되었나? 죽은 글자가 되었다. 그리고 내가 덧붙여 말할 수 있다면, 이렇게 했을 것이다. '언급 조차 되지 않는다.'

"숟가락이 있군요."

나는 숟가락을 들고 몇 걸음 걸었다. 나는 책장 앞에 섰다. 금박 장식, 파피루스, 비단 두루마리로 된 성스러운 책들이 있었다. 핫지 파트미 페르디의 명상을 위한, 그의 정신적인 양식이자 자기 성찰을 위한 것들이었다. 철학자, 신학자, 형이상학자, 역사가, 무함마드의 민족 전부가 거기에 있었다. 나는 비웃었다. 내가 관심 있는 것은, 먼지가 쌓여 있는 그 성스러운 물건을 회전시키는 기계 장치였다. 하나가 있기는 했는데, 그것을 찾을 시간이 없었다. 그래서 나는 숟가락을 이용했다. 나는 홈 속에 숟가락을 넣고, 조심스럽게 눌렀다.

나는 갑자기 힘을 주었다. 쩍하고 틈이 벌어졌다. 판을 치우기만 하면 됐다.

나는 발표했다.

"베르무트, 마르티니, 생-라파엘, 친자노'…… 샤블리, 가이약, 몽바지약…… 부르고뉴, 게스만 샴페인, 코냑, 나폴레옹 코냑, 포르토······ '백포도주를 마시면 무도병에 걸린다지. 그렇지 않냐? 무도병 말이야. 그리고 적포도주는 먹고 싼다는 서민들의 식사 메뉴에서 꼭 나온다지.' 지난번 저녁 시간에 비아냥거리신 말씀을 상기시켜 드립니다. 아들아, 너는 어느 샤토에서 생산된 것을 과인에게 추천하느냐 하고 물어보셨지요? 아버지, 여기서 선택하시면 됩니다."

나는 문으로 걸어가면서, 아무도 쳐다보지 않았다. 본다 한들 무슨 소용이 있겠는가? 태양이 환상에서 깨어나 떠올랐다. 태어날 때부터 눈이 먼 거지들이 피리 소리에 맞춰 **환멸을 느끼며** 노래했다.

"연도가 오래된 포도주, 오래 보관된 포도주, 오래된 고급 포도주들이네요. 아니면, 어쩌면 해가 가면 갈수록 더욱 진귀해지는 포도 주스일 뿐이겠지요? 진실한 자인 아부 바크르'의 하디스에는 이런 가르침이 들어 있습니다. '여러분은 방귀를 뀌었다고 생각합니까? 알라의 사람들이여, 생각해 보시오. 여러분의 항문으로 소량의 대변이 밖으로 나왔습니까? 아닙니까? 그러면 진정하십시오. 여러분은 방귀를 뀐 것이 아닙니다.'"

나는 문을 열었다.

나는 올드 레이디 한 병을 들고 나왔다. 문을 열면서 병 주둥이가 자물쇠에 부딪혀 뚜껑이 열렸다. 나는 한 모금을 마셨다.

"포도 주스네요. 의심할 여지가 없습니다. 상표에는 스카치 올드 레이디라고 적혀 있지만, 이것은 빌어먹을 거짓말이죠. 하기야 카멜이 증명해 줄 것입니다."

나는 그에게 병을 던지고 밖으로 나갔다.

층계의 세 번째 계단에 수염이 난 남자가 앉아 있었다. 인사를 하자, 그는 급하게 그의 어머니가 그날 아침에 세상을 떠났으며, 그의 할아버지는 어제 세상을 떠났고, 그의 부인은 조금 전에 지프에 치여 으스러졌으며, 그의 고모는 사경을 헤매고 있다는 사실을 알려 주었다. 그는 예순 살쯤 되어 보였다. 그의 미소는 더할 나위 없이 유쾌했다.

그는 담배를 말고 있었다. 즉, 그가 **시작했다**는 뜻이다. 나는 디테일에 집중했다. 그는 담배 종이 위에, 집게손가락으로 담배를 가지런히 놓고 있었다.

그사이에, 나는 고양이 쪽으로 몸을 수그렸다. 나는 두 손으로 무너진 잔해를 치웠다. 내가 마지막 돌을 들었을 때, 고양이는 쓰러져 머리가 층계 마지막 계단, 수염 난 남자의 다리 사이로 다시 떨어졌다. 길모퉁이에서 가로등이 불빛을 태우고 있었다.

나는 일어서며 암송했다.

"만유의 아버지이자 최후의 심판관이신, 대자대비하신 알라의 이름으로!"

나는 포석 하나를 복장뼈 높이까지 들어 올린 다음, 자유낙하를 하게 손을 놓았다. 산산조각이 난 순간, 수염 난 남자는 아민이라고 말했고(그는 계속 웃고 있었다), 고양이의 눈에 빛이 돌았다. 남자는 겁에 질렸고, 고양이는 죽었음을 알 수 있었다.

누군가가 샹들리에에 달린 63개의 램프에 불을 붙였다. 그래서 쏟아지는 불빛 아래 그늘진 부분이 생겼다. 나는 먼저 이 장면을 보고, 장송곡을 흥얼거렸다. 그다음 나는 군주가 방 한가운데 앉아 있는 것을 봤다.

그는 말했다.

"모두 일어나 과인에게 침을 뱉어라!"

카멜은 간헐적으로 웃었다. 나는 담배에 불을 붙였다.

"노새 발굽보다 더 아래에 있고, 텔아비브의 유대인보다 더 비천하구나. 조롱거리가 되었노라. 미제레레. 봐라, 과인이 이렇게 된 것이다. 너희들은 일어나서 과인의 얼굴에 침을 뱉어라. 이것은 명령이다."

어머니의 입술이 떨렸다. 밖에서는 강간당하고 있다고 외치는 소리가 들렸다. 담뱃불이 꺼졌다. 나는 다시 불을 붙였다.

"핫지, 과인은 더 이상 핫지가 아니다. 과인은 핫지였던 적이 없었다. 아버지, 과인은 그런 적이 전혀 없었다. 군주, 과인의 왕좌는 이제 거름 더미이고, 돼지와 개의 오물 더미일 뿐이다. 과인은 너희들이 침을 뱉기를 기다리고 있다."

나는 발뒤꿈치로 담배를 짓밟았다.

나는 말했다.

"절망의 철학이군요. 사르트르에 대해 말하는 것은 들어 본 적이 있으신가요?"

그는 대답하지 않았다. 내 형제들은 일어났다.

나는 계속했다.

"행렬식 계산은요? 아인슈타인에 대해 말하는 것은 들어 본 적이 있으신가요?"

나집이 군주에게 다가갔다. 그는 겨냥했지만, 빗나갔다. 마디니가 그 자리에 섰다. 침이 군주의 이마에 맞아 흘렀다.

나는 계속 말했다.

"아인슈타인은 아무것도 발명하지 않았습니다. 사르트르도 마찬가지입니다. 그들이 이 장면을 봤다면, 아주 흥분했을 겁니다."

마디니는 침을 뱉은 뒤, 앉으러 갔다. 밖에서는 사람들이 여자 한 명이 강간당했을 뿐이라고 소리쳤다.

"핫지 파트미 페르디는 기력이 다했습니다. 그런데 사업은 잘되고 있습니까? 그는 자기 잘못을 인정하고 명예롭게 벌금을 낼 수 있었습니다. 그런데 그는 그렇게 안 했습니다. 그는 군주와 같이 행동할 필요가 있었습니다. 간디는 무슬림이 아닙니다."

카멜은 두 번 침을 뱉었다. 그는 비틀거리며 손으로 배를 움켜쥐었다. 그는 토하기 직전이었다. 잠시 생각하더니, 그는 세 번째 침을 뱉었다. 그리고 달려가 차 쟁반 위에 토했다.

"당신은 계산했습니다. 가장 극적인 행위는 자기 파괴입니다. 당신은 앉아 있습니다. 비굴함에 익숙해져 있는 우리로부터, 우리의 육체와 영혼 위에 전지적 힘을 행사하시는 당신까지, 침을 뱉는 것은 찬양일 뿐입니다. 내일이 되면 당신이 씌운 멍에는 더욱 무겁고, 더욱 안전해질 것입니다."

자드가 침을 뱉었고, 압델 크림이 침을 뱉었다. 차례가 되자, 어머니는 울기 시작했다.

군주는 소리쳤다.

"침을 뱉어라."

어머니는 몰래 명령을 수행했다. 그리고 그 앞에 절을 했다. 밖에는 관리 한 명이 일주일 전부터 없어진 아이를 소리쳐 찾고 있었다.

나는 결론을 내렸다.

"저만 남았습니다. 왜냐하면 이 코미디는 저를 위한 것이기 때문이지요. 군주님, 저는 당신 아이 중 가장 예민하고, 가장 폭력적입니다."

그는 나를 보고 있었다. 그의 머리는 침과 가래로 뒤덮여 있었지만, 눈은 그대로 남아 있었다. 그 눈은 포기하는 듯한 **눈빛**으로 나를 보고 있었다.

"당신은 저를 가르치셨고, 또 다른 세계의 즐거움을 알게 해 주셨습니다. 저는 당신의 왕홀이자 왕관입니다. 어느 날 저녁, 당신은 제 안에서 곧 폭발이 일어날 것이라고 예상하셨습니다. 그리고 당신은 그 폭발이 저를 현대적이고, 또 무엇보다도 행복한 남자로 만들어 줄 수 있는 변화의 원인이 되길 진심으로 바란다고 말씀하셨습니다. 저도 침을 뱉을까요? 당신은 저를 보고, 제가 침을 뱉지 않을 것으로 생각하고 계십니다. 그렇지만, 군주님, 저는 침을 뱉을 것입니다. 왜냐하면 저는 나쁜 사람이 아니기 때문입니다. 저는 눈을 겨냥하겠습니다."

나는 침을 뱉었다. 그는 일어나서, 어머니를 제치고, 나를 격렬하게 밀었다.

"이제 우리 둘이다. 이 논쟁이 시작되었을 때, 과인은 말했다.

나가라고. 그러니 나가라!"

63개의 전구가 꺼졌다.

"제가 나가면, 다시 돌아오지 않을 것입니다."

"과인은 그러길 원한다. 우선 나가라."

육중한 문이 우리 뒤에서 덜컥 닫혔다. 과거의 문은 이렇게 소리를 내며 닫혀야 한다.

"저는 제 과거 중에 증오만 간직할 것입니다."

"그것보다 더 좋은 것이 있다. 바로 저주다."

그가 스위치를 돌려 껐다. 파티오는 어둠으로 가득 찼다. 우리는 콘크리트 계단을 내려가기 시작했다. 나는 뒷걸음치면서, 그는 팔을 흔들고 나를 밀면서, 한 계단, 한 계단씩 내려갔다. 내 심장은 항복의 나팔 소리처럼 뛰었다. 나는 웃고 있었다.

"너는 나가서 저주받을 것이다. 너는 승리했고, 과인을 납작하게 만들었고, 과인에게 조건을 제시했다고 생각했다. 이제 과인은 너에게 과인의 환멸이 어땠는지 표현하겠다. 과인의 가슴속에서, 과인의 핏속에, 과인의 머릿속에서, 너는 과인의 아이 중 가장 아끼는 아이였다."

"눈에서 뭐가 흐르는군요? 눈물인가요, 침인가요?"

"그렇지만 시인이 노래했듯이, 알라가 창조한 모든 새 가운데, 어떤 모이를 어떤 새에게 주어야 하는지 아는 것은 나쁘지 않다. 과인은 너에게 과인의 믿음과 사랑을 주었다. 과인은 지금도, 네가 과인에게 경멸받아야 하는지조차 알 수가 없다. 그러나 너의 미래는 금보다 더 소중했고, 네가 얼마나 소중한 기회를 잃어버렸는지, 네가 모르지는 않을 것이다. 너는 지금 반항하는 것인가? 하수구의 쥐처럼 기뻐해라. 왜냐하면 그게 바로 너의 인생이니까."

우리는 복도를 따라 나갔다. 그는 계단의 램프를 껐다.

"당신이 파산한 것에 대해 말씀해 주시지요."

"너는 축복받은 존재였다. 너는 미래를 기다리기만 하면 됐다. 이제 너는 더 이상 과인의 아들이 아니다. 과인은 더 이상 너의 아버지가 아니다. 더 이상 과인과 너의 형제들을 생각하지 마라. 너는 우리 모두의 수치다. 너를 헌신적으로 사랑한 네 어머니의 이름을 절대로 더 이상 속삭이지 마라. 과인은 알고 있다. 어머니는 과인과 같이 슬픔에 빠졌다."

그는 대문을 열었다. 그리고 팔짱을 꼈다. 나는 어둠 속에서 그의 눈을 알아봤다. 그 눈은 불타고 있었다.

"너를 저주한다. 이 세상의 나무와 관목에 달린 잎들만큼, 사막과 해변과 모래가 있는 모든 곳에 있는 모래알들만큼, 이 세상의 모든 시내와 강과 바다와 대양에 있는 물고기들만큼. 지고하시고 전능하신, 은혜와 징벌의 아버지이신 주님의 이름으로 과인은 너를 저주하노라. 아민! 잘 가라!"

문이 닫히면서 내 등을 쳤다. 나는 층계로 굴러 떨어졌다. 그리고 군주가 말을 끝맺는 것을 분명하게 들었다.

"오늘, 과인은 아이 두 명을 묻었다. 우리는 불행하며, 우리의 육체는 소멸하기 마련입니다."

4장
촉매

"위선자들."

나는 일어났다.

수염 난 남자가 말했다.

"결국, 고모가 죽었습니다."

그는 층계 가로등에 기대어, 앉았다기보다는 누운 자세로 웃었다.

그는 덧붙여 말했다.

"장남이 프랑스 군대에 들어갔다는 사실을 방금 알았습니다."

그는 혀를 내밀었다. **풀칠해진 담배 종이 가장자리를 정성껏 적셨다……**.

*
**

나는 먼저 그 여자가 미쳤다고 생각했다. 그 여자는 차 문을 열고 튀어나와 사방으로 외쳤다.

"큰일 났네! 큰일 났어⋯⋯."

그 여자는 작고 말랐는데, 너무나 작고 말라서 광주리에 쉽게 들어갈 수 있을 정도였다. 나는 이런 생각을 한 뒤에, 그 여자를 따라가 손으로 어깨를 잡았다.

"부인! 말씀하시는 것을 들었습니다. 큰일 났다고요."

그 여자는 나를 봤다. 가로등 불 아래서, 그 여자 입에 남아 있는 거무스름한 이 네 개가 드러났다.

"보셨나요?"

"누구를요?"

"제 개를요! 제 개 말입니다. 큰일 났네."

"아, 네! ⋯⋯못 봤습니다."

그 여자는 어둠 속으로 사라졌다.

*
**

그리고 나는 열린 창문 앞에 서 있었다.

좁은 방 안에 초 하나가 타고 있었고, 흑인 두 명이 앉아 있었다. 한 명은 국자로 토기 냄비를 젓고 있었고, 다른 한 명은 기타 줄을 뜯고 있었다.

돗자리 하나, 방석 몇 개, 표범 머리, 자욱한 수증기, 바퀴벌레, 거미줄이 보였다. 나는 담배를 두 대 피웠다.

"나는 이해할 수 없어. 이 작은 완두콩을 세 시간이나 불에 올려놨는데, 아직도 안 익었어."

기타를 든 남자가 말했다.

"나한테 한 국자 떠줘 봐."

그는 아르페지오를 몇 선율 연주하더니 대답했다.

"우리는 기다리면 돼. 이건 작은 콩이고…… 또 통째로 넣었으니까. 넌 **콩깍지하고 같이 익히고** 있잖아."

그는 기타로 베르베르 무곡을 연주하기 시작했다.

**
**

길모퉁이를 돌았을 때, 나는 자전거에 치일 뻔했다. 자전거를 타던 사람은 멈춰서 사과하더니, 소리를 지르기 시작했다.

"내 대구! 내 대구들이 어디 갔지?"

나는 옷을 털었다.

"보세요! 저기 있잖아요. 아가미를 끈으로 줄줄이 꿰 놓았네요. 자전거 핸들에 걸어 놓은 목걸이 같군요. 제가 틀린 게 아니라면, 대구 세 마리가 있습니다."

그는 나지막한 목소리로 내게 말했다.

"열네 마리가 있었는데요."

그는 오는 길에 대구를 흘린 것일까? 밤에 붉은 불이 켜졌다.

**
**

이들이 내가 처음 자유를 누린 순간에 만난 사람들이다. 웃겼다. 나는 다시 지나가는 사람을 잡았다.

"실례합니다."

그는 담배를 피우고 있었다. 나는 **파보리트** 담뱃갑을 열었다. 그는 검지로 재를 털기 위해 담배꽁초를 툭툭 치고는, 두 모금을 길게 빨았다. 담배 끝이 빨갛게 타들어 가는 것이 보였다. 나는 그가 준 꽁초로 담배에 불을 붙였다.

"알라께서 선생님의 죄를 용서하시길 빕니다!"

"젊은이, 자네도!"

그는 떠났다. 크고, 꼿꼿하고, 삐쩍 말랐었다. 그게 전부였다.

사실 나는 성냥을 가지고 있었다. 내가 그를 붙잡았던 것은, 단지 날이 추운지 그의 생각을 물어보기 위해서였다.

내가 손짓을 한 두 번째 행인은, 챙 넓은 모자를 두 개 가지고 있었다. 하나는 머리에 쓰고 있었고, 다른 하나는 팔로 끼고 있었다. 나는 그에게 말하려고 했다. 나는 그의 입가에 매달려 있는 담배를 봤다.

"불 좀 빌려 주십시오."

그는 모자를 벗어서, 사금을 채취하는 그릇처럼 돌렸다. 어쩔 수 없어, 나는 그 안에 성냥갑을 떨어뜨렸다. 내 담배도 같이 떨어졌다. 그는 팔에 끼고 있던 모자를 썼다.

"젊은이, 알라께서 당신이 죄를 범하는 것을 면하게 하셨습니다."

"어르신도요."

나는 떠났다. 크고, 꼿꼿하고, 삐쩍 말랐었다. 그게 전부였다.

두 가지 오해였고, 두 개의 탈출구였다. 나는 저주받았고, 저주받은 사람이라고 느꼈다. 나는 **독특했다**. 좋은 옷을 입었고, 소화 기관은 비었고, 땀구멍에서는 향기로운 기름이 흘러나왔다. 그리고 반쯤은 야성적, 반쯤은 놀란 표정을 짓고 있었다. 나는 문을 박차고 나와, 사막과 같은 길과 밤 안으로 들어갔다. 우연히 세 번째 행인을 붙잡았다. 나는 추웠다.

"선생님, 저는 성냥도 없고, 담배도 피우지 않습니다. 담배를 피우시는지요?"

"아니요. 전 프키입니다."

"잘됐네요! 어쩌면 제가 선생님 덕분에 일을 해결할 수 있겠습니다. 선생님 생각에, 날씨가 춥나요?"

"어디요?"

"여기요."

"언제요?"

"지금요!"

그는 나를 바라보며 생각했다.

"가서 알아보겠습니다."

그는 기진맥진해 있었다. 그래서 나는 몹시 덥다는 것을 알 수 있었다. 그런데 나는 정말 추웠다.

타다 남은 초에서는 연기가 나고 있었고, 모여 있는 사람들은 손짓하고 있었다. 당나귀가 끄는 수레들이, 쇠로 덧댄 바퀴에서 덜컹거리는 소리를 내면서 굴러가고 있었다. 시멘트 자루, 수박, 날짐승, 자갈, 두엄, 무화과, 갈대, 밀짚이 실려 있었다. 쾌활한 당나귀, 꿈꾸는 당나귀, 서른 마리, 마흔 마리가 있었다. 길모퉁이 구석에서 수프를 먹거나, 대마초를 넣은 셉시를 피우는 이슬람 수도승들이 보였다. 셉시는 길고, 대마초는 매캐했다. 그들은 혼자 중얼거리거나 토하고 있었다. 내가 재빨리 지나온 길모퉁이에는, 모퉁이마다 생명과 소음과 빛이 되살아났다. 은빛으로 수놓은 보라색 하늘이, 나를 기다리고 있거나, 아니면 나를 비웃는 것처럼 보였다. 크게 틀어 놓은 스피커에서는 나일강의 노래, 안타르와 아블라*, 마르사 마트루*, 그리고 빠질 수 없는 쿠란이 흘러나오고 있었다. 여기저기 종기가 생겼다. 물어뜯고 싶은 여자의 살에 돋은 종기 같았다. 기분이 나빠졌다. 나는 추웠다.

나는 데르브 엘 케비르로 들어갔다. 나는 혼자 말했다. '미국인 같군. 미국인은 칫솔을 잃어버리면, 턱도 잃어버린다니까. 밤이 깊구나, 드리스. 너의 배고픔같이, 너의 피곤함같이, 너의 고뇌같이 깊구나. 그래서 너는 어디로 가고 있는 것이니?'

나는 데르브 엘 케비르 7번지 베라다의 집 문을 두드리러 가고 있었다. 그는 잠옷 차림에 추잉검을 씹으며 나왔다. 그는 웃으면서, 정답고 상냥하게 나를 맞이해 주었다.

문턱에서 그는 말했다.

"오늘 밤 초승달이 떴어."

나는 슬픈 목소리로 대답했다.

"나는 보지 못했어. 그렇지만, 그런 것 같아."

그는 강하게 말했다.

"맞아, 맞다고."

그는 추잉검을 뱉었다. 내 허리와 오른팔 팔뚝 사이로였다. 내가 그에게 손을 내밀자, 그는 두 손으로 따뜻하게 잡았다.

"잘 지냈어! 나 들어가도 돼?"

"너도 잘 지냈어! 막 나가려고 준비하던 참이야. 네가 왔으니까, 잠깐만 기다려 줄래. 옷만 입고. 그리고 같이 한 바퀴 산책하자."

"네가 잘 이해하지 못한 것 같구나."

그렇지만, 나는 이해하기 시작했다. 내 수염으로 너의 발을 닦아라. 나는 사우나에 갈 생각이었다.

"그러니까, 내가 나 들어가도 되냐고 물었잖아. 그건 내가 너의 집에서 하룻밤 자도 되냐는 뜻이었던 거야."

"뭐?"

"베라다, 너는 내 가장 친한 친구잖아, 나는 아주 힘들어. 배고프고, 춥고, 목마르고, 잠을 자야 해. 너는 내 가장 친한 친구잖아. 나는 너에게 빵 한 조각, 이불, 물 한 모금, 하룻밤 재워 주는 것을 부탁하는 거야. 그다음, 네가 무슨 일인지 물으면, 설명해 줄게."

"음, 드리스. 나는……."

"안 된다는 거야?"

나는 주먹질과 발길질을 했다. 먼저 웃고 있는 그의 얼굴에 맞았고, 그다음에는 문에 맞았다. 그는 내가 지나가지 못하게 문을 막고 있었다. 문이 활짝 열리고, 흰색과 검은색 타일이 깔린 복도가 보였다. 대걸레로 막 물청소를 끝낸 뒤였다. 나는 심지어 대걸레를 든 여자가 미친놈이라고 소리치며 사라지는 것도 보았다.

베라다는 쓰러졌다. 나는 그의 가슴 위에 앉아, 화를 내며, 무겁게 짓눌렀다. 그는 주먹과 손톱으로 내 옆구리를 수단과 방법을 다해 긁었다. 그는 숨이 막혀서, 야만인처럼 소리 지르는 것 빼고는 아무 말도 할 수 없었다. 나이 든 여자가 낡은 몽둥이를 들고 다시 나타났다. 여자는 몽둥이를 물레방아처럼 돌렸다. 자기 딴에는 내 머리에 더 많은 **바라카**를 내려 주기 위해서라고 말했다. 그렇지만 나는 곧바로 몽둥이를 빼앗았다. 여자는 악마 같은 놈이라고 소리치며 다시 사라졌다.

내가 다시 일어났을 때, 길에는 사람들이 우글거렸다. 이웃들, 배가 툭 튀어나온 아이들, 신생아에게 젖을 먹이고 있지만 얼굴은 이슬람 베일로 가리고 있는 여자들, 그리고 갑자기 몰려든 거지들이 있었다. 그중에 한 명은 자전거를 타고 있었다. 세상일은 알 수 없군! 추측, 논평, 명령, 명령 취소, 지엽적인 언급이 쏟아졌다. 정말 더웠다. 저 남자는 기독교인이다…….

"저는 기독교인이 아닙니다. 초승달이 떴습니다. 저는 봤습니다."

"초승달이-떴다!"

하나로 뭉친 아우성이 벌떼처럼 나를 덮쳤다. 그사이 나는 군중을 뚫고 나왔다. 큰 걸음으로 빠르게 걸었다. 옆길로 들어서고, 또 다른 길, 그다음 또 다른 길로 걸었다. 더 이상 춥지 않았다. 어둠 속에서 삯마차 한 대가 튀어나왔다. 삯마차는 슬퍼 보이는 늙은 말이 끌고 있었고, 막 칠한 페인트 냄새를 풍겼다. 나는 그 마차를 불러 세웠다.

마부가 외쳤다.

"워!"

말이 멈췄다. 말이 달리 뭘 할 수 있겠는가? 모로코에서조차, 말들은 잘 조련되어 있다.

나는 말했다.

"나는 유럽인 구역으로 간다. 나는 매우 피곤하지만, 걸어갈 수 있다는 것은 알고 있었으면 해. 다만……."

"뭐요?"

"나를 믿는다면, 나중에 요금을 낼게. 솔직히 말하면, 지금은 돈이 한 푼도 없어. 그렇지만……."

마부가 말했다.

"이랴!"

말이 뛰어가기 시작했다. 말이 달리 뭘 할 수 있겠는가? 모로코에서조차, 말들은 오랫동안 서 있지 않다.

나는 소리쳤다.

"잠깐만!"

"워!"

"나는 핫지 파트미 페르디의 아들이다. 내 생각에는 당신이……."

"올라타쇼! 이랴!"

어디를 때려야 제일 아플까? 나는 의자에 앉아서, 마부의 작지만 다부진 등과 두꺼운 목과 어깨에다 대고, 내 반항에 관한 이야기를 하기 시작했다. 그는 어깻짓을 한 번만 했을까? 잘 모르겠다. 밤은 아주 캄캄했다.

"워!"

"아주 고마……."

"이랴!"

치쵸는 언젠가 그가 기르는 개인 유키에 대해 말한 적이 있다. 그 불도그는 해가 뜰 때부터 질 때까지 잤다. 그렇지만 밤에는 성실하게 보초 임무를 수행했다. 즉, 부랑자의 냄새를 맡으면 낑낑대거나 무섭게 짖었다. 첫 번째 경우, 부랑자는 유럽인일 것이다. 두 번째 경우는 당연히 아랍인이었다. 그래서 내 친구 치쵸의 아버지는 둘 중에 선택하면 됐다. 파자마를 입고 나이트 캡을 쓴 채 내려와서 같은 나라 사람과 조용히 이야기하거나, 아니면 둥근 창문을 열고 슐루 족이 사용하는 전통 총으로 겨냥하거나.

내가 벨을 눌렀을 때, 유키는 나한테 와서 냄새를 맡았다. 나는 이 개를 본 적이 전혀 없었다. 개는 내 냄새를 전혀 몰랐다. 완전히 아랍인도 아니고, 완전히 기독교인도 아니고…… 개는 당황해하면서 몇 번만 으르렁거렸다. 나는 이 개의 행동을 아리스토텔레스의 그 유명한 개념인 중용과 기꺼이 비교했다.

치쵸는 복습하고 있었다. 철학 교과서가 있었고, 칠판 위에는 기하학 공식들이 그려져 있었다. 열려 있는 천장 창문으로는 밤 풍경이 보였다. 시간을 짜기 위한 작은 괘종시계가 있었다. 치쵸의 표정은 설명을 요구하고 있었다.

나는 말했다.

"베라다 말이야, 너도 알고 있지, 그렇지? 조금 전에 내가 걔 옆구리 뼈하고, 이 두 개하고, 손목시계를 박살 냈어. 나는 못되고, 난폭하고, 미쳤어. 만일 네가 나한테 묻는다면…….."

잠시 헛기침을 했다.

"응…… 왜?"

"모르는 척하기는! 걔가 너한테 전화했잖아?"

"누가?"

"이봐, 치쵸! 넌 2차 바칼로레아를 준비하는데, 아직도 수수께끼 놀이를 하냐? 대답해. 걔가 너에게 전화했지?"

그는 헛기침하기 시작했다.

"응."

그리고 그는 황급히 말했다.

"나는 네가 알아줬으면 하는데. 난 너한테 아무런 편견도 없고, 널 판단할 근거도 없다는 사실을 말이야. 네가 너의 아버지에게 화가 났다면, 나는 지지자나 중재자의 역할을 할 수가 없어. 네가 너의 지금 위치에 대한 내 생각을 묻는다면, 너에게 알려 줄 수는 있어. 이미 네가 알고 있겠지만, 나는 고문 변호사와 코르시카의 백작 부인(제정 때 수여된 귀족 칭호*) 사이에서 난 아들이야. 나는 이 정해진 원 안에서 태어났고, 자랐고, 앞으로도 이 안에서 살 거야. 그 넓이, 한계, 맛, 색, 모든 것, 그러니까 내 말은 이 원은 분명하게 정해져 있고, 그 자체로 충분해서……."

"그래서?"

그는 맥주 한 캔을 비웠다. 멈출 시간이 필요했다. 불필요한 몸짓이었다. 나는 쉽게 그가 하던 말을 끝낼 수 있었다. 그러나 사실…….

나는 화를 내면서 다시 말했다.

"그러니까, 그 원 **밖에서** 들어온 **외부** 요소에 관해서, 너는 그것을 이해하려고 하지 않겠다는 거지. 그 고유한 존재조차 인정하려고 하지 않겠다는 거지. 너는 루벤스와 미켈란젤로가 그림을 그렸다는 것을 알고 있어. 그런데 피카소는? 모른다는 거지! 너 말 다했냐?"

"나는 이 말투가 싫어. 씁쓸하고, 거칠고, 불공평하고. 나는 너를 친절하게 맞이했는데……."

"치쵸, 내 말 좀 들어 봐! 나는 참 바보야! 너는 나에게 말하겠지. 네가 말했듯이, 친절하게 말이야. 넌 내가 죽었다는 것을 알아차렸으니, 나한테 방부제를 바르겠지. 너는 내가 위로가 필요하다고 생각하니까, 나에게 전도서를 암송해 주겠지. 그다음에는 문을 다시 닫아 버리겠지. 튀어나온 내 어깨뼈와 튀어나온 내 엉덩이 뒤에서 말이야. 어쨌든, 저 바보를 밖으로 쫓아냈군. 내가 어디까지 복습했더라? 아, 그래! '실용주의 따른 자유의 개념……'"

나는 앉았다. 의자였나 소파였나, 그게 무슨 상관이 있겠는가? 하여튼, 나는 앉았다.

"치죠라는 별명을 가진, 드 라 비트롤 프랑수아 씨, 잘 좀 봐. 네가 보고 있는 이 얼굴은, 내 얼굴이야. 이쪽은 땀으로 범벅이 됐지. 그쪽은, 넌 이마와 콧등에 땀 몇 방울만 맺혀 있군. 일반화시키지 말자. 너는 그냥 땀이 나는 거고, **나는** 땀을 뻘뻘 흘리는 거고. 담배 한 대만 줘. 담배 없다고? 난, 있지. 너도 피울래? 담배 끊었냐?"

몇 초 동안, 나는 조용히 담배를 피웠다. 담배 피우고, 말하고, 주먹질하는 것 빼고, 달리 할 것이 없었다. 그리고 길로 나왔다. 밤이었다. 내 배고픔은? 핵물리학에서는, 비록 인지할 수 없어 보이지만, 양자를 넘어서면, 운동은 무기력해진다고 한다.

"좋아! 내가 잘못 생각했다. 너는 기독교인이고, 프랑스인이고, 7년 동안 학교 친구였다. 나는 네가 교리처럼 변하지 않을 거로 생각했었는데, 잘못 생각했던 것이었군. 내 엉덩이하고 너의 엉덩이는 같은 학교 의자에 앉아서 공부했고, 거의 같은 성적을 받았지. 철학, 시, 담배 상표, 쉬는 시간의 '수다', 편지 등, 우리는 취향이 똑같았어. 나는 네 넥타이를 따라 했고, 너는 내가 멍하니 돌아다니는 방식을 받아들였고…… 좋아! 나는 너에게 베라다가 나를 외면했던 이유가 있었다고 말했지. 아랍인과 아랍인 사이의 근본적인 질투심도 있고, 혹시나 구금되면 파샤 법정에서 통역 비서로 일하는 자리를 잃어버리지 않을까 하는 두려움도 있고, 물론 그 이유야 근거가 없지만, 군주가 그렇다고 하면 그렇게 되기 때문이니까. 내가 빨리, 두서도 없고, 쉴 새 없이, 거칠게 말하는 것을 용서해 줘. 왜냐하면 난 배가 고프 고, 침대에 눕지 못하고 일흔두 시간 동안 졸음에 시달리고 있 거든…… 나는 앉아 있어…… 의자인가 소파인가…… 모르겠 네. 알고 싶지조차 않아. 침대가 아니라고? 그래서? ……난 말 할 필요가 있어! 왜냐하면 군주의 협박이 이랬기 때문이지. 그 가 베라다한테 전화했어. 간단하게 말하면 이래. '베라다, 너는 좋은 상황에 있다. 너는 과인이 누구이고, 과인이 막 드리스를 문밖으로 내쫓았다는 것을 알아야 한다. 이 근본적인 사실들을 잘 생각해 봐라. 지금, 만일 네가 문을 닫아 버리면, 너는 매달 1만 6천 프랑을 계속해서 받을 수 있다. 그것이 아니라, 네가 구 조견과 같은 영혼을 가지고 있다면, 나는 수스에 있는 감옥에서 200그램의 케스라'를 먹게 될 것이다. 물론, 과인은 너에게 해줄 조언이 없다. 살라말렉!' 이제 너에 관해서 이야기해 보자. 네가 조금 전에 강조했던 것처럼, 너는 고문 변호사와 코르시카의 백 작 부인의 아들이지…… 중간에, '제정 때 귀족 칭호를 받았다' 는 것은 내가 잘 이해하지 못하지만 말이야. 미안하지만, 난 아 랍인이야, 그냥 단순한 아랍인이지. 내가 아는 한, 네가 마크젠 이나 알라에게 속하지 않은 것처럼 말이야. 그리고 내가 프랑스 보호령이 사용하는 용어를 잘 이해하고 있다면, 모로코의 폭군 이라고 하더라도(덧붙여 말하자면, 문제가 되는 폭군은 완전히 파산했다) 그 어떤 방법으로도 스무 살 먹은 프랑스 청년에게 강요할 수 없다. 게다가 그 청년은 고문변호사와 제정 때 귀족 칭호를 받은 코르시카의 백작 부인의 아들이니까. 예를 들어 볼까. 만일 네가 섹스하고 있다고 하자…… **가정일 뿐이야!** 그런데 갑자기 파리 한 마리가 옆에서 윙윙거리는 거야. 말해 봐. 만일 네가 그 파리를 때려잡자고 일어난다면, 넌 도대체 뭐 하러 모로코에 온 거냐? 물론, 우리가 친구 사이라는 점은 배제하자 (그것은 나중에 이야기하기로 하자). 그러니까, 너의 영혼과 의식 속에다, 우리 아버지가 전화로 무엇을 **명령한** 것이야? 왜, 네가 비겁한 놈이 된 거야? 나한테 그 맥주 한 병 줘, 넌 너무 마셨어…… **뭐라고?** 내가-말하는데-너는-목이-마르지-않다고! 나는, 목마르고. 이제 말해 봐!"

이런 식으로 오랫동안 계속할 수 있었다. 방에 들어가서, 설명을 요구하고, 밖으로 나갔다. 내 친구들을 한 바퀴 돌았다. 내가 베라다와 한 대화를 치쵸에게 하고, 치쵸와 한 대화를 뤼시엥에게 하고…… 음모를 꾸몄다. 전적으로 불필요한 압력 때문에, 묵주에서 알 하나가, 단 한 개의 알이 튀어나와 도드라져 보이는 것 같았다. 복잡했다. 나는 복잡했다. 보통 때라면, 나는 콩 요리를 먹고 배가 불러서, 다르게 행동했을 것이다. 보자! 내가 어떻게 했을까? 문이 내 뒤에서 닫히면서, 나는 층계에서 굴렀을 것이다. 나는 다시 일어났을 것이고, 층계나 평평한 돌 위에 앉아서, 두 손으로 머리를 쥐고 있었을 것이다. 아마도, 나는 그렇게 잠들었을 것이다. 잠자는 것부터 먼저 하는 사람은 현명한 사람이다.

나는 출발점으로 다시 돌아갔다. 템버린을 들고 있는 모카뎀

이 새벽 두 시라고 소리치고 있었다. 쉐르기가 불어왔다. 사람들은 이것이 동쪽에서 불어오는 바람이라고 했다. 나는 전혀 믿기지 않았다. 그 쉐르기는 사방에서 불어왔다. 심지어는 하늘에서도 불어왔다. 모래와 소변이 섞여 있었고, 뜨겁고 건조했다. 그것은 하나로 연결된, 구리로 만들어진 노래 같았다. 안녕하세요, 프랑스 문학 선생님. 당신은 어느 날 이 바람 속에 있었고, 그 경험으로부터 대담하게 40페이지나 되는 작품을 썼지요! 안녕하세요. 저는 그것을 다 읽었습니다. 당신은 쉐르기에 관해 모든 것을 말했습니다. 저는 두 문장으로 해 보겠습니다. 쉐르기가 나를 쓰레기처럼 날려 버렸다. 창녀촌까지.

나는 거기서 어렵게 일 킬로를 빼냈다.

"자네 오두막 열쇠를 줘. 나는 오늘 오후에 네가 나한테 준 일과표를 읽었거든(그날은 금요일이었다). '금요일 오전 두 시부터 열 시까지. 톨바 거리에 있는, 예전에 화장실로 쓰던 오두막……' 열쇠 줘! 그리고 우리 집으로 가. 가로등이 있는데, 그걸 이용해서 테라스에 내려. 소리 내지 말고. 팔 수 있는 것은 다 모아 오기만 하면 돼. 50 대 50. 좋아?"

그는 '좋아!'라고 환호성을 지르더니 달려가기 시작했다.

오두막에는 적포도주 1리터, 간 누에콩이 담겨 있는 양동이, 그리고 짚 더미가 있었다. 나는 마시고, 먹고, 잤다. 쉐르기가 욕설을 퍼붓는 것처럼 윙윙거렸다.

나는 오랫동안 잤던 것 같다. 내가 눈을 떴을 때는 밤이었다.

일 킬로가 나에게 말했다.

"스무 시간이 지났군요. 지금이 토요일 저녁 11시니까."

"바람은?"

"다른 곳으로 갔죠."

그는 양동이를 돌려놓고, 그 위에 앉았다. 그는 웃고 있었지만, 불만스러워 보였다. 그의 발 사이에는 간 누에콩이 음탕한 모양을 하고 널려 있었다. 전날, 나는 다 먹지 않았다. 그리고 일 킬로는 양동이를 밖에다 버리지 않고, 그냥 돌려놓고 앉았다. 그는 불만이 많았다.

나는 그에게 물었다.

"어떻게 됐지?"

"별일 없었죠. 경찰 두 명이 당신 집에서 새벽까지 경비를 서 있었습니다. 난 그자들이 당신을 기다리고 있다고 생각했죠. 그러더니 당신 아버지가 나와서, 기도용 카펫 위에 자리를 잡더니 동전을 나눠 주기 시작했어요. 다른 사람들처럼 나도 손을 내밀었는데…… 10프랑이었습니다!"

"그게 전부였나?"

"물론 아니었죠."

그 순간, 그는 발뒤꿈치를 들었다가 놓았다. 갈색 액체가 튀어나왔다. 꿈틀거리는 도마뱀 꼬리가 보였다.

일 킬로는 반복해서 말했다.

"아니었죠."

나는 이불을 던지고 바로 앉았다. 그는 덧붙여 말했다.

"당신 액세서리가 좋군요!"

나는 급하게 팬티를 입었다.

"액세서리라고, 자네 말이 맞아. 그냥 액세서리지. 그런데 나한테 다른 할 말이 있을 것 같은데."

"그렇죠."

발을 보며, 나는 추측했다. 별 생각 없이, 그는 도마뱀에서 튀어나온 액체를 간 누에콩과 섞어서, 쌓아 올리고, 평평하게 만들고, 깎았다. 나는 그가 흑단으로 만든 짧은 담뱃대로 담배를 피우는 것을 봤다. 그는 이 사이에 어떤 고뇌를 쌓아 두었을까? 아무것도 꺼내지 말자. 그렇지만, 나는 급했다.

그는 말했다.

"이 틀니를 보쇼."

순금으로 만든, 앞니 네 개, 송곳니 두 개, 어금니 두 개, 틀니가 낯이 익었다.

"하하, 당신 핫지 아버지가 빼서 손바닥에 두고 있었어요. 가래가 잘 안 나와서, 기침하려고 했었죠. 내가 옛날에 소매치기였다고 말 안 했던가요? 보쇼, 이 틀니를."

간 누에콩 더미는 점토나 찰흙같이 단단한 덩어리가 됐다. 그것은 생식 기관의 특징이 두드러진, 거대한 성기를 연상시켰다. 일 킬로는 일어났다.

"유대인 아는 사람이 있소."

"유대인 누구?"

"아무나. 이 틀니를 사 줄 사람이라면 누구든지. 50 대 50. 기억하시죠."

"좋아…… 그런데, 지금 몇 시지?"

"자정이 다 됐습니다. 왜요? 유대인은 절대 문을 닫지 않습니다."

유대인의 이름은 하룬 비툰이었다. 그는 작지만 다부졌다. 검은 옷을 입었고, 털과 수염이 더부룩했다. 그는 틀니를 보더니, 내 손에서 그것을 빼앗아 금고에 넣고 잠가 버렸다. 그리고 우리를 밖으로 밀고, 가게 철문을 내렸다.

"얼마 주면 됩니까?"

그는 길에 나오자, 히틀러도 천둥도 두려워하지 않았다. 이스파'는 야채 값은 폭등했다고 노래했고, 예언자들은 아합 왕'에 선전포고를 했었다.

일 킬로가 제안했다.

"그램당 150프랑 주쇼. 그것은……."

유대인이 말을 끊었다.

"금 덩어리는 그램당 가격으로는 책정이 안 됩니다. 당신들이 가져온 덩어리는 다 해서 2천 프랑 이상 나가지는 않습니다."

"뭐라고? 당신 좀 배워야겠는데, 이 썩을 놈이."

내가 말했다.

"그럴 필요 없어. 저자가 너에게 가르쳐 주는 거지. 2천 프랑이라?"

하룬이 대답했다.

"그렇습니다."

"좋습니다."

하룬은 당황하지 않았다.

"그 가격을 보장할 수는 없습니다. 이 틀니는 당신 것이 아닙니다. 그래서 페세타'로 드릴 수밖에 없습니다."

"페세타로요?"

"페세타로요. 제가 당신에게 페세타를 영국 파운드로 바꿔 줄 형제를 한 명 압니다…… 잠깐만요. 다른 유대인이 영국 파운드를 인도차이나 피아스트르'로 바꿔 줄 겁니다."

"이해할 수 없군요."

"아닙니다. 당신은 피아스트르를 루블로 바꾸고, 루블을 달러로 바꾸고, 달러를 리라로 바꾸고, 리라를 프랑으로 바꿀 수 있습니다."

"짐작하건대, 이런 일련의 작업이 저절로 되는 것은 아니겠지요."

"그러니까, 환전 수수료가 있습니다. 당연하지요."

그는 갑자기 매우 진지하게 손을 비볐다.

"1천 프랑입니다. 이것이 당신이 받을 수 있는 금액입니다. 저는 그 돈을 지금 당장 줄 준비가 되어 있습니다. 당신은 시간과 노력을 아낄 수 있습니다. 그러나 만일 당신이 페세타로 받고 싶다면……."

"나는 그쪽이 더 좋습니다."

그는 돈을 주었다. 일 킬로는 그의 손목을 잡았다. 거칠지도 부드럽지도 않았다. 자연스러운 행동이었다. 그러나 유대인은 즉시 그를 붙잡은 손이 여호와의 저주와 무언가 닮은 점이 있다는 것을 알아차렸다.

나는 말했다.

"우리는 같이 당신이 나에게 말한 여러 가지 환전할 것입니다. 먼저, 당신은 페세타를 파운드로 환전해 주는 그 **형제**에게 우리를 데려다 주어야 할 것입니다."

우리는 새벽이 되어서야 하룬을 놔주었다. 그는 얼이 빠졌다. 그는 앓는 소리를 냈다. '내 수염은 빠질 것이고, 내 뺨에는 손톱 자국이 날 것이다. 히브리인들은 왕이 있었고, 이단자들의 왕인 이사는 우리에 의해 십자가에 못 박혔다. 이제 아랍인이 유대인을 굴리는구나. 이 환전 거래를 이용해서 말이야. 오, 모세여.'

나는 일 킬로에게 말했다.

"지금, 우리는 '노에미의 집'으로 갈 거야. 우리는 이제 막 2만 2천 프랑을 벌었다. 그 일부를 쓰는 것에 대해서, 나는 네가 동의할 거로 생각하는데. 전사의 휴식 같은 거라고나 할까. 나는 생각할 필요가 있거든."

"'노에미의 집'이요? 난 모르는 곳인데. 아마도 창녀의 집인가 보죠? 그거라면, 내가 당신보다 먼저 갈 거요. 그게 아니라면, 난 당신 뒤따라가겠소. 어쨌든, 나는 당신을 믿소. 그런데 페르디. 당신은 어떻게 이렇게 환전할 생각을 했나요? 난 당신이 사업가인 줄은 몰랐는데."

길을 가는 동안, 날은 희뿌옇게 밝았고, 비둘기는 구구거리며 울었다(사랑의 듀오라고 하자). 그리고 메디나에서는 썩은 냄새가 약간 올라왔다(새벽에, 여자의 냄새를 맡고, 도시의 냄새를 맡으시오). 나는 내 동료에게 설명했다. 만일 스페인화로 된 액수가, 프랑스 프랑으로는 그 가치가 절반밖에 되지 않는다면, 그 사슬을 거꾸로 올라가면 되는 것이다. 그것이 바로 내가 하룬 비툰의 도움을 받아 한 일이었다. 그가 깜짝 놀랐든 아니든, 나는 어쨌든, 그에게서 그 틀니를 페스타로 되샀다.

일 킬로는 나에게 물었다.

"그런데, 환전 수수료는?"

"환불받았어. 자네 칫솔 사용할 줄 아나?"

"아뇨. 그렇지만, 난 내일부터 환전소를 차릴 거요."

"뭐 하러? 이렇게 하는 게 좋지 않아? 내가 너를 좋아하는 이유가 무뚝뚝하고 단순하기 때문이라는 것을 생각해 봐. 너는 내가 사회성이 필요해서 이러는 줄 아나?"

"아무 제안도 하지 않겠습니다! 어쨌든 고맙습니다. 왜냐고요? 돈을 많이 벌었고. 그 돈으로 여자를 사니까요."

"같이 가지."

노에미는 소켓에 램프를 끼웠다. 양파와 담배 냄새가 나던 현관에서, 마치 사진을 현상하듯이, 늙은 흑인이 한 명 나타났다. 그가 양파를 씹으며 짧은 파이프로 담배를 피우고 있었다. 그는 양파 한 입을 먹고, 담배 한 모금을 빨았다. 그는 앉아 있었다. 나는 처음에 그가 서 있었다고 생각했다. 그는 키가 2미터쯤 됐었다. 그때는, 그는 공격적으로 보이지는 않았다.

노에미가 말했다.

"스위치가 고장이 났어요. 여자들이 곧 내려올 거예요. 자, 신사분들 들어오세요, 어서 오세요."

노에미는 벨을 누르면서 일 킬로의 얼굴을 봤다. 전형적인 아랍인이었다. 대단히 죄송합니다, 마담.

그 여자는 소리쳤다.

"저놈은 안 됩니다! 우리는 규칙이 있습니다."

"규칙이요?"

"여기요."

그녀는 안내판을 가리켰다. 흑인은 담뱃대를 무릎에 올려놓고, 남은 양파를 파이프 구멍에 넣고 있었다. 그는 매우 집중하고 있었다.

노에미는 분명하게 말했다.

"당신은 됩니다. 하지만 저 아랍인은 안 됩니다. 우리 집에 있는 애들은 유색인종을 참지 못합니다. 내가 당신에게 분명히 말하는데, 저자가 우리 집 문턱을 더럽힌 첫 번째 놈일 것입니다. 내가 말하는 유색인종이란 흑인종, 아랍인, 황인종, 아메리카 인디언을 의미합니다."

나는 그 여자에게 근본적으로 인종차별주의자인지, 아니면 사업상의 이유로 그런 것인지 묻지 않았다.

"이 남자는 나를 따라온 것입니다. 그뿐입니다."

노에미는 안심하는 것 같았다. 그녀는 일 킬로에게 문을 열어주었다. 그는 사라지고 없었다. 그는 등을 구부린 채, 지쳐서, 욕설이 아니라 걸쭉한 가래 같은 것을 씹으면서 갔을 것이다. 그는 이 창녀 집에서 멀리 떨어진 곳에서, 아마도 오래되고 친근한 부스비르에서. 씹던 가래를 내뱉었을 것이다.

나는 노에미를 뒤따라서 거실로 들어갔다. 그곳에는 내가 앉을 소파, 브릿지 테이블, 그리고 열두 명의 젊은 여자들이 있었다. 그 여자들은 매우 매력적이었고, 웃으면서 추파를 던지고 있었다. 노에미는 한 명씩 이름을 불렀다. 프랑수와즈…… 폴라…… 그리고 아날리아, 토를라와 같이 전혀 들어 보지 못한 이름도 있었다. 마치 희귀한 조류의 이름 같았다. 그 여자들은 튀어나온 가슴을 약간 구부려 인사를 한 뒤, 미소를 지으며 다시 몸을 가렸다.

노에미는 나에게 물었다.

"어때요?"

그 여자도 역시 웃고 있었다. 그녀는 내가 프랑수아즈든, 토를라든, 이름을 하나 부르기를 기다리고 있었다. 나는 15분을 결제한 다음에, 내가 선택한 여자와 올라가면 됐다.

그녀는 다시 말했다.

"어때요?"

나는 대답했다.

"지금부터 정오까지는 얼마인가요?"

그녀는 입을 비쭉 내밀었다.

"1천 프랑을 내셔야 합니다…… 그리고 팁도요. 어떻게 하실 건가요?"

"여기 1만 3천 프랑이 있습니다. 세 보시죠."

그리고 나는 토를라의 목을 잡았다.

"이 여자가 첫 번째 여자입니다. 마담. 길을 안내해 주시죠, 마담."

나의 마지막 여자는 아날리아였다.

"나는 너를 다시 보고 싶은데. 여기 말고 밖에서 말이야. 너는 섬세하고, 눈에 띄어. 가능해?"

"물론이죠. 그런데, 자기는 너무 낭만적이야."

"월요일?"

"자기가 원한다면 월요일요. 월요일이 제 휴일이에요."

나는 그 여자를 절대 다시 보지 않을 것이었다. 나는 그녀에게 내려가서 나를 위해 차 한 잔을 준비해 달라고 부탁했다.

"자기, 그것은 불가능해요. 이틀 동안이나 차를 구할 수가 없었어요. 암시장에조차 없었어요."

로슈 선생님이 블로 신부라는 분에 대해 말한 적이 있었다. 그다음 날, 일요일 아침, 그의 사제관에 가서 벨을 눌렀다. 그는 몸을 가리고, 나를 등나무로 된 의자에 앉힌 다음, 내가 말하는 것을 들었다. 나는 이슬람을 버렸다. 가톨릭이 매력적으로 보였다. 나는 조언을 구했다.

"물론, 이 문제는 매우 해결하기 어려운 것이란다. 세 가지 이유에서 그렇다. 우선, 문제가 잘못됐다. 두 번째, 나는 이 문제를 겪은 적이 없다. 그래서 결론적으로 나는 이 문제를 유럽인이자 신부의 관점에서 바라보게 된다."

나는 그가 말한 것을 정확하게 이해하지 못했다. 나는 그의 외모에 관심이 더 많아서, 그것을 보면서 이해하려고 애썼다. 내가 그에게 던진 문제는, 그가 나에게 던진 문제에 비해 전혀 중요하지 않게 생각될 정도였다. 나는 반듯하고, 아름답고, 삶에 대한 열정이 스며 있는 그의 용모를 놀란 눈으로 바라봤다. 그는 서른 살쯤 되었다. 그가 나에게 문을 열어 주었을 때, 나는 그의 키가 크다는 것을 알았다. 그는 앉을 때, 마치 고양이가 몸을 부드럽게 이완시키듯이, 조용히 의자 등받이에 머리를 기대며 아주 부드럽게 앉았다. 그런 편안함, 그런 동물적인 힘이 그 신부에게서 발산되고 있었는데, 그 자신도 그것을 의식하고 있었다. 그래서 나는 어떤 연애 사건, 어떤 상황들의 결합, 어떤 강제 조치의 결과가 있었기에, 그가 영혼을 위로해 주는 사람이 되었는지 궁금했다. 내가 느끼고 이해한 바로는, 그는 오로지 육체적인 만족만을 위해 운명 지어져 있었다.

그는 손가락으로 금속 자를 돌리고 있었다. 내가 등지고 있던 창문에서 들어온 햇빛이 그 자에 반사되었다. 나는 눈을 깜빡였고, 주의가 흐트러지지 않게 조심했다. 블로 신부는 팔꿈치를 탁자 위에 올려놓고, 자를 이마에 수평으로 대고 있었다.

"……아주 높은 수준에서, 자네는 모로코 어린이들이 겪고 있는 삶의 조건에 관해 나에게 밝히려고 했던 것이네. 과거에 여러 명의 선교사가 여기에 왔었지. 그들이 개종시킨 사람은 다 합쳐도 열댓 명쯤 될 것이야. 그렇지만……."

그리고 갑자기…….

갑자기 나는 내 불알이 오그라드는 것을 느꼈다. 오르간은 이미 느리게 울리고 있었고, 신부는 내 귀에 속삭이고 있었다. 그가 뭐라고 속삭였던가? 나는 전혀 모르겠다. 그는 속삭였다. 그의 입술은 갓난아기가 빠는 것같이, 그 박자가 확실하고, 규칙적이고, 아무 생각이 없었다. 잠시, 마치 내가 쌍안경으로 그의 입술을 보면서 초점을 맞추고 있는 것처럼, 입술은 도드라져 보이며 떨렸다가, 흐릿해졌다가, 분명하고 작아졌다가, 다시 거대해져서 시야를 가득 채웠다. 시야는 어두워졌고, 갑자기 꺼졌다. **나는 손일 뿐이다.**

오른손이었다. 나는 손을 부드럽게 그의 한쪽 어깨에 올릴 수 있었다. 그 어깨는 청록색의 오건디 천과 그 안에 붙어 있는 살로 되어 있었고, 촉감은 어린 비둘기의 넓적다리처럼 부드러웠다. 내가 알기로, 한쪽 어깨만이었다! 강물처럼 흘러내린 금발이, 막 씻고 나온 청소년의 향기를 풍기면서 내 얼굴 몇 센티미터 앞에서 넘실거렸다. 강력한 내 코가 이 머릿결 속으로 파고들어, 그 진액을 빨아들일 수 있고, 또 그러기를 원한다는 것을 알고 있었다.

나는 오목렌즈와 볼록렌즈가 결합할 준비가 되어 있다는 것을 알고 있었고, 나의 대동맥은 단단하게 굳었다. '땅에 묻힌 뼈들은 최후의 날을 슬퍼할 것이며, 불경한 자들아, 그 뼈들이 너희들 머리에 우박처럼 떨어질 것이다.' 신이시여, 저를 용서해 주소서. 저는 불경합니다. 나는 다음과 같이 수정한다. '땅에 묻힌 뼈들은 최후의 날을 전혀 슬퍼하지 않습니다. 사람들은 그것들을 시멘트로 바꿀 것입니다.'

그러므로, 신이시여, 이 어깨를 저에게 맡겨 주소서. 그 어깨는 어느 소녀의 것이었다. 못생겼든 예쁘든, 성별이 없든, 나는 상관없었다. 나는 들어가서, 그 소녀 뒤에 자리를 잡았다. 나는 교회 기둥 뒤나, 아니면 다른 창조물 뒤에 자리 잡을 수 있었지만, 그 소녀가 거기 있었다. 여러분은 내가 어떤 상황들의 결합 때문에 그렇게 결정하게 되었는지 자문했으리라 생각하시나요? 언젠가 나는 굶주린 개에게 양파를 던진 적이 있다. 개는 즉시 그것을 먹었다.

나는 그 어깨 위에 손을 얹었다. 그러기 위해서, 나는 눈을 감았다. 장님은 촉각의 대가이다. 너는 이 손을 느낄 수 있니? 너는 거기에 있었다. 나는 우연을 찬양할 수가 없다. 우연이란 아는 사람에게만 허락되기 때문이다. 그런데 나는 모르겠다. 너는 거기에 있었고, 나는 너에게 선물을 줄 것이다. 그뿐이다. 그다음, 나는 떠날 것이고, 너도 떠날 것이다. 아마도, 너는 그대로이겠지만, 나는 피가 나올 때까지 고름을 짜낼 것이다. 그리고 한참 후에, 남편의 입술이, 연인의 이가, 너와 입을 맞추거나, 너를 물어뜯을 때, 너는 자연스럽게 전율할 것이다. 내 손은? 너는 이 손을 느끼지조차 못할 것이다. 그렇지만, 그 손안에서, 마치 피난처에서처럼, 나는, 살과 상처와 불행과 거대한 콤플렉스, 이 모든 것을 광기로 만들어 버릴 것이다. 나는 너에게 이미 말했었다. **나는 손일 뿐이다.**

우선, 내 꿈을 인정하고 받아들여라. 너는 이 꿈이 잠복하고 있다고 말할 것이다. 그 누구도 이 꿈을, 현실의 파악이거나, $\delta\psi(M)dt^*$라고 정의할 수 없을 것이다. 그래도, 나는 전혀 불편하게 생각하지 않는다. 운명이 덮쳐 오는 시간에, 누가 이성적인 판단에 신경이나 쓰겠는가? 두려워하지 말고, 내 꿈 이야기를 들어 봐라.

이 꿈은 모호하고, 캄캄한 미래라는 익숙한 바람 속에서, 녹색 원구들이 날아다니는 것을 따라서 표류한다. 내일은? ……내일이 오면, 열린 창문들은 종말을 고하고, 귀머거리들을 위해 갑자기 폐쇄될 것이다. 내일이 오면, 평범한 하품 소리가 무섭다고 외쳐 대는 멍청한 사람들의 멍청한 소문은 묻힐 것이다. 그리고 권태가, 물담뱃대로 연기를 내뿜듯이, 우리들의 아가리에 침을 뱉을 것이고, 거기서는 똥이나 휘발유를 토한 것 같은 냄새가 날 것이다.

너 아니, 나는 거대한 항구를 건설했다. 크레인으로 이 세상과 범람하는 인간들을 뒤집어엎으면서 말이야. 나는 그 방파제 위에 혼자 비루하고 무기력하게 있었다.

너 아니, 모든 사도를 태운 마지막 배가 침몰하자, 나는 외쳤다. '나는 다른 배를 만들겠다.' 그리고 나는 침착하게 음탕하고, 씁쓸하고, 유쾌하게 웃었지.

나는 화를 내며 너에게 이 이야기를 했지. 옥수수처럼 노랗고, 별처럼 노란 금발을 가진 작은 소녀야. 너는 아무 말도 듣지 않았지. 내가 큰 소리로 말했다고 해도, 너는 아마 눈썹조차 까딱하지 않았을 거야.

계속 들어 봐. 나는 좀 더 폭력적으로 될 것이다. 너는 내 앞에 있었고, 내 손은 너의 어깨 위에 놓여 있었다. 나는 그 손이 이미 상처를 입었다고 추측했다. 만일 네가 벗어나지 않는다면, 만일 네가 벗어나려고 하지 않는다면, 한 번 흔들리는 것, 한 번 떨리는 것만으로도 충분할 것이야. 왜냐하면 너는 원칙과 예절을, 좋은 원칙과 좋은 예절을 지키며 교육받았기 때문이다. 그래서 너는 몇 살이니? 열여섯, 열일곱, 어쩌면 더 아래니…… 즉, 너는 열다섯, 열여섯, 열일곱 해 동안 교육을 받은 것이다! 아니면, 내가 폭력을 좋아하기 때문에, 단지 내가 폭력적이라고 상상하는 것뿐인가. 아, 그래! 나는 또한 사디즘의 경향이 있지. 처음에는 오만함이었어. 억압할 정도로 오만했지. 그다음, 억압되어서 사디즘이 되었어. 그리고 무의식까지 사디즘적인 경향이 되었어. 그렇지만 무서워하지는 마. 내가 장담하는데, 이것은 단지 선물일 뿐이야. 너에게 선물을 주는 사람은 슬픔, 작고 보잘것없는 슬픔에 빠졌기 때문이야. 들어 보렴.

오래전에, 붉어진 태양은 시인과 정복자의 관자놀이를 뛰게 했었다. 물이 금보다 더 귀했기 때문에, 그들은 자신들의 땀을 마셨고, 신의 섭리에 감사를 표시했었다. 그러나 바닷물만으로는 그들을 진정시킬 수 없었다. 나디르*에 대한 두려움 때문에, 그들 사이에서는 흡혈 행위가 생겨났다. 적자생존의 법칙이 합리화되었다. 그렇지만, 피는 낭비되지 않았다. 승리자들은 마지막 한 방울까지 빨아 먹었다. 그들의 의지는 강해졌다. 빨아먹은 피가 핏줄 속에서 다른 문명의 흔적이 담겨 있는 피를 모조리 치유해 버렸기 때문이었다. 그들 중 일부는, 극심한 고통으로 바닥까지 떨어졌지만, 가면을 다시 고쳐 쓰고, 분노로 가득 찬

천막에서 피를 마시는 의식을 거행했다. 또 다른 일부는, 다른 사람들이 우는 것을 보며 웃음을 터트렸다. 어쨌든, 이것은 영원히 강자의 행진이었다. 단조로움조차도, 불타는 화로에 두개 골을 번갈아 가며 지질 때만 의미가 있었다. 하늘은 사라졌다. 태양은 하늘 어딘가에 있을 뿐이었다. 그렇지만, 파란색으로 갈라진 틈이 없어도, 무수히 많은 태양으로부터 타는 듯한 빛이 쏟아져 내렸다.

그리고 헐떡이는 말벌, 봉헌한 소금에 절인 고기, 맨발을 갈라져 터지게 만드는 자갈보다도, 레이스에 달린 타오르는 불꽃 모양보다도, 남성의 난폭한 욕망 해소의 필요성이 중요했었다.

그리고 첫 번째 지평선부터 드러난 뇌의 회전 때문에, 무한을 향해 부풀어 오른 신경은 울음소리를 터트렸다. 그 무한함은 희미한 냉기와 대조되었다.

그는 단지 8월의 태양에 그을린 해변 위를 산책하는 남자였을 뿐이었다. 막 해수욕을 하고 나와 상쾌하게 식은 그의 근육은, 해변 모래 위에서 서성거리는 여자들을 타오르게 하려고 했다. 그의 허벅지와 팔은 숨 막힐 정도여서 현실의 모든 개념을 지워버릴 것 같았다.

내 영혼과 의식 속에서, 나는 고독한 황소가 울부짖는 것과 같은 부름을 느꼈다.

내 영혼과 의식 속에서, 나는 너에게 말했다. 소녀야.

소녀야, 비잔틴주의와 인위적인 비잔틴주의는 나의 수치심에서 나온 자기 방어였어. 아니면, 그냥 나의 비천함을 가리기 위한 가면이지 않았을까? 이것저것 다 고려해 봐도, 내가 너의 어깨를 조금 세게 잡고 있었다.

기억해 봐! 처음에는 오만함이었어. 모든 존재는 태어날 때 오만하지. 출생 그 자체가 오만함 아닌가? 내가 덧붙여 말해 볼게. 수동성은 오만함의 가장 작은 단위다. 간디를 봐.

어떤 분이 이렇게 쓸 것이다. '나는 연속적인 모든 것을 진리라 부르겠다.' 직업 비평가인 다른 분이 놀라서 말했다. '그러면 거짓말은 어떤가요? 거짓말도 연속적이지 않나요? 인용할 예가 수천 가지는 됩니다.' 이 유쾌한 비평가가 간디를 매장해 버릴 것이야.

나는 자기 소유를 오만이라고 부른다. 몇 킬로그램의 살, 피, 피부, 뼈, 연골, 손톱, 모발, 성분비선, 경막, 뇌, 윤곽과 형태, 유전적 결함, 변형, 신앙심, 비판적 감각, 믿음에 대한 욕구, 오감, 운동 능력, 그리고 스스로 발견하고, 변환하고, 자기에게 적합하게 만든 이 세상, 즉 너무나 완벽해서 우리의 소유가 된 세상. 소녀야, 이런 것들이 나의 오만함이다. 그것들이 나의 자아, 나의 운명, 나의 우발적인 상황들이야. 나는 아무도 훔치지 않았어. 몇 년이 흘렀다. 나는 여기서, 너의 어깨를 잡고 있다. 다음 이야기는 뭘까? 내가 너에게 말해 줄게. 차 사건 이야기, 페스에서 짧았던 체류, 하미드의 죽음, 그리고 내가 반항했다는 것.

로슈 선생님은 결론을 내렸다.

"아주 좋아! 그것들을 네 안에 잘 간직하고, 너의 기억 속에 잘 새겨 놓아. 행동 하나하나, 사건 하나하나, 잘 연구해. 나중에 너의 어휘력이 약 8천 개에 도달하고, 네가 거리를 두고 충분히 그 반항을 다듬을 수 있게 되면, 너는 그 내용을 가지고 소설을 한 편 써라."

소설. 알겠니? 그 내용은 다음과 같다. 차 사건 이야기, 페스에서 짧았던 체류, 하미드의 죽음, 그리고 나의 반항. 소녀야, 내가 아직도 웃을 수 있다면 좋겠다!

그렇지만, 내가 너의 뒤에 섰던 그 순간까지, 내 소설 속에서 나는 언제나 꼭두각시일 뿐이었다. 그리고 바로 그 순간부터, 나는 그 상태에서 떠올라 벗어났다. 그 때문에, 내가 너에게 선물에 관해서 말하는 거야. 나는 너에게 선물을 줄 것이다. 비록 나는 너의 위치도 모르고, 얼굴도 전혀 모르고, 어디로 가는지는 더더군다나 모르지만 말이야. 사람들은 잠시 가던 길을 벗어나 토한다. 그리고 다시 돌아온다. 속이 편해져서든지, 아니면 좀 더 아파서든지.

그래서 나는 평범한 것들에 대해 반항했었다. 매일 핫지 한 명이 파산했고, 매일 아이 한 명이 죽었다. 사람들은 이 사실에 만족했고, 나는 그 근본적인 이유에 대해서는 입을 다물고 있었다. 여기 그 이유가 있다.

나는 너에게 내 최초의 자아에 관해 이야기했었지. 어느 날, 그 자아가 부스러지기 시작했다. 하루하루 점점 더 부서졌어. 다정함은 거부되었고, 위로는 존재하지 않았고, 우는 것은 금지되었고, 말하지 않았던 고통은 밝혀져서 처벌받았고, 열망은 파괴되었고, 놀이는 금지되었고, 일탈은 즉시 교정되었다. 교리에 의해서, 교리를 위해서, 교리 안에서 말이야. 나는 입을 다물고, 나를 억누르며 올바른 길을 따라갔다. 갑작스러운 사건이 없었다면, 나는 그 길을 여전히 계속해서 가고 있었을 것이다.

어느 날, 내 학습판은 책가방으로 바뀌었고, 내 젤라바는 유럽식 양복으로 바뀌었다. 그날, 내 자아는 다시 태어났다. 매우 짧은 순간이었어. 새로운 명령이 오래된 명령을 대체했고, 옛것에 복종했던 나는 새것에 복종하기 시작했다. 오래된 명령은 다음과 같았다. '알라만이 유일한 신이며, 과인은 이 땅 위에서 알라를 대표한다. 과인이 너에게 한 모금의 공기를 숨 쉴 수 있는 권리를 허락한다면, 너는 더도 말고 딱 한 모금만 숨을 쉬어야 한다. 그리고 만일 네가 방탕한 생활을 한다면, 알라께서는 분명히 너를 지옥에 떨어뜨리실 것이다. 그러나 그 전에 과인이 이 손으로 직접 너를 목 졸라 죽일 것이다.'

새로운 명령은 다음과 같았다. '아들아, 세상이 바뀌었다. 한 남자가 사랑하는 첫 번째 사람은, 바로 자기 자신이다. 그러나 그가 자식이 있다면, 그가 정말 원하는 바는 자식들이 자신보다 모든 점에서 더 뛰어나게 되는 것이다. 과인은 너를 통해서 과인을 재생산했고, 과인을 완벽하게 만들었다. 과인은 칼리프의 시대에 속해 있고, 너는 20세기에 속해 있다. 과인은 너를 적지로 집어넣겠다. 너는 그들의 무기를 익숙하게 다룰 줄 알아야 한다. 그것만 해야지, 다른 것은 하면 안 된다.'

그렇지만, 소녀야. 나는 그 다른 것을 하게 되었다. 실제로, 새로운 명령은 오래된 명령을 부차적인 것으로 만들어 버렸다. 그래서 나는 그 명령에서 벗어나게 되었다. 또 덕분에 나는 비판적인 감각을 갖추게 되었다. 이 첫 번째 단계를, 나는 이용할 줄 몰랐다. 나는 나를 이미 억압하고 있었다. 나는 나를 점점 더 억압했다. 소녀야, 내가 너에게 말했던 것처럼, 사디즘이 될 때까지 말이야.

나는 왕성하게 활동할 수 있지만, 식물처럼 아무것도 하지 않는, 아무것도 하지 않으려고만 하는 모든 존재를 사디스트라고 부른다. 또, 나는 자신의 다른 능력, 경향, 가능성을 모두 희생시키면서, 자신을 특수하게 만드는 모든 존재를 사디스트라고 부른다. 나는 둘 다였다. 나는 내 안에 증오를 축적하는 것에 만족했다. 그리고 이것은, 예를 들자면, **나의 다른 모든 능력을 희생시키고, 유럽식 교육 덕분에 발전한 나의** 지식의 도움을 받았다. 이것이 두 번째 단계였다. 이 역시 나는 무시했다. 나는 문학을 통해서 성장하지 않았다.

세 번째 단계를, 나는 지금 넘어서고 있다. 내 동생이 죽고 묻혔을 때, 나는 떠났다. 나에게는 핑계가 있었다. 어느 날이든, 나는 떠날 것이었다. 이것을 일종의 외부화, 즉 행동으로 옮기는 것이었고, 말로 구체적으로 표현하는 것이었다. 나는 주장하기 위해서 떠났다. 그런데, 소녀야, 들어 보렴.

치쵸는 말했다.

"나는 너에게 은신처를 제공할 수 없어. 하룻밤이라도 말이야. 우리 아버지는 변호사야. 너희 아버지가 우리 아버지에게 차 사건을 맡겼어. 엄청난 수임료를 주고서 말이야. 만일 내가 우정에 이끌려 행동한다면, 너희 아버지는 다른 변호사를 구할 거야."

뤼시엥은 말했다.

"우리 아버지는 섬유 회사 경영인이야. 그 회사 핵심 주주가 핫지 파트미 페르디이지. 새로운 사실은 아니잖아. 드리스, 이제 나를 이해해 줘. 만일 내가……."

"……만일 네가 우정에 이끌려 행동한다면…… 그래, 정말! 잘 살아라."

로슈 선생님은 말했다.

"나는 코스모폴리탄이야. 모든 곳이 내 집이고, 어디에도 내 집이 없지. 그러니, 내가 너를 재워 줄 수가 있을까? 어디에? 그리고 왜? 만일 네가 아직도 수동적이라면 몰라도…… 그런데 너는 능동적이고만 싶어 하잖아……."

"그렇지만, 로슈 선생님, 당신의 가르침은요? 당신의 비평과 분석, 당신의 재미있는 이야기, 당신의 깨우침, 당신의 아나키즘은요? 저는 당신을 저의 진정한 스승으로 여겼습니다만……."

"그랬니? 나는 너를 믿는다. 이 나라는 아나키스트가 필요해. 그리고 누가 알겠니? 어느 날 제자가 스승을 가르칠 수도 있지……."

그리고 소녀야, 블로 신부가 있었지. 성무일과를 집행하고, 네가 바라보며 말씀을 듣고 있던 그 신부 말이야. 그날 아침, 나는 그의 사제관에 그를 만나러 갔다. 그가 첫 번째로 온 신부였다.

나는 성실했고, 착했고, 불행했다. 나는 나를 바칠 준비가 되어
있었다. 수도사가 되든, 아니면 기독교의 똥간을 치우는 청소부
가 되든 말이야. 너 아니? (나는 이 말을 너에게 하면서 울고 있
다. 내 눈물은 네가 볼 수도 들을 수도 없다. 그 눈물은 소리도 없
고 단단하게 굳었다). 내 자아 전체에 대해서, 내 존재의 상처 전
체에 관해서, 블로 신부가 방어한 것이 뭔지 아니? 바로 **신부로
서 그의 관점**이었어.

"아주 높은 수준에서, 자네는 모로코 어린이들이 겪고 있는
삶의 조건에 대해서 나에게 밝히려고 했던 것이네. 과거에……
그러했지만……."

위선자! 모두 다 위선자야! 뤼시엥, 치쵸, 로슈 선생님, 그리
고 콧소리를 내는 그 신부도. 그들 각자는 자신의 관점에 맞춰
나를 이해했을 뿐이야. 나는 뭐였냐고? 비프스테이크였을 뿐이
었어. 이 손에서 저 손으로 건네고, 무게를 재고, 냄새 맡고, 팔
고…… 제길! 비프스테이크였다고!

그러니, 나에게도 역시, 나의 잔인한 관점에서 이해할 수 있게
허락하란 말이지. 엄청난 수임료? 최대 주주? 코스모폴리타니
즘? 모로코의 아동? 당신들, 도대체 누구에게 말하는 거야? 난
난로 파이프가 아니라고.

자세히 살펴봅시다. 당신들은 저를 받아들이시지 않는군요.
저는 당신들과 동등할 수가 없습니다. 왜냐하면 그것이 바로 당
신들의 은밀한 두려움이니까요. 제가 당신들과 동등해지는 것
말입니다. 제가 당신들의 태양에 저의 자리를 요구하러 오는 것

말입니다. 네, 그렇지요!

내가 반항을 했을 때, 내가 동양 세계를 거부했을 때, 나는 그들 중 누가 즐거워하며 손을 비비고 있는지 알고 있다.

나는 말했다.

"그게 전부가 아니야. 옆으로 좀 가 주겠니. 내가 앉게."

"왜지요?"

왜냐고? 그러면, 너는 내가 나의 반항을 무슨 상장처럼 여길 것으로 믿었니? 이 에너지에 형태를 부여해서 이용하지 않고, 그냥 치워 버린다고? 정지된 상태로 그냥 있으라고? 일종의 무인 지대 같은, 세관 직원이나 통역 비서를 하라고? 프랑스-모로코 카페에 있는 테라스에 토요일 저녁마다 우리가 만나기 위해서는 허락이 필요하다고? 프랑스-모로코 동맹이라고?

"그래서, 당신은 아직 당신 부모님께 돌아가지 않았습니까? ……아니라고요? ……당신은 바보입니다."

나는 그들이 생각하는 것보다 더 바보였다. 쿠란 학교에서도, 나에게는 사유, 감각, 감정, 사상이 있었지만, 초기 단계였을 뿐이었다. 빅토르 위고, 칸트, 그리고 위선자들이 그 상태에서 벗어나게 해 주었다. 그 덕분에 나는 아주 멀리 벗어났다. 나는 반항했었고, 순진하게 나의 반항을 해방이라고 생각했다. **그 반항으로부터 내가 해방될 정도로** 말이다.

"그래서요? 그 조그만 게임은 더 오래 갈 수 있었나요? 당신은 어떤 결과를 얻었나요?"

소녀야, 나는 그 결과를 내 손으로 전달했다. 과거의 비프스

테이크는 진짜 신발 밑창같이 질긴 고기가 되었다. 네가 너에게 전에 말했던 내 **자아**는, 거짓된 상황 속에 여전히 있었기 때문에, 아주 단호하게 결심했다. 질긴 고기처럼 살겠다고 결심했지. 질기게 살면서, 나는 그 목표를 향해 갔어. 언젠가, 나는 프랑스에 상륙하고, 프랑스의 심장인 파리에 도착할 것이다. 아주 질기게. 난 대담하고 영리하지. 사디스트이며, 열정적이지. 통찰력도 있고. 알겠니?

"저를 놔주세요…… 아프잖아요……."

아, 그래! 소녀야. 내가 아는 것처럼, 아니면 내가 원하는 것처럼, 시간은 나의 절대자를 위태롭게 만들 것이다. 시간이 나에게 이미 확인시켜 줬다. 나는 더 이상 동양인이 아니다. 그래서 내 일부를 잘라 낼 수도 없고, 무게 중심에서 서서 평형을 유지하거나 거기에 피신할 수도 없다. 시간은 나에게 나는 소설의 등장인물일 뿐이라는 것을 확인시켜 주었다. 어쩔 수 없지, 소녀야! 나는 내가 역시 거기서 벗어났다고 믿었는데 말이야.

"저를 놔주세요…… 제발 저를 놔주세요!"

자, 봐라…… 이 등장인물이 곧 네 번째 장에 다시 등장할 것이다.

"이 에세이와 소설의 혼합물, 이 뒤섞인 용어들은 무엇인가요?"

"자, 봐라……."

나는 소녀를 놔주었다. 소녀는 나를 향해 돌아서서, 여전히 어깨를 흔들고 있었다. 아마도 그 여자아이는 내 눈을 봤을 것이다. 소녀는 기절해 넘어졌다.

나는 교회에서 나왔다. 치쵸는 나에게 담배를 한 대 주었다.

그는 말했다.

"너 알지. 내일 8시에 바칼로레아 시험이 시작하는 거."

그는 한 마디도 더 말하지 않고, 가겠다는 표정만 지었다. 그 표정이 돌아오는 길에 본 표지판 같았다. 서로 오래 이야기하지 않았느냐고요? 현실적으로 생각합시다. 그는 나에게 담배를 한 대 주었고, 나는 그에게 불을 빌려 달라고 했을 뿐이었다. 그다음, 난 호텔 방에 들어가서, 수염을 깎고, 커피를 한 잔 마시고 잤다. 나는 오건디 옷을 입고 있었던 소녀의 꿈을 꾸었다. 노에미의 여자들은 나에게 즐거움을 주었지만, 그 소녀는 나를 홀가분하게 만들어 주는 능력이 있었다.

그는 내 방문을 두드렸다. 나는 문을 열었다. 그는 에스파드리유*를 신고 있었다. 그는 목이 말라 보였다. 나는 물병을 주었다. 그는 마시고, 나에게 담배를 한 대 주고는, 내가 옷을 입는 것을 도와주었다. 우리는 정문 계단을 내려갔다. 서늘한 아침 공기가 나를 감쌌다. 그의 이마에는 땀방울이 맺혔다.

나는 말했다.

"치쵸, 너는 위나 아니면 간이 나쁜 것 같다. 건강 조심해."

"알아."

그는 대답만 했다.

그는 얼굴을 찡그렸는데, 웃는 것처럼 보였다. 그는 키가 컸다. 나보다도 컸다. 그는 심하게 말랐다. 나보다도 말랐다. 그는 등이 약간 굽었고 게처럼 걸었다. 하늘은 구름으로 뒤덮여 있었고, 개 몇 마리가 쓰레기통을 뒤지고 있었다. 포장된 도로가 우리 앞에 쭉 펼쳐져 있었다. 자동차에서 기름이 떨어진 곳들이 강한 햇살에 빛나고 있었다.

내 친구에게, 나는 이렇게 말하고 싶었다. '나는 감동했어. 너는 내가 바칼로레아 시험을 칠 수 있게 정말 애써 줬어. 넌 내가 있는 호텔 방까지 집요하게 쫓아왔으니까. 난 네가 나를 친구로 생각하고 있다고 믿어. 내가 잘못 생각했었어. 나는 너를 쓰레기 취급했었는데, 넌 이미 다 잊었으니. 날 용서해 줘.'

나는 그에게 말했다.

"우리 집 소식 들었어?"

"아니. 그렇지만 넌 곧 돌아갈 거야."

"왜?"

"그럴 것 같아. 어쨌든, 그게 바람직한 거니까."

우리가 고등학교 철책을 넘자, 그는 나에게 정성스럽게 접힌 신문을 주었다.

"여기 네가 관심을 가질 만한 기사가 있어. 내가 붉은 색연필로 표시해 두었어."

나는 앉았다. 앞에는 책상이 있고, 약 30명의 학생의 등이 보였다. 칠판에는 막 제시된 프랑스어 논술 주제가 분필로 쓰여 있었다. '자유, 평등, 박애.' 감독관이 왔다 갔다 하는 소리를 들으면서, 나는 군주의 괘종시계에 달린 추를 떠올렸다. 더 시끄러웠던 것 같지만, 똑같이 규칙적이고 분명하게 들렸다. 펜이 거칠게 움직이기 시작했고, 기침을 억누르는 소리가 들려왔다. 구름이 줄지어 흘러가고, 태양이 하늘에서 움직였다. 나는 깨어났다.

직전에 나는 학교 운동장에 있는 밤나무 아래에서 그 기사를 읽었다. 흥분되거나 열정적이지는 않았다. 보고서 같았다. 그렇지만 그 기사는 나를 깨웠다.

자유, 평등, 박애. 나는 절대로 군주의 힘을 과소평가하지 않았다. **'어떻게 그런 일이 일어났는지 알 수 없다. 그러나 시장에는 1그램의 차도 더 이상 남아 있지 않다.'** 나는 이 분명하고 간단한 용어 사용법을 좋아했다.

나는 나에게 등을 돌리고 앉은 학생들을 대부분 알고 있었다. 왜 그들을 벗겨 놓았지? 습진 때문인가, 튀어나온 가슴뼈나 척추 때문인가, 옷으로 덮은 채 놔둡시다. 옷이 날개라고 하듯이, 환상은 소중히 여겨야 한다. 나의 아버지였던 그 남자가 그 사건들을 제압할 수 있는 능력이 있지 않았을까? 제기랄! 그는 충분히 그러고도 남았을 것이다.

자유, 평등, 박애, 나는 이 단어에 목말라 있었고, 마술적인 것에 굶주려 있었다. 군주는 나에게 가르쳤다. '감옥에 있는 동안, 죄수는 간수가 되고, 간수는 죄수가 된다. 핵심은, 처음에 이것이냐, 저것이냐 선택해야 한다는 것이다. 과인의 의견을 말하자면, 과인은 죄수가 될 것이다.'

내가 울고 있었을 때, 그는 내 얼굴을 때렸다. '그 자식은 나쁜 놈이다.' 그는 나에게 '강해져야 한다'라는 것을 이해시키려고 했다. 자유, 평등, 박애. 어느 날, 너는 너의 계획이 실패해서 무너져 버린 폐허를 보게 될 것이다. 너는 힘을 원하느냐, 아니면 네가 쓴 시 나부랭이를 원하느냐? 제가 쓴 시를 원합니다, 아버지, 제가 쓴 시요!

칠판은 판자들을 모아 놓은 것이다. 내가 부츠를 신었다면, 나는 수단과 방법을 다해서, 발뒤꿈치로 구르면서 아주 다른 소리가 나게 했을 것이다. 그런데 누가 나에게 공생에 관해서 이야기했던가? '동양 정신과 이슬람 전통과 유럽 문명의 공생……' 모호하다. 아주 모호하다. 그러니 이것은 깨 버리고, 사이좋게 없던 거로 하지요. 꿀단지 밑바닥에 똥이 들어 있을 수 있습니다. 공생 좋다. 그렇지만 동양에 대한 나의 거부와 서양이 내 안에서 태어나게 한 회의주의의 공생이다. 아버지, 이것이 시라는 것입니다. 나는 잉크병에 펜을 담근 다음, 글을 쓰기 시작했다.

논술 주제: 자유, 평등, 박애

시의적절합니다. 최근, 저는 미국의 정기간행물에서, 플라스틱 물질 분야에 전문화된 하버드 대학의 화학 공학자들이 시디 벨 아베스(알제리)에서 수확해서 미국으로 배송된 호박으로부터, 상당한 양의 아세틸-폴리비닐과 아주 좋은 품질의 추잉검을 획득하는 데 성공했다는 것을 알았습니다. 이것은 '자유, 평등, 박애'라는 프랑스 공화국의 모토가 다음과 같은 소재를 제공할 수 있음을 의미합니다.

주제의 범위 한정:

a) 오래된 사조에 속한 좋은 소설: 전도유망한 국가 모로코, 태양, 쿠스쿠스, 외국인 체류자들, 당나귀 위에 있는 숯염소, 그 뒤에는 암염소, 배꼽춤, 수크, 뷔크 자동차, 판자촌, 파샤, 공장, 대추, 무에진, 민트차, 기마 행진, 카이마', 젤라바, 하이크, 터번, 피리로 뱀을 춤추게 하는 마술사, 이야기꾼, 여러 언어가 뒤섞인 말, 메슈이, 케르사, 가뭄, 메뚜기떼. 이것들이 다인가요? 아닙니다! 탐탐', 마술사, 카누, 체체파리, 사바나, 코코넛 나무, 바나나 나무, 독화살, 인디언, 플루토', 타잔, 캡틴 쿡…… 그런데 프랑스의 모토는 도대체 이 안에서 무엇을 하고 있는 것일까요?

"바로 그렇습니다! 늙은 원숭이가 우리에게 이 모든 것을 뒤섞어서, **소설 한 권을 만들어 줄 것입니다.** 칵테일 두 잔 마시고, 방귀 두 번 뀌고, 하품 두 번 하는 사이에 말입니다. 그 소설은 웃기면서 비극적인 사랑의 이야기로, 지방색이 강하고, 다음과 같은 요소들이 들어 있을 것입니다. 전도유망한 국가 모로코, 태양, 쿠스쿠스, 외국인 체류자들, 당나귀 위에 있는 숯염소, 그 뒤에는 암염소……."

"그런데 프랑스 공화국의 모토는, 그 유명한 모토는 어디에 있는 것인가?"

"대단합니다, 선생님들! 원숭이는 능숙합니다. 정비공 차고에 있는 오래된 포드 자동차처럼, 선생님들의 모토는 이 소설 속에서 조정되고, 점검되고, 수리되어서 '새것같이 되어' 나올 것입니다. 아마 차가 저렇게 빛났었던 적이 있었든가 자문하실 것입니다."

b) 좋은 추리 소설: 캘러한*, 팡토마스*, 에로티시즘, 범죄, 미스터리, 어드벤처, 급격한 전개, 반전, UFO, 감자 한 개, 또 다른 감자 한 개, 세 번째 감자…….

"그런데 프랑스 공화국의 모토는 어디에 있습니까?"

"쌤들, 저는 원숭이라니까요!"

c) 산문과 알렉상드랭*으로 된 시로, 세 번 세례를 받은 흑인이 쓴 것과 같은 방식으로 쓸 것. 그 흑인에게 사람들은 흑인에 관한 무언가를 써 내놓으라고 할 것임.

"전 아직 백인이 아니지만, 더 이상 흑인도 아닙니다. 자유!"

d) 가수를 위한 노래 한 곡

e) 정치 경제학 저서

f) 테일러 급수*의 대수학적 설명

g) 8절 판으로 된 역사서

h) modus vivendi*

i) casus belli*

k) 그리고 제가 미국인이라면, 철도 안내서

범위를 한정해 봅시다. 저는 소설가도, 시인도, 경제학자도, 수학자도, 작곡가도, 역사학자도, 농담하는 사람도 아닙니다. 저는 단지 교단 앞에, 책상 의자에 앉아 있는 열아홉 살의 청년입니다. 그리고 제가 생각하기에 본질적인 것은, 바칼로레아 지원자라는 사실, 즉 이 주제에 관해 논술해야 하는 사람이라는 것입니다.

채점관 여러분, 저는 학생 답안지가 익명이어야 하며, 서명, 성, 이름, 작성자를 확인할 수 있는 고유한 표시가 없어야 한다는 사실을 전혀 알지 못했습니다. 저는 또한 그림을 보고 화가를 쉽게 알 수 있다는 것도 전혀 알지 못했습니다. 즉, 이미 조금 전에 여러분은 제가 누구인지 파악했습니다. 저는 아랍인입니다. 그러므로 위에 나온 주제에 대해서 아랍인으로서 기술하게 허락해 주시기를 바랍니다. 목차도 없고, 기법도 없이, 서툴고, 빡빡하게 쓸 것입니다. 그러나 저는 솔직하게 쓸 것입니다.

다시 한번 한정해 봅시다. 오늘 아침, 이곳에 오면서, 저는 미군 헌병을 만났습니다. 그는 지프를 멈췄습니다.

그는 저에게 물었습니다.

"넌, 프랑스인이니?"

저는 대답했습니다.

"아뇨, 프랑스인처럼 입은 아랍인입니다."

"Then…… 아랍인처럼 입고, 아랍어를 말하는 아랍인은 어디 있냐?"

저는 손을 들어서 오래된 이슬람 묘지가 있는 방향을 가리켰습니다.

"저쪽이요."

그는 출발했습니다.

왜 이 일화를 말하겠습니까? 이 일화는 이 논술의 저자가 동양인이고, 프랑스어 어휘력이 약 3천 단어 정도 되며, 반쯤은 예

절이 바르고 반쯤인 반항적이며, 또 48시간 전부터 물질적으로
나 정신적으로 열악한 조건 속에 놓여 있음을 의미합니다.

서론

저의 친구 중에 레몽 로슈라는 이름을 가진 늙다리가 있습니
다. 그가 어제저녁 제게 이렇게 말했습니다. '우리 프랑스인은
너희 아랍인을 문명화하는 중이야. 고통스럽고, 기만적이고, 아
무런 즐거움도 없는 일이지. 왜냐하면 만일에 정말로 너희가 우
리와 동등하게 된다면, 내가 너에게 묻겠는데, **우리**는 누구와
비교해서, 아니면 무엇과 비교해서 문명화되었다고 할 수 있겠
니?' 논술 주제는 '자유, 평등, 박애'입니다. 저는 이에 관해 말하
기 위한 완벽한 자격을 갖추고 있지 않습니다. 반면, 저는 이 주
제를 다른 주제로 쉽게 대체할 수 있습니다. 저에게 익숙한 그
주제는 바로 '이슬람 신정 정치'입니다. 저는 삼각형의 닮은꼴
정리를 이용하면, 그 결과가 거의 같을 것으로 추측합니다.

본론

이슬람의 5대 의무는, 중요한 순서대로, 다음과 같습니다.

- 신앙 고백
- 매일 다섯 번씩 기도
- 라마단의 금식
- 매년 가난한 사람들에 대한 자선
- 메카로의 성지 순례

첫 번째 의무에 관해 말하자면, 모두가 알라를 믿습니다. 그
렇지만 '모로코의 중간 계층'은 거기에서 파생되는 다른 의무를

지키지 않습니다. 그들은 맹세하지만, 그 맹세를 위반하고, 거 짓말하고, 간음하고, 술을 마실 수 있습니다. 그래도 신앙심은 변함이 없으며, 알라는 전능하시고 자비로우십니다.

기도에 관해 말하자면, 오로지 노인들만 기도합니다. 더군다 나 그들 중 대부분은 기도가 습관이 되었거나 그저 보여 주기 위 해서 할 뿐입니다. 그래서 어떤 사람이 알라를 믿고, 라마단 동 안 금식하고, 술과 돼지고기를 금하고, 하루에 다섯 번 기도하 고, 검소하게 살았다면, 대부분 틀림없이 성자의 칭호를 얻습니 다. 그 사람이 일정한 나이가 되어서, 목에 무거운 묵주를 두르 고, 수염을 기르고 있기만 하면 됩니다.

저의 할아버지는 사후에 성자의 칭호를 얻었습니다. 왜냐하 면 그는 가난하고, 독실하고, 광적이었기 때문이었습니다.

금식은 일반적으로 여러 종교에서 받아들여졌고, 천년 동안 여러 지역에서 행해진 의식입니다. 즉, 먹고살기 위해서 매일 일하는 사람들은 제외하고, 정오까지 침대 위에서 빈둥거리고, 시간을 죽이고 굶주림을 잊기 위해서 포커와 로또를 끊임없이 하는 사람들이 지켰다는 뜻입니다. 도박은 율법에 따라 금지되 어 있고, 라마단에는 한 달간 명상과 기도를 해야 합니다. 저는 항상 아버지가 이 금식 기간에 아주 기분이 좋지 않았던 것을 봤 습니다. 담배를 피울 수 없었기 때문이었습니다. 그는 정오쯤 한 바퀴 돌러 나갔다가 다시 들어와서는, 사사건건 말을 하고 언쟁을 벌였습니다. 그런데 저녁이 되면, 그는 어김없이 다시 가장 온순한 사람 중의 한 명이 되었습니다. 담배를 다시 피웠기 때문입니다. 그는 아침까지 담배를 피우느라, 더 아무 말도 하지 않았습니다.

예언자 무함마드가 금식을 설교했을 때는, 부자든 가난하든, 젊든 늙었든, 모두가 정해진 한 달 동안, 해가 뜰 때부터 해가 질 때까지, 굶주림의 고통을 함께 느끼게 하기 위해서였습니다. 그 고통은 가난한 사람만이 영원히, 유일하게 겪고 있습니다. 또한 금식은, 그 고통에도 불구하고, 모두가 모든 장소와 모든 상황 에서 같은 성격을 유지하도록 하기 위함이었습니다. 음식과 음 료수와 성적인 쾌락과 다른 쾌락들을 절제해서 성격과 의지를 단련하고, 육체와 머리를 비워서 영혼의 상태가 알라를 향해 고 양될 수 있도록 하는 것이 목적이었습니다. 결국, 열두 달 중 한 달 동안 습관을 완전히 바꿔서, 인생의 단조로움 때문에 인간이 로봇으로 변형되는 위험이 없도록 하기 위함입니다.

네 번째 의무는 다음과 같은 율법에 따라 정의됩니다.

– 재산에 대한 2.5퍼센트의 공제는 반드시 가난한 사람들에 게 돌아가야 한다.

– 이 공제는 연간이며, 가능한 한 정확해야 한다.

– 수익이 없는 부동산은 이자율이 적용되지 않는다.

모로코에서는 가난한 사람들을 경제적으로 돕기 위해서, 헤 지라 력*의 설날을 채택했습니다. 사실, 저는 이날 식료품상들 과 소매상들이 동전과 무화과와 대추를 나누어 주는 모습을 항 상 보기는 했습니다. 그렇지만, 부자들은 미리 준비했습니다. 그들은 유동자산을 이슬람법에 따라 과세가 불가능한 부동자산으로 전환했습니다. 그래서 그들은 사람들에게 줄 수 있는 것이 아무것도 없었고, 그들의 양심이나 알라에 대해서도 거리낌이 없었습니다. 예언자 무함마드는 이런 교묘한 사기를 예상하지 못했습니다. 그뿐만 아니라, 이렇게 획득한 부동산과 토지는 단시간에 그 가치가 열 배가 될 수 있었습니다. 이것이 바로 기적과 같은 사업을 설명할 수 있는 이유 중 하나입니다.

한편, 가난한 사람들은 이날 지갑을 꽤 두둑하게 불릴 수 있습니다. 그렇지만 그들은 그다음 날 다시 구걸할 것입니다. 왜냐하면, 그들은 모은 돈을 고향 두아르에 보내서 땅 쪼가리나 가축을 살 것이기 때문입니다.

메카로의 순례는 모로코의 부자들에게는 중동 국가들을 여행할 핑계에 불과합니다. 저는 3년 동안 집을 떠났던 아버지의 예를 들겠습니다. 그는 성스러운 검은 돌인 카바에 묵념한다고 말했습니다. 그는 히자즈'에서 돌아와서, 메디나에서 가져온 대추와 백단 나무를 친척과 친구들에게 나눠 주었습니다. 그들은 성지에서 가져온 먼지 한 톨이라도 받는 것에 행복해했습니다. 어머니는 아직도 라마단의 스물일곱 번째 밤, '천사들과 악마들이 천국에서 있는 장미꽃 잎이 뿌려진 잔디밭 위에서 화해'하는 권능의 밤에 그 놀라운 대추 중 하나를 핥습니다. 아버지가 고상하게 오른손을 내밀면, 모든 사람이 그 손의 소유자를 핫지라는 명예로운 타이틀, 즉 메카에 갔다 온 사람이라고 칭송하면서, 그 손에 입을 맞췄고, 또 여전히 입을 맞추고 있습니다. 그다음에 그는 우리에게 대부분의 재산을 다마스쿠스와 카이로의 도박장에서 탕진했다는 사실을 알려 주었습니다. 그렇지만 그는 실제로 카바에 대고 묵념했고, 그래서 칭호를 얻을 자격이 있었습니다. 지고하시고, 이 세상의 아버지이시며, 최후의 심판의 왕이신 알라를 찬양하라!

결론

인간은 계획하고, 시간은 결정합니다.* 그러나 메디나에 있는 구두닦이 중 그 누구도 이에 동의하지 않을 것입니다. 이것이 바로 이슬람교의 힘을 만듭니다.

이제 위에서 인용한 삼각형의 닮은꼴 정리가 남아 있지만, 저는 혼란스럽습니다. 채점관 여러분, 너무 글자 그대로, 성급하게 떨어뜨리지 마십시오. 저는 여전히 할 말이 있습니다. 결론을 맺기 전에 여러분께 메모하기를 요청합니다. 제가 논술의 형태로 막 작성한 기록은 저의 과거에 대한 거절과 거부라고 할 수 있습니다. 물론, 완전히 그런 건 아닙니다. 잘라야 할 선들이 남아 있고, 제가 깔고 앉아야 할 그리움이 많이 남아 있습니다. 그렇지만, 그것이 문제가 아닙니다. 중요한 것은 제가 만족하지도 못하고, 완전하게 의식하지 못하고 있는, 마치 회복기와 같은 저의 현 위치입니다. 고통스러운 제 과거와 제가 구매한 책들과 억제력과 혹독한 치료와 달콤한 차에 치여서, 저는 이제 막 여러분과 같은 길에 참여했습니다. **처녀**처럼 참여한 것이 아니라, 결혼해서 '고통을 많이 겪은' 배우자처럼 말입니다. 그래서 제가 '자유, 평등, 박애는 우리들의 모토처럼 녹슨 모토다'라고 말한다면, 여러분은 아마 이해하실 것입니다. 그렇지만 제 걸음에 맞춰서, 그 녹슨 모토가 연마되고 윤이 나서, 제가 책에서 읽었던 그 빛과 그 유혹의 힘을 되찾을 수 있기를 감히 바랍니다. 당신을 섬기는 가련한 자가 정말 필요로 하는 아주 작은 희망과 프랑스의 가장 큰 영광을 위해서 말입니다. 아민.

나는 뮈르독 공원 벤치에서 졸고 있었다. 누군가 손으로 양복 뒤를 잡았다.

"일어나! **할루프***!"

치쵸였다. 나는 그를 따라갔다. 더 정확하게 말하자면, 그가 나를 끌고 고등학교 안마당까지 갔다. 그는 보병처럼 소리 없이 걸었다. 치쵸는 팔꿈치를 흔들었다. 그는 흥분한 것 같았다.

"가서 봐! 할루프."

그는 나에게 게시판을 가리켰다. 합격자 명단이 압정 네 개로 고정되어 있었다. 내 이름이 거기 있었다.

"봐라! '드리스 페르디…… 우수.'"

우리 뒤에서 목소리가 들려왔다.

"페르디 군!"

조셉 케셀*이었다. 문인이자 위대한 여행가인 그 사람인가?

"아닐세. 나는 인문학 학사고, 돌아다니는 것을 싫어하네. 나는 별 관심이 없네. 페르디 군. 나는 자네 채점관이었네. 들어오겠나."

우리는 교장실에 들어갔다.

"앉게. 담배 피우나……? 그래서, 자네가 모로코의 루터인가?

그래, 자네가 나를 웃게 했어. 이렇게 자네를 보는군. 마르고, 창백하고, 수줍어하고…… 내 동료인 노처녀 윌레르 선생님도 크게 웃었지. 그 능숙함, 그 현학적인 어조, 그 '진지한' 폭력성이 놀라웠네. 비록 자네의 논술을 읽어 가는 동안 그 모든 유치함이 숨김없이 드러났기는 했지만…… 바니에에 관해서 말하는 것을 들어 봤나? 그 친구는 에이스였지. 지금은 내가 배가 나오고, 교단에 서 있지만, 나는 기억한다네. 페르디 군, 내 말 듣고 있나? 자네가 태어나기 전이었지. 바니에와 나는, 우아하고 결연한 두 명의 소년이었다네. 우리 둘은 중학생이었는데, 바캉스가 되어서…… 정말로 모험을 떠나기로 하고, 모로코를 선택했지…… 그런데 정말 이렇게 자네 이전에 있던 모든 것을 싹 쓸어버리는 방식은 말이야, 윌레르 선생님은 정말 열정적이라고 말했는데, 나는 그렇게 생각하지는 않아. 어쨌든, 언젠가는 그렇게 해야 할 필요가 있었지. 그런데 페르디 군, 페르디라는 단어는 무슨 뜻이 있나? ……그러니까, 바니에하고 나는 말이야. 그 친구는 그 뒤에 죽었어. 불쌍한 녀석. 내 생각으로는 전립선 암이었어…… 우리는 그때 비행기를 탔다네. 참 좋은 시절이었어. 그런데 자네는 무엇을 잃어버렸는지 알지 못해. 그 태양, 그 하늘. 그러나 촉망받던 새로운 국가…… 그때 카사블랑카는 카사블랑카가 아니었다네. 시디벨리우트라고 불렸지. 우리는 항공 우편의 선구자였어. 항공 우편에 대해 들어 봤나? 선구자였다니까! 물론, 다시 이곳에 발을 들이지는 않았어. 최근까지 말이야…… 그래, 아주 바빴다네! 놀랍게도, 정말 바뀐 게 없더

군. 공장, 빌딩, 차고, 길 등등이 생긴 것은 맞지만, 아랍 그 자체는 바뀌지 않았어. 내가 자네에게 고백하나 할까. 1938년에 내가 여행한 모든 곳과 관련된 기사들을 묶어 책을 출간했었다네. '마그레브, 불같은 대지'라고 제목을 붙였지. 지역의 풍습에 관한 것이었다네. 그게 유럽 독자가 관심 있는 것이니까. 한결같지. 젊은 여자, 카스바…… 월레르 선생님은 자네 답안지를 파리에서 발행되는 잡지에 보내자고 생각했다네. 그렇지만 나는 한참 고민했지……. 그런데 자네는 우리와 아랍 놈들과의 관계에 대해서는 어떻게 생각하나? 물론, 자네는 그들과 다르게 진화했지. 예외적이야…… 민족주의자들이라고 자칭하는 자들의 움직임이 위협하고 있는데, 어쨌든, 걱정스럽기는 하고……. 자네 생각은 어떤가? 사실, 그자들은 모스크바의 지령을 받는 공산당 놈들에 불과하다니까. 왜냐하면, 만일 우리가 떠나면, 분명히 자동으로 또 다른 나라가…… 좀 더 생각해 보니까, 자네 글을 적절한 순간에 시사 뉴스처럼 집어넣을 수는 있겠네. 술탄에 관해서는 어떻게 생각하는지 말해 보겠나? 우리끼리 이야기하는 건데, 내가 보기에 그는 아주 순응주의자야. 솔직히 말해 보자. 그는 독수리 같은 사람은 아니잖아…… 내가 그를 본 적은 절대 없지만 말이야. 다시 이 독창적인 답안지 이야기를 해 보자. 월레르 선생님은 충격을 받았어. 자네는 월레르 선생님을 이해해야 할 거야. 선생님은 일종의 결론을 기대했거든…… 어떻게 말할까? 그것은 아주 간단해. 나는 자네에게 18점을 주었어. 최고점이지. 왜냐하면, 그 답안지 안에는 한 청년이, 진짜 모로코 청년이 있었거든. 자네는 이해해야 해. 프랑스 보호령의 정책은 발굴하는데…….”

전화벨이 따르릉 울리기 시작했다.

“여보세요…… 잠시만요. 여보세요, 여보세요…… 누구를 찾으세요. **괴장**이라고요? ‘교장’을 말씀하시는 것이겠지요? 뭐라고요? 당신, 아랍인이라고? 아랍인이 교장에게 전화할 때는, 통역사를 거쳐야지. 알겠냐, **너!**”

그는 전화를 끊었다.

“변한 게 없군! 그런데 자네는 이해해야 하네. 프랑스 보호령의 정책은…….”

전화가 다시 울렸다.

“여보세요! 여-보세요! 네! 네-에! 통역사라고요? 통역사 누구요? 두 사람 **나에게 뭘 원하는 것인가요?** 빨리 간단하게 말씀하시오. 나는 시간이 없습니다. **뭐라고요?** 네, 네…… 알겠습니다.”

그는 갑자기 심각해지더니, 수화기를 다시 내려놓았다.

“자네, 나를 용서해 주게. 우리의 대화는 오늘은 여기까지만 해야겠군. 내가 누바[*]에 참석해야 하네. 에이! 어쩔 수 없이 해야 하는 일들, 이 불같은 대지에서도 똑같아…… **자네는 이제 무엇을 할 건가?**”

나는 대답했다.

“말씀을 듣고 보니, 선생님께서 저하고 말하길 원하셨다면, 그것은 그냥 관광객 콤플렉스라고 부르는 것 때문이겠지요. 제가 학문적인 용어를 몰라서요. 저는 수용자였습니다. 그러니까, 무슨 의미냐 하면, 저는 선생님께서 원했던 바대로 행동하지 않았고, 그래서 선생님께서는 지금 우리들의 흥미로운 대화에 어떤 결론을 내려야 할지 모르고 계시는 거지요. 제가 이 불편한 상황에서 벗어나게 해드리겠습니다. 지금 무엇을 할 것인가 물으셨지요? 먼저, 저는 일어날 것입니다."

나는 일어났다.

"그다음에는, 선생님께서 두 가지 요청을 허락해 주시기를 부탁드립니다."

"말하게, 어서 말하게!"

내 어조는 바뀌었다. 세상에, 아랍이 여전히 똑같다고 말하다니, 그것도 정확하게 항공 우편 시대부터!

"첫 번째는 이 사무실의 가구를 살펴보는 것입니다. 선생님 말씀을 듣느라, 그러지 못했습니다. 그래서 지금 보려고 합니다. 뭐가 있을까요. 마호가니 책상, 등받이가 높은 의자, 카빌리에서 만든 골동품, 교장 선생님께는 중요하지만 평범한 서류들…… 덧문이 내려져 있군요. 오래된 관습이죠. 원탁 위에는 탄산수가 담긴 스프레이가 있고, 파스티스'는 옷장 어딘가에 있겠군요. 파리 몇 마리가 날고 있고, 왁스와 종이상자와 아주 늙은 쥐 냄새가 나는군요. 저를 이해해 주세요! 저는 **위치를 잡아야 합니다.** 죄송합니다. 선생님!"

나는 조셉 케셀의 거대한 몸을 돌아서 문 쪽으로 향했다.

"두 번째 요청은 나가는 것입니다. 안녕히 계십시오. 만나서 반가웠습니다."

"페르디!"

나는 뒤로 돌았다.

"선생님, 혹시 더 하실 말씀이 있는가요? 예를 들자면, 저는
버르장머리 놈이라든가, 선생님께서 영광스럽게도 저를 친
근하게 대해 주었는데, 오히려 저의 태도에 격분하셨다든가?
……제가 혁명가의 임무를 수행하기에는 적합하지 않다든가?
저는 이 모든 것을 알고 있습니다……. 그래서 결과적으로, 제
가 할 수 있는 최선의 행동은 집으로 돌아가는 것일지도 모르겠
습니다. 거기서 절대 떠나지 말았어야 했을까요? 이것이 제가
지금 하려는 것입니다. 저는 즉시 돌아갈 것입니다. 다른 하실
말씀이 있는가요?"

"페르디, 이것만 말하겠네(배도 출렁이고, 뺨도 출렁거렸
다). 내가 자네에 대해 잘못 생각하고 있었군. 난 자네에게 빵점
을 줘야 했었어. 그렇지만 구술시험에서 자넬 다시 볼 것이니
까…… 난 자네를 내쫓을 걸세."

"알겠습니다."

치쵸는 운동장에서 나를 기다리고 있었다. 그는 조금 전보다
더 추워하는 것 같았다.

"어땠어?"

"어땠느냐고? 잘 있어, 치쵸. 나 집으로 돌아갈 거야…… 그
래! 내가 너에게 잘 있으라고 한 것은, 내가 너를 꼭 다시 만날
것이기 때문이야."

빅토르 위고 대로의 낮은 야자나무들이 나를 맞이해 주고, 같이 따라왔다. 정말 이상했다! 이 시인은 어디에나 있다. 심지어 모로코에도, 심지어 나의 고통 속에도 있었다. 그리고 나는 그를 좋아하지 않았다. 예전에는 좋아했었다. 나는 그의 서사시, 산문, 성경과 관련된 묘사에 감동했었다. 그 뒤에, 그의 전기를 읽으며 그 인간에 대해 알게 되었다. 충동적인 실망은 아니었다. 친절하게, 나는 강도를 문까지 데려다주고, 정중히 사과한다. 나는 당신에게 직업소개소에 가 보기를 조언하는 바입니다. 로슈 선생님은 나에게 누구나 내면에 현실의 삶 외에 꿈과 관련된 부분이 있다고 말해 주었다. 나는 빅토르 위고에게 이 부분은 정확하게 그의 평범한 삶의 결과물이 아닌가 자문했다.

나는 지쳐서 대로를 따라 걸어가고 있었다. 내 머리 위로, 크고 무거운 구름들이 낮게 지나가고 있었다. 남동쪽에, 그 구름들 중 하나가, 이상하게 움직이지 않고 있었다. 그 뒤에는 태양이 숨어 있을 것 같았다. 나는 이 바퀴벌레 같은 놈들을 다 잡아 죽이고, 농작물에 불태워 버릴 것이다. 나는 눈을 들어 나무 꼭대기를 봤다. 잎사귀 하나 떨고 있지 않았다. 공기는 무겁고, 미적지근했고, 움직이지 않았다. 나는 기관지가 필요로 하는 만큼만 숨을 쉬었다.

나는 시선을 아래로 내렸고, 로슈 선생님을 봤다. 그는 팔도 벌리고, 입도 벌리고 있었다. 그는 내 높이에 있었다. 환영의 몸짓으로 팔을 벌렸고, 입으로도 환영의 몸짓을 확인했다.

"독일 놈이니? ……어이! 독일 놈! 잘 지냈어? 어떻게 된 거야?"

벽돌을 실은 지프가 한 대 튀어나와 인도를 긁더니, 요란한 소리를 내며 멀리 사라졌다.

"로슈 선생님. 우리가 우연히 만난 것인가요, 아니면 저를 미행하셨나요?"

그는 화를 냈다.

"나는 산책하는 중이었어."

나는 결론을 내렸다.

"좋습니다! 계속 산책하세요. 이렇게 멈추실 필요 없습니다. 앞으로 이런 일은 다시는 없을 것입니다. 저는 한때 선생님을 알았을 뿐입니다. 우리의 길은 갈라졌고, 제 생각에 그 각도가 더 벌어질 것 같습니다. 운명적으로, 언제든, 인생에서 이런 갈라짐이 있기 마련이지요. 바늘의 역할을 한다지만, 도대체 왜 한 사람이 우리를 마지막 장까지 따라오는 것일까요?"

그는 말했다.

"너는 내 수업에서 배웠다. 나는 매우 좋았다. 그런데 헤어지기 전에 하나만 묻자. 너는 집으로 돌아갈 것인가?"

"네, 집으로 돌아갑니다."

"잘 지내라!"

그가 멀어지는 동안, 그의 하얀 안남식 바지가 부풀어 올랐다. 바지가 회색빛 하늘에 잠시 펄럭이더니, 그 뒤로 사라졌다.

나는 다시 군주의 집 쪽으로 걸었다. 모든 것이 내가 다시 돌아갈 수밖에 없게 만들었다. 내 환상은 비누 거품처럼 꺼졌고,

결실을 보지 못한 나의 반항은 오래된 똥 덩어리 같았다. 신문 기사, 바칼로레아 통과, 조셉 케셀과 그 전화, 치쵸, 그리고 그가 나를 기다렸었다는 사실, 나를 만나러 온 로슈 선생님, 산책 중이었다는 주장. 나는 알아차렸다. 나는 당구공 같은 존재였을 뿐이었다.

모든 것이 대칭을 이룰 정도였다. 내가 자유를 누린 최초의 시간은 이상한 사건들로 얼룩졌다. 내가 벵가지 광장에 들어갔을 때도 대칭은 형성되었다. 두 경계 사이에 잠재적 차이가 분명하게 만들어졌다. 나는 그것을 통제할 준비를 해야 했었다. 이게 도대체 뭘까? 나는 이렇게 자문했었다. 차라리 먹을 것을 주세요. 현재는 답보 상태였다. 나는 어부의 엉덩이만큼이나 추웠다.

내가 벵가지 광장에 들어가자, 문 하나가 떨어졌다. 이 문에는 사연이 있었다.

베르베르 형제 세 명이 가게를 운영하고 있었다. 그들 셋은 바부슈 한 짝만 가지고 있었다. 한 사람은 팔고, 다른 사람은 가게 뒤에서 요리하고, 세 번째 사람은 밖에서 장을 봤다. 즉, 그가 바부슈를 신을 권리가 있었다. 그들은 매일 임무를 교대했다. 대부분 그들은 다음과 같은 방식으로 얻은 올리브유에 빵을 적셔 먹었다. 고객의 용기 속에 기름을 옮겨 넣기 위해서 그들은 깔때기를 사용했다. 작업한 뒤에, 깔때기를 빈 병 주둥이에 꽂아두었다. 기름이 많이 팔렸기 때문에, 아침에 비어 있던 병이 저녁이 되면 반이나 찼다. 그렇게 그들은 먹을 것을 얻었다.

누벨 메디나에서는 누구나 그 가게를 알았다. 사람들은 거기서 레모네이드와 흰 쥐는 물론이고, 요리용 소금부터 사냥총 화약까지 모든 것을 살 수 있었다. 가게는 20년 동안, 언제나 밤낮으로 열려 있었다. 그사이, 가게가 있는 건물은 주인이 여러 번 바뀌었다.

구경꾼 한 명이 나에게 알려 주었다.

"건물 정면을 복원했습니다. 가게 문을 다시 칠하기 위해서 뜯어냈을 때, 문이 떨어졌습니다. 경첩이 다 녹슬었는데, 겨우 버티고 있었던 것이죠."

*
**

두 골목을 더 가자, 아이 한 명이 울며 소리를 지르는 것이 들렸다. 어떤 남자의 목소리가 조급하게 울부짖는 소리를 덮었다.

"이제 너 이게 뭔지 알겠어? 여기 100그램이 있고, 여기 50그램이 있고, 여기 10그램이 있다. 너 알겠니? 여기 10그램, 여기 50그램, 여기 100그램, 이해되니?"

두 명의 목소리는, 문을 닫아 희미한 불빛만 새어 나오는 가게에서 들렸다. 지나가는 사람이 나에게 말해 주었다.

"남자가 아이에게 추를 사용하는 법을 가르쳐 주고 있습니다."

애들이 맞는 것은 흔한 일이다. 그런 일로 사람들이 모이지는 않는다. 사람들은 어깨를 으쓱하더니 자기 갈 길을 갔다.

나는 가게에 가까이 다가갔다. 구멍 난 틈으로 안을 봤다. 조그만 아이가 바닥에 앉아 있었다. 옷을 벗고 엉덩이를 내놓고 있었다. 물론 남자 엉덩이였다. 추도 없고 저울도 없었다. 가죽 채찍도 없었다. 다만 기름이 가득 담긴 그릇에 남자가 손을 담그고 있었다. 아마도 그는 그렇게 아이가 우는 것을 멈추게 할 것 같았다.

*
**

작은 배라고 불리는 핫지 무사는 두 손을 모으고 맨발로 그의 당나귀 뒤를 따라 달려가고 있었다. 당나귀는 커다란 민트 다발을 가득 싣고 있었다. 당나귀는 뛰면서 고개를 돌려 민트 한 다발을 덥석 물었다. 남자는 욕을 했다.

"핫지 무사님……."

그는 멈춰 섰다.

"얘야, 왜 그러느냐?"

"핫지 무사님, 저는 오래전부터 당신에게 이 사실을 말씀드리려고 했습니다. 당신 집의 정면에는 포도나무 넝쿨이 있지요? 그렇지요?"

"그렇지, 왜?"

그는 말을 반복했다.

"그렇지요! 아침부터 저녁까지 온 동네 개구쟁이들이 포도를 떨어트리기 위해서 자갈을 마구 던진답니다."

그는 말했다.

"그래서? 나는 그 포도나무에 물도 주지 않았다."

그리고 그는 당나귀가 이미 멀리 가버렸음을 알아차렸다. 그는 조상과 자식들을 저주하면서, 기를 쓰고 달려갔다.

*
**

곱창이라고도 불리는 바쉬르는 정육점 주인이다. 그는 물로 진열대를 씻고 있었다. 그는 내가 지나가는 것을 봤을 때, 수세미를 손에 쥐고, 담배꽁초가 아랫입술에 붙은 채, 그대로 정지했다. 잠시 후에, 그는 나를 따라와서 옆에서 걸으며 아무 말도 하지 않았다. 그는 수세미를 손에 쥐고, 담배꽁초는 입에 문 채, 내 얼굴을 뚫어질 듯 쳐다보았다. 그러더니, 그는 왔던 길로 돌아갔다. 나는 그가 뒤에서 소리치는 것을 들었다.

"양이 킬로그램에 200프랑이라고요? 좋습니다! 저는 50프랑 50상팀에 팝니다. 여러분 제 말 들리시나요? 우물물처럼 신선하고, 피처럼 붉은 좋은 고기를 사실 분 없나요? 50프랑입니다. 어서 오세요! 어서!"

곱창이라고도 불리는 정육점 주인은 저주받은 자인 드리스의 귀환을 이용해서 부패한 상품을 팔아치웠다. 사람들이 모여서 쑥덕거리기에는 아주 좋은 이야기니까.

*
**

거지 아흐메드 벤 아흐메드는 지팡이를 두 주먹으로 꽉 잡고, 배는 주먹 위에 올려놓고, 배고프다고 소리를 질렀다.

그는 상체를 거의 수평에 가깝게 구부리고, 다리를 벌리고, 얼굴을 군주의 방 창문을 향해서 들었다.

"핫지 파트미 페르디, 저에게 부드러운 밀가루 빵 하나 던져주십시오. 보리도 싫고, 옥수수도 싫고, 호밀도 싫습니다. 부드러운 밀가루만 좋습니다. 당신 아들은 죽었습니다. 또 다른 아들은 도망갔습니다. 제 말씀 들리시나요? 제 말씀 들리시나요……?"

나는 그의 꽁무니뼈를 집게손가락으로 눌렀다.

"50킬로그램의 보리로는 충분하지 않았던가요? 하늘이 무너질 일이군요. 또 구걸하다니. 왜 또 구걸하지요?"

그는 얼룩말의 거시기처럼 수직으로 몸을 폈다. 그는 놀란 것처럼 보였다. 그에게서 물에 젖은 개 냄새가 났다.

"이보쇼, 내가 말해 주겠소."

그는 나에게 지팡이를 넘겨주었다.

"당신에게 보여 줄 종이가 있는데, 당신 읽을 줄 알지요?"

그는 젤라바 밑에서 부스럭거리더니, 커다란 지갑을 꺼냈다. 나는 지팡이를 손가락으로 돌리고 있었다. 밤이 되었다. 저녁이나 황혼은 필요 없다는 듯이 갑자기 캄캄해졌다. 조금 전까지는 낮이었는데, 한순간 밤이 되었다.

"구걸하는 행위는 자신을 타락시키는 것이 아니며, 가난하지만 구걸하지 않는 사람들을 불편하게 만들지도 않아요. 이 **슈카**

라' 속에는 인생 전체가 담겨 있습니다. 내가 당신에게 보여 주겠소. 거지들에게는 저마다 이야기가 있습니다."

나는 그의 지팡이를 살펴보았다. 눈높이까지 들어 올려, 막 켜진 가로등 불빛 아래서 자세히 관찰했다. 가로등 30개 아니면 40개가, 거의 동시에 일정한 거리를 두고 켜졌다. 하늘과 땅 사이에 불꽃으로 된 두 개의 선, 두 개의 레일이 만들어진 것 같았다.

"내 '세 번째 다리'를 보고 있는 겁니까? 이걸 30년 동안 쓰고 있습니다. 호두나무 가지인데, 내가 목동이었을 때 꺾었지요. 그래, 목동이었지! 아버지는 아주 넓은 토지를 가지고 있었는데…… 이 종이들을…… 당신에게 보여 줄게……."

나는 더 이상 아무것도 필요가 없었다. 나는 그에게 지팡이를 돌려주었다. 아주 슬펐다. 호두나무 가지라니! 30년이나 된 '세 번째 다리'라니! 같은 장소에서, 충실하고 확실하게, 아주 지독하게, 거지인 아흐메드 벤 아흐메드는 손으로 나뭇가지를 잡고 있었고, 거기에 깊숙하게 손자국을 각인시켰다.

*
**

수염 난 남자가 소리쳤다.

"프랑스군이 튀니지 전선에서 항복했습니다. 좋은 소식입니다! 우리 아들은 거기 남았습니다. 총알에 맞아 누더기가 돼서요. 나쁜 소식입니다! 그런데 조카 여자애가 검둥이 미군들에게 성폭행을 당했다는 사실을 막 알게 되었습니다. 균형을 맞춘다고 말해야 하나요…… 그렇죠? 영원한 그분께서는 움직이지 않으시죠. 식물, 동물, 사람, 우리는 기다리지요. 하늘은 그 위로 비를 오줌을 싸듯이 내리게 하시고요."

내가 떠난 뒤로 그의 수염은 풍성해졌다. 미친 듯이 곱슬곱슬하고 삐쭉삐쭉 자랐는데, 군데군데 구멍이 나서 갈색 피부가 드러나 있었다. 그는 입에 담배를 물고 있다가 불을 붙였다.

나는 말했다.

"불쌍한 우리 세계의 산술적인 발전일까요, 아니면 불합리한 부조리일까요? 설마 그 담배가 하나 남았던 담배와 같은 것은 아니죠? 그때 그 담배……."

그는 층계에서 급히 내게 손가락으로 가리켰다. 군주였다.

**

"저 돌아왔습니다."

"누가 그러지 말라고 했냐? 들어오너라."

아버지는 화를 내지 않았다. 그냥 문이 열리고, 닫혔다. 스위치가 돌아갔고, 현관이 차갑게 드러났다. 모자이크 타일로 되어 있었고, 휑하니 생기가 없었다. 매우 급한 커플에게 15분 단위로 빌려 주는 호텔 방이나, 청원하는 사람들을 기다리게 하는 대기실 같았다.

"올라오너라."

나는 대답했다.

"올라가겠습니다. 전화로 '괴장'을 찾았던 사람이 아버지셨나요?"

"과인이었다. 올라오너라."

"올라가겠습니다. 그러면 통역관은 누구였나요?"

"카멜이었다."

시간은 얼굴에 주름이 지게 만들고, 골이 패게 할 수 있다. 이 낡은 표현은 오래된 신앙심과 같다. 발걸음, 나막신, 탱크도 지나가면서 흔적을 남긴다. 콘크리트 계단을 하나씩, 차례차례, 규칙적으로 밟고 올라가면서, 나는 그 계단들을 바라봤다. 어디가 닳았지? 이 콘크리트에 시간이 의미하는 바가 무엇일까? 여러분은 말할 수 있나요? 부탁합니다. 분명히 시간은 계단에서 부서지고 있었다. 마치 절벽에 부딪히는 파도처럼. 마찰로 닳지 않냐고요? 추상적인 것이 승리했습니다.

군주는 계단의 전등을 켰다. 계단이 어둠 속으로 올라가고 있었다. 마치 저주받은 피조물이 창조주를 향해 올라가는 것처럼. 마치 어퍼컷이 웃고 있는 턱을 향하는 것처럼. 남성의 음경이 유전자가 하나만 다른 성을 향하는 것처럼. 똑바로. 자포자기한 채, 나는 계단을 올라갔다. 나를 끌어올렸다. 밑에 있는 계단에서 그다음 계단으로가 아니라, t라는 시간에서 t'라는 시간으로가 아니라, 바로 군주를 향해서였다. 이것은 다시 시작하는 삶 같은 것 아닌가? 이 또한 낡은 표현이다! 그는 뒷걸음으로 계단을 오르면서 나를 마주 보았다. 나는 그가 매우 강하고, 아주 즐거워하고 있다는 것을 알았다. 나는 그가 실패했다고 믿었었다. 그는 나를 찬찬히 바라보며, 땀을 뚝뚝 흘렸다. 그의 이마에서 갑자기 땀 한 방울이 솟아나더니, 순간 움직이지 않고 멈췄다. 알에서 나온 병아리들이 아주 정신이 없어서, 세상을 향해 움직이지 않고 멈춰 있는 것처럼 말이다. 나는 그 순간에 병아리들은 다시 태아의 상태로 돌아가고 싶어 하는 것이 아닌지 생각해봤다. 그리고 갑자기 땀방울이 떨어졌다. 눈썹인지 수염인지, 땀이 스며든 뒤 말라서 빛이 났다. 무엇보다도 아주 검었다.

"로슈 선생님은 집요하게 제가 가는 곳을 알고 싶어 했습니다. 그는 침착했었고, 무관심한 어조로 말했습니다. 그 어조나 침착함이나, 선생님과 잘 어울리지 않았습니다. 저는 집으로 돌아간다고 말했습니다."

"달리 할 말은 없었다."

"아버지께서……."

"……너를 염탐하라고 보냈냐고? 실제로 그랬다."

"치쵸는요?"

"너의 친구 프랑수아도 마찬가지였다."

"무슨 일이 있나요?"

그는 파티오의 스위치를 돌렸다. 나는 거기에 여전히 매트리스가 널려 있었을 것으로 생각했다. 매트리스는 케르사처럼 평평했고, 가운데가 누렜다. 우리가 어렸을 때 싼 오줌을 햇볕에 말리고 또 말렸기 때문에, 그 부분에 있는 양털은 펠트나 알파*의 꽃가루 같았다.

매트리스 네 개가 거기에 쌓여 있었다. 그 위에 켄자와 이모부가 조용히, 눈을 감고, 나란히 앉아 있었다. 앉아 있다기보다는 놓여 있다는 편이 더 맞았다. 두 사람은 더운 것처럼 보였다.

"무슨 일이 있었나요?"

"너는 우리에게 돌아왔다. 그것이 핵심이다. 그리고 과인은 전화로 너의 합격 소식을 알게 되었다. 네가 자랑스러워 과인은 얼굴이 상기되었다."

그는 웃는 것 같았다. 그의 시선은 산만하고, 우울하고, 지쳐 보였다. 그렇지만 나는 그가 웃고 있다고 확신했다.

"들어오너라."

"곧 들어가겠습니다. 로슈 선생님, 치쿄, 케셀 교장, 인정하겠습니다. 제가 돌아올 것을 준비하고 계셨군요. 그런데, 저 거지 도인가요? 그리고 저 수염 난 남자도요?"

찰싹하고 소리가 거칠게 났다. 이모부의 손이 켄자 이모의 뺨 위에 있었다. 아마도 이모는 무감각 상태에서 막 깨어나려는 순간이었던 것 같았다. 어쨌든, 모기 한 마리를 잡았다.

"그 둘은 너를 산만하게 하는 역할을 맡았다. 네가 그들을 있는 그대로 볼 것이라고 예상했었다. 네가 과인의 저택 문 앞에서 산책만 하겠다고 생각할 수도 있었으니까. 알라께서는 과인이 얼마나 고대하며 너를 기다렸는지 알고 계신다. 들어오너라."

"아버지는 저를 저주하셨잖아요."

"예컨대, 너는 과인이 너를 더 이상 저주하지 않기를 바라는 것이냐? 들어오너라!"

높고 무거운 문이 천천히 벌어지며, 영롱한 광채가 퍼졌다. 잘 닦은 니켈 주전자가 빛을 내며, 대낮처럼 붉은 구리 화로 위에 걸려 있었다. 주전자에서는 김이 모락모락 나오고 있었다. 세 개의 샹들리에에 달린 전구는 하나도 빠짐없이 켜져 있었다. 나는 3일 전에 모든 전구가 이렇게 빛났던 것을 기억했다. 검은 점이 있는 노란 나비가 전구 사이를 날아다녔다. 그때 그 나비인가? 그 나비를 대담한 놈이라고 욕했었다. 더듬이에 대해서 말했어야 했다. 분명히 극적인 사건이 거기에 있었다.

그런데 어디에 있지? 나는 흥분해서 자문했다. 나는 알지 못한 채 고통 받고 싶지 않았다.

"앉아라."

문턱에는 신발들이 반듯하게 나란히 놓여 있었다. 공기는 무겁고 습했다. 방 가운데, 군주의 발아래 가까이 있는 카펫 위에는, 천으로 감싼 무언가가 있었다. 급하게 싼 듯했다. 묶은 매듭도 두 개만 있었다. 무엇인지 피를 흘린, 그것도 많이 흘렸던 것처럼 보였다. 열 시간, 아니면 열두 시간 정도 전에 피를 흘려서, 핏자국이 말라 있었다. 빛 때문에 진한 붉은색 핏자국이 눈 뜨고 보기 힘들 정도로 두드러져 보였다. 아마도 고기 같았다. 넓적다리거나, 아니면 노루 고기이든가…….

거지가 외쳤다.

"부드러운 밀가루 빵, 차 반 파운드, 아니면 양 다리 하나."

나는 조마조마해하면서 앉았다. 무엇을 축하하기 위한 고기인가? 내 합격인가, 나의 귀환인가, 아니면 나의 회개인가? 나는 이 정교한 무대 배치에 두려움을 느꼈다. 푸른색 파리 한 마리가 벽에 점을 찍으며 소화를 시키고 있었다. 파리는 피를 먹고 소화를 시키고 있는 것일까? 사슬 끝에 달린 괘종시계의 저울추는 떨고 있는 것 같았고, 시계추는 빠르게 움직였다. 찰싹 때리는 소리가 들렸다. 분명히, 또 다른 모기를 잡은 것이었다.

가족들은 사다리꼴로 앉아 졸고 있었다. 눈꺼풀은 붓고, 벌겋게 충혈이 되어 있었다. 아주 오랫동안, 격하게 운 눈들이었다. 똑…… 딱…… 똑딱…… 똑…… 딱…… 똑딱…… 시계추가 더 빠르게 움직였다. 살아 있는 육체에 박혀 있는, 칼날이 달린 기계가, 왼쪽과 오른쪽을 왕복하면서, 고문하고 또 고문하는 것 같았다.

나는 말했다. 나는 무기력한 상태에서 벗어나기 위해서 말을 했다.

"저는 모르겠습니다. 왜 돌아왔는지 모르겠습니다. 반항했지만, 그 반항을 그 어떤 곳에도 사용할 능력이 없다는 것을 스스로 고백해야 합니다. 이것을 불쌍한 놈의 행동이라고 불러야겠지요. 저는 불쌍한 놈입니다. 그렇게 생각하지 않으시나요?"

군주가 말했다.

"과인은 그렇게 생각하지 않는다. 왜냐하면 불쌍한 놈은 말만 하지 않는다. 너는 단지 말만 했을 뿐이다. 네가 돌아왔으니, 너는 여전히 말만 했을 뿐이다. 신경 쓰인다면, 그래, 네가 불쌍한 놈이라고 해 두자."

그게 다였다. 그의 입술은 다시 닫혔다. 그의 입술은 빈정거리며 다시 열릴 것이다. 말 한 마디로 나를 파괴하기 위해 그럴 것이라는 예감이 들었다. 비극은 제한되고, 국지적으로 되고, 강렬해졌다. 비극은 거기, 그 차가운 입술 뒤에 있었다. 잔인한 시계추, 비인간적인 그 사다리꼴 대형, 그 고요함, 그 주전자, 그 불빛, 그 파리, 그 피. 그리고 금 못이 박힌 그 문 뒤에서 땀을 흘리고 있는 두 명. 그들은 땀을 닦는다고 생각조차 할 수 없었다. 그냥 놔둬!

얼마 전부터 무엇인가 북 치는 소리를 내기 시작했다. 처음에는 가볍고 부드럽게 스치는 소리였다가, 그다음에는 북소리같이 변했다. 나는 생각했다. 비가 오나?

군주가 말했다.

"비가 온다."

그것은 비였다. 거대하고 셀 수 없는 폭포 사이로, 번개가 열네 번 번쩍였고, 천둥이 열두 번 우르릉거렸다. 나는 지겹도록 그것을 셌다. 천둥은 나를 기쁘게 했고, 번개는 나를 흥분시켰다. 나는 폭발 속에서 즐기고 있는 것 같았다.

"너희들은 낙타가 드리우는 그늘로 피신했고, 날짐승은 말라서 별똥별처럼 천상에서 떨어졌다. 너희들이 수확한 것은 불탔고, 너희들의 강은 말랐고, 너희가 기른 양들의 젖도 말랐다."

"그런데, 불경한 민족이여, 생각해 보라. 낙타도 없고, 낙타의 그늘도 없다. 수확도 없고, 강과 양도 없다. 태양은 빛나고, 우주의 왕은 영원하도다."

"그런데 그분은 이 가뭄에 폭우를 내려 풍요로움을 솟아나게 하심을 기뻐하셨다. 대홍수를 기억하라⋯⋯."

그리고 갑자기 딸깍 소리가 났다.

군주의 수염에 붉은 털이 흰 털보다 더 많았다. 나비의 날개는, 은색 반점이 있는 노란색이 아니라, 노란 반점이 있는 검은색이었다. 샹들리에 가운데 있는 전구가 꺼졌다. 나는 언제, 어떻게 그렇게 되었는지 알 수가 없었다. 그 전구가 꺼지기는 했나? 그래서?

목구멍으로 실로 엮은 매듭과 공과 술이 올라왔다. 끈적끈적하고 맛이 있었다. 나는 그것들이 올라오도록 내버려두었다. 나는 되뇌어 말했다. 모든 것에는 끝이 있다. 끝이 있었다. 나는 마지막까지 올라오는 것을 감내했다. 그리고 말했다.

"어머니는요. 어머니는 어디 계시는가요?"

작게 떨리는 목소리가 들렸다. 드리스, 너는 불쌍한 놈이다.

그는 나를 향해 돌아섰다. 그는 나를 주의 깊게 바라보았다. 그는 두려워하기도 했다. 왜 두려움을 느낄까? 그는 내 눈, 내 눈물, 내가 떠는 것을 봤다. 그는 받아들이더니, 한숨을 내쉬었다. 집게손가락을 올렸다가, 천천히 내렸다. 나한테 담배 파이프가 있었다면, 나는 담배통을 손바닥으로 쥐고, 담뱃대로 가리키면서, 더 잘했을 것 같았다. 그는 손가락을 멈추고, 피에 젖은 천을 가리켰다. 그는 말했다.

"여기 있다."

5장
합성 원소

"일어나 걸어라."*

식나무. 언젠가 나는 사물들이 말을 하게 할 수 있을 것이다. 식나무. 나는 어머니가 식나무가 있는 자리에 묻히시기를 원한다고 말했다.

"가능합니다."

묘지 인부인 부드라가 말했다.

사람들이 자신의 운명과 싸우듯이, 그는 잠시 작은 나무와 싸웠다. 사람들이 운명을 움켜잡듯이, 그는 식나무를 움켜잡았다. 영차! 그는 그 나무를 뿌리째 뽑았다.

그리고 부드라는 그 나무를 두 손으로 잡고, 아주 높이 들어올렸다. 마치 바벨을 들어 올리는 것처럼, 먼지와 같은 색을 한 그의 눈동자 높이까지 들어 올렸다. 영차, 더러운 인생! 그는 소리를 지르며 나무를 던졌다. 벌써 잡초가 무성하게 자란 하미드의 무덤 너머로, 무감각해져서 무거워진 내 머리 너머로, 산 자와 죽은 자들 너머로, 멀리, 아주 멀리, 태양이 히죽거리며 웃고 있는 핏빛으로 물든 지평선 너머로.

거대한 디젤 엔진이 시끄러운 소리를 내고, 벨트가 윙윙거리며 돌자, 부글거리는 물이 펌프로 분출되었다.

군주가 말했다.

"깊이가 82미터다. 내가 최근에 측량사를 불렀다. 그는 여기에서 2킬로미터 떨어진 곳의 지표면에 물이 있다고 확신했다. 2 곱하기 2는 4다. 물에는 소금기가 있다. 그 측량사는 1만 프랑을 챙겼다."

그는 들고 있는 괭이 위로 몸을 굽히고는, 붉은 흙으로 된 칸막이를 부쉈다. 물이 요란하게 튀더니, 도랑을 채우고는, 먼지와 거품을 뿌리며 스며들었다. 나는 모든 것을 물에 잠기게 할 것이다, 모든 것을 증오가 가득 찬 진흙으로, 진창으로 만들 것이다……

아버지가 말했다.

"도랑마다 5분씩이다. 그것으로는 충분하지는 않다. 토마토 밑둥치만 겨우 젖을 뿐이다. 그렇지만 내가 뭘 할 수 있겠냐? 우물은 마른 것 같다. 분명히 전에 비가 왔었는데. 휴! 그렇지만, 증발해 버렸어."

그는 격식을 차려서 과인이라고 말하던 것을 그만두었다. 그는 작업복을 입고, 모자를 쓰고, 맨발을 물에 담그고 있었다. 토마토 나무들이 끝없이 심겨 있었다. 갈대로 만든 지지대에는 아직 잔가지가 붙어 있어서, 바람에 저 멀리까지 소리가 들렸다. 그 광경을 바라보는 그의 모습은 분명하고 강해 보였다. 일흔네 명의 농부가 토마토를 따고, 어린나무를 다시 심고, 김을 매고, 잎을 따고, 잡초를 뽑고, 종려나무와 야자수로 묶고 있었다. 여기저기서, 그 사람들의 머리가 갑자기 나타났다가 사라졌다. 내 뒤에도? 내 오른쪽, 내 왼쪽에도? 토마토 나무가 끝없이 펼쳐져 있었고, 저 멀리에서도 소리가 들렸다. 이 풍경 속에 선인장이 심겨 있는 오솔길 하나가 있었다. 하늘은 진한 파란색 덮개 같았다. 간단하게 말하자면, 아주 한가롭고, 아주 만족스러웠다. 발레리*, 이 순간 왜 괴로워해야 하는가? 어머니가 자살하신 지 벌써 일주일이 지났다.

군주가 다시 말했다.

"어떤 사람들은 손바닥 선인장*을 심는다. 1년에 한 번만 열매를 따러 오면 되니까. 혼자 잘 자라고, 물도 필요 없단다. 비만 온다면 말이지! 너는 우리 민족의 자랑인 풀무는 알지만, 혁신을 이룬 어떤 기술이나 진보에 대한 욕망은 모르지. 4년 전, 내가 이 농장을 인수했을 때, 물론 손바닥 선인장도 있었지만, 덤불, 바위, 자갈 더미가 다였다. 쓰레기 매립지 같았다. 이 물을 봐라. 나는 꽤 큰 비용을 들였다. 우물 시추, 모터, 모터 설치, 부속품, 물탱크, 장비…… 내가 계산을 해 봤는데, 1리터당 10프랑이다. 아들아, 이것이 말이 안 되는 소리처럼 들리지. 게다가, 지금 토마토는 1킬로그램에 1프랑에 팔리고 있으니까. 1상팀도 더 받지 못하고 말이야. 그래서 손바닥 선인장을 재배하는 사람들은 더 멀리 보지 않는 것이다. 내가 너에게 알려 주마. 나무 한 그루 당 토마토 5킬로그램씩 수확하는데, 나는 60헥타르를 가지고 있단다.”

나는 감탄하듯이 휘파람을 불었다. 나는 정성들여 내 임무를 수행한 것이었다. 나는 수레 안에 웅크리고 앉아 있었다. 말똥을 옮긴 것인데, 소똥 냄새가 났다. 아침에 떠오르는 태양이 막 구릿빛으로 변한 구름을 흩트리고 있었다.

“이 60헥타르가 파산으로부터 나를 구해 주었다.”

갑자기, 그는 들고 있던 괭이를, 손잡이가 반이나 들어갈 때까지 진흙에 꽂았다. 그의 모습은 강인해졌다. 나는 속으로 말했다. 너그러이 용서하소서.

그가 외쳤다.

“알리!”

알리는 도구를 뽑아서, 물이 가득 찬 도랑을 닫았다. 그는 익숙했다. 익숙해지지 않기 위한 익숙함이었다. 그는 태양 아래 태어나서, 그을리고, 타고, 기력이 빠졌다. 몇 년 후, 아니면 며칠 후에 그의 뼈는 말라 버릴 것이다.

군주는 수레 손잡이 가운데 서더니, 나를 경주하듯이 빠른 속도로 밀었다. 쇠로 두른 바퀴가 지푸라기 줄기 위로 넘어갔던가? 진드기였나 도마뱀이었나? 수레가 납작하게 만들어 죽여버렸다. 예상하지 못했기 때문에, 그 속도가 너무나 급격하게 느껴졌다. 또, 예상하지도 못하게, 그는 두 개의 덤불 사이에 나를 밀어 던지더니, 다시 일으켜 세워 주었다. 그는 울고 있었고, 입술은 떨리고 있었다. 타라! 지프 트랙터 한 대가 녹색 덤불 사이에 반쯤 감춰져 있었다. 그는 날이 셋 달린 쟁기를 분리했다. 그가 말했다. 좋은 트랙터다. 그 안에 내가 앉자, 요란한 소리를 내며, 굽은 길을 따라 달렸다. 트랙터는 분노한 듯이 질주했다. 또 강력했다. 지푸라기로 덮여 있는 창고까지 달린 뒤, 급정거했다. 핸드 브레이크였다. 내려라! 그 엔진은 자피* 것이었는데, 훌륭하게 작동했다. 저 높은 곳에 있는 디젤 엔진처럼 말이다. 저 높은 곳은 얼마나 환희에 찼는가! 이곳은 얼마나 비참한가! 언젠가 디젤 엔진에서 숨넘어가는 개 같은 소리가 났다. 기름 때문에 그런 소리가 났나? 기름은 남아 있었던가? 내가 기름이 넘치도록 만들었다. 카멜을 포함해서, 세 명의 정비공이 점검하고, 해체하고, 재조립해서, 작동하게 했다. 그전에는 작동하지 않았다. 나는 집요하게 물고 늘어졌다. 그 엔진을 지프에 실어서, 수리점에 갔다. 이 노즐을 뚫어 주고, 이 실린더를 청소해 주시오. 마술사 같은 아이트 우아자의 그 **탈렙**을 만날 때까지, 이렇게 저렇게 다 해 봤다. 그는 전통적인 방법으로 돌아가, 그 안에 오줌을 누려고 했다. 핫지, 어떻게 생각하시오? **쳇!** 나는 비웃었다. 그는 엔진 위에 오줌을 누었다. 최후의 도유식이었다. 결과가 어떻게 되었을까? 그 엔진이 거기 있었다. 내가 제자리에 놓았고, 벨트도 제자리에 놓았다. 나는 생각했다. 그러고는? 언젠가 엔진은 다시 깨어나, 연료를 폭발시키고, 그의 존재를 가루로 만들어 버리겠지…… 사실은 그렇지 않았다! 그 엔진은 나를 비웃고 있었다…… 큰 덩어리 하나가 통 위에 얌전히 놓여 있었다. 그는 평소 움켜잡는 방식으로 그 덩어리를 움켜잡았다. 나는 생각했다. 정말 무거울 것이라고. 그는 엔진을 때렸다. 나는 그의 팔을 잡으려고 했다. 그는 발로 밀어서 나를 밖에 있는 무화과나무 아래로 굴려 넘어뜨렸다. 누군가 무화과를 먹어서 두 개만 남아 있었다. 하나는 썩은 것이었고, 다른 하나는 열리다 말았지만, 아주 잘 마른 것이었다. 그는 쇠를 쇠로 때렸다. 어디인지 모르지만, 새 한 마리, 카나리아 한 마리가 있었다. 그 새가 우는 소리를 계속 들었다. 쇳덩어리를 때리는 소리에도 새는 놀라지 않았다. 내리치는 사이에, 공명 현상 때문에 아주 잠깐 멈추는 순간이 있었다. 그 순간은 쓸모가 없었고, 그래서 쓸데도 없었다. 내가 너를 고철로 만들 것이다, 내가 너를 가루로 만들 것이다. 분명히, 내가 무화과나무 아래에서 너무 오래 기다리고 있었기 때문에, 그는 나를 일으켜 세웠고, 나는 내임무를 수행할 수밖에 없었다. 지프는 전속력으로 달렸다. 네가 대조라는 것이 무엇인지 알 수 없다면, 충실하고, 확실하고, 정직한 이 디젤 엔진을 봐라. 내가 합당한 대가를 지급하면, 이 엔진은 헛돌지도 않고, 속이지도 않고, 복잡하게 굴지도 않고, 문제도 일으키지 않는다. 알리! 알리가 달려와 창고를 청소하고, 가루를 땅에 묻었다. 호신! 호신은 알리의 팽이를 찾아서, 알리가 막아 놓은 물줄기를 다시 텄다. 알리도 역시 익숙했다. 타라! 그는 더 울지 않았다. 그는 두 손으로 핸들을 꽉 잡았다(내가 틀렸다. 그 손은 쇠로 된 것이었다). 차의 한쪽에서 다른 쪽으로, 뜨거운 공기를 뚫고서, 차갑기까지 한 바람이 스쳐 지나갔다. 잘 구운 빵과 같은 피부색을 한 소녀가 태양 아래서 웃고 있었다. 그 소녀는 발뒤꿈치로 쭈그리고 앉아, 엉덩이를 흔들며, 방갈로에서 침을 뱉고 있었다. 그녀는 깔깔거리며 웃고 있었다. 그녀는 밀짚을 양손으로 들어 올렸는데, 가늘고 빽빽한 지푸라기들이 다시 머리카락 위로 떨어져 내렸다. 지프의 바퀴에서는 삐걱거리는 소리가 났고, 군주는 소녀의 이름을 불렀다. 아이샤! 그의 억양이 소녀를 꼼짝 못 하게 했던가, 아니면 바로 그 순간 곧 그녀가 원 없이 웃기를 멈추고, 좋든 싫든 손으로 체를 흔들어 낱알을 걸러 내야 한다는 사실을 알아차렸을 것이다. 그녀가 좋아하는 것은, 멀리, 아주 멀리, 수천 번이고 그 방갈로에서 침을 뱉는 것이 아니었을까? 소녀는 여전히 낱알을 흔들고 있었다. 그녀는 계속해서 발뒤꿈치로 쭈그리고 앉아, 엉덩이를 흔들고 있었다. 단지 웃음을 참고 있었을 뿐이었다. 몸은 하얗고 털이 풍성한 수탉이 쓰레기와 재가 섞인 더미를 쪼아 먹고 있었다. 저 닭도 알아차린 것일까? 태양은 닭의 그림자를 드리우고, 그 그림자는 거의 움직이지 않고 있었다. 닭은 물러서지 않았고, 소리도 내지 않았다. 군주는 손을 펴고 내밀어서 닭의 머리를 움켜잡더니, 근엄하게 서서, 빠른 속도로 돌아가는 풍차처럼 닭을 쥐고 있는 손을 돌렸다. 소녀의 피부색은 잘 구운 빵 같았다. 이름은 아이샤였다. 그 순간, 눈, 목의 피부, 손바닥, 인도 옥양목을 짠 헐렁한 옷, 지푸라기가 뒤덮인 머리, 그녀의 모든 것이 잘 구운 빵과 같은 색으로 보였다. 태양은 그녀 위에, 그리고 그녀 안에 있었다. 그리고 그녀의 두려움은, 아마도 두려움과는 다른 것으로, 그녀조차도 알지 못했다. 알 수도 없었고, 전혀 알고 싶어 하지도 않았다. 나도 아무것도 알 수 없었지만, 그것은 두려움이었을 것이다. 군주는 소녀 위에서, 팔을 들게 하고는, 겨드랑이 아래로 옷을 찢었다. 소매 사이로 젖가슴이 하얗게 솟아올랐다. 너무나 하얘서, 젖가슴이 솟아올랐을 때, 태양과 짚단과 인도 옥양목으로 만든 옷은 증발해 버렸다. 심지어 팔을 다시 내렸을 때도, 나는 잘 구운 빵 같은 색이라고는 다시 찾아볼 수 없었다. 그 장면은 이랬다. 군주는 꼿꼿하게 앞으로 숙여 수평선과 거의 45도 각도를 유지했고, 진흙투성이의 맨발은 진흙이 거의 말라 그냥 흙과 같아서 땅과 구별할 수가 없었다. 그래서 두 발을 땅에 나사로 박아 놓은 것처럼 보였다. 나는 그 발이 그의 것이 아니라, 땅바닥에서 솟아난 두 개의 돌기라고 생각했다. 그리고 누군가 거기에 허수아비를 묶어서, 작업복을 입히고 모자를 씌웠는데, 바람에 앞으로 기울어진 것처럼 보였다. 나도 뻣뻣하게 굳어서, 그를 바라보며, 뒤에서 보이는 나 자신의 실루엣을 상상해 보려고 했다. 내 뒤에서, 마치 내가 거기에 멈춰 선 행인인 것처럼 말이다. 비록 나는 신발도 신고 있었고, 완전히 수직으로 서 있었지만, 아마도 또 다른 허수아비같이 보였을 것이다. 이렇게 우리는 아이샤가 일어나서, 죽은 흰 닭을 팔에 끼고는, 우리 앞에서 일직선으로 떠나는 것을 바라보았다. 물론 그녀가 일직선으로 갔지만, 거기는 토마토 나무가 빽빽하게 자라는 녹색의 땅이 있었다. 그녀는 그 안으로 들어갔고, 머리만 밖으로 나왔는데, 엉덩이를 흔들 때와 똑같이 흔들거렸다. 그래서 우리 둘은 달리기 시작했다. 지나가며 방갈로의 문을 박았고, 급하게 계단을 올라가서, 거실에 있는 커다란 창문에 기대서, 우리는 그녀가 걸어가는 것을 더 볼 수가 있었다.

그가 말했다.

"나는 저 여자를 사랑했다."

그런데 나는 그가 말하기 전에 이해했다. 아이샤가 일어나 목이 부러진 닭을 팔 아래 끼고, 아무 말도 하지 않고, 말을 해서 주의를 끌지도 않고, 단지 자연스럽고 비극적인 모습으로 알아차리고 떠난 것처럼 말이다. 왜냐하면, 할 수 있는 사람은 행동하기 때문이다. 반면 할 수 없다는 사실을 의식하고 있는 사람들은 글을 쓴다.

군주가 다시 말했다.

"나는 저 여자를 사랑했다."

이번에는 낮게 중얼거렸다.

나는 그의 손을 잡고, 거기에 내 입술을 힘껏 비볐다. 나는 갑자기 그가 나와 닮았다고 느꼈다. 그는 고통을 느꼈고, 그 고통 속에서, 그는 더 진실하고, 더 완벽하고, 더 인간적이었다. 아이샤는 멀리, 지평선에 도달했다. 아마도 웃거나 아니면 울고 있는 것 같았다. 어찌 되었든, 그녀가 한 걸음씩 내디딜 때마다, 그녀는 더 자유로워졌다. 그녀는 지평선을 두세 번 넘고, 저녁까지 더 걸어갈 것이다. 그리고 인심 좋은 어느 두아르에 멈추어서는, 닭의 털을 뽑은 뒤 구울 것이다. 해가 뜨면, 그녀는 다시 걸어갈 것이고, 가는 길에 한두 번은 강간을 당할 것이다. 뭐, 어쩌겠는가? 그녀가 자기가 떠났던, 떠나지 말아야 했을, 고향 두아르까지 갈 것이다. 그녀는 무엇을 가지고 돌아갈 것인가? 그녀의 젖가슴은 여전히 그대로 단단하고, 그녀의 아랫배는 여전히 불러 있었다. 비참한 일이다!

군주가 말했다.

"7월 어느 날, 나는 수크 라르바'에 갔었다. 암말을 한 마리를 사러 갔던가, 호로파'를 사러 갔던가…… 아이샤는 말발굽이 걸려 있는 하얀 천막 안에서 젖가슴을 씻고 있었다. 그녀의 가슴은 천막보다도 더 하얗고, 비누 거품보다도 더 하얗게 보였다. 그 가슴이 내 두 눈을 향해서 날아왔다. 마치 내 뒤에서, 황갈색으로 불타는 바다를 향해서, 지는 태양을 향해서 터져 나온 두 번의 웃음같이 말이야. 드리스. 알라께서는 내가 저 여자아이를 사랑하는 것을 허락하셨다."

나는 여전히 그의 손을 잡고, 여전히 그 위에 입술을 대고 있었다.

"네가 예전에 배다른 아이 두 명에 관해 말했었지. 그래, 맞다. 그들은 내 농장 어딘가에서 가축들과 놀고 있을 것이다. 오늘 저녁 너에게 보여 주마. 그 애들은 저녁에 가축과 함께 돌아온다. 네 살, 두 살이다. 드리스, 그거 아냐. 임신했을 때마다, 저 여자아이의 몸은 변형되었다. 얼굴도, 손도. 어떻게 보면, 벌을 주기 위해서, 내가 저 여자의 몸을 채웠다. 내가 사디스트로 보이겠지만, 그렇게 생각하지 마라. 나는 늙었고, 저 여자는 열여섯

308

살이다. 저 여자는 나와 자는 것을 받아들였고, 나는 저 여자를 사랑한다. 이해하겠니? 그렇지만 아이를 낳자마자, 여자는 다시 젊어지고, 강해져서, 나를 들들 볶았다. 나는 죄악은 바로 이런 모습을 하고 있다고 생각한다. 아들아, 뭐 마시겠냐? 그러면, 시가나 피워라!"

그는 나에게서 떨어지더니, 진열장을 열었다. 그는 매우 괴로워하고 있었지만, 의연했다.

"불편해하지 마라, 자…… 내가 불편해하니? 내가 뭐든 불편해하더냐? 너는 나를 아주 증오했겠지, 그렇지 않냐? 나는 내 정부에게 닭 한 마리를 노잣돈으로 주었다. 흰 닭이었다. 포기한 거지. 그리고 우리 둘은 그 여자가 떠나는 것을 봤다. 네가 나를 증오하는 이유를 하나 줄여서, 내가 너에게 칭찬받기 위한 것이었다. 아들아, 같이 이야기나 하자."

말을 하면 할수록, 그는 약해지는 것 같았다. 나는 그를 알고 있었다. 오래전부터, 나는 그의 몸짓, 그의 목소리에 일어나는 가장 작은 변화라도 뻔히 알 수 있었다. 지금, 그는 속이는 것을 포기했다.

보통 그는 어떤 방식(느리거나, 서두르거나. 확실하거나, 손을 떨거나……)에 따라서 잔을 채웠다. 그는 그 방식을, 행동하는 데 필요한 준비라고 이름 붙였다. 제거하는 행동이든, 아니면 심판이든, 그렇게 했다. 이제는 아니었다. 그는 아무 슬루 족 남자가 하듯이 잔을 채웠다. 왜냐하면 잔을 채워야 했기 때문이었다. 그는 아무 슬루 족 남자가 하듯이 잔을 비웠다. 왜냐하면 목이 말랐기 때문이었다. 그리고 그는 잔을 들었던 곳에 다시 잔을 놓았다. 이 연속된 행위는 무시할 수가 없었다. 왜냐 하면 그는 속이지 않고 있었기 때문이었다.

조금 전에 그는 수레의 바퀴가 삐걱거리게 했고, 지프의 기화 기를 부릉거리게 했고, 자피 엔진을 산산조각 냈고, 또 닭 모가 지를 비틀고 아이샤를 쫓아냈는데, 그것은 연극이었다. 아니면, 더 인간적으로 말해, 재료의 구성이었다. 소멸시킴으로써 어떤 자리를 얻고, 특히 그 자리를 인정받기 위함이었다. 혁명가들이 모든 것을 불태우고 피바다로 만들 듯 말이다. 속으로 나는 웃 었다. 칸막이를 치고 나 자신을 분리하고는, 나에게 부여된 임 무를 수행했다. 수동적으로, 겸손하게, 회개하면서.

그런데 어쩌면 그것이 완벽한 임무가 아니었던 것 같다……

나는 우리가 창문에 같이 기대었던 그 순간에, 그가 약해지 기 시작했다고 생각했다. 나는 그의 수염도, 손도, 눈도 보지 않 았다. 나는 토마토 농장에 펼쳐진 녹음 속으로 아이샤가 사라져 가는 것을 따라갔다. 그런데 아마도 그의 손은 연약해졌고, 눈 은 초점을 잃었고, 수염은 시들어 가는 꽃다발처럼 구부러졌다. 나는 생각했다. 놀라운 일이 일어났다. 그렇게, 나는 그를 사랑 하기 시작했다.

나는 말했다.

"더 이상 증오는 남아 있지 않습니다. 이전에도 결코 그런 적 이 없었다고 말씀드린다면, 제가 거짓말하는 것이겠지요. 저는 더 이상은 아니라고만 말씀드리겠습니다."

"더 간단하게 해 보자. 잔을 비우고, 시가에 불을 붙이고, 이 소파에 앉아서 내 말을 들어 보렴. 분석하지 마라. 나중에 편하게 비판할 수 있을 것이다. 분명하게 할 시간이 되었다. 너의 동생은 죽었고, 나의 아내도 죽었다. 예전에 너는 나를 심판했다. 너는 우리 모두를 통째로 심판했다. 열정적이었지. 이제, 네가 진정되었다고 여겨지니, 우리 같이 추슬러 보자. 나는 나의 업적에 남아 있는 것을, 너는 너의 가족에 남아 있는 것을 말이야. 너는 아마 나의 왕좌라고 말하고 싶겠지. 그러고 나면, 너는 네 마음대로 행동해라. 내가 너를 여기로 오게 했는데, 이유가 없었던 것은 아니었다. 우리는 편하게 서로 소리 지르거나, 싸울 수 있으니까. 네 형제는 우리 일을 전혀 알 필요가 없다. 왜냐하면 이 일은 단지 너와 나, 우리 사이의 일이기 때문이지. 내가 바라는 것처럼, 우리 관계를 다시 회복하기 위해서 주의 깊게 검토해 보자. 물론 우리는 말밖에는 할 수 있는 것이 없지만……어쨌든 말이야. 나는 내가 너에게 악의적으로 보일 수 있다는 것을 안다. 뭐, 교활하다고 치자. 그건 중요하지 않다. 네 앞에는 작은 탁자가 있고, 그 위에 나는 이 포르토 병을 놓는다. 우리가 같이 맛을 본 그 술병이다. 이 병은 내 아구창을 박살 낼 수 있고, 이 탁자는(그것은 대리석과 주철로 만든 것이었다), 그걸 걸쭉하게 뭉개버릴 수 있지. 아들아, 시가에 불을 붙여라."

그는 나에게 라이터의 불꽃을 내밀었다. 그는 어진 표정으로 나를 관찰했다. 그의 눈동자 뒤에는 여전히 괴로움이 조금 남아 있었다. 그는 지쳐서 괴로워했다. 그는 지쳐 있었다.

우리는 지쳐 있었다. 놀라운 일이 많이 일어났고, 나는 너무나 지쳤다고 생각했다. 지주의 땅 위에서 땀을 흘리는 저 농노처럼 말이다. 지주가 지나가며 말했다. 어때? 농노가 말했다. 어떠냐니요, 제기랄! 저처럼 땀을 흘리는 것보다 지주가 되는 것이 더 낫지요.

우리는 지쳐 있었다.

대충 그가 내 안에서 내가 알지 못하는 어떤 미래, 어떤 전조를 발견한 다음부터였다. 그는 거기에 희망을 걸었고, 나를 상속자로 삼을 수도 있다고 판단했다. 그는 나를 프랑스 학교에 보냈고, 그때부터 한 순간도 우리는 멈추지 않았다. 그는 나를 구속하려 들었고, 나는 발길질하며 저항했다. 우리는 서로를 감시하고, 궤변을 늘어놓고, 서로 관찰하고, 예상하고, 준비하고, 미리 대비하고, 순간순간 계획을 수정했다. 밤조차 휴식이 아니었다. 우리는 재정비하고, 재평가하고, 힘을 비축했다. 서로가 서로에게 얼마나 잔인했는지, 때로는 그의 몸 안에서 나를 발견하며 놀랐고, 내 몸 안에 그가 사는 듯 여겨질 정도였다.

그런데 달라졌다.

그는 나에게 그 사실을 떠올리게 했다. 두 명이, 두 명의 무관한 사람이, 심지어 개입하지 않았는데도 죽었다. 그들은 단지 거기에 있었기 때문에 죽었다. 나는 반항을 표현할 수 있었다. 마치 허리띠처럼 그 반항을 내 몸에 붙잡아 둘 수 없었기 때문이었다. 그다음에 나는 돌아왔다. 그리고 우리는 아인 디아브에 있는 그의 영지에서 서로 마주 보고 있었다. 우리에게는 60헥타르의 땅이 있었다. 아주 자유롭게 소리 지르고 싸우거나, 아니면 협정을 맺거나(과거를 땅에 묻는다고? 누가 이 말을 했더라? 어떤 소설가였나?). 아인 디아브에서는 좀 더 진실했다(비교해 보시라. 사업가, 화학자, 허세를 부리는 사람, 한 마디로, 그는 **자리를 잡은** 남자였다). 정확하게 60헥타르의 토지가 있었으니까. 그리고 토마토도 있었다. 예전에는 자갈과 덤불뿐이었다. 핫지 파트미 페르디에게 경의를 표하라! 이제 60헥타르의 토마토 농장이 있다. 또 우물과 관개 시설, 일흔네 명의 노동자, 활동, 이윤, 생기. 그리고 이 세부 사항이 중요하다. 아들아, 나무 한 그루당 5킬로그램이다. 장비, 장식, 활력. 그는 그곳에서 평온할 수밖에 없었다. 그래서 결국 나는 그가 정말로 약해졌는지 궁금했다.

아니면, 어떤 종류의 연극도 없는, 능숙한 솔직함일 수도 있었다. 극단적인 능숙함(나는 당신의 아들입니다, 파트미)은 가면을 벗는 것이다. 그리고 **배우**에 익숙한 나는 놀랄 수밖에 없었다. 기분 좋게든 아니든, 어쨌든 놀랐다. 그래서 마음이 흔들렸고, 이미 관용을 베풀려고 하고 있었다. 당신은 덧붙여 말했다. 작은 탁자 위에 병, 병으로 나를 박살 내고……, 점점 더 능숙해졌다.

나는 이렇게 말할 수도 있었다. 가면을 썼든 아니든, 무슨 차이가 있겠는가? 정확하게, 아이샤는 임신 전이나 후나(더 심하게 말하자면, 임신 중에도) 항상 똑같이 그를 들들 볶았었다.

그렇지만, 나는 독뱀을 삼킬 수 있었다. 그는 속이고 있었다.

나는 그를 삼켜 버릴 것이다. 테이블 위에 카드가 있나요? 쿠란을 다시 읽으시지요. 왜 쿠란이냐고요? 당신이 원하신다면, 전국 기차 시간표도 좋습니다. 두 개의 동일한 것보다 더 동일한 것은 없다. 이렇게 생각하는 것이 편하다. 그렇지만 지속성보다 더 사람을 무기력하게 만드는 것은 없다. 나는 칠흑같이 검은 수염이 난 이 남자와 대화를 지속했다. 이번이 진정 마지막이 아닐 수도 있다는 것을 알면서도 말이다. 그렇지만, 나는 맹세했다. 무슨 일이 있어도, 이번이 마지막이 되어야 한다고. 나는 양 손바닥에 침을 뱉었다. 자, 시작해 보자!

나는 말했다.

"시작해 봅시다!"

"그 젖가슴은."

그는 말을 꺼내더니, 입을 다물었다.

나는 괘종시계가 없는 것이 아쉬웠다. 그 괘종시계가 있었다면 이 거실(검소한 가구, 술 진열장, 안락함)을 고풍스러운 모습으로 만들어 주었을 것 같았다. 경멸적인 의미에서가 아니라, 고풍스러운 면을 보완해 주었을 것이라는 뜻이었다. 돈 많은 아줌마들의 지루한 대화는 별거 아닌 스캔들이라도 떠들기 시작하면 흥미진진해진다. 아버지가 장사했을 때 초대했던 두칼라의 그 무례한 농부들은, 밥 먹는 도중에 방귀를 뀌고는, 엉덩이를 한 손으로 조이면서, 도대체 '똥구녕은 어디 있는겨'라고 물었는데, 그러면서도 쿠란에서 적절한 문구를 아주 정확하고, 아주 훌륭하게 읊조렸다……

"누구 가슴이요?"

"하얗고…… 또 단단했지. 날 믿어다오. 그 가슴을 쓰다듬으며, 손가락으로 눌렀는데, 세상에! 너무나 단단해서 손가락이 용수철처럼 튕겨 나왔다…… 그런데 너는 무슨 일이 있니?"

나는 덥다고 솔직하게 말했다. 솔직하다는 그 고유하고 배타적인 의미에 따라서 말했다. 그렇지만, 나는 그 의미를 확대하겠다. 예를 들자면, 내가 개인 교습을 받았던 영어 교사가 있는데, 그는 어느 날 나에게 이렇게 말했다. 나는 이해할 수가 없어. 인류는 점점 더 못생겨지고 있어. 조금 전에 나는 원숭이 머리를 한 남자를 봤어. 어제는 말머리를 한 남자였어. 정말이야. 이해할 수가 없어. 자, 볼래(그는 지갑을 열었다). 이 사진을 봐. 내 아버지인데, 적어도 사람이잖아. 인간적인 형상을 하고 있지. 봐. 이 고귀함, 이 똑바른 용모, 이 근엄함을……. 나는 감탄하며 말했다. 아! 네, 그렇네요! 그는 매우 만족했다. 그는 진짜 정어리 대가리였다.

"덥습니다."

"그렇지? (그는 또 다른 시가에 불을 붙였다) 한편으로는 그런데. 다른 한편으로는 말이야, 너는 너의 어머니이자 나의 아내의 젖가슴을, 말하자면, 살짝 볼 기회가 있었을 것이야. 알라께서는…… 그렇지 않았다고 말하지는 마라. 앉아서 내 말을 들어라. 아니면 모든 점에 대해 분명하게 논의하자. 아니면, 지금 꺼져라. 네가 서두르지 않으면, 내 일흔네 명의 일용직 노동자들이 농장 끝까지 너를 쫓아갈 것이다. 여전히 목이 마르냐?"

"네. 그렇지만 독한 것이 좋겠습니다."

"케르만?"

"케르만 좋습니다."

"아니면, 코냑?"

"아닙니다. 케르만이 좋습니다."

그는 나에게 술을 따라 주었다. 술병을 놓으면서, 그는 자신이 맨발임을 알아차렸다. 심지어 진흙투성이였다. 그는 잠시 방 안을 둘러보고는, 잎이 두툼한 나무가 자라고 있던 커다란 화분을 집어 들더니, 나무를 뽑아 창문 밖으로 버렸다. 초를 사용해서 물구멍을 막고, 수도꼭지에서 물을 채우더니, 소파 앞에 다시 놓고는, 발을 물에 담갔다. 그는 인내의 가치를 알고 있었다. 나는 단숨에 잔을 비웠다.

그는 다시 말을 했다.

"어쨌든, 할 이야기가 다 끝났다는 것은 아니다. 내가 메카로 순례하러 갔을 때, 3년 동안 집을 비웠다. 3일은 순례했고, 두 달은 여행했고, 나머지 기간은 다마스쿠스와 카이로에 있었다. 아들아, 내가 도박장에 있었던 것은 아니었다. 여자 두 명과 같이 살았다. 한 여자는 다마스쿠스에, 다른 여자는 카이로에 있었지. 두 여자의 젖가슴도 아이샤만큼 관능적이었다. 여전히 덥냐?"

"네, 여전히요."

"야! 지금 8월 중순이다(그는 웃기 시작했다). 아주 시원한 칵테일 하나 만드는 법을 알고 있는데. 아니면……"

그는 화분을 가리켰다. 나는 의자를 가까이 놓고는, 거기에 발을 담갔다. 나는 신발을 벗지 않았다. 그가 물속에서 발에 묻은 진흙을 씻는 동안, 나는 물속에서 신발을 벗을 것이다. 그것은 인내심을 시험하는 경기였다. 그렇게 신경을 집중해 본 적이 없었다.

"잡고, 무게를 재고, 또 재고. 너는 곧 심판하게 될 것이다. 너는 심판하면서, 모든 요소와 그 요소들 각각의 세부 사항을 파악할 수 있을 것이다."

물은 먼저 내 발을 적셨고, 양말을 적셨다. 나는 발가락을 살살 움직였다. 괘종시계가 없는 것이 여전히 아쉬웠다. 점점 더 더워졌다.

누군가 우리가 이런 자세로, 카빌리 항아리에 발을 담그고 모여 앉아서, 서로 웃으며 축하하고 온화하게 담소를 나누고 있는 것을 발견했다면, 우스꽝스럽다고 결론을 내렸으리라. 그가 우스꽝스러움을 모르는 사람이든, 스스로 광대처럼 행동하는 사람이든 말이다. 나는 주의를 기울이고, 진지하게 기다렸다. 그런데 우스꽝스러운 것은, 정확하게 말하자면, 누군가가 우리를 발견할 수 있을 것이라는 바로 그 생각이었다.

군주는 계속해서 말을 이어갔다.

"내 개인사의 요소들 중 하나인데, 네가 관심을 두지 않는 이야기가 있다. 하기는, 뭐 하러 그러겠냐? 돌아가신 너의 어머니이자 나의 아내에 대한 나의 태도는 권위, 매정함, 경멸이었지. 너는 아마 이렇게 추론했겠지. 이 남자는 가증스럽다고. 내가 그것을 뒤집어 보겠다. 잘 들어 봐라. 너는 왜 그랬는지 전혀 물어보지 않았지. 자, 왜 내가 그 여자를 가축처럼 취급했을까? 자존심, 욕구, 꿈을 가지고 태어난 사람이 너만 있는 게 아니다. 나도 네 명의 형제자매가 있었다. 부모님이 돌아가셨을 때, 나는 열다섯 살이었다. 그들을 먹여 살려야 했다. 그런데 돈도 없고, 도와주는 사람도 없고, 학위도 없었다. 형제자매들과 내 두 팔뿐이었다. 나는 그들을 먹여 살리고, 나도 먹고살았다. 돌 깨기, 꽁초 주워 팔기, 청소부, 나귀 몰이꾼, 석탄 팔이, 기타 등등. 다른 건 할 게 없었다. 나의 꿈은 어떻게 되었을까? 서른 살이 되어, 상황을 통제할 수 있게 되었을 때, 나는 내 꿈을 땅에서 파냈다. 마치 잃어버린 아이나 이상한 과거를 되찾은 것 같았다. 나는 메카로 순례를 떠났다. 그 사이에, 저명한 가문이 있었는데, 지리학자, 신학자, 사상가, 몽상가, 시인, 극빈자의 가문이었는데, 그 마지막 후손인, 알라께서 영혼을 거두어 주신, 돌아가신 너의 어머니가 나의 침대 안으로 들어오게 되었지…… 너도 우리의 전통은 잘 알고 있다시피, 주요 이해 당사자들은 각 가문의 약혼에 대해 아무것도 모르지. 가문의 문장을 다시 빛나게 해야 했다. 나의 경우, 정말로 금박을 입혀야 했다. 나는 그때 목수였거든. 그리고 어느 겨울날 아침, 네 번째 시간이 울릴 때, 와우! 나는 가질 수 있었지…… 알라께서 그녀의 영혼을 거두어 주시길."

그는 크게 미소를 지었다. 갈라지고 주름진 분홍색 잇몸과 몇 개의 앞니와 입 안에 가득한 끈적이는 타액이 드러났다. 그는 엄지손가락으로 아주 부드럽게 내 뺨을 만졌다. 신발 속에서 물이 콸콸 소리를 내고 있었다.

"유럽과 유럽 문명을 받아들인 국가에서 결혼은 평범한 일들로부터 시작한다고 말하지. 우리나라에서 결혼은 그 목적으로부터 시작한다. 나의 결혼은……."

키도 같고, 똑같은 의자에 앉아 상체를 펴고 있었기 때문에, 우리는 같은 높이에 머물렀다. 내가 미소 짓고 있는 몇 센티미터 떨어진 곳에서, 그의 미소는 사라지지 않았다. 사라지지 않았다는 것은 중요했다. 중간 단계나 새로운 국면을 가정하기 때문이었다. 나는 생각했다. 연관관계가 없다. 포개진 입술의 느슨한 접합면에는 거대한 연민이 **있었다.** 연극인가? 아니다. 통제였다.

"……당연히, 그 목적으로부터지. 그런데 이것을 이해해야 한다. 그 목적은, 점 하나처럼 분명하고 간결하다. 앞도 없고, 뒤도 없지. 소녀는 말라빠졌고…… 너무나 순종적이고……."

"그렇게 말씀하실 수 없습니다. 아버지는 이기적으로 어머니를 무시하셨습니다. 저는 알고 있습니다. 어머니가……."

"네가 뭘 안다고? 내가 그 여자를 빨아먹고는, 등을 돌리고, 내팽개쳤다고? 어린아이 같으니라고!"

그는 다시 내 뺨을 만졌다. 어린아이 같으니라고!

"그리고 아이들은요? 일곱 명의 아이들은요? 죽은 하미드와 다른 아이들에게, 왜 그랬습니까? 관습인가요, 야만성인가요? 아버지는 저를 욕하고…… 아버지는 대상을, 가장 명백한 대상을, 즉 눈에 분명히 보이는 것을 정면에서 바라본다고 생각하지요. 그런데 오히려, 그 뒤를 파헤쳐 보시지요. 어머니는 건강하게, 몇 번이고, 아이를 낳을 수 있도록 특수하게 만들어졌을 뿐이었습니다."

손가락 세 개였다. 알라여, 제가 언젠가 이렇게 말할 수 있게 해 주시길 빕니다. 손가락은 침묵할 필요가 있다고요.

그는 엄지와 검지를 접어 둥근 모양을 만들었다. 그 모양은 항구의 건달들이 관광객들에게 보여 주는 것이었다. 아저씨, 이쪽으로 오시죠, 제가 여기 파트마'들 중 한 명을 알거든요…… 눈이 사슴같이 예쁘다니까요, 아저씨. 그러나 그가 뻗은 손가락은 세 개의 총검처럼 보였다. 어서 빨리 일어나라. 정확하게 맞춰라. 이런! 너는 지름길로 가려고 생각했구나!

그는 손가락을 흔들며 말했다.

"세 가지 단순한 진리가 있다고 알고 있다. 프랑스 보호령 이전에 태어난 모로코인들은 절대로 어리석지 않다고 너는 생각해야 한다. 나는 심지어 완벽하게 읽을 수 있는 사람도 알고 있다. 쓰고, 셈도 하고. 그것도 프랑스어로 말이다. 너는 아마도 나에게 알려 주고 싶었겠지…… 미안하지만, 나는 그렇게 생각했다. 왜냐하면 너는 바칼로레아가 있고, 나는 바칼로레아가 없으니, 너는 나에게 그 사실들을 알려 줄 수 있었을 테니까. 뭐라고? 미안하지만, 나는 그렇게 생각했는데."

그는 손가락을 멈추었다. 내가 설명을 덧붙여 말하자면, 그 손가락들은 총검과 같은 성질을 잃어버렸다. 나 역시 움직이지 않았다.

"첫째. 나의 아내에 대한 몇 가지 조심. 그랬다면, 분명히 칭찬 받아 마땅했겠지만, 나는 문명화된 사람이 아니다. 나는 너에게 그것은 예술을 위한 예술이라고 말할 수 있을 것 같다. 이 가련한 조그만 정자들에게 기회를 주어야지. 나는 네가 절대적인 것을 갈망한다고 생각하니, 넌 나를 아주 잘 이해할 수 있겠지. 지금 너에게 묻겠는데, 네 어머니가 앞에서 말한 조심스러움에 대해서는 어떻게 생각하셨겠니?"

그는 가운뎃손가락을 접었다. 항목들의 나열이었다.

"둘째. 홀아비 생활, 즉 순수하고 단순한 포기. 지성을 가두고, 육체를 헤아려 보자. 생각해 봐라. 예언자께서도 남자셨다. 그것도 진짜 남자셨지. 집에는 만족시켜 주어야 할 육체가 있으셨다…… 나도 내 육체가 있었다. 내가 질문을 하겠는데, 네 어머니는 어떻게 생각하셨을까?"

미소가 그의 입가에서 떠난 적이 없었던가, 아니면 거기에 다시 태어난 것인가? 매우 사랑스러웠다.

"그래, 만족시킨다는 것. 나는 중단했다. 내가 어머니를 정말 만족시켰는가? 너는 그것을 생각하고 있지. 그런데, 네가 생각해야 하는 것은 오히려, 어머니가 세상에서 가장 원했던 것은, 정확하게 바로 그 결핍이 아니었을까, 응?"

그는 네 번째 손가락을 접었다. 이번에는 항목들의 나열이 아니었다. 결산이었다.

"멈추기도 하고, 더하기도 하는데, 지금은 이 모든 것을 받아들이렴. 내가 곧 나의 대차대조표를 제출할 테니. 세 번째 단순한 진리는 파혼이었다. 논리적으로 생각해 보자. 너의 어머니는 나의 이상향이 아니라, 빌어먹을 관습일 뿐이었다. 너의 어머니는 이 지상에서 내게 일어난 우연적인 일 중 하나였을 뿐이었다. 내 식사를 준비했고, 내 이부자리를 정리했고, 내 옷을 깨끗하게 빨았다. 복종하고, 순종하고, 정직했다(정절은 생각할 필요도 없다). 그러니, 단점을 보자! 왜냐하면, 아들아, 단점도 똑같이 소중하게 여겨야 하기 때문이다. 오로지 장점만 가지고 있고, 또 오로지 그 장점만을 위해 만들어진 알라의 창조물과 결혼할 수 있어서, 그렇게 한 사람은 자기 초상화를 산 것이다. 단점에 대해서 말해 보자. 너의 어머니는 평균 정도였다. 말 많고, 잘 울고, 기타 등등. 그런데 무엇보다도, 복종하고, 순종하고, 정직했다. 정말로! 정절은 말할 필요도 없었다. 이것이 바로 나에게 우연히 일어난 일 중 하나였다. 지금 네 어머니가 돌아가셨으니 말인데, 네게 고백하자면, 그 여자가 그립다. 집 청소 때문이 아니다. 그건 평범한 아무 여자라도 쉽게 대신할 수 있지. 그런데 갑자기 쓸모없어져 사용하지 않게 된 그 에너지는…… 일상적인 영향력을 생각하지 말고, 예전에는 기차가 달렸는데 지금은 소리가 들리지 않는, 버려진 지 오래되어 풀이 자라고 있는 철로를 떠올려라. 그 철로는 심리적인 콤플렉스를 떠올리게 하지. 철로는 기차가 필요하다."

그 순간 새끼손가락은 빳빳하고 위협적이었다. 부러진 나무처럼 위협적이었고, 부러져 죽어 버린 나무처럼 빳빳했다.

"그러니까, 파혼을 할 수 있었다. 법으로 허용되고 찬양되는 것이지. 그러나 나는 파혼에 대해서는 생각조차 하지 않았다. 아마도, 그 후속 조처를 한다는 것, 아니면 단순히 그것을 고려한다는 것이 실수를 범했다는 생각을 **인정하는** 일과 같았기 때문이었다. 기본적인 실수인 거지⋯⋯. 네가 나에게 집을 지어주었는데, 그다음에 네가 와서는 나한테 토대를 세우는 것을 잊어버렸다고 말하는 셈이지. 에이! 나는 머무를 집을 찾았고, 그렇게 생겨 먹었지만, 그 집은 그렇게 그대로 있을 수밖에. 책임을 져야지! 너의 어머니는 24년을 버텼다. 그리고 나는 시간이 많았다. 나는 안다. 그것은 어리석은 사고였지. 어린 나이에 시집을 와서⋯⋯ 나는 확신한다. 너의 어머니는 죽은 지 이미 몇 년이 지났다. 조금 이따 최대한 그 문제를 짚어 보자. 나는 어쩌면 그 때문이었다고 생각했다. 어쩌면, 내가 지금까지 언급한 모든 이유 때문이었을 수도 있겠지. 나머지 모든 많은 것들은, 법으로 동등하게 허용되고, 동등하게 축복받은 채로 남아 있었다."

새끼손가락이 접혔다. 잠시 내 코앞에 힘줄이 튀어나온 주먹이 있었다. 힘줄이 너무나 튀어나와서 흰색이 되었고, 사이사이는 보랏빛이 돌았다. 그다음 주먹이 펴졌다. 길고 단단한 손이 내 넓적다리 위로 내려가더니, 손바닥으로 다리를 살짝 쳤다. 전적인 환희로의 초대였다. 그러니 웃자!

"전통에 따라 네 명의 아내를 두라고? 나는 조용한 것이 좋다. 게다가, 나는 하나만 가능하지, 넷은 안 된다. 사람들이 간단하게 '일정표'라고 부르는 것에 대해 말하자면, 나는 너에게 반복해서 말하는데, 빌어먹을 관습일 뿐이다! 너는 문제를 뒤집는 방법을 알려 주는 이 속담을 알고 있지. '거지 한 명이 먹을 수 있는 음식이 있는데, 네 명이 모이면 확실하게 다 먹어 버릴 수 있다'. 그건 그렇고, 내가 근대적인 남자라는 사실을 너에게 고백했는데, 너는 놀라지 않았니?"

그는 내 무릎을 꼬집었다. 두 번. 나는 무릎을 꼬집히도록 내버려두었다. 두 번. 나는 외부 세계를 향해서 두 번 짧게 시선을 돌렸다. 나는 그 세계를 소멸시켰었지만, 그 세계는 내가 다시 규칙을 따르도록 했다. 화분 속의 물은 조금도 움직이지 않았다. 열린 창문으로 보이는 사각형으로 잘린 파란색도 움직이지 않았다. 더위는 어땠는가? 열기는 내 발이 잠겨 있는 물속까지 들어왔다. 그러나 아마도 적응해서…….

나는 말했다.

"어머니도 자신의 의무를 다했습니다."

그는 정말로 조심하고 있었다.

"물론이지."

그는 일어나서, 내가 화분에서 발을 빼는 것을 기다리더니, 세면대 쪽으로 갔다. 나는 수도꼭지에서 물이 나오고, 배수구로 물이 내려가는 소리를 들었다. 나는 내 신발을 바라봤다. 그 신발은 페스의 카라위인 모스크에서, 내가 신던 바부슈를 잃어버리고 대신 주워 온 신발이었다. 전혀 무거워지지도 않았고, 하얀 카펫 위에 갈색 물방울이 떨어졌지만 우스꽝스럽지도 않았다. 그리고 그것을 보고 있는 나도 우스꽝스럽다고 생각하지 않았다. 왜냐하면 그 신발은 내 눈에 새것처럼 보였기 때문이었다. 심지어 그 전보다도 더 새것처럼 보였다. 그런데 나는 이 투박한 신발을 바라보면서, 돌아다니기 싫어하는 조셉 케셀을 떠올렸다. 무슨 생각들이 결합해서 그렇게 되었는지, 누가 나에게 말해 줄 수 있을까? 나는 신발을 벗었다. 스펀지처럼 젖은 신발을 벗었다. 차가운 물이 발을 적시자, 나는 즉시 부끄러워졌다. 내 발은 아주 더러웠다.

군주는 반복해서 말했다.

"물론이지."

그는 자기 발을 물에 담갔다. 그 발은 나를 부끄럽게 하지도 않았고, 그도 전혀 부끄러워하지 않는 듯 보였다. 점점 더 진흙투성이가 되었다. 그랬었다. 그는 규칙적으로 말하고 움직였다. 자기 규칙에 대해 확신에 차 있었다. 그는 시간이나 입 안의 침이 없어지지 않을 것을 알고 있었다. 그는 미지근한 물을 차가운 물로 바꿨다. 그뿐이었다. 휴식 시간을 받아들였을 뿐이었다. 그는 내 무릎 위에 손을 다시 올려놓지 않았다. 그런데 그것이 세상의 규칙에 맞는 것이 아니었던가? 나는 그가 그랬으면 하고 기다리고 있었다. 또한 질문을 기다리고 있었다.

"시가 한 대 더 피울래?"

"됐습니다."

완벽한 거짓말쟁이의 방법이었다. 1톤당, 1온스씩. 아니, 나는 시가를 피우고 싶지 않았다. 말로 내 인생의 무게를 재는 것에도 동의하지 않았다. 말이라니! 그가 자세하게 말할수록, 내 삶은 점점 더 좁아졌고, 점점 더 '고삐가 죄어졌다'.

"동거가 남아 있었다. 나는 앞에 말했던 주장을 되풀이하지 않겠다. 단지 너에게 섹스는 섹스일 뿐이라는 사실을 알려 주고 싶다. 나에게 섹스란 건강에 좋고 자식을 낳는 행위를 의미한다. 알라께서 영혼을 거두어 가신 너의 어머니의 능력 중 하나였지! 그렇지만……."

"어쨌든, 시가 한 대 피우겠습니다."

"한 대다."

유치했다. 나는 인정했다. 그렇지만 나는 갑자기 공기가 조금 필요했다. 나에 대해서 의심이 들기 시작했다.

"하나만입니다!"

그는 나를 위해서 불을 붙여 시가를 건네주었다. 그는 웃지 않았다. 만일 웃었다면, 나를 유치하게 만드는 그의 근엄한 태도가 흐트러졌을 것이다. 그는 근엄함을 유지했다.

"동거의 성격은 분명히 개별적이어야 한다. 나는 이 점에 찬성한다. 나도 그렇게 했다. 다마스쿠스에서도. 카이로에서도. 여기에서도. 개별적인 동거들 덕분에, 나 자신도 개별적인 존재가 되었다. 그리고 나를 완성했다. 율법으로 축복받은 내 결혼 생활에서 부족한 것이 바로 사랑이었다. 알라께서 영혼을 거두어 가신 너의 어머니가 나의 마음속에서 우러나게 하지 못한 것이기도 하지. 그 여자가 어떤 부분에서 피해를 보았단 말인가? 그 여자는 가장 큰 부분을 차지하지 않았던가? 쫓겨나지도 않았고, 무슬림 부인으로서 존엄성도 떨어지지 않았고, 망신당하지도 않았고, 배신당하지도 않았다. 다만, 나는 그 여자를 사랑할 수 없었을 뿐이었다. 나는 다른 여자들을 사랑했다. 이보다 더 정확한 사실은 없다."

나는 조용히 내면의 망상을 뒤쫓았다. 그렇지만 나는 기록했다. 과도하지는 않지만, 이 뜻밖의 말에 놀라서, 특히 더 기록했다. 기둥은 곧 다시 세워질 것이다. 로슈 선생님은 말했다. 아주 작은 전쟁이 당신들을 깨울 것이다. 나는 그 말로부터 추론했다. 그다음 아랍인은 곧바로 잠자러 돌아갈 것이다. 기둥은 다시 만들어질 것이다. 나는 시가를 피웠다. 최대한 많은 연기를 오랫동안 폐 안에 간직했고, 입을 열고 조금씩 내뱉었다.

"다마스쿠스와 카이로의 여자들에 관해서는 너에게 이야기할 필요가 없다고 판단하는데……."

"네."

"뭐라고 했니?"

"네라고 했습니다."

나는 그의 얼굴에 담배 연기를 한 모금 뿜었다. 자욱한 연기는 곧 멈추었고, 수염과 검은 눈만 보였다. 그전에 뿜었던 연기는 조금 더 먼 곳에 멈추어 있거나 흩어져 버렸다. 핫지, 조금 이따, 나는 당신을 위해 진짜 폭력을 보여 줄 거야. 말이 아니라 행동으로. 당신은 이렇게 판단할 거야. 순수하고 간결한 폭력이라고. 당신이 말한 개별적인 존재를 향해서, 당신은 나를 이끌어

가고 싶어 하고, 나도 순순히 거기로 가고 있지. 그런데 이것은 게임일 뿐이야. 속임수인 거지. 당신을 '장악하기'에 적절한 속임수야. 조금 이따 이 시가를 다 피우고 나서 말이야. 지금은 연기를 내뿜고, 당신 말을 듣는 게, 너무 행복해.

"필요합니다. **모든** 요소가, **지금** 저에게 필요합니다. 혹시, 좌절하셨나요?"

"뭐라고?"

"다마스쿠스와 카이로에서요?"

"맞다."

아마도 그랬겠지. 그러나 나는 신경 쓰지 않아. 꼬투리를 잡았다는 게 중요하지. 딱 그가 이 분위기에 빠질 정도만 말이야. 이건 내 체스 게임이야. 여왕을 희생시켜서, 그를 체크메이트로 몰아가는 거야. 나는 철저하게 내 역할을 연구했다. 처음부터. 어머니의 장례식부터. 내가 두려워하는 것은, 상대가 아주 훌륭한 체스 선수라는 것이었다.

"그래, 좌절이라. 너는 아마 웃을 것이다. 나는 실패했고, 그 사실을 너에게 고백하고, 또 **나에게** 고백한다. 그러니, 웃어라! 그러고 나면, 내가 너에게 이 주먹을 날려 주마. 좌절했기 때문에 나는 남았다. 그 때문에 **3년**을 떠나 있었다."

그는 큰 소리로 이 말을 하지 않았다. 항상 평온했고, 쾌활할 정도였다. 그 순간, 그가 토론을 그만둔 것이 아닌가 생각되었다. 그는 내 안에 무엇인가를 놓쳤고, 그래서 기분이 나빴다. 그는 찾고 있었다. 나는 그의 지적 능력을 알고 있었다. 그는 예리하게 장애물을 제거하고, 민첩하게 찾고 있었다.

"나는 완벽하게 사랑에 빠졌다. 두 번이었지. 두 번째 주먹이다. 잘 듣고, 이상한 짓은 하지 말아라."

"제가 아버지였다면, 돌아오지 않았을 것입니다."

"고전적이군. 신부가 고백을 듣고, 죄를 면해 준다. 신부는 죄를 책으로만 알고 있을 뿐이다."

"어쨌든, 저는 거기에 남았을 것입니다."

"그럴까?"

"그렇지 않을까요?"

그는 장애물을 제거하며, 계속 찾고 있었다. 나는 한 번 더 그를 유인했다. 저 개미는…….

"완벽하군. 그런데 왜 너는 돌아왔냐? 너는 그날 밤에 큰소리치지 않았느냐? 네가 떠나면 다시 돌아오지 않겠다고. 그렇게 큰소리쳤지."

사람들은 단맛이 나는 붉은 개미를 으깨서 빨아먹는다. 그 개미 한 마리가 포르토 병 위로 올라가서 달리기 시작했다.

"제 상황은 달랐습니다만…….."

"혹시 내가 처해 있던 상황은 알고 있었냐? 아니면, 단지 내가 존재하기만을 바랐던 것이냐? 족장이 섹스를 하면, 부족은 섹스를 하지 않는다. 흥미로는 관점이야. 아니면, 나를 방해하고, 비웃고, 훼방을 놓아 시간을 벌기 위해서인 거군. 이 대화를 그만둘까?"

"아닙니다."

그는 내가 **아마도** 휴식이 필요하다고 짐작했던 것 같다. 그런데 휴식이 필요한 사람은 **분명히** 바로 그 자신이었다. 그는 어느 순간부터 내가 그의 지적인 영역을 벗어났다는 것을 알고 있었다. 왜, 어떻게, 어떤 목적을 위해서? 그는 능숙한 체스 선수다. 나는 '아니다'라고 말했다. 그와 함께 있을 때는, 섬세하게, 오로지 섬세하게, 그보다도 더 섬세하게 행동할 필요가 있다. 이슬람 세계가 그렇다. 사람들은 여기서 이렇게 섬세함을 경험한다. 다른 방법으로 벗어날 수가 없다. 정신적 자살이 아니면 불가능하다.

시가 끝을 불어서 끈 다음, 개미에게 가까이 가져갔더니, 개미가 병뚜껑으로 올라갔다.

"더 방해하지 않겠습니다."

그는 내 행동을 관찰했다. 그는 자기 마음대로 평가할 것이다. 운은 하늘에 맡겨야지! 조금 전에 내가 빈정거렸을 때처럼, 이 세부 사항이 그의 주의를 끌었다. 나는 만족했다.

"그게 더 현명할 거다. 내가 너에게 대차대조표를 제출한다고 했었다. 그러니 내가 그것을 제출하게 내버려두렴. 그다음에 그것을 평가하거나, 아니면 네 갈 길을 가라. 그 표가 너와 관련된 것은 아니니까. 내가 아는 한, 우리는 서로에게 적이 아니다. 너는 나를 증오하거나, 아니면 증오한다고 생각하겠지. 그러나, 나에게 너는 내 아이다. 우리는 적이 아니다. 이방인은 더더욱 아니고. 오해가 갈라놓은 아버지와 아들일 뿐이다. 이 문제를 지적으로, 남자 대 남자로서 해결해 보자. 우리가 만일 어린아이라면, 네가 어린아이로 남아 있다면, 우리는 아-바-다-붐-바라고 중얼거리고…… 함께 한 번 울고, 그다음 함께 웃겠지. 그런데 내가 아이였던 적이 있었던가? 나는 아이들하고는 토론하지 않는다. 우리가 만일 개라면, 우리는 밖으로 나가서, 이 오해를, 마치 뼈다귀처럼, 이로 깨물어 해결하겠지."

감정과 감정의 질이 있다. 어떤 감정은, 솔직하다고 해도, 우리에게 전혀 감동을 주지 못한다. 또 다른 감정들은, 우리가 그 감정들이 연극적인 표현이라는 것을 알고 있지만, 우리의 마음을 사로잡는다. 나는 왜 그런지 생각해 봤다. 로슈 선생님은 나에게 말했었다. '꿈의 부분은, 우리의 현실을 쥐어짜서 나온……' 그는 더 자세한 정보를 알려 주기 위해서, 나에게 프랑스 연극의 거장들을 소개해 주었다. 내가 너에게 추천하는데, 지드는 거장이다. 레몽 로슈 선생님은 이렇게 **말씀하셨다.**

연설을 끝냈을 때, 군주는 아주 온순했다. 악어든 백조든 나는 관심 없었다. 그는 아주 온순했다. 거지에게 물어볼까? 10수짜리 동전 아니면 1프랑짜리 동전, 어느 것을 적선할까? 그는 아주 온순했다. 어머니의 온순함과 비슷할 정도였다. 나는 내 턱뼈가 튀어나오는 것을 느꼈다. 암소가 울었다. 어디서 울었지? 그 소리가 마치 호른이 울리는 것처럼 들렸다. 가까이 있는 그의 수염, 웃음, 물에 담근 발, 이 장식, 이 더위, 이 허름한 건물. 이 집을 관리했던 어머니의 온순함은 순종하고, 복종하고, 정직한 것이었다. 어머니는 너무나 섬세해서, 스스로 사라져 보이지 않을 정도였다. 그리고 **어머니의 사랑**이 있었다. 그러나 이것

들은 전혀 고려되지 않았다. 그는 그 차이를 구별하지 않으려는
듯했다.

"계속 말씀하세요. 극도의 피로감을 느끼고 있지만, 아버지의
궤변은 놀랍습니다."

나는 주머니에 손을 넣어, 그의 틀니를 꺼냈다. 그 시가는……
유대인 친구 중 한 명이 예전에 아스타로트*의 저주를 읽게 해
준 적이 있다. 나는 그중 하나를 읊조렸다. 어머니는 아무 성자
에게나 기도했었지. 그러면서 나는 시가에 다시 불을 붙였다.

"그리고 저의 생각을 밝히겠습니다. 왜냐하면, 아버지가 속이
고 있기 때문입니다."

"뭐라고?"

"아버지는 속이고 있습니다."

그는 자기 틀니를 씹었다. 어색하지만, 환희에 차서 씹었다.
그는 그 습관을 잃어버렸었다. 그는 가볍게 틀니를 핥으며 금속
의 알칼리성 맛을 되찾았다. 그의 혀는 처음에는 검사하듯이,
그다음에는 의심에 가득 차서 핥았다. 나는, 주인, 즉 남편이 돌
아왔을 때, 말이 울부짖고, 아내가 신음하는 소리를 기꺼이 들
을 것이다.

그의 눈은 맹렬히 불탔다. 나는 라이터를 켜고 입으로 불었다.
나는 원래 담배를 피웠다. 그래서 시가는 껐다가 다시 불을 붙
였다. 언제나 빵 부스러기로 빵을 만드는 법이 있기 마련이다.

"아버지는 속이고 있습니다. 저는 처음부터 느꼈습니다. 과
인이라고 부르지 않으면서 군주의 권위를 포기하고, 저에게 술

을 따라 주고, 속내를 이야기하고, 현재의 문제를 함께 이야기
했죠. 아버지는 속이고 있습니다. 원을 그리고, 그 안에 저를 가
두었습니다. 저도 가두게 내버려두었죠. 재미있는 일화 몇 개를
곁들여 토론하고, 저의 참패로 끝난 강력한 추론이 있었죠. 이
런! 돌대가리를 연기하고 싶었던 고집덩어리인 것이었습니다!
이제 아버지의 신격화가 남았습니다. 그 차 사건을 바로잡은 놀
라운 능력 말이죠. 저는 원 밖으로 나가지 않았습니다."

그는 확인해 주었다.
"그래, 나는 속이고 있다."
"저도 마찬가지입니다."
그의 볼이 부풀어 올랐다. 왼쪽으로, 오른쪽으로. 괘종시계가
여기 있었군! 그는 여전히 틀니를 혀로 핥고 있었다. 그것이 그
가 기다리는 방법이었고, 또 그때까지 인내심이 있다는 것을 표
현하는 방법이었다. 물론 그때까지지만. 나는 속으로 아스타로
트의 의식을 마쳤다.
"자, 우리 둘이, 아버지와 제가, 서로가 속이고 있지만, 토론은
여전히 자유롭습니다. 카멜이 고군분투했던, 키가 1미터 80센
티미터나 되었던 창녀처럼요. 창녀랑 첫 경험이었죠. 그 여자는
옷을 벗고, 벌리고 있었습니다. 늘어진 외투 사이로, 그는 대포
를 꺼내듯이 성기를 꺼냈습니다(그는 외투를 입고 있었습니다.
매우 추웠죠. 그래도 모자는 벗었습니다). 여자는 무관심하게
쳐다봤습니다. 형은 그 여자의 배꼽을 만졌습니다. 여자는 아무

말도 하지 않았죠. 그리고 성기 끝으로 거기를 눌렀는데, 여자
는 여전히 아무 말도 하지 않았습니다. 그러다, 그 여자가 자제
력을 잃고 화를 냈습니다. 형이 악착같이 그 여자 배꼽을 뚫고
넣으려고 했기 때문이었죠. 다시 말씀드리는데, 그 여자가 첫
번째 창녀였으니까요. 그다음에야, 형은 좀 더 아래로 내리려고
했죠."

나는 일련의 행동을 빠르게 했다. 손을 겨드랑이에 넣고, 팔꿈
치를 원탁에 기대고, 주머니칼을 놓았다. 손에 쥐고 있는 루거
권총의 금속이 빛났다. 푸른색 금속이었다.

"제가 속이고 있었다고 말씀드렸지요. 이렇게, 저렇게요. 저
는 창백했던 일 킬로를 생각하고 있습니다. 오늘 아침 신문에
서 봤습니다. 그는 타들라* 어느 곳에서 칩거하고 있었는데, 소
매치기하다가 잡혀서, 6개월 감옥에 갔습니다. 그리고 살이 터
지고 뼈가 으깨진 어머니를 생각합니다. 어머니는 테라스에서
투신하셨지요. 제가 어머니에게 방법을 알려드린 것이었습니
다. 제가 창고를 털었던 밤, 땅에 떨어진 밀 자루는 별로 눌리지
도 않았죠. 그런데 어머니는…… 뼈와 살이 으깨졌죠. 저는 하
미드를 생각합니다. 제게 뇌막염에 걸린 아이라고 말씀하셨죠.
그랬으면 좋겠네요. 그 애가 2년 더 살았다면, 라틴어의 모든 어
미 변화를 배웠을 것입니다. 누가 아니요? 초콜릿도 먹었을지.
하미드는 제가 초콜릿을 갖다 주기를 기대했습니다. 너무나 먹
고 싶어 했습니다. 그 애가 저에게 말했죠. 크리스마스, 크리스
마스 이야기 해 줘. 저는 말해 주었습니다. 크리스마스, 크리스

마스이브, 눈, 크리스마스트리, 종, 미사, 즐거운 분위기, 웃음, 조명…… 하미드에게 이야기해 주기 위해서 책을 암기했었죠. 그 애는 손뼉을 치며 좋아했습니다. 그 손을 기억하시나요? 참새 발 같았죠. 뺨은 분홍색이었죠. 나 거기 데려다줄 거지? 말해 봐. 그럴 거지? 저는 언젠가 그럴 거라고 약속했습니다. 계산해 봤죠. 2년이면 될 거라고. 저는 또 식나무를 생각했습니다. 묘지 인부가 두 팔로 뽑아서, 마치 불행한 과거처럼 자연 속으로 던져 버렸죠. 묘지 인부의 급여는 매주 적습니다. 이 현실의 압력 때문에, 바로 그날 밤, 그가 그 나무를 찾으러 갔을까요? 그 정도 크기의 식나무라면 사흘 동안 쓸 수 있는 땔감이었으니까요. 그리고 저는 저 자신을 생각했습니다. 아버지는 저를 저주하셨지요. 저는 문을 열고 나갔습니다. 목이 메고 배는 텅 빈 채로요. 베라다, 뤼시엥, 또 다른 친구들은 저의 비천함, 저의 콤플렉스를 비웃었습니다. 미래 전망은 막혔습니다. 당신이, 당신의 금니가 막아 버린 것입니다. 저는 깨달았습니다. 사람들이 교육했던 이 첫 번째 세대는 썩은 사과에 불과하다는 것을요. 어쩔 수 없이 사람들은 사과주라도 뽑아내겠죠. 시큼한 사과주를요. 서구화된 첫 번째 세대, 그 세대는 개혁과 청산과 천지개벽을 꿈꾸었습니다. 천만에요. 아버지는 아무것도 이해하지 못하고 있습니다. 아버지는 늙은이들에게 매수된 석공에 불과합니다. 늙은이들은 이제 선이 더 분명한, 현대적인 궁전을 원하고 있지요? 그렇지 않나요? 그래서 제가 돌아온 것입니다. 적어도, 몇 년을 잃어버렸다는 것도 깨닫고, 반항이 시의적절하지 않았다는 것도 깨달았죠…… 이렇게 말씀드립니다. 정말 똥 같습니다. 바지에 똥 쌌는데, 똥 싼 바지를 입은 채 그대로 밖으로 내보낸 것이었습니다. 그러면 어떻게 하라고요! 그렇지만, 당한 대로 갚는다는 말이 있지요. 이 잃어버린 19년, 잃어버렸다는 이 생각, 제가 그것을 체념하고 받아들이지 않았음을 아시게 될 것입니다. 자, 개 같은 아버지, 이제 페이지를 넘기시죠! 아버지 틀니 덕분에 돈을 조금 벌었습니다. 카멜이 이 루거 권총을 샀고, 압델 크림이 청소했고, 마디니가 장전했고, 나집이 겨드랑이 밑에 고정해 주었고, 자드가 부탁했죠. 심장을 겨누라고요."

나는 심장을 겨누고 쐈다. 여섯 발을, 한 발, 한 발, 빠르고, 유쾌하게. 그 사이에 암소가 다시 울었다. 어디였지? 그 소리에는 승리의 확신이 담겨 있었다.

나는 계속 말했다.

"공포탄이었습니다. 이렇게 저는 속였습니다."

그가 소스라쳐 일어나자, 물속에서 그의 발이 내 발을 스쳤다. 그는 나를 쳐다보았다. 눈이 두 개의 검고 빛나는 틈처럼 좁아졌다. 나는 거기서 각막의 희미한 흔적도 발견할 수가 없었다. 나는 마음속으로 아스타로트와, 이 악마의 글을 읽게 해 준 친구에게 감사했다.

"총알이 한 발 남아 있습니다. 진짜 총알을 남겨 두었죠. 저를 위해서일까요…… 아니면 아버지를 위해서일까요. 확률은 똑같습니다. 미래는 신의 뜻에 달려 있겠죠. 제가 어떨지 보세요. 무기를 드리겠습니다."

그는 총을 잡더니 원탁 위에 놓았다. 그의 손과 내 손 사이, 한 가운데였다. 벌레 세 마리가 날고 있었다. 파리 한 마리, 모기 두 마리.

"그렇지만, 저는 그 총알을 사용하기로 결심했습니다. 제 전술은 아버지 말씀을 듣고, 인정하고, 그다음에 여섯 발을 쏘고, 폭소를 터트리는 것이었습니다. 그리고 어쨌든, 이 빌어먹을 드리스가 일곱 번째 총알을 쏘는 것이었습니다! 이상한 생각들이 머릿속에 가득 찼습니다. 그중에 하나는, 우리 둘 중 한 명은 벌을 받아야 한다는 것이었습니다. 아버지의 경우를 보자면, 두 명이 죽었지요. 그것은 앞에 일어난 일이고, 그다음 일은 세상이 변했다는 것입니다. 아버지는 너무 오래 사신 겁니다. 저의 경우를 보죠. 자! 모든 것이 너무 과장되고 극적으로 되었지만, 셰이크* 한 명을 뒤지게 할 이유도 없죠. 또, 저는 이 정원 속에서 자라는 잡초 같은 놈이니, 뿌리 뽑아야 하겠죠."

벌레 두 마리가 날고 있었다. 파리는 썩은 시체를 찾지 못해서 날아갔다. 그런데 파리는 엄청나게 잘못 판단한 것이었다. 시체 두 구가 거기 있었는데 말이다.

"제 계획은 이랬습니다. 제가 왜 이 계획을 폭로했는지 궁금하시겠지요. 이 순간, 관례에 따르자면, 저는 시가를 불을 붙이고, 소파에 앉아서, 아랫입술을 이렇게 앞으로 내밀고, 시간이 많으니까, 이렇게 말해야겠지요. 자, 아버지, 맞혀 보시지요."

모기 두 마리가 빙글빙글 돌다가 나는 것을 멈추더니, 파리가 있는 곳으로 날아갔다. 모기들은 파리보다 조금 더 오래 머물렀었다. 아마도 우리가 어떤 종류의 시체와 닮았는지 확인하기 위해서였던 것 같았다. 모기들은 그들 차례에 떠났다. 우리는 비유적인 의미에서 시체일 뿐이었으니까.

"제가 피곤하고, 지치고, 싸우기에 부적합하고, 심지어 이 싸움의 필요성을 알지 못해, 관대해졌다고 합시다. 제가 원하는 것은 누에콩 요리 한 접시와 영혼의 평화일 뿐입니다. 붉은 흙으로 덮인 자들에게 평화가 깃들기를, 상처 입은 마음속에 평화가 깃들기를 빕니다. 죽은 두 사람에 대한 복수요? 시간이 두 사람을 단단하게 묻었습니다. 흐르지 말아야 할 시간이 흘러갔습니다. 제 신경에는 다른 임펄스가 흐르고, 제 세포 조직 속에서는, 새로운 세포가 오래 산 세포를 대체했습니다."

시체들은 괴로워하며 체스를 두었다. 체스 선수로서, 그들은 자신들의 존재를 망각했다. 역사는 무너진 도시들, 멸종된 인종들을 감추고 있다. 개들을 빗질해 주지 말자. 개들은 빗질해 주기를 원하지 않았다. 사람들이 그렇게 하는 것은, 오로지 빗을 쓸모 있는 것으로 만들 필요가 있고, 또 오로지 그 빗을 보존하는 것만 관심이 있기 때문이다(뉴턴에게 경의를!). 개들에게 중요한 것은 생존하고, 계속해서 생존하는 것뿐이다. 그것이 바로 이슬람, 진정한 이슬람이다. 먹고, 자고, 섹스하고, 도망치고. 특히 도망치는 것. 그럼, 이슬람의 전통은 어디에 있는가? 저명한 동양 전문가들이 우리를 그 전통에, 정성을 다해서, 꼭 필요한 존재처럼 붙여 놓았다. 나도, 아버지도, 동양도 그들을 그렇게 저명하게 만드는 데 이바지한 적이 없었다. 그러더니, 그들은 두 손을 비비며 말했다. 저 무슬림들은 자기들 전통이 있는데, 아무런 관심도 없는 것 같아. 이제 우리가 저 사람들 땅을 돌아다닐 수 있게 되었군. 우리는 저들보다 우월하고, 서로 섞이는 것도 불가능해. 그러면, 당신들 전통은요? 우리 땅에 잘 붙어 있지.

벌레 세 마리는 결국 진짜 시체를 찾아 날아갔다.

"그 대신에, 아버지도 속이는 것을 멈추시죠. 이제 지성도 없고, 연극도 없습니다. 모든 것을 다 털어놓으세요. 이제 저는 어린아이가 아니라고, 그렇게 말씀하셨지요. 그런데 저를 어린아이로 대하셨습니다. 저를 남자로 대해 주시죠. 그것이 두려우신가요?"

아버지는 두려워하지 않았다. 그는 일어나서, 나를 남자로 대해 주었다.

그는 일어나서, 창문 밖으로 화분을 던지고, 화장실에 들어가 문을 닫았다. 깨끗하게 면도를 하고 돌아와(그는 턱을 보여 주며 넌 어떻게 생각하니 하고 묻는 것 같았다. 감사하게도, 정말 아무것도 바뀌지 않았다), 진열장에 있는 것을 모두 세면대에 비웠다. 아페리티프, 독주…… 그는 내 발을 닦아 주고, 나를 팔로 안아서, 그의 침대에 눕혔다. 가죽 침대였다. 그는 어린 양을 잡아서, 불에 굽고, 어깨살을 잘라 주었다. 그는 억지로 먹게 하고는, 유장*을 한 컵 마시게 했다. 그리고 끊임없이, 밤까지 말하고, 또 말했다.

황토색, 적갈색, 벽돌색, 그리고 구릿빛 노란색 후광과 밝은 노란색 줄무늬가 유리창을 물들였다. 저녁이 되었다.

"세상이 바뀌었다. 남자가 첫 번째 사랑하는 사람은 자기 자신이다. 그러나 아이가 생기면, 그는 아이들이 모든 면에서 자신보다 낫기를 그 무엇보다도 소망한다."

낮 동안 하늘은 온통 파랗게 물들어 있었지만, 저녁이 되자 번개가 칠 것 같았다. 이것은 무슨 의미인가? 폭풍우가 다가오고 있고, 우리 머리 위로 쏟아지지 않는다고 해도, 다른 곳에서 쏟아져 내릴 것이다.

"네가 거짓말한다면, 거짓말하는 첫 번째 사람은 바로 너 자신일 것이다. 너 자신을 속이기 위해서지. 너 자신을 속이려면, 네가 보기에 너 자신이 별 가치가 없어야 한다."

다른 사람들이 있는 다른 곳에서는, 하늘이 너무나 많은 구름으로 덮여 있고, 비가 찔찔 내리고, 봄이 너무나 길고, 자유가 너무나 많고, 개성에 대한 권리가 너무나 많고, 인간의 영혼을 너무나 존중한다. 때로는, 너무나 넘쳐서, 수많은 핑계를 대며, 그들은 우리에게 폭풍우를 보낸다. 그러나 그들이 가지고 있는 봄, 자유, 개성에 대한 권리, 인간 영혼에 대한 존중은 아니다. 그들이 옳은가? 그들은 옳다.

"물론, 너는 반항했다. 그런데 생각해 보렴. 길거리의 사람, 구두닦이, 짐꾼, 건달도 인간적인 기억 때문에 반항했다. 가난하게 태어나고, 비참하게 살고, 개처럼 죽지만 말이야. 이 하층민들은 내 농장도 있다. 그들은 일당 30프랑을 받는다. 그것이 정해진 가격이다. 수확이 풍성할 때에는, 그들은 썩은 토마토를 주워 갈 권리도 있다. 도시와 농촌에 사는 하층민은 떠돌아다니는 부랑자들이다. 그들은 명확하게 규정되지 않는데, 부랑자 출신으로 구성된 경찰이 쫓아가서 잡는다. 세상에서 가장 독한 경찰이지. 때로는 그들을 모로코 원주민 보병부대로 만들기도 했다. 그들은 충성밖에 모르는 쿠아슈'였다. 아니면, 공터에 사각형의 울타리를 치고 가둔 뒤에, 관광객에게 보여 주기도 했다. 그런 경우가 정말 있다. 사람들이 좋아하지. 그자들은 결국 자신들의 땅을 빼앗기게 되었다. 내가 만일 그 경우였다면, 내 발자국을 셌을 것이다. 수십 년 전부터, 야생 짐승과 같은 그 인간들은, 아틀라스산맥의 고원과 산에 고립되어서, 자신들의 야수성마저 잃어버렸다. 나는 그들을 봤다. 사람들이 그들을 뭐라고 부르는지 아니? 야만인, 저항군이라고 하지. 그렇지만, 그들에게도 평화가 깃들기를 빈다. 그들을 가지고 책을 쓴 소설가는 목매달아 죽은 자를 또 목매단 거지. 그런데 너는, 군주의 피가 흐르는 종족의 후손이 아니냐?"

황토색, 적갈색, 벽돌색, 그리고 후광과 줄무늬가 사라져서, 유리창을 물들이고 있지는 않았지만, 창은 커다란 붓으로 그려 놓은 그림처럼 보였다. 저녁은 곧 죽을 것이다. 죽는다고? 저녁은 내일 다시 태어날 것이다. 태어날 것이다. 무엇인가는 믿어야 한다. 그렇지만, 믿으려고 하는 욕망은 허무하게 끝난다.

"나는 말이다, 누구보다도 반항적이고, 명석하고, 실용적이다. 어떻게 그렇게 되었는지 아느냐? 반항은 선택의 교차로다. 배의 밧줄을 풀고 떠나는 것. 쉽고, 열정적이기도 하고, 비겁하기도 한 거지. 아니면, 더 능숙하게, 그 자리에 남아서 투쟁하는 것. 나는 그 자리에 남았다. 정확하게 내가 나의 꿈을 땅에 묻은 날이었지. 그리고 나는 이슬람 문명이 가장에게 부여한 모든 신정 정치를 강력하게 이용했다. 게다가, 나는 페스 출신이었고, 핫지였고, 사업 감각을 지닌 부자였으니까."

유리창은 어두워졌다.

"네가 교육을 받았기 때문에, 그 무엇이든, 과인보다 우월하다고 생각하지 마라. 볼테르, 앙리 푸앵카레*, 말레와 이작*, 그리고 네가 읽은 책들, 네 교육 과정의 수업들은 수도 없이 모든 언어로 번역되었다. 나도 모두 읽었고, 모두 배웠다. 물론 아랍어로였지만. **메아 쿨파!**"

밤보다 더 어두웠다. 밤은 어둡지 않을 것이다. 나는 안다. 그럴 것이라고 받아들였다. 나는 모든 것을 받아들였다. 어둡지 않았다. 바람이 불었다. 바다에서 불어오는 바람 같았다. 나는 창문을 열었다가, 곧 다시 닫았다. 바다 냄새가 나지 않았다. 바다와는 전혀 다른 냄새가 났다. 토마토, 오줌, 물기 먹은 흙, 거름, 가축, 싸구려 기름, 수세기 동안 반복된 가난의 냄새였다. 종류별로 고유하고 독특한 그 냄새는 아버지 옷, 숨결, 머리, 겨드랑이, 손에서 항상 났다.

"전설은 타하라는 이름의 그 젊은이의 경우(병리학적이었다고? 단순한 사실로 축소해 보자. 그저 신기한 정도였다)를 독점적으로 이용했다. 타하는 공부를 해서, 바칼로레아를 획득하기 직전이었다. 어느 날 밤, 그는 술에 취했다. 유명한 우리의 시인 아부 누와스'가 거나하게 취했던 것처럼 말이야. 사람들이 세어 봤는데, 보드카 한 상자였다고 하더라. 깨어났을 때, 그는 프랑스어를 한 마디도 기억하지 못했다."

폭풍우가 끝났다. 유리창에는 번개가 한 번도 치지 않았다. 창밖에 밤은 고요했다. 심지어 내 신경도 고요했다. 그 때문에, 나는 아마도 폭풍우가 끝났다고 생각했다. 그렇지만, 나는 끝난 것을 보지 못했다. 그래서 폭풍우가 끝나지 않았다고 해도 마찬가지였다.

"프랑스 보호령 이전에는 그랬다. 항상 그랬었다. 오마르'와 그 뒤를 이은 칼리프들부터, 여기나 저기나 말이다. 개혁을 말하자는 자는 흑인을 하얗게 만드는 편이 더 나았을 것이다. 그 다음에 네가 있다. 너는 독약과 같은 존재다. 프랑스 총영사관이 프랑스의 문화적 영향을 과인의 아들에게 독약의 형태로 열매 맺게 하려고 노력했다는 사실을 내가 어찌 알 수 있었겠는가. 그것이 의도적이라면, 그것은 영혼을 파괴하는 행위다. 어찌 되었든, 네가 프랑스 고등학교에 다니기 시작한 그 날부터, 너는 그 독약이 되었을 뿐이었다. 너는 모든 곳에서 사회적 불의를 보았고, 같은 사람에게서도 매 순간 일시적으로 나타나는 불의를 보았다. 도대체 누가 너에게 그것들을 보라고 요구했는가? 도대체 어떤 놈이 너에게 그것이 불의라고 가르쳤단 말인가? 너는 지친 사람들을 위로해 주고자 했다. 암시장의 시대에 떠돌이 기사 같으니라고! 너는 억압받는 자들을 깃발처럼 흔들었고, 네 형제 사이에 반란을 심어 놓았다. 너는 내 창고에 있는 내 양식을 비열한 자들에게 퍼부어 주었지. 그런데 그들은 돌아가자마자 예전의 구걸 행위를 다시 시작했다. 보리나 귀리 한자루가 그들을 흔들기에 충분했더냐? 웃기고 있군! 너는 극단적으로 체념하고 있던 너의 어머니에게까지 독약을 주입했다. 어머니의 정신 속에는 반항이라는 생각조차 존재한 적이 없었다. 그런데 너는 어머니를 반항으로 가득 채웠지. 그래서 어머니는 돌아가신 것이다.”

방에 전기스탠드가 켜졌다. 푸른 빛이 희미하게 나왔다. 프랑수아 1세'와 플레이아드' 시대에 프랑스 귀족들을 우아하게 장식했던 그 희미한 불빛이었다. 그런데 그때는 구속이라기보다는, 오히려 방종의 시대가 아니었던가? 이 전기스탠드의 전등갓을 벗기고, 전구를 바꾸시죠. 115 볼트, 15 암페어로요. 희미한 푸른 불빛의 전기스탠드가 켜져 있었다.

“어느 날 아침, 너의 어머니가 무릎을 꿇었다. 알라와 남편과 고향 성자의 이름으로 기도를 중얼거렸다. 자기가 지은 죄와 약점에 관해서 말했다. 그 여자는 내가 너를 용서해 주기를 빌었다. 그리고 그 여자는 네 인생의 마지막 날까지, 네가 알라의 은총으로 자식을 낳는다면, 그 마지막 후손까지 축복했다. 그러더니, 내 손과 발에 입을 맞췄다. 나는 그렇게 하게 내버려두었다. 여러 해 동안, 나는 그 여자를 규정했고, 그 여자도 자신을 스스로 규정했다. 그 후로 변함이 없었다. 그런데 잠시 후에, 문밖에서 소란스러운 소리가 들렸다. 그 여자가 죽었다. 내가 생각하기에, 즉사했을 것이다. 10미터는 떨어졌으니까. 알라께서는 그 여자를 심판하고 계신다. 자살했으니까, 지옥에서 5천 년을 보내야 할 것이다. 나는 알라께서 심판하시도록 내버려둘 것이다. 나는 그 여자를 위해 울지도 않고, 벌을 주지도 않을 것이다. 그 여자는 이제 내 보호 아래 있지 않으니까. 내 임무는 너의 어머니가 죽게 된 이유가 바로 너 때문이었다는 사실을 알려 주는 것뿐이다."

전기스탠드의 불빛은 더욱 희미해졌다. 나는 눈을 감고 있었지만, 눈꺼풀을 통해서 느낄 수 있었다.

"또, 내 아이들이 나를 증오하게 된 것도 너 때문이다. 옛날에 아이들은 증오의 의미, 심지어 증오의 본능조차 몰랐다. 그런데 지금은 나를 너무나 증오하고 있다. 아이들은 내 집에 머물러 있는 것에는 동의한다. 왜냐하면, 내가 주는 빵을 먹고, 내가 따라주는 차를 마시니까. 때때로, 내 주머니를 슬쩍한다. 창녀촌에 가려면 돈을 내야 하니까. 이 자식들은 술에 취하고, 값비싼 악덕을 즐긴다. 나중에, 내가 많이 늙고, 노망이라도 들어서, 더는 이 빵, 이 차를 가져다줄 수 없게 되면, 나를 밖으로 쫓아낼 것이다. 아! 아이들은 아무 말도 하지 않고, 증오를 표현하지도 않는다. 그들은 인내하고, 침묵하고, 단호하다. 네가 그 아이들에게 어떻게 해야 하는지 보여 준 것이다."

전기스탠드의 불빛은 더 느낄 수가 없었다. 나는 잠이 들었다.

"다른 아이들도 **내 아이들이었지만, 내가 사랑했던** 아이는 너였다. 기억나니, 어느 날, 라마단 스물네 번째 밤이었는데, 끔찍했지! 나는 너에게 교훈을 주고 싶었다. 뭔가 대단한 것으로 너의 감수성을 자극하고, 아직도 너에게 남아 있는 고유한 특징인 그 감수성에 호소하려고 했었지. 나는 길 끝에 말뚝을 박고, 거기에 안내판을 걸었다. '어떻게든, 여기까지 와라.' 너는 도착해서, 말뚝을 뽑고, 내 머리 위로 안내판을 흔들고 싶어 했다. 너는 필요 때문에 목적에 도달했다. 그리고 도착해서는, 왜 그렇게 오랫동안 걸었는지 이해하지 못했지. 걸으면서, 너는 골짜기와 쓰레기를 봤다. 쓰레기는 보지 않아도 됐었는데 말이다. 그렇게 오랫동안 걷기로 마음먹었던 너 자신에게 화를 냈었지. 그렇지만, 네가 잊어버린 것은, 목표에 도달한 다음, 네 앞에 펼쳐진 무한한 가능성을 봤다는 사실이야."

나는 이제 시력이 감각 중 가장 약하다는 것을 안다. 눈은 졸음으로 꼭 감겨 있었지만, 나는 여전히 분명하게 듣고 있었다.

"너에게 교훈을 하나 가르쳐 주마. 나는 파산했었다. 내가 너에게 알려 주었지. 나는 네가 어떻게 반응할지 미리 알고 있었는데, 너의 반응은 내가 예상한 대로였다. 위기를 통제하기 위해서 싸워야 할까? 물론, 나는 그렇게 할 수 있었다. 사람들은 모든 것을 다 한다. 사랑과 이해심으로 둘러싸여 있고, 명예로운 아내와 존경받는 자식들로 둘러싸여 있을 때는 말이야. 그런데 증오로 둘러싸여 있다면 어떻게 할까? 증오와 의심과 그보다 더 심한 침묵으로 둘러싸여 있다면 말이야? 그 침묵은 너무나 괴상하고, 너무나 역겨워서, 때로는 기도용 카펫 위에 앉아 차를 준비할 때, 내가 무슨 화약통 위에 앉아 있는 것이 아닌지 자문하기도 했었다. 찻주전자에 끓는 물을 끝까지 채우지 말고,

딱 내가 한 잔 마실 수 있는 적은 양만 붓는 것이 합리적이지 않을까도 생각했었다."

청각은 특히 유용한 기관이다. 사람들은 청각 장애에 관해 말하는데, 나는 귀머거리도 들을 수 있다고 확신한다.

"내가 너에게 말해 주겠다. 너 혼자만 있는 게 아니다. 너의 세대 중 너를 닮지 않은 젊은이는 한 명도 못 봤다. 차를 파는 내 가게는 갑부들이 사는 동네인 스트라스부르그 가에 있는데, 거기는 한탄하는 소리가 가득하다. 젊은이들은 건방지고, 콤플렉스 때문에 꼬였는데, 또 자신들의 콤플렉스를 자랑한다고 말이야. 또, 좀도둑질하며 살고, 냉소적이라고. 어쩌다 모스크에 들어가면, 그들은 알라께 큰 소리로 최대한 빨리 부모가 죽어서 자기들이 고아가 되게 해 달라고 기도한다고 말이야. 이 젊은 세대는 자기들이 민족주의자라고 으쓱대고 다닌다. 저승의 아타튀르크가 자기들을 인도한다고 믿는 사람들의 유일한 이유가 이 젊은이들이야. 그런데 그들은 불평한다. 프랑스 총영사관은 그들에게 말을 해야 한다고 말이야. 우리 늙은 쉬바니'가 아니라."

아버지는 내 몸에 담요를 덮어 주었다. 나는 전혀 필요가 없었다. 아버지는 담요를 덮어 주었다. 나는 담요가 필요하다는 것을 깨달았다. 공기가 갑자기 차졌다. 귓구멍을 귀마개로 막는 것, 그것이 바로 그가 해야 할 일이었다.

"내가 얻은 교훈은 끔찍했다. 더 말하지는 말자. 어느 날 나는 완두콩을 심었는데, 들쥐를 수확한 것이었다. 더 말하지는 말자. 알라께서 아들과 아내와 그리고 너의 반항을 통해서, 미래

속에 또 다른 미래를 건설하려 했던 나를 정확하게 벌을 주신 것이다. 들어 보렴. 나는 파산했었다. 동업자 열두 명이 파산했었다. 우리는 어떻게 막아야 할지 알고 있었고, 막아 냈다. 우리는 각자 현금을 모았다. 토지와 건물을 저당 잡히고, 이 사람 저 사람에게서 닥치는 대로 현금을 빌렸다. 그리고 우리는 암시장에서 헐값(킬로그램당 130프랑)에 팔리던 차를 모두 샀다. 그리고 프랑스 총영사관의 지원과 혜택을 받아서, 그 차를 합법적으로, 정상 가격인 370프랑에 다시 팔았다. 작지만 효과적인 작전이었다. 계속 말해 주마. 그렇게 생긴 이익은 즉시 카사블랑카 성문에 있는 빈 땅을 사는 데 투자되었다. 제곱미터당 5수였다. 횡재였지. 나는 계산해 봤다. 전쟁이 끝나고 나면, 미국인들이 상륙할 것이다. 사업가들이겠지. 그러면, 몇 년 안 돼서, 도시가 땅에서 솟아나고 비행장이 설계될 것이다. 인내심을 가지고 기다리면, 내가 산 빈 땅은 제곱미터당 5천 프랑에 팔릴 것이야. 자, 이것이 바로 20세기에 핫지에게 요구되는 것이고, 핫지가 반항하고 사용하는 방법이다.”

담요는 거친 양털로 만든 것이었다. 그는 담요로 나를 덮어 주었다. 발까지 내려 주었지만, 발이 밖으로 나왔다. 그러자 그는 담요를 툭툭 쳐서 굴곡을 없애 주었다. 그는 내 운명을 끝낼 준비를 하고 있었다.

“너를 남자로 대해 달라고? 좋다. 바로 그날 밤, 라마단의 스물네 번째 밤, 이미 그렇게 했다. 자려무나. 이미 그렇게 했다. 미국 차를 탈취하고, 가격표를 고정하고, 프랑스 총영사관의 허가를 받았지만, 그것은 비열하게 인간적인 필요에 의한 것이었다. 승리 뒤에 충격이 오는 법. 그날 밤 너에게 교훈을 주었어야 했다. 아들아, 자려무나. 이제 너는 남자다. 맞다. 내가 너를 어린아이 취급했었다. 이해해 주렴. 내가 사업을 하는 데, 너의 도움은 필요가 없었다. 그렇지만, 이제부터는 네가 필요할 것이다. 나의 시대, 너의 시대, 자산은 오래된 포도주의 제조법처럼, 횃불처럼, 아버지가 아들에게 물려주는 것이다. 또, 시대가 바뀌면서 더 좋아진다. 나의 시대는 알라의 이름으로 판단하고, 무함마드의 이름으로 사유하고, 사고, 팔고, 인정사정없이, 돈을 모았다. 나만 여기서 진짜 상처를 입었고, 모로코 자본주의자들만이 주목받고 저항하고 있다. 아무도 이상주의자들과는 협상하지 않는다. 협상은 거물들과 하는 것이다. 셉티와 그의 형제들, 그들에 관해 너는 들어 본 적이 없지. 그들은 민족주의자들이 아니라, 그냥 부자들이다. 그들은 정치, 이슬람교, 프랑스, 다 관심이 없다. 그들은 셋인데, 수많은 민족주의자보다 우리나라의 번영을 위해 더 많은 일을 한다. 사람들은 그들을 두려워하고 존경한다. 왜 그런지 아느냐? 그들은 모로코 전부를 사 버릴 힘을 가지고 있기 때문이다. 너의 시대에는 자산을 단단하게 만들기 위해 변호하고, 소송해야 할 것이다. 그 목적을 위해서 내가 너를 가르쳤다. 너는 자산을 보존하는 데 성공할 것이다. 그 일은 내가 잘하지 못할 수도 있으니까. 자려무나."

아버지는 내 관자놀이를 쓰다듬은 뒤, 전기스탠드를 끄고 일어났다.

"한 가지 더 이야기하마. 중요한 것이다. 내 자식들 중에 왜 너였는가? 내가 누구를 선택해서, 인내와 정성으로 인도하고, 나의 짐을 물려줄 것인가? 너는 생각하지, 네가 조숙했기 때문에, 미래를 보장해 주기 때문이라고……. 전혀 아니다. 잔인하게 말하겠다. 네가 남자가 되는 중요한 순간이다. 내가 말하는 남자란 강하고, 싸울 준비가 되어 있고, 무엇보다 자기 자신에 대해 약점이 없어야 한다. 왜 너였는가? 어느 날, 나는 눈을 감고, 집게손가락을 펴서 찍었다. 우연히, 이 손가락이 너를 가리켰을 뿐이었다. 그렇게 된 것이었다. 이제 자려무나."

문이 닫혔다. 나는 창문을 활짝 열었다. 거기서, 사타구니까지 몸을 구부리고는, 나는 밤중에 웃기 시작했다. 큰 소리로, 멈추지 않고 웃었다. 오랫동안, 아주 빠르게, 웃음이 계속해서 터져 나왔다. 자유를 얻은 아이샤가, 세 번째 또는 네 번째 지평선을 지나면서 이렇게 웃었을 것 같았다. 나는 죽은 하미드와 어머니도 나란히 붉은 땅속에서 웃어야 한다고 생각했다. 그 둘도 역시 자유를 얻었다. 모든 것이 강렬해졌다. 바람이 큰 소리를 내며, 살을 에는 듯이 불었다. 갈대가 흔들리고 서로 마찰하며 소리를 냈다. 검은 새들이 연이어 계속 울었다. 높은 구름이 빠른 속도로 빙글빙글 돌았다. 멀리서 바다가 노인이 기침하는 것 같은 소리를 냈다.

나는 창문을 다시 닫았다.

나는 그를 제대로 장악했었다.

메슈아르'의 북쪽 정문 아래에 누워 있던 흑인 노인이 손을 내밀고 있었다. 제발 자비를 베풀어 주십시오. 폐하께서 당신에게 자비를 돌려줄 것입니다. 아버지가 외쳤다. 저리 가! 저리 가! 그는 마치 파리 떼를 쫓는 것 같았다. 폐하가 너에게 구걸하라고 하시더냐. 우리는 그 노인을 뛰어 넘어갔다. 아버지는 나에게 설명해 주었다. 저 흑인은 예전에는 인간이었고, 신자였고, 술탄 무함마드 5세' 폐하의 근위병으로 복무한 세네갈 군인이다. 햇볕이 따갑게 내리쬐고, 먼지가 뿌옇게 날리고 있었다.

배가 나온 남자가 갓을 쓰고 앉아서, 족장같이 기른 수염을 빗질하고 있었다. 검은 이가 서류 종이 위로 떨어졌다. 우리가 지나갈 때, 수염을 기른 남자는 고개를 돌려 우리를 쳐다봤다. 젤라바를 입은 유지는 분명히 근엄해 보이는데, 유럽인처럼 옷을 입고 주머니에 손을 넣고 있는 기독교도 같은 놈은 뭐지? 아버지는 나에게 설명했다. 신자란다. 너도 묘지에서 30명은 봤지. 여기에는 수백 명이 있다. 어떻게 그럴 수 있는지 모르겠지만, 술탄 무함마드 5세 폐하의 궁전에서 무위도식하고 있는 기생충 중 한 명이란다.

복도 맨 끝에 널려 있는 쿠션 속에 반쯤 파묻혀 있던 젊은 페스 출신 남자가 우리를 불러 물었다. 당신들 신분증 어디 있소? 아버지가 말했다. 그런데 자네 신분증은 어디 있나? 우리는 통과했다. 아버지는 나에게 설명해 주었다. 저자는 기껏해야 기초 교육 자격증밖에 없는데, 어느 날 쿠션들 가운데, 번역가, 통역가, 안내원으로 자리를 잡았어. 아무도 그에게 일을 부탁하지도 않고, 아무도 그에게 말을 하지 않지. 그렇지만 뇌물은 아주 많이 받는다. 복도는 어두웠고, 서늘할 정도였다.

보초병이 기관총을 겨누었다. 당신들 어디 갑니까? 아버지가 말했다. 술탄을 알현하러 가네. 통행증을 가지고 있습니까? 그렇네. 아버지가 보초병 얼굴에 낡은 종이를 내밀자, 그는 땅바닥까지 몸을 구부려 절을 했다. 아버지가 나에게 말했다. 너는 개혁에 관해 떠들고 있지. 기록해 둬라. 너와 왕 사이에, 제거해야 할 중간 단계들이 얼마나 많이 있는지를 말이야. 화단과 잔디밭 가운데 분수가 보였다. 햇볕과 먼지가 다시 나타났다.

마르고 흰옷을 입은 남자가, 팔에 서류를 끼고, 파이프 담배를 피우면서, 큰 걸음으로 걸어왔다. 그는 흥분한 듯 보였다. 이분이 그 페르디 씨…… 아니, 아들을 페르디 씨라고 불렀나? 고맙네, 아들은 잘 지내고 있네. 뭐라고? 자기 앞가림을 잘하고 있지, 걱정해 줘서 고맙네. 또 뭐라고? 내가 누구를 만날 거냐고? 자네가 상관할 바가 아니네. 담배 연기가 우리 뒤로 자욱했다. 아버지가 설명해 주었다. 저자는 연락병인데, 학위가 있고, 두 개의 언어를 구사할 줄 안다. 자기가 권력의 막후에 있는 인물이라고 소문내고 다니기를 좋아하지. 환상에 빠진 사람은 정말 행복해! 자기가 그 환상을 믿게 되니까 말이야.

천장이 낮은 어두운 방에서, 남자 네 명이 돗자리 위에서 카드놀이를 하고 있었다. 그들은 문턱에 서 있는 우리를 쳐다보지도 않았다. 아버지가 외쳤다. 어이, 누구 없나. '뭐요?' '파티미의 사무실이 어디 있나?' '모르죠.' '그럼 도대체 너희들은 여기서 뭘

하는 거지?' '보면 모르쇼, 카드놀이 하고 있죠…… 그런데……
말투가 왜 그 모양이죠.' '네 명의 포커 꾼으로 바뀐 네 명의 비
서에게 딱 맞는 말투다. 그러니까, 아무도 너희들을 혼내러 오
지 않는다는 것이지? 내가 바로잡아 놓겠다. 두고 봐라. 파티미
의 사무실이 어디지?' '왼쪽 복도요, 쭉 가서, 왼쪽으로 돌면 됩
니다. 3번 문이요.' 우리는 그곳으로 향했다. 스페이드 잭……
에이스…….

파티미가 말했다.

"폐하는 사냥 중이십니다."

아버지가 반박했다.

"난 전혀 안 믿소. 가장 최근 출처에서 정보를 얻었는데, 노게
스 장군이……."

"뭐라고요?"

"오늘 아침 나는 장군과 같이 식사를 했소."

그는 태연하게 거짓말을 했다.

모카즈니*들이 바부슈를 벗고, 기어가서, 땅바닥에 엎드린 채
멈췄다.

술탄 무함마드 5세 폐하가 말했다.

"가까이 오거라, 가까이 오거라."

우리끼리 말하는 건데, 그는 독수리 같지는 않았다. 내가 절을
했을 때 떠올린 것은, 조셉 케셀의 육중하고 거친 모습이었다.

"일어나 앉아라. 말하거라."

그는 독수리 같지는 않았다. 그렇지만, 그 점은 내겐 별로 중

요하지 않았다. 다리를 자른 단상 뒤에 앉아서, 푸른 안경 뒤로 보이는 눈꺼풀이 우아한 눈으로, 무함마드 5세는 우리를 관찰했다. 그는 웃을 때, 뺨에 보조개 두 개가 움푹 들어갔다. 이발사가 방금 수염을 면도해 주어서, 장미꽃 향기가 났다. 그의 발음은 어눌했고, 매우 부드러운 어조로 말했다. 그는 따분한 이야기를 좋아하지 않는다. 그렇지만 이 모든 것은 중요하지 않았다.

아버지가 말했다.

"폐하, 폐하의 시간은 매우 소중하오니, 제가 간단하게 말씀드리겠습니다. 폐하께서 저희에게 몇 분만 허락해 주신다면, 저희의 나머지 인생이 환하게 빛날 것이옵니다."

"말하거라."

그렇다. 이 모든 것은 중요하지 않았다. 나는 생각했다. 무대 위에서 예술가는 박수를 받거나, 아니면 야유를 받는다. 핵심은 예술가는 완전한 무관심을 불러일으켜서는 안 된다는 것이다. 바로 여기서처럼 말이다. 극장에는 사람들이 가득 차 있는데, **아무 소리도 없었다.**

"여기 저의 아들이……"

나는 그 겨울 아침을 기억한다. 그런데 정말 겨울이었던가? 나는 여섯 살이었다. 나는 술탄을 환호하는 군중 속에 섞여 있었다. 당시 그의 이름은 단순하게 시디 무함마드 벤 유세프였다. 그는 우아하게 흰옷을 입고, 긴 꼬리를 빙글빙글 돌리는 적갈색 말을 타고, 모스크에 가고 있었다. 함성, 빽빽한 군중, 검은 근위병, 누더기처럼 낡은 쿠란, 땀과 열정이 기억났다. 장난

꾸러기였던 나는 말꼬리를 잡아당겼다. 조그만 내 앞에 키가 큰 남자가 서 있었던가? 나는 무서워하지도 않았다. 빛나는 칼을 차고, 말의 등자 위에 서 있던 또 다른 기사의 그림자가 보였다.

"저는 이 아이를 파리로 보내려고 합니다. 희생입니다…… 경력을 위해서…… 만약 알라와 폐하께서……."

그 둘은 허락할 것이다. 그렇지만, 다른 한편으로, 그들은 둘 다 비웃을 것이다. 국왕은 다른 게시판이 붙어 있는, 또 다른 말뚝일 뿐이다. 신앙심에는 천재성이 전혀 필요 없다. 게시판이 되는 것으로 충분하다. 그는 말했다. '그분의 말씀을 듣고, 그분을 따르게. 불평해서는 절대 안 되네. 그분께서는 영적이며 세속적인 힘을 가지고 계시지. 이해하지 말고, 판단하지 말고, 믿어야 하네. 그것만이 자네들이 해야 하는 것일세. 아민!' 군주의 방에 있던, 군주의 거룩한 그 양피지는, 술이 있던 훌륭한 진열장을 감추고 있었다.

나에게도 나만의 말뚝과 나만의 표지판이 있었다. 내가 나의 왕자를 생각할 때면, 그것은 언제나 내가 잡아당겼던 말의 꼬리와 말 등자 위에 서 있었던 세네갈 근위병의 이미지였다.

술탄은 말했다.

"그래, 나의 아들아, 조국이 너를 기다리고 있다. 우리 청년 대학생들은 내일의 무기가 될 것이다……."

내가 아는 한, 그는 어떤 행동도 하지 않았고, 좋든 싫든 열정을 느낄 만한 아무 말도 하지 않았다. 그는 단지 그의 표지판을 들고 있는 데 만족했을 뿐이었다. 신도들은 무엇인가를 기다리고 있었지만, 아무 일도 일어나지 않았다. 그들은 중얼거리지도 않았다. 전혀 중요하지 않았다.

우리 세 명 중에서, 실제로, 투아렉 족에게도 모래를 팔 사람, 죽일 사람이든 사랑해야 할 사람이든, 필요하다면 잔인하고 냉혹한 사형 집행인이 될 수 있는 사람, 평생 이런 모습을 보여 줄 수 있는 사람, 그 사람은 바로 아버지였다. 폐하, 당신은 가능한가요? 그저 표지판일 뿐이죠. 그래서 나는 조금 전에 사람이 가득 차 있지만, 아무 소리도 들리지 않는 극장을 떠올리며 웃었던 것이었다.

네, 폐하. 아버지가 여기 온 것은 당신의 축복을 얻기 위해서가 아닙니다. 분명히 헌납할 것이 있었기 때문입니다. 일종의 희생물이지요. 저는 아브라함과 같은 자, 이슬람이라고 낙인이 찍힌 자입니다. 아니면 이렇게 표현해 보시지요. 동양과 동양적인 우화라고요.

그런데 이 문제의 본질은 무엇일까요?

저 소년은 악마고 저주받은 놈입니다. 저놈은 적진으로 넘어갈 뻔했습니다. 과인이 그에게 교훈을 주었습니다. 물론 두 명이 죽었습니다. 그렇지만, 미국 차 때문에 난리가 난 동안 수백만의 이윤을 챙겼고…… 땅도 샀습니다. 이제 저놈은 고분고분하고, 생각이 깊어졌고, 무장하고 싸울 준비가 되어 있습니다. 이제 과인은 아들을 파리로 보낼 것입니다. 그가 돌아오면, 과인이 물려준 재산을 열 배로 불릴 것이며, 지배 계급의 지배자 중 한 명이 될 것입니다. 어떤 일이 일어나더라도 말입니다. 조국은 식민지가 되거나, 공화국이 되거나, 아니면 당신의 목이 날아가겠지요. 그것은 전혀 중요하지 않습니다. 드리스는 그 때문에 전혀 손해 보지 않을 것이기 때문입니다.

그렇다면 아버지가 당신을 알현한 이유가 무엇일까요? 폐하, 당신은 이해하기 어려울 것입니다. 그는 계획을 세웠고, 그 계획을 실행했고, **완성하고 있습니다.** 이 만남은 저의 상상 속에 강한 인상을 남길 것입니다. 이렇든 저렇든, 그는 모든 것을 이겨냈습니다. 무엇보다도 저를 이겼습니다. 아주 동양적인 의미에서, 그는 당신에게 이 사실을 분명히 알리기 위해 올 필요가 있었습니다. 최고의 권력을 가지고 계신 당신에게 말입니다.

"알라의 아흔아홉 개의 이름으로, 쿠라이시 부족˚과 비옥한 초승달 지역˚의 부족으로 이름으로."

죄를 사하는 기도가 이어졌고, 나는 바닥에 엎드려서 그 소리를 들었다.

"나의 아들아, 나의 백성아, 떠나거라."

우리는 일어서서, 뒷걸음치며 뒤로 물러났다. 태양은 하늘 높이 떠서 불타고 있었고, 먼지는 뿌옇게 날리고 있었다.

급하게 상업용 비행기로 개조된 독일 융커 52기 에어프랑스에는 빈자리가 없었다. 여객기는 만석이었고, 곧 떠나려고 하고 있었다.

카멜은 내 가방에 독주를 가득 넣었다.

그는 설명했다.

"프랑스는 추워."

그는 끈으로 내 지갑을 묶은 다음, 내 윗옷 안주머니 깊숙이 넣고 옷핀으로 고정했다.

그는 설명했다.

"프랑스에는 강도들이 있어."

군주가 말했다.

"기억해라. 프랑스는 이 세계의 사창가고, 그 사창가의 사무실이 파리다. 과인은 너를 완전히 믿고 파리로 보낸다."

그는 그렇게 할 수 있었다. 내가 최종적으로 그를 장악했기 때문이었다. 그는 이 사실을 전혀 모를 것이다. 그의 마지막 충고는 웅성거림에 불과했다. 나는 듣지 않았다. 왜냐하면 듣고 싶지도 않았고, 비행기가 활주로에서 부릉거렸기 때문이었다.

좌석에 앉아 안전벨트를 맸을 때, 나는 눈물을 흘리지 않았다. 내가 마지막 들은 말은 '사랑하는 과인의 아들아'였다. 비행기가 가볍게 흔들리고, 떨리고, 움직이고, 활주로를 따라가고, 속도를 내고, 이륙했다.

나는 벨트를 풀고, 화장실에 갔다. 카사블랑카가 멀어지며 작아지는 것을 바라봤다. 이제 내가 즐길 차례가 되었다.

나는 내가 지나온 과거에서 단 1그램도 놓치지 않았다. 나의 과거가 스쳐 지나갔다. 그것은 단순했다. 나는 게임을 했고, 내가 이겼다.

나는 반항했다. 나는 궁핍했고, 궁핍한 자의 반항이었다. **궁핍할 때 사람들은 반항하지 않는다.** 프랑스 총영사관조차도 건드릴 수 없는 봉건 영주들 앞에서, 그리고 또 무관심한 사람들 앞에서, 나는 궁핍하고, 천하고, 탈렙이라도 짓밟아 버릴 수 있는 지푸라기에 불과했다. 목구멍부터 입술까지만 반항하는 꼭두각시 줠 세자르의 무리에 합류할까? 그것은 더는 계속될 수가 없을 것이다. 아니면, 방랑자들과 함께할까? 아니면, 막을 내리고 돌아오는 것에는 무관심한 채, 외국에서 조용하고 소박한 삶을 살까? 나는 그렇게 생각하지는 않는다. 나는 모로코인이고, 어떤 의미에서 모로코는 나의 것이다.

참고 견디고, 논리적으로 생각할 수 있어야 한다. 나는 다음에 반항할 것이다. 그뿐이다. 그럼, 아버지는? 나는 아버지를 속였다. 그뿐이다. 나는 아버지를 죽일 수 있었지만, 그에게 루거 권총을 넘겨주었다. 그래서 아버지는 내가 그를 속이지 않는다고 믿었다. 그렇다. 체크메이트를 위해서, 여왕을 희생시킨 거다.

아버지는 내 형제들에게 빵을 주고, 차를 따라 준다고 말했다. 나는 고분고분하게 뉘우치면서, 그가 나를 프랑스로 보내도록 만들었다. 우선, 그 순간을 손꼽아 기다렸다. 그다음, 그는 나에게 생활비를 대주고, 학위를 취득하고, 직장을 얻을 수 있게 해줄 것이다. 나는 돌아오고, 인정을 받고, 손을 활짝 벌려 그가 나에게 주기로 한 재산을 받을 것이다. 그다음에, 오로지 그다음에, 나는 반항할 것이다. 정말, 확실하게.

프랑스 정착민들, 봉건 지주들, 구령에 맞춰 나를 향해, 아랍인은 파리 같은 놈이라고 노래를 부르던 프랑스 아이들이 생각났다. 로슈 선생과 같은 자들은 거대한 고모라를 만들기 위해 모로코를 탈취했고, 케셀 교장과 같은 자들은 불바다를 만들기 위해서였다. 그는 나를 퇴학시키지 않았다. 군주가 그에게 좋은 쿠스쿠스를 대접했기 때문이었다. 그리고 지금 나는 파리를 향하고 있다. 제기랄, 거기에는 내가 말 한 마디라도 할 수 있고, 또 내 말을 들어줄 사람이 있겠지.

출발하자. 왜 안 되겠는가? 군주여, 사실 당신이 한 점을 땄다. 당신이 옳았다. 프랑스에 가서, 나 자신을 단련시킬 것이다. 사람들은 앞다퉈 나에게 체념하고 사는 낡은 삶을 받아들이라고 강요했다. 그렇지만, 이제 나는 사회개혁, 노동조합, 사회복지, 파업, 테러리즘과 관련된 사상의 더미 속에서, 그 무엇이라도 흡수할 것이다. 지금까지 나는 연금술사로서 살았다. 아마도, 몇 년, 20년, 60년이 나에게 남아 있을 것이다. 지금부터 나는 화학자로 살 것이다.

그렇지만, 당장 여기서, 무작위로, 이 샘플 하나를 먼저 받으시오. 나는 오줌을 쌌다. 내 모든 오줌 방울이, 내가 잘 알고, 나를 잘 알고, 또 나를 혐오하는 사람들 머리 위로 떨어지기를 희망하면서 오줌을 쌌다.

군주, 당신에게 작별 인사는 하지 않겠습니다. 대신, 저는 이렇게 말씀드리겠습니다. 곧 봅시다!

빌쥐프, 1952년 12월~1953년 8월

주

7   **1985년 12월 10일** 이 헌정사에는 긴 사연이 담겨 있다. 드리스 슈라
    이비는 헌정사를 세 번 수정했다. 1954년 그는 초판본을 "프랑수
    아 모리악에게" 헌정했다. 모리악은 당시 '프랑스-마그레브 위원
    회'의 회장을 맡아, 프랑스가 지배하고 있던 모로코를 비롯한 북
    아프리카의 현실을 고발했다. 이후 드리스 슈라이비는 모리악의
    소극적인 활동에 대해 실망했다. 그래서 1977년 문고판을 출간할
    때, 그는 "그래도 그때는 반항과 희망이 있었습니다"라는 문장을
    추가해 아쉬움을 표현했다. 그리고 그 밑에 "하산 2세와 다른 아
    랍 세계의 용감한 지도자들에게" 이제는 "반항밖에 없지 않겠습니
    까?"라는 헌정사를 덧붙여, 모로코의 정치 상황을 직접적으로 비
    판했다. 소설이 처음 출간된 지 약 30년이 흐른 후, 1985년 그는 입
    국 금지가 해제되고, 하산 2세의 초청으로 고향을 방문할 수 있었
    다. 그 뒤, 1986년 갈리마르 출판사에서 소설이 재출간되었을 때,
    그는 모로코에 비판적이었던 기존의 헌정사를 현재의 것으로 교
    체했다. 즉, 여기 번역한 이 헌정사에는 과거와의 화해가 담겨 있
    다고 할 수 있다.

9   **알베르-레몽 로슈** 실존 인물이 아니라, 소설 속에 등장하는 드리스

의 프랑스어 교사다.

11 **이스마엘** 아브라함이 이집트 출신 하인 하갈에게서 낳은 서장자로 구약성서와 쿠란에 모두 등장한다. 구약성서와 달리, 이슬람에서는 아브라함이 산 제물로 바치려고 했던 아들이 이스마엘이었다고 여긴다. 즉, 이삭은 유대인의 조상이고, 이스마엘은 아랍인의 조상인 셈이다.

엘 앙크 카사블랑카의 서쪽 해변 지역. 1920년 세워진 등대가 유명하다.

무에진 모스크에서 큰 소리로 기도 시간이 되었음을 알려 주는 사람

12 **쉐르기** 남동쪽 사막 지역에서 불어오는 건조한 바람

안남식 바지 프랑스 식민지였던 인도차이나반도에서 원주민 군대가 입었던 허벅지가 넓고 무릎 아래는 좁은 바지 양식

뮈르독 공원 1907년 카사블랑카 중심부에 조성된 공원. 토지 소유주였던 영국 상인 머독(Murdoch)의 이름을 붙였다. 2006년 공원을 새로 정비하면서, 이제스코 공원으로 이름이 변경되었다.

데르브 동네나 구역을 지칭하는 아랍어

알라 한국 쿠란 번역에는 '하나님'으로 되어 있다. 여기에서는 문화적 맥락을 고려해 대부분 '알라'로 번역했다.

13 **압델 카데르** 쿠란에 나오는 성자의 이름. 극도의 헐벗음 속에서 영적인 탐구를 했던 전설적인 수도사

위베르 리요테 Hubert Lyautey(1854~1934), 프랑스의 장교이자 식민지 행정관. 1912년 모로코가 프랑스의 보호령이 되자, 초대 통감으로 부임해서 1925년까지 복무했다.

15 **하디스** 무함마드의 언행록

마자간 카사블랑카에서 약 100킬로미터 떨어진 해안 도시. 드리스 슈라이비가 태어난 곳이다. 현재 도시명은 엘 자디다(El Jadida)다.

메르 술탄 역 카사블랑카의 번화가에 있는 역

17 **세다리** 모로코식 소파

젤라바 마그레브 남성이 입는 두건과 모자가 달린 긴 외투

쉐시아 주로 마그레브 남성이 쓰는 챙 없는 붉은색 모자

19 **바부슈** 뒤꿈치를 구겨 신는 모로코식 신발

20 **아민** 이슬람교에서 '아민'은 기독교의 '아멘'과 같다.

21 **아인 디아브** 카사블랑카에 있는 해변

23 **타르부쉬** 남자가 쓰는 붉은색 터키식 모자. 술이 달려 있고, 둥글고, 위가 평평하다.

26 **이븐 루슈드** Ibn Rushd(1126~1198), 라틴명은 아베로에스 (Averroes)로, 이슬람의 대표적인 철학자. 현 스페인의 코르도바에 서 태어나 모로코의 마라케시에서 죽었다.

29 **타진** 고깔 모양의 전통 토기 냄비

33 **파테** 주로 간이나 머리 고기와 같은 부산물을 잘게 다져 채소와 향 신료를 넣어 가공한 요리

무도병 舞蹈病, 뇌의 신경세포가 퇴화하면서 발생하는 중추신경계 질병. 근육 발작이 일어나는데, 마치 춤을 추는 것 같아서 붙은 이 름.

34 **파샤 글라위** Thami El Glaoui(1879~1956), 파샤는 터키나 모로코 에서 군주를 지칭하는 용어로, 그는 마라케시에서 가장 유명한 군 주 중 한 명이었다. 처칠을 비롯해 서방의 유력 인사들과 교류했 다. 프랑스에 협력해서, 이스티클랄 당과 함께 독립운동을 하던 무 함마드 5세를 폐위시키는 데 참여하기도 했다.

프랑스 광장 프랑스 보호령 시기에 카사블랑카 중심부에 조성된 광 장. 현재는 유엔 광장으로 이름이 바뀌었다.

35 **핫지** 메카 성지 순례를 의미하는 말로, 순례를 갔다 온 사람 이름 앞에 붙여 사용한다.

36 **이드리스 1세** Idris 1세(743~791), 최초의 모로코 국가로 여겨지는 이드리스 왕조를 세웠다.

이드리스 2세 Idris 2세(791~823), 아버지 이드리스 1세가 사망한 직후 태어나, 10세 때 왕위에 올랐다.

이사 기독교의 예수를 가리키는 이름. 쿠란에 이사는 예언자 중의 한 명으로 나온다.

유세프 요셉의 이슬람식 이름

야쿱 야곱의 이슬람식 이름

44 **음시드** 조그만 동네에 있는 작은 쿠란 학교

상팀 프랑의 하위 단위

47 **팔라카** 발바닥 체벌

48 **프키** 쿠란 학교 교사

수 1940년 이후 수(sou)는 더 이상 사용하지 않는 화폐 단위가 되었지만, 많은 사람이 5상팀을 1수라고 부르며 사용했다. 즉, 여기서 2수는 10상팀짜리 동전을 의미한다.

50 **이드 세기르** 아랍어로 '작은 축제'란 뜻으로 라마단이 끝나는 날이다. 예배를 드리고 성대한 음식을 장만한다. 정식 명칭은 '이드 알피트르'다.

이드 엘케비르 아랍어로 '큰 축제'란 뜻으로 이슬람력에서 가장 중요한 축제일이다. 아브라함이 아들 이스마엘을 제물로 바치기로 하자, 알라가 아들 대신 숫양을 내린 것을 기념하는 날이다. 정식 명칭은 '이드 알아드하', 즉 희생을 기념하는 날이다.

55 **칼리프 시대** 칼리프는 후계자를 의미한다. 무함마드가 죽은 뒤, 이슬람 공동체는 합의에 따라 최고 권력자인 칼리프를 선출했다. 그러나 이후 권력이 세습되면서 왕조로 바뀌게 되었다.

56 **건파우더** 중국 저장성에서 나는 녹차. 영국인들이 검고 둥근 모양을 보고 화약 가루라고 불렀다. 중국에서는 진주처럼 생겼다고 해서 주차(珠茶)라고 불린다. 알제리와 모로코에서 민트 차를 만들기 위해 수입했다.

수스 모로코 중부 지역을 지칭하는 오래된 이름

슐루 모로코 중부와 남부에 거주하는 베르베르 부족 중 하나

57 **제나타** 카사블랑카 근처의 해변

58 **듀럼밀** 부드러운 일반 밀과 달리 딱딱한 밀. 햇빛이 강하고 건조한 지중해 연안에서 주로 재배된다.

59 **델랄** 모로코와 알제리에서 중개인을 지칭하는 용어

이스티클랄 '독립'을 의미하는 단어. 1934년에 조직된 이스티클랄 당은 모로코의 독립운동을 주도했다.

부스비르 카사블랑카 외곽에 건설되었던 매춘 구역. 프랑스는 모로코를 보호령으로 만든 뒤, 주둔하는 군인들에게 성병이 퍼지는 것을 막기 위해, 1924년 시 외곽에 매춘을 위한 특별 구역을 건설했다. 모로코와 아프리카 각지에서 온 여성들이 거주하며, 부채를 갚기 위해 계약을 맺고 매춘업에 동원되었다. 식민지 시대 동안 부스비르는 프랑스인의 이국적 환상을 충족시켜 주는 관광지로 유명했다. 1955년, 모로코가 독립하기 1년 전에 폐쇄되었다.

60 **자부르** 쿠란 이전에 기록된 이슬람교의 대표 경전. 다윗의 시가 담겨 있다. 기독교 성경의 시편에 해당한다.

68 **칼리파** 무함마드의 후계자란 뜻으로, 최고 종교 지도자이자 군주를 의미한다.

72 **투아렉** 사하라 사막 지역에 거주하는 부족

페탱 원수 Philippe Pétain(1856~1951). 제1차 세계대전의 영웅이었으나, 1940년 제2차 세계대전 중 독일이 프랑스를 점령한 뒤 세운 비시정부의 수장이 되어 나치와 협력했다.

74 **게수 학교** L'École M'hammed Guessous, 라바트에 있는 사립학교. 1934년 민족주의자인 아흐메드 발라프레지가 세웠다. 드리스 슈라이비는 실제로 이 학교에 다녔다.

78 **쿠비투스** cubitus, 라틴어로 팔꿈치를 의미한다.

81 **조금 더 빛을!** "Mehr Licht." 괴테가 남긴 마지막 말이라고 알려져 있다.

쥘 세자르 Jules César 율리우스 카이사르의 프랑스식 표기

82 **세르클** 북아프리카에서 프랑스인이 통치하는 가장 작은 행정 단위. 지휘관은 식민정부에 속해 있었고, 군조직과는 독립적으로 지방 행정을 주관했다.

피에르 로티 Pierre Loti(1850~1923), 프랑스 해군이자 작가. 세계를 여행하며, 이국주의적인 작품을 많이 발표했다.

타로 형제 장 타로 Jean Tharaud(1877~1952), 제롬 타로Jérôme Tharaud(1874~1953), 두 형제가 모두 작가로 활동했다. 모로코를 비롯해 여러 나라를 여행한 뒤, 이를 소재로 활용해서 소설, 여행기, 르포 등을 썼다.

메슈이 양을 꼬챙이에 끼워 통으로 구운 마그레브의 대표 요리

타르타렝 알퐁스 도데의 풍자 소설 시리즈에 나오는 우스꽝스러운 인물. 첫 번째 이야기가 알제리로 사자를 사냥하러 가며 겪는 우여곡절을 그리고 있다.

베니 멜랄 모로코 중부에 있는 도시

제마 엘 프나 마라케시의 메디나 남서쪽에 있는 큰 광장

83 **C.T.M.** 1912년 프랑스인이 세운 모로코 버스 관광 회사

84 **이맘** 이슬람교 공동체의 지도자

85 **하이크** 마그레브 여성이 옷 위에 쓰는 큰 망토

카프탄 길고 화려한 코트

바디아 긴 원피스

마라부 이슬람의 성자나 은자

87 **자에르** 수도 라바트 북쪽에 있는 지역 또는 그 지역 사람

88 **세부 강** 모로코 북부 지역을 흐르는 강

블레드 지방이나 고향을 뜻하는 아랍어. 프랑스어 사용자들에게는 촌 동네라는 의미로 사용되기도 한다.

라 마르세예즈 프랑스 국가(國歌)

89 **파키르** 고행 수도자

삼촌 핫지 무함마드 5세의 삼촌인 무함마드 벤 아라파(Mohammed ben Arafa, 1886~1976). 프랑스는 독립운동을 하던 무함마드 5세를 강제로 폐위시키고, 그의 삼촌을 왕위에 앉혔다. 그러나 2년 뒤, 독립을 앞두고, 아라파는 다시 조카에게 왕위를 돌려주고 모로코를 떠났다.

무프티 이슬람법을 적용하고 해석할 수 있는 권한을 가진 권위자

후세이니 Mohammed Amin al-Husseini(1895~1974), 팔레스타인의 아랍 정치지도자. 예루살렘이 영국의 보호령이었을 때, 팔레스타인 민족주의 운동을 주도하며 영국에 저항하기 시작했다. 1941년 베를린을 방문해서 히틀러를 만났다. 이후 아랍인은 나치와 협력하여 유대인을 몰아내야 한다고 주장했다.

90   **밥 프투** 페스 성벽의 남쪽 문

92   **물레 이드리스의 왕릉** 페스 중심부에 위치한 수도원으로 9세기경 건설되었다. 이드리스 2세의 무덤이 그곳에 있다. 모로코 최초의 이슬람 왕조를 수립한 이드리스 1세가 페스를 건설하기 시작했고, 그의 아들이 도시를 완성했다. 카라위인의 모스크와 함께 페스를 대표하는 유적이다.

카라위인 신학대학 9세기경 이드리스 왕조 때 건설된 이슬람 신학대학

93   **덱가긴** 구리나 은을 세공하는 장인

슈라블린 가죽 장인

하라린 비단실을 파는 상인

부 즐루드 페스의 구도심으로 통하는 문 중 하나. 12세기에 건설되었으며, 현재 문은 1912년 재건축된 것이다.

셉시 모로코식 담뱃대

94   **델랄린** 중개인을 의미하는 델랄의 복수형

나일 엄지와 둘째 발가락 사이에 끈을 끼워 신는 슬리퍼. 사하라에 거주하는 투아렉 족이 모래사막을 걸을 때 사용한다.

95   **미나레** 모스크의 첨탑

96   **메디나** 아랍어로 '도시'를 의미한다. 보통명사로는 북아프리카 도
       시의 구도심을 가리키나, 고유명사로는 메카의 북쪽에 있는 지역
       을 의미한다. 이 지역은 무함마드가 박해를 피해 이주한 곳으로,
       그의 묘가 있는 이슬람의 성지다.

       다마스쿠스의 길 사도 바울이 이 길을 가다가 기독교로 개종했다.
       갑작스러운 변화를 상징하는 표현이다.

104   **모카뎀** 북아프리카와 사하라 사막의 수피 무슬림 형제단의 관리인

       탈렙 쿠란 학교 학생

       물레 야쿱 페스 북서쪽 산악지방에 있는 마을. 선사시대부터 온천
       으로 유명하다.

108   **안티스테네스** Antisthenes(기원전 445경~기원전 365경), 고대 그리
       스의 철학자. 키니크(Cynic) 학파의 시조. 여기서 말하는 제자는 디
       오게네스다.

109   **자우이아** 이슬람의 교리, 법의 판례, 문법을 가르치는 신학교

       마크젠 지방에서 국가 권력을 위임받고, 행정을 담당하는 전통적
       인 제도. 원래는 유사시를 대비해 곡물을 비축해 놓는 장소를 뜻하
       는 단어였다.

114   **물레 이스마엘** Moulay Ismaïl(1672~1727), 모로코의 술탄. 군림하
       는 동안 영토를 확장하여 모로코 왕국의 위세가 정점에 이르렀다.
       프랑스의 루이 14세와 통치 시기나 방식, 영향력이 비슷해서 비교
       하는 경우가 많다.

116   **두아르** 촌락 또는 농촌의 행정구역 단위

       수크 전통시장

118   **쿠란의 예순 번째 장** '시험받고 조사받는 여자'라는 뜻의 '뭄타히나'
       라고 불린다.

       아델 이슬람법 제도의 공증인. 모로코에서는 아델이 상속, 결혼, 이
       혼 등과 관련된 민법을 담당한다.

카디 이슬람법 제도의 판사

120 **코끼리는 도자기 가게 안에서~깨뜨리지 않았다** 난처한 상황을 가리키는 "도자기 가게 안의 코끼리와 같다"라는 관용어구를 응용한 문장이다.

쿠라이시의 목자 무함마드. 그는 쿠라이시 부족에서 태어났고, 어린 시절 양을 지키는 목동으로 지냈다.

123 **메아 쿨파** Mea culpa, '내 탓이오'라는 뜻의 라틴어 표현

125 **스물일곱 번째 밤** 라마단의 스물일곱 번째 되는 밤으로, '라일라 툴 카드르'라고 불린다. 운명의 밤, 권능의 밤이란 뜻으로, 무함마드가 쿠란을 처음으로 계시받은 밤이다. 이날 밤에 기도를 드리는 것은 꾸준히 천 개월 동안 기도한 것보다 낫다고 해서, 이날 예배를 드리고 선을 베푼다.

울레마 이슬람 법학 박사

126 **이슬람의 자비** 이슬람의 의무 중 하나인 '자카트', 즉 가난한 자에 대한 자선을 말한다. 라마단의 종료를 기념하는 이드 알피트르 축제가 되면 모두가 자선을 베푼다.

127 **밤바라** 서아프리카 말리에 거주하는 부족

131 **푸아티에 전투** 732년 프랑크 왕국의 카를 마르텔이 프랑스의 투르와 푸아티에에서 우마이야 왕조의 이슬람군을 무찌른 전투. 즉 이슬람은 이 전투에서 패하면서 서유럽 진출이 막히게 되었다.

133 **권좌의 장** 쿠란의 두 번째 장을 말한다. 255번째 절에 권좌에 관한 내용이 나온다.

135 **하 밈** 쿠란의 40장에서 46장은 '하 밈'이란 글자로 시작한다. 그 의미는 아직 밝혀지지 않았다.

미흐라브 모스크 벽에 움푹 들어간 성스러운 공간으로 메카의 방향을 표시한다.

136 **알라께서는 ~ 사라져** 쿠란의 43장 '주크르프'의 앞부분. 쿠란의 원문과 일치하지는 않는다.

145 **풀은 자라야 하고, 아이들은 죽어야 한다** 빅토르 위고의 『관조시집*Les Contemplations*』에 나오는 구절. 그의 딸 레오폴딘은 센 강가에 있는 조그만 마을 빌키에에서 익사했다. 이 시집에는 딸을 잃은 아버지의 슬픔과 애도, 그리고 신에 대한 절규가 담겨 있다.

149 **로자 알바, 로잠 알밤, 로자에 알베에** rosa alba(하얀 장미)의 라틴어 변화형

이히 ~ 니히트 1825년 만들어진 유명한 독일 군가 〈훌륭한 전우 (Der gute Kamerad)〉의 앞 두 구절. '나는 전우가 한 명 있었네. 그보다 더 나은 전우는 찾을 수 없으리.'

156 **물방울 고문** 이마에 규칙적으로 물방울을 떨어트리는 고문 방법. 반복적으로 떨어지는 물방울의 미세한 자극 때문에 극도의 공포감을 느끼게 된다.

159 **모가도르** 모로코 항구도시인 에사우이라의 옛 이름

167 **콜** 아랍식 아이섀도

176 **아인 보르자** 카사블랑카 중심에 있는 지역

182 **살라말렉** 대표적인 아랍어 인사인 '앗살라무 알라이쿰'을 프랑스어로 간단하게 표기한 것이다.

201 **내 무릎~ 욕했다** 랭보의 시집 『지옥에서 한 철』에 나온 구절

204 **암소의 장** 쿠란의 2장 '알바카라'. 183절부터 187절까지 단식과 라마단에 관해 나온다.

209 **아타튀르크** 무스타파 케말 아타튀르크Mustafa Kemal Atatürk(1881~1938), 케말 파샤라는 이름으로 더 알려져 있다. 터키 독립전쟁의 영웅이자 터키의 초대 대통령. 그는 다른 이슬람 국가들과 달리 정치와 종교를 분리하고, 유럽의 문화를 적극적으로 수용해 근대 국가를 건설했다.

214 **카바** 신성한 검은 돌이 있는 메카에 있는 신전

바알세불 팔레스타인의 토속 신. 성경에는 주로 악마적인 이미지로 등장한다.

215 **쿠립가** 카사블랑카에서 동남쪽으로 120킬로미터 떨어져 있는 도시

216 **폴 포르** Paul Fort(1872~1960), 프랑스 상징주의 시인이자 극작가
베르무트 ~ 친차노 식전에 마시는 알코올이 함유된 아페리티프들

217 **아부 바크르** Abou Bakr As-Siddiq(573~643), 이슬람 초대 칼리프. 무함마드가 죽은 뒤 후계자로 선발되었다.

230 **안타르와 아블라** 안타르는 6세기경 귀족인 아버지와 흑인 노예인 어머니 사이에서 태어난 아랍의 시인이자 기사다. 그는 신분과 피부색 때문에 멸시받았다. 사촌 아블라를 사랑했지만 받아들여지지 않았다. 그는 여러 전투에 참여해 명성을 얻고, 또 아름다운 시로 사람들의 마음을 사로잡아, 결국 사랑하는 여인과 결혼했다.
마르사 마트루 지중해 해안에 있는 이집트의 도시. 클레오파트라의 휴양지였다고 한다.

232 **바라카** 아랍어로 축복을 의미

235 **제정 때 수여된 귀족 칭호** 나폴레옹은 황제로 즉위한 뒤 자신을 도운 사람들에게 귀족 칭호를 수여했다.

238 **케스라** 밀이나 보릿가루로 만든 평평한 빵

243 **이스파** Vincent Hyspa(1865~1938), 프랑스의 작가, 작사가.
아합 왕 성경에 등장하는 이스라엘의 왕. 예언자들과 대립했다.

244 **페세타** 유로 이전 스페인에서 쓰였던 화폐 단위
피아스트르 프랑스 식민지였던 인도차이나에서 통용되었던 화폐 단위 중 하나

252 **δψ(M)dt** 수학이나 물리학 공식으로 보이나 정확하지 않다.

254 **나디르** 제니트의 반대로, 하늘의 가장 낮은 곳을 의미하는 아랍어

264 **에스파드리유** 마로 된 노끈을 엮어서 밑창을 만들고, 그 위에 캔버스 소재를 사용하여 만든 신발

268 **카이마** 베두인 족의 천막
탐탐 아프리카의 전통 음악에서 사용하는 북

플루토 디즈니 만화 영화에 등장하는 개의 이름

269 캘러한 영국 소설가 피터 체니Peter Cheyney의 추리소설에 등장하는 사립 탐정

팡토마스 프랑스 소설가 피에르 수베스트르Pierre Souvestre와 마르셀 알랭Marcel Allain의 연재 추리소설에 등장하는 뤼팽과 같은 범죄의 달인

알렉상드랭 12음절로 된 프랑스의 정형시

테일러 급수 영국 수학자 브룩 테일러가 18세기에 만든 여러 가지 급수

modus vivendi 라틴어로 '삶의 방식'이란 뜻. 양해 각서를 지칭함

casus belli 라틴어로 '전쟁의 명분'이란 뜻으로 전쟁의 이유를 기록한 글을 지칭함

273 헤지라 력 무함마드가 박해를 피해 메카에서 메디나로 이주한 해 (서기 622년)를 원년으로 삼는 이슬람 역법

274 히자즈 아라비아 반도의 서쪽 지역으로 메카와 메디나 등 이슬람 성지들이 모여 있는 지역

275 인간은 계획하고, 시간은 결정합니다 '인간은 계획하고, 신은 결정한다'는 속담을 변형한 것

276 할루프 돼지고기를 의미하는 아랍어. 속어로 '돼지 같은 놈'으로 사용된다.

조셉 케셀 Joseph Kessel(1898~1979), 프랑스 소설가로, 공군으로 제1차 세계대전에 참전했으며, 그 경험을 바탕으로 소설을 썼다. 제2차 세계대전 동안에는 레지스탕스로 활동했고, 그 이후에는 아프리카, 아프가니스탄 등을 여행하며 여행기와 소설을 발표했다.

279 누바 아랍 안달루시아의 음악의 한 종류. 축제나 파티를 의미하기도 한다.

280 파스티스 아니스 향료를 넣은 술

289 슈카라 마그레브에서 사용하는 아랍 방언으로 남자가 사용하는 작

은 손가방을 의미한다.

292 **알파** 북아프리카에 서식하는 벼과의 일종. 줄기로 바구니나 돗자
리 등을 짠다.

299 **일어나 걸어라** 요한복음 5장 8절, 예수가 앉은뱅이를 치료한 일화
에 나오는 구절

301 **발레리** 프랑스 시인 폴 발레리를 언급한 것으로 보인다. 『해변의
묘지*Le cimetière marin*』(1920) 마지막 연에 '바람이 분다! 살아
야겠다!'라는 유명한 구절이 나온다.
손바닥 선인장 인디언 무화과라고도 한다. 부채모양의 큰 잎에 자주
색 열매가 열린다.

303 **자피** 1777년 자피(Japy) 가문이 세운 회사. 각종 기계를 제조했다.

308 **수크 라르바** 모로코 북쪽에 있는 도시. 프랑스 보호령과 스페인이
지배하는 지역의 경계에 있어서 식민지 시대에 큰 도시로 발달했
다.
호로파 葫蘆巴, 북아프리카에서 재배되는 약용 식물. 중국과 인도
에서도 약재로 쓰인다.

316 **케르만** 보르도에서 생산된 코냑과 같은 독주의 일종

320 **파트마** 대표적인 아랍 여성의 이름. 무함마드가 총애했던 딸의 이
름도 파트마였다. 여기서 서양 관광객에게 파트마는 젊은 아랍 여
자를 의미한다.

332 **아스타로트** 드물게 여신을 기원으로 한 악마

334 **타들라** 모로코 중심에 있는 산악 지역

337 **셰이크** 현명한 연장자란 뜻의 아랍어

339 **유장** 乳漿, 젖에서 단백질과 기름을 뺀 것

341 **쿠아슈** 아프리카 프랑스 식민지의 원주민 수위

342 **앙리 푸엥카레** Henri Poincaré(1854~1912), 프랑스의 수학자, 이론
물리학자
말레와 이작 알베르 말레Albert Malet(1864~1915)와 쥘 이작Jules

Isaac(1877~1963), 프랑스의 역사학자로, 20세기 초 가장 많이 읽힌 역사 교과서를 공동으로 집필했다.

343 **아부 누와스** Aboû Nouwâs(747?~813), 아랍의 대시인으로 술을 즐기며 풍류를 노래했다.

오마르 제2대 칼리프

344 **프랑수아 1세** François 1er(1494~1547), 프랑스 르네상스 시대 인문주의와 예술에 발전을 힘을 기울였던 왕

플레이야드 16세기 롱사르, 뒤 벨레 등을 비롯한 프랑스 시인 그룹

347 **쉬바니** 흰 머리카락이란 뜻으로 노인을 가리킨다.

351 **메슈아르** 카사블랑카의 왕궁

무함마드 5세 모로코의 마지막 술탄이자 초대 국왕. 1927년 젊은 나이에 술탄에 올랐다. 1950년대 프랑스에 저항하며 독립운동을 하다가, 강제로 폐위되고 추방당했다. 1955년 복위해, 모로코가 독립한 이후, 1957년 왕호를 술탄에서 국왕으로 바꿨다.

353 **모카즈니** 기병대의 기사

357 **쿠라이시 부족** 무함마드의 출신 부족

비옥한 초승달 지역 이집트 북동부에서 레바논, 이스라엘을 거쳐 이란 고원에 이르는 지역

모로코 청년, 아버지 세대에 반항하다

정지용(성균관대학교 프랑스어문학과 교수)

1. 프랑스어로 글을 쓰는 모로코 작가

드리스 슈라이비(Driss Chraïbi)는 1926년 프랑스의 보호령이었던 모로코의 마자간(현 엘 자디다)에서 태어났다. 프랑스는 1830년 알제를 침공하며 북아프리카에 식민지를 건설하기 시작했다. 알제리는 1848년 프랑스에 합병되었고, 튀니지는 1881년에, 모로코는 1912년에 프랑스의 보호령이 되었다. 일반적으로 프랑스의 통치를 받은 이 세 국가를 묶어 '마그레브'라고 부른다. 간접 통치를 선호한 영국과 달리, 프랑스는 거대한 제국을 건설하고 그 영토를 직접 통치하는 경향이 강했다. 식민지에 정착한 프랑스인들은 야만의 세계를 문명화한다는 논리에 따라, 프랑스 본토의 언어, 문화, 제도 등 모든 것을 그대로 옮겨 놓으려고 했다. 그들은 원주민의 주거지를 파괴하고 자신들의 거주 공간을 확장해 갔다. 그 과정에서 집단적인 저항이 일어나자, 그들은 구도시 옆에 유럽식 신도시를 조성하는 정책으로 전환했다. 그 결과, 마그레브에는 좁은 골목들이 미로와 같이 복잡한 얽혀 있는 메디나(médina)와 직선 도로가 교차하는 오스만 스타일의 누벨빌(Nouvelle ville)이 붙어 있는 독특한 도시 구조가 만들어졌다. 드리스 슈라이비는 이렇게 프랑스 식민 지배의 결과로 만들어진, 아랍 전통문화와 서양 근대문화가 대립하며 공존하는 공간 속에서 태어났다.

그의 아버지는 유서 깊은 도시인 페스 출신이고, 어머니는 독실한 무슬림이었다. 당연히, 그가 처음 습득한 언어는 아랍어였고, 그의 정신세계는 이슬람 문화 속에서 형성되었다. 그는 아주 어린 나이에 다른 모로코 남자아이들처럼 쿠란 학교에 기숙하며 아랍어와 이슬람 교리를 배웠다. 그는 이때 겪었던 부조리한 교육에 관해 여러 번 회상하곤 했다. 열 살쯤 되었을 때, 그는 프랑스 초등학교에 입학했다. 갑자기 경계를 넘어 언어와 문화가 다른 세계로 이동한 것이었다. 그리고 그는 카사블랑카에 있는 리요테 고등학교에 입학했다. 그는 모로코인이었지만, 프랑스 학생들과 함께 프랑스어를 읽고 쓰고, 서양의 근대적 사유와 가치관을 체득하고, 또 프랑스 문학에 심취했다. 그는 바칼로레아 시험에 합격한 뒤, 서양의 과학과 기술을 익히기 위해 프랑스로 건너가 화학공학을 전공했다. 그러나 그가 정말 원하는 것은 글을 쓰는 것이었다. 그는 모국어인 아랍어가 아니라 프랑스어로 글을 써, 1954년 첫 작품인 『단순한 과거』를 프랑스의 드노엘 출판사에서 발표했다.

드리스 슈라이비는 마그레브 프랑스어 문학을 대표하는 작가 중 한 명이다. 프랑스의 식민 지배가 오래 지속되면서, 아랍어가 아니라 프랑스어로 글을 쓰는 작가들이 등장했다. 초기에는 식민 통치를 정당화하거나, 아니면 프랑스 독자의 이국 취향을 만족시켜 주는 작품들을 발표했지만, 1950년대 식민 지배가 끝나 갈 무렵부터는, 알제리의 물루드 페라운(Mouloud Feraoun), 모하메드 딥(Mohammed Dib), 물루드 마므리(Mouloud Mammeri) 등 독창적인 작품을 발표하는 작가들이 출현했다. 이들보다 약간 젊지만, 드리스 슈라이비 역시 모로코에서 프랑스어로 된 문학의 토대를 놓은 첫 세대 작가라고 볼 수 있다. 이 작가들은 프랑스어로 교육받아, 모국어가 아닌 지배자의 언어로 글을 쓸 수밖에 없었지만, 식민지의 궁핍한 경제적 상황을 증언하고, 불공평한 사회구조를 고발하며, 이중의 언어와 문화로 인해 분열된 자신들의 정체성에 관해 탐구했다. 드리스 슈라이비는 그중에서도 강렬한 자의식과 극단적인 반항을 보여 준 작가라고 할 수 있다.

2. 모로코 사회에 일으킨 파문

그가 이십 대 초반에 발표한 『단순한 과거』는 커다란 파문을 일으켰다. 후배 작가인 타하르 벤 젤룬(Tahar Ben Jelloun)은

이 작품은 모로코 사회에 던져진 '폭탄'이었다고 그 충격을 묘사했다. 당시 모로코는 프랑스의 통치에 반대하는 독립운동이 고조되고 있었다. 1943년 결성된 이스티클랄은 국민의 민족의식을 고취하고, 조직적으로 독립운동을 전개했다. 프랑스는 독립을 지지하는 무함마드 5세를 강제로 폐위시키고, 허수아비 왕을 내세우며 독립운동을 탄압했다. 모두가 하나가 되어 외부의 적과 투쟁해야 할 이 시기에, 드리스 슈라이비는 아버지의 권위에 도전하는 청년을 등장시켜 부와 권력을 독점하고 가부장적인 폭력을 행사하던 지배 계층을 신랄하게 비판했다.

모로코인들은 분노했다. 그들이 기대하고 있었던 것은 식민 지배로 황폐해진 모로코의 상황을 사실주의적인 방식으로 고발하고, 정치적인 관점에서 프랑스의 통치를 비판하는 작품이었다. 그런데『단순한 과거』는 몽환적이고 사변적이었으며, 비판의 화살은 아버지로 대표되는 모로코 부르주아지를 향했다. 드리스 슈라이비는 곧바로 반역자로 낙인이 찍혔다. 그를 "희망의 암살자"라고 규정한『데모크라시(Démocratie)』지에 실린 기사를 보면, 그는 고향을 떠나 파리에 살고 있는 별 볼 일 없는 작가일 뿐이며, 자기 내면의 문제를 해결하기 위해서, 아버지와 어머니를 글로 모욕하고, 이슬람교를 비롯한 민족의 모든 전통에 침을 뱉고, 모로코 국민이 중요하게 생각하는 가치들에 관해서는 말하지 않은 채 서양인들의 가치관에 맞춰 조국을 비판한, 유다와 같은 배신자라고 되어 있다.

드리스 슈라이비는 편집장에게 편지를 보내, 이 소설에 나타난 것이 자신이 생각하는 전부가 아니라고 말하며, 자신의 작품 세계는 다음과 같이 세 단계를 거쳐 발전했다고 설명했다. 첫 번째 단계는『단순한 과거』로, 프랑스 학교에서 유럽의 사상과 문화를 교육받은 모로코 청년은 자신이 태어난 사회를 비판하고 완전히 서양화되려고 했었다. 두 번째 단계는 1955년 발표한『숫염소들』로, 프랑스에 온 청년은, 그동안 동경했던 유럽 문화가 책이나 상상 속에만 존재하는 것일 뿐, 프랑스 사회는 마그레브 이주자들을 천한 이방인으로 거부한다는 냉혹한 사실을 깨닫게 되었다. 세 번째 단계는 1956년 발표한『당나귀』로, 이 우화는 그가 모로코의 독립을 보고, 또 유럽에서 쓰라린 경험을 한 뒤에 얻은 결론으로, 모로코와 이슬람 세계는 물질문명, 전쟁과 증오, 계급투쟁으로 얼룩진 서양의 문명에서 벗어나 고유한 문화를 찾아야 한다는 메시지를 담고 있다. 그의 설명에도 불구하고, 사람들은『단순한 과거』에 나타난 반항에만 주목했다. 심지어 그가 이 소설을 부인한다고까지 말했어도, 그 반항의 강렬함은 독자의 뇌리에서 지워지지 않았다.

3. 자서전과 소설 사이에서

『단순한 과거』의 주인공 드리스 페르디와 작가 드리스 슈라이비를 비교해 보면 공통점이 놀라울 정도로 많다. 성은 다르지만 이름이 같고, 아버지의 이름도 파트미로 같고, 형제들 이름도 같다. 주인공과 작가 모두 마자간에서 태어났고, 쿠란 학교에 대한 끔찍한 기억을 공유하고 있고, 게수 학교와 리요테 고등학교에 다녔다. 이런 공통점 때문에, 독자는 주인공이 곧 작가이며, 이 작품은 작가의 경험이 그대로 담겨 있는 일종의 자서전이라고 생각하게 된다. 특히 아버지와 아들 사이에 일어난 사건들을 실제로 있었던 일이라고 믿게 된다. 그러나 드리스 슈라이비는 이 작품은 자서전이 아니라 과장이 담겨 있는 소설일 뿐이며, 독자들의 반응은 이름과 지명이 같아 일어난 오해라고 주장했다. 실제로 중요한 차이점들도 쉽게 나열할 수 있다. 어머니의 자살은 완전히 허구적인 이야기이며, 동생 하미드는 뇌수막염으로 죽었다. 그의 가족 중에는 세 명의 자매가 있었지만, 작품에는 형제들만 등장한다.

1970년대 말 작가의 실명을 사용한 허구의 이야기인 '오토픽션(autofiction)'이라는 장르가 유행하기 전에, 드리스 슈라이비는 개인의 삶(auto)과 소설적 상상력(fiction)을 결합한 새로운 문학적 글쓰기를 앞서 실천했다고 할 수 있다. 그는 『당나귀』에 붙인 서문에서 『단순한 과거』에 나오는 주인공은 "아마도 자신일 수도 있으며, 어쨌든 주인공의 절망은 자신의 것"이라고 말하면서, 주인공과 작가 사이의 이중적이고 모호한 관계를 강조한다. 개인적 경험과 허구적 상상력을 결합한 이 독특한 글쓰기 방식은 극단적인 자의식, 그리고 세계와 자기를 이해하려는 필사적인 노력의 결과라고 할 수 있다. 예를 들어, 이 작품에 나오는 두 죽음은 자전적인 사건이 아닌 허구적인 상상이다. 현실

에서 하미드는 뇌수막염으로 죽었지만, 소설에서 하미드는 아
버지에게 맞아 죽는다. 이 극단적인 변형을 통해, 그가 가족 내
부에서 겪었던 폭력의 본질은 더 분명하게 드러나고, 또 모로코
의 기성세대가 청년 세대에게 가한 폭력의 양상 역시 더 선명해
진다. 현실에서 어머니는 여든 살 넘게 살았지만, 소설에서 어
머니는 스스로 목숨을 끊는다. 이 설정은 어머니가 평생을 견디
며 살았던 가정 폭력을 극적으로 보여 주면서, 또 이슬람 여성
이 가부장적인 전통 속에서 경험하는 보편적인 폭력을 그려 낸
다. 글을 통해서, 현실의 삶보다 더 본질적인 운명이 드러나고,
개인의 경험을 넘어서는 보편적인 진실이 밝혀진다.

4. 아버지에 대한 반항

『단순한 과거』는 주인공 드리스가 아버지에게 반항하는 이야
기다. 이러한 구도는 단번에 프로이트의 '가족 로맨스(Family
Romance)' 개념을 떠올리게 한다. 그의 이론에 따르자면, 어린
아이는 어른으로서 자기 정체성을 재구성하기 위해 소설적 상
상력을 발휘해서 자기 가족의 이야기를 새롭게 창조한다. 처음
에는 어린아이에게 부모는 이상적인 존재다. 아버지는 가장 크
고 힘센 사람이며, 어머니는 가장 아름답고 다정다감한 존재이
다. 그렇지만, 부모를 이상화하는 시기가 영원히 지속할 수는
없다. 어린아이는 성장하면서 가족의 울타리를 벗어나 세상을

경험한다. 아이는 집 밖에서 자기 부모보다 더 매력적인 부모들을 발견하고, 그들의 절대적 권위와 이상적인 모습에 의문을 던지게 된다. 이렇게 부모의 이미지가 깨질 때 가족 소설이 탄생한다. 아버지와 어머니의 성역할이 다르다는 것을 인식한 아이는, 고대 로마법의 나오는 '아버지는 불확실하나, 어머니는 확실하다'(pater incertus, mater certissima)는 표현처럼, 자신을 사생아라고 상상하면서 아버지를 제거하고, 어머니를 소유하려는 오이디푸스적인 욕망을 갖게 된다.

드리스의 가족 소설은 그가 프랑스 학교에 입학하면서 시작된다. 그는 이슬람 전통 사회의 경계를 넘어가서, 프랑스의 근대문화라는 새로운 세계를 발견한다. 그는 젤라바를 벗고 유럽식으로 옷을 입고, 프랑스 학교에서 프랑스어와 프랑스 문학과 근대적 가치관을 배운다. 새로운 세계를 동경하면서, 그는 자신의 진짜 아버지는 프랑스인 선생님이라고 상상한다("나의 아버지는 로슈 선생님이었고, 나의 형제들은 베라다, 뤼시엥, 치죠였다. 나의 종교는 반항이었다."). 그는 자기 아버지를 부정하고, 그 권위에 반항하기로 결심한다.

드리스의 아버지 핫지 파트미 페르디는 '군주(Seigneur)'라고 불린다. 그는 자신을 '과인'이라 부르며 가족 내에서 절대 권력을 행사한다. 소설의 1장에 묘사된 것처럼, 아이들은 사다리꼴 모양으로 앉아 있고, 군주는 맨 위에 앉아 피라미드를 완성한다. 그리고 그 피라미드의 맨 밑에 어머니가 있다. 아이들은 어떤 존재감이나 자의식도 없어 보인다. 라마단이라 종일 금식했어도, 허기진 배를 붙잡고, 숨소리마저 죽인 채 아버지의 명령만 기다리고 있다. 어머니는 그 자리에 앉지도 못하고, 부엌에서 화로 앞에 쪼그리고 앉아 음식을 달이고 또 달이며 명령이 떨어지기를 기다리고 있다. 라마단의 스물네 번째 밤, 드리스는 더는 수동적으로 있지 않고, 아버지에 맞서 투쟁한다. 그렇지만, 그는 군주의 강력한 힘에 눌려 주머니칼을 빼앗기고, 표출되지 못한 그의 반항은 내면의 긴 독백으로 이어진다.

프랑스의 비평가 마르트 로베르(Marthe Robert)는 『기원의 소설과 소설의 기원(Roman des origines et origines du roman)』(1972)에서 프로이트의 개념을 발전시켜, 아버지를 제거하고 어머니를 차지하려고 하는 사생아는 성공에 대한 강한 열망을 가진 인물이라고 말한다. 자신을 사생아로 상상하는 아들은 겉으로는 윤리적 원칙을 강조하지만, 궁극적인 그의 목표는 아버지의 지위를 찬탈하는 것이다. 1장의 끝 부분에서 군주는 사업이 궁지에 몰려 파산할 수 있다는 사실을 가족들에게 알린다. 아버지는 드리스에게 어머니와 함께 페스에 가서, 마라부인 외할아버지의 무덤 앞에서 사업이 잘되기를 기도하라고 명령한다. 드리스가 아버지의 지갑에서 돈을 훔쳐 어머니와 단둘이 페스에 갔을 때, 그는 아버지로부터 어머니를 빼앗고, 그동안의 속박에서 벗어나 자유를 얻었다고 느낀다. 그는 이슬람 성직자 시 케타니에게, 군주에게 표현하지 못했던 분노를 터트린다. 시 케타니는 그에게 굴복했는데, 그것은 그의 아버지가 핫지 파트미 페르디였기 때문이었다. 그는 자기가 아버지를 닮았음을, 반항하면 할수록 아버지를 닮아 가고 있음을 깨닫는다. 그는 "군주의 아들이라는 자부심"을 느끼고, "군주의 주권을 다시 한번 확인"하고, "심지어 초월적이고 영롱하기까지 한 즐거움"을 느낀다.

드리스는 막내 하미드의 사망 소식을 듣고, 어머니와 다시 카사블랑카로 돌아온다. 군주는 드리스와 아내가 아무 말도 없이, 지갑에서 돈까지 빼 들고 페스에 갔는데, 하미드가 두 사람을 도와주었다는 사실을 알고 격분했다. 하미드는 그의 주먹에 맞아 죽은 거였다. 막내의 장례식이 끝나고, 그는 군주와의 최후의 결전을 준비한다. 그는 평소 막내를 괴롭혔던 동생 나집과 압델 크림에게 자신의 우월한 지위를 이용해 폭력을 행사한다. 그는 마치 군주와의 결투를 연습하는 듯 보인다. 그러나 막내아들을 잃은 어머니가 화려하게 화장하고, 결혼식 때 입는 옷을 입고, 또다시 군주의 아이를 잉태하고 싶어 하는 모습을 보면서, 그는 군주의 손아귀에서 어머니를 빼앗을 수 없음을 깨닫고 분노와 절망을 느낀다. 그는 가족들을 모두 불러 모아 놓고, 군주가 동생을 살해했고, 겉으로는 신정 정치를 실시한다고 하지만, 이슬람 교리를 위반하는 행동을 서슴지 않았다고 폭로한다. 그렇지만, 군주에 예속된 그들은 아무 반응을 보이지 않는다. 오히려 군주는 가족들에게 자신에게 침을 뱉으라고 명령한다. 모두가 그의 권위를 실추시키는 행동을 참여하지만, 그의 명령에 복종함으로써 오히려 그의 권력은 막강해지는 역설적인 무대가 펼쳐진다. 그리고, 군주는 드리스를 집에서 쫓아낸다.

5. 모로코 지배 계급에 대한 반항

들뢰즈는 '소수 문학(littérature mineure)'이란 소수 집단에 의해 창작된 문학이 아니라, 유대인이고 프라하에 살고 있지만, 독일어로 글을 쓴 카프카와 같이, 지배적인 언어 안에서 탈영토화된 언어로 창작된 문학이라고 말한다. 프랑스어로 된 마그레브 문학도 단일성을 추구하는 프랑스 문학에 균열을 일으키는 소수 문학의 한 예라고 할 수 있다. 그의 개념과는 다르지만, 마그레브 프랑스어 문학은 아랍어화를 추구하는 현 마그레브 문학 내에서도 다양성을 표현하고 있다고 할 수 있다. 들뢰즈는 소수 문학의 특징 중 하나로, 이른바 거대 문학에서와 달리 모든 것이 정치적이라는 점을 강조한다. 프랑스 문학과 같이 역사가 오래되고, 위대한 작가들에 의해 대표되는 문학의 경우, 사회적 환경은 대부분 작품의 배경으로만 사용되기 때문에, 개인적인 문제들은 또 다른 개인적인 문제들과 연결되는 경향이 강하다. 그러나 소수 문학의 경우, 대부분 협소한 공간에서 이야기가 진행되기 때문에, 개인적인 문제는 즉시 가족의 울타리를 벗어나 더 큰 차원에서 정치적인 것과 연결된다.『단순한 과거』도 문제들은 대부분 가족 내부에서 아버지와 아들 사이의 개인적인 갈등에서 발생하지만, 그 문제들은 즉시 이슬람 종교 집단의 권위주의와 교조주의, 부와 권력을 장악하고 있는 모로코 기득권 세력의 횡포, 프랑스 식민 통치의 위선적인 정책 등과 연결된다.

군주는 메카 순례를 다녀온 사람이라는 의미의 '핫지'라는 칭호를 달고 있다. 그런 점에서, 그는 곧 이슬람교에 의한 신정 정치를 표방하는 지배 계급을 대표하는 존재다. 그는 매일 다섯 번씩 기도하고, 시간에 맞춰 모스크에 가고, 세정 의식을 지키고, 라마단 기간에는 금식하는 등, 그의 신앙심은 독실한 것처럼 보인다. 그는 가족들에게도 자신과 같이 교리를 따르도록 강요한다. 그런데 그는 메카 대신 카이로와 다마스쿠스의 도박장에서 가서 방탕하게 지냈고, 기도용 카펫 속에는 대마초를 숨겨 놓고 피우고, 성스러운 책들을 꽂아 놓은 책장 뒤에는 고급 술병들을 진열해 놓고, 쿠란의 말씀에 따라 거지에게 적선하기는 하지만, 항상 거친 빵 쪼가리만 주는 등, 그의 실제 행동은 이슬람의 교리와 모순된다. 즉, 그가 속한 계급에 있어 이슬람이란, 군주로서 권력을 유지하고, 계급의 이익을 보전하고, 국민을 예속시키기 위한 도구에 불과한 셈이다.

드리스는 바칼로레아 시험에서 프랑스 공화국의 국시인 자유 평등 박애에 대해 논하라는 문제에, 대신 이슬람의 다섯 가지 의무에 대해 논술하며 모로코 부르주아지의 위선을 직설적으로 비판한다. 그들은 신앙을 고백하지만 교리는 지키지 않고, 남에게 보여 주기 위해서나 아니면 습관적으로 기도하고, 라마단 동안에는 굶주림의 고통을 함께 나누기보다는 낮에는 도박으로 시간을 보내고 밤에는 진수성찬을 먹는다. 그들은 율법의 허점을 이용해 자산을 빼돌려 자비를 베풀지 않고, 단지 메카에 갔다 왔다는 이유만으로 명예와 권력을 얻는다.

그들은 경제적으로나 정치적으로도 막강한 지배력을 가지고 있다. 페스 출신인 드리스의 아버지는 프랑스 식민 통치 시기에 상업으로 성장한 카사블랑카에 정착했다. 그는 프랑스의 보호령 체제와 결탁해 막대한 부를 축적한 특권 계급을 대표한다. 군주의 차 사업은 위기에 빠졌고, 파산에 직면했었다. 그렇지만 그와 그의 동료들은 프랑스 총영사관의 보호를 받으며, 차를 사재기해서 가격을 올려 폭리를 취했다. 그들은 파산을 모면했을 뿐 아니라 많은 이익을 얻을 수 있었다. 그리고 그렇게 번 돈으로 도시 주변 토지를 매입해 미래를 준비했다. 그런 점에서, 드리스가 건달들과 함께 아버지의 곡물 창고를 약탈해서 나눠 주는 행위는, 경제적 특권층이 부당하게 취득한 부를 정당하게 분배하는 행위라고도 볼 수 있다.

6. 서양 문명에 대한 환멸

드리스의 이상은 프랑스 학교에서 형성되었다. 그는 혁명, 자유, 평등, 박애, 민주주의 등에 매혹되었고, 모로코에 그 가치들을 도입해서 근대화하고자 했다. 그러기 위해서는, 권력을 가진 계급에 저항하고 투쟁해야 했다. 가족 내부에서 그 대상은 바로 아버지였다. 그는 전통적 가치를 체화하고 있는 군주를 비판했다. 그는 서양 문화를 수용해 터키를 근대화했던 케말 파샤를 언급하면서, 군주에게 이슬람교와 일상을 분리하고, 가부장적인 독재를 포기하고 민주적으로 의사소통할 것을 요구했다. 그는 권력에 대한 복종이 아니라 자유를 요구했다. 그는 청년 세대를 대표해서 특권 계층에 대해 서구식 근대화와 민주주의를 요구한 것이라고 할 수 있다.

그런데 집에서 쫓겨난 이후, 드리스는 완벽한 이상이라고 믿었던 서양 문명에 대해 회의하기 시작한다. 그는 진짜 형제들이라고 믿었던 친구들이 자신을 도와주리라 믿었지만, 그것은 착각이었다. 그들은 군주를 두려워했다. 자신들의 미래 경력에 악영향이 있을까, 아버지의 사업에 손해가 있을까, 이런저런 핑계를 대며 친구들은 모두 드리스를 집에 재워 주지 않는다. 그는 결국 자신이 아랍인도 아니고, 프랑스인도 아닌, 그 어느 곳에도 속하지 못한 존재였을 뿐이라는 사실을 깨닫게 된다. 드리스가 자신의 진짜 아버지라고 여겼던 로슈 선생님조차 그를 거부한다. 로슈 선생님은 자신은 코스모폴리탄이기 때문에 모든 곳이 집이니 그를 재워 줄 이유가 없다는 궤변을 늘어놓는다. 로슈 선생님은 "우리 프랑스인들은 너희 아랍인들을 문명화하는 중"이라는 식민주의 담론을 그대로 반복하면서, 드리스를 동등한 존재로 대하지 않는다.

드리스는 한때 프랑스인처럼 되기 위해서 이슬람교를 버리고 기독교로 개종할 생각까지 했었다. 그는 프랑스어와 프랑스 문화를 습득한 아랍 청년으로서 정체성과 관련된 자신의 고통을 블로 신부에게 고백했다. 그는 프랑스인이 될 수만 있다면, 기독교의 똥간이라도 치우는 청소부라도 되려고 했었다. 그렇지만 신부는 자신을 방어하기 위해서 대화를 중단했다. 결국, 드리스는 상상 속에서 진짜 아버지, 진짜 형제, 심지어 진짜 종교의 대변자라고까지 생각했던 모두가 다 '위선자'에 불과했다는 사실을 깨닫는다. 우정, 자유 평등 박애, 아나키즘, 혁명, 구원 …… 이 매혹적인 말들은 그들만을 위한 것이고, 그는 그들의 원 밖에서 들어온 이방인이었다. 그는 자신이 순진했고, 어리석었고, 유치했고, 아무런 능력도 없는 불쌍한 고깃덩어리에 불과할 뿐이라고 자책한다. 그는 바칼로레아에 합격해, 프랑스로 건너가 대학에 입학할 수 있는 자격을 획득했지만, 그에게 남은 선택지는 군주의 집으로 다시 돌아가는 것뿐이었다.

7. 아버지와 화해, 또는 휴전

집에 돌아온 드리스는 어머니가 자살했다는 사실을 알게 된다. 가족 로맨스의 구조 속에서 보자면, 상상 속의 아버지인 로슈 선생님은 불신의 대상이 되었고, 아버지로부터 빼앗기를 그토록 원했던 어머니는 이제 세상에 존재하지 않게 되었다. 환상의 세계는 무너졌고, 군주의 성채는 더욱 높고 단단해 보인다. 드리스는 자신의 도전이 실패했음을 인정한다. 그는 아버지에게 "반항했지만, 그 반항을 그 어떤 곳에도 사용할 능력이 없다는 것을 스스로 고백"한다.

마지막 장에서 드리스와 아버지는 긴 대화를 나눈다. 군주는 아인 디아브에 있는 농장에서 드리스와 둘만의 시간을 보내면서, 자신의 속내 이야기를 털어놓는다. 그는 더 이상 과인이라는 칭호를 사용하지 않고, 둘이서 커다란 화분에 발을 담그고 더위를 식히면서, 아버지와 아들로서, 남자 대 남자로서 그동안 하지 못했던 이야기를 털어놓는다. 그는 가난한 집안의 큰형으로 태어나 가족들을 위해 어떻게 희생하며 경제적으로 자립했는지, 어떻게 어머니를 만나 결혼을 했는지, 그리고 왜 어머니에게 그렇게 대할 수밖에 없었는지 차례차례 이야기한다. 그는 자신이 자식들에게 엄격하게 대했지만, 사실은 사랑했기 때문이라고 말한다. 그는 이렇게 말한다. "남자가 첫 번째 사랑하는 사람은 자기 자신이다. 그러나 아이가 생기면, 그는 아이들이 모든 면에서 자신보다 낫기를 그 무엇보다도 소망한다." 그리고 그중에 가장 사랑한 아이가 바로 드리스였다.

군주는 시대의 변화를 잘 파악하고 있었다. 드리스를 프랑스 학교에 보낸 것도 그의 치밀한 계획이었다. 프랑스의 식민지인 모로코는 경제적으로 발전할 것이고, 그와 다른 부자들은 상업을 독점하고, 토지를 선점하고, 막대한 자산을 축적할 것이다. 그는 "알라의 이름으로 판단하고, 무함마드의 이름으로 사유"하는 시대를 살며 인정사정없이 돈을 벌었다. 그렇지만, 그는 새 시대에는 축적한 "자산을 단단하게 만들기 위해 변호하고, 소송해야 할 것"이라 예상했다. 바로 그 목적을 위해서 그는 드리스를 프랑스 학교에 보내 서양 문화를 배우게 했다.

드리스는 마치 반항했던 것을 뉘우치고 그 뜻을 이해한다는 듯이, 고분고분하게 아버지의 말을 듣는다. 그는 모로코를 떠나려면, 결국 아버지의 도움이 필요하다는 것을 인식하고, 훗날을 위해 반항의 칼날을 잠시 접었을 뿐이다. 그는 아버지가 자신을 믿고, 프랑스에 보내 주는 날을 손꼽아 기다린다. 그는 파리를 향하는 비행기 안에서 되뇐다. "나 자신을 단련시킬 것이다." 그는 프랑스에서 과학과 기술과 논리적 사유와 근대적 가치들을 습득하고, 다시 모로코로 돌아와서, 군주에게 제대로 반항할 것을 다짐한다.

8. 『단순한 과거』 그 이후

드리스 슈라이비가 『단순한 과거』 이후 발표한 소설들은 이 첫 번째 작품의 연장선에 놓여 있다. 앞에서 언급한 『당나귀』의 서문에서 밝혀 놓은 것처럼, 주인공의 성장 과정에 따라 각각의 소설들이 단계별로 그 변화를 보여 주고 있다. 특히 자전적인 관점에서 볼 때, 『단순한 과거』, 『숫염소들』, 그리고 『열린 계승』은 '반항의 3부작'을 구성한다고 할 수 있다.

『숫염소들』에 등장하는 주인공 얄란 왈딕(Yalann Waldik)은 알제리 카빌리 출신의 이주 노동자다. 전작과 달리 이름도 다르고, 알제리 출신이기도 하지만, 글을 쓰는 작가라는 공통점이 있다. 드리스 슈라이비는 주인공을 통해, 그가 프랑스에 정착해서 경험하고 느낀 바를 표현한다. 그는 파리 외곽에서 마그레브 이주 노동자들과 같이 생활하며 그들이 겪는 고통을 함께 나눴다. 그는 한 인터뷰에서 10년 넘게 프랑스에 사는 동안, "자유 평등 박애의 나라에서 우리들의 영혼이 피를 흘리는" 것을 보았다고 말한다. 그가 모로코를 떠나며 가지고 있었던 프랑스에 대한 환상은 냉혹한 현실 앞에서 산산조각이 났다. 그는 이 작품에서 『단순한 과거』 이후 프랑스에서 느꼈던 서양 문명에 대한 환멸과 분노를 폭발시킨다.

아버지가 세상을 뜬 뒤, 드리스 슈라이비는 『열린 계승』을 집필하며, 단절되었던 과거와의 대화를 시작한다. 이 소설에는 『단순한 과거』의 주인공과 아버지가 다시 등장한다. 어머니는 여전히 생존해 있고, 동생 하미드는 존재하지 않는 인물처럼 보이지만, 이 소설이 『단순한 과거』의 뒤를 잇고 있다는 점은 분명하다. 주인공 드리스는 서양 문명에 환멸을 느끼며 16년째 프랑스에 살고 있다. 모로코가 독립하고 얼마 되지 않은 무렵, 그는 아버지가 사망했다는 전보를 받고 고향으로 돌아간다. 무자비한 폭군이었던 군주의 이미지는 전통의 수호자로 복권된다. 아버지의 죽음은 이슬람 전통을 지켰던 세대의 소멸을 상징적으로 보여 주는 것이기에, 드리스를 포함한 아들들에게는 과거와 미래에 대해 성찰하는 계기가 된다. 그는 고향으로 돌아가 정착하는 것을 잠시 생각하기도 한다. 그렇지만, 이미 오랜 시간이 흘렀는데, 과거로 되돌아가는 것이 어떤 의미가 있는지 의문을 던지며 다시 프랑스로 돌아간다. 아버지 세대가 남긴 유산의 계승 방법은 자식들에게 다양한 방식으로 열려 있게 된다.

이러한 변화를 두고, 나이가 들며 성숙해 가는 변증법적인 과정이라고 말할 수 있을 것이다. 드리스 슈라이비는 서양의 근대적 가치관에 근거해 이슬람 문명을 대표하는 아버지에게 반항했고, 프랑스에 정착한 다음에는 반대로 마그레브 이주자들을 차별하고 착취하는 서양 문명에 반항했고, 그다음 두 경험을 종합해서 동양과 서양의 이분법을 거부하고, 지리적으로 더 넓고 역사적으로 더 깊은 관점에서 유럽과 마그레브를 아우르고 있다. 그렇지만 독자의 뇌리에 남아 있는 것은 바로 그가 『단순한 과거』에서 보여 주었던 반항이다. 비록 과장되고 순진해 보일 수도 있지만, 모든 억압과 위선에 대한 한 청년의 반항은, 타하르 벤 젤룬이 말한 것처럼 카뮈의 『이방인』에 버금가는 충격이었다.

판본 소개

『단순한 과거(*Le passé simple*)』는 1954년 프랑스의 드노엘 (Denoël) 출판사에서 처음 출판되었다. 이후 1977년 같은 출판사 에서 문고판이 출간되었다. 1986년 갈리마르(Gallimard) 출판사 의 폴리오(folio) 총서에서 문고판으로 재출간되었다. 본 번역은 갈리마르의 판본을 대본으로 삼았고, 초판본과 그 이후 나온 문고 판을 참조했다.

드리스 슈라이비 연보

1926   7월 15일 모로코의 마자간(현 지명은 엘 자디다)에서 태어남. 그의
       아버지 핫지 파트미 슈라이비는 페스 출신으로 자수성가한 상인이
       었음.

1928~1931   페스와 라바트에 있는 쿠란 학교에 기숙함

1932~1938   민족주의자들이 라바트에 설립한 사립학교인 게수(École
           M'hammed Guessous)에 입학해 1년간 기숙함. 이후 프랑스 학교
           에 다니며 초등 교육을 마침.

1939~1946   카사블랑카에 있는 프랑스 학교인 리요테 고등학교(Lycée
           Lyautey)에서 중등 교육을 마치고, 프랑스로 건너가 화학을 전공함

1950   졸업 후 엔지니어 자격증을 획득했지만, 잡일을 하며 문학에 몰두
       함

1954   『단순한 과거』 출간. 조국 모로코를 배신한 자로 낙인찍혀 유배 생
       활을 시작함.

1955   『숫염소들Les Boucs』 출간. 프랑스 내 아프리카 이민자들의 헐벗
       은 현실을 증언함.
       카트린 비르켈(Catherine Birckel)과 결혼. 슬하에 다섯 명의 자녀

를 둠.

1956 모로코 독립.

『당나귀*L'Âne*』 출간. 아프리카 국가들이 독립하던 시기, 냉철한 관점에서 그 미래를 조망함.

라디오 프랑스 방송 프로그램 제작에 참여함. 은퇴할 때까지 약 30년 동안 문학 활동과 언론 활동을 병행함.

1957 아버지 사망. 과거와 새로운 대화를 시작하는 계기가 됨.

1958 단편 모음집 『모든 지평선에서*De tous les horizons*』 출간

1961 『군중*La Foule*』 출간

1962 『열린 계승*Succession ouverte*』 출간. 고향을 떠났던 아들 드리스가 아버지가 사망한 뒤 돌아와 과거와 대화하며 새로운 관계를 정립하는 과정을 그림.

1967 『친구가 당신을 보러 올 것이다*Un ami viendra vous voir*』 출간

1970 캐나다 퀘벡의 라발 대학에서 마그레브 문학을 가르침

1972 『문명, 나의 어머니*La Civilisation, ma Mère!...*』 출간. 어머니의 이야기를 통해서 모로코의 여성 문제를 다룸.

1975 『캐나다에서 죽다*Mort au Canada*』 발표

1978 스코틀랜드 출신 시나 맥컬리온(Sheena McCallion)과 재혼. 슬하에 다섯 명의 자녀를 둠.

1981 『고향에서의 수사*Une enquête au pays*』 발표. 알리 형사가 등장하는 첫 번째 소설이자 베르베르 3부작의 첫 번째 작품.

1982 『봄의 어머니*La Mère du printemps*』 발표. 베르베르 3부작 중 두 번째 작품. 천 년이 넘는 역사를 담은 소설.

1986 『새벽에 태어나다*Naissance à l'aube*』 발표. 베르베르 3부작 중 마지막 작품.

1986~1988 입국 금지가 해제되어 부인과 함께 모로코로 돌아와 체류함

1991 『알리 형사*L'inspecteur Ali*』 발표. 제목과 달리 추리소설이 아니라, 동명의 추리소설을 쓰는 작가의 이야기를 담은 메타픽션.

1992   프랑스 남부, 드롬(Drôme)에 있는 작은 마을인 크레스트(Crest)에 정착

1993   알리 형사가 등장하는 본격적인 추리소설 『양지바른 곳*Une place au soleil*』 발표

1994   예언자 무함마드의 이야기를 담은 소설 『쿠란의 남자*L'Homme du Livre*』 발표

1996   『알리 형사 트리니티 컬리지에 가다*L'Inspecteur Ali à Trinity College*』 발표

1997   『알리 형사와 CIA *L'Inspecteur Ali et la C.I.A.*』 발표

1998   첫 번째 회고록 『보았노라, 읽었노라, 들었노라*Vu, lu, entendu.*』 발표

2001   두 번째 회고록 『이웃 세계*Le Monde à côté*』 발표

2004   그의 마지막 작품이자, 알리 형사 시리즈를 마감하는 『과거에서 온 남자*L'Homme qui venait du passé*』 발표

2007   4월 1일 크레스트에서 81세의 나이로 세상을 뜸. 그의 뜻에 따라 카사블랑카에 있는 아버지의 묘 옆에 묻힘.

새롭게 을유세계문학전집을 펴내며

을유문화사는 이미 지난 1959년부터 국내 최초로 세계문학전집을 출간한 바 있습니다. 이번에 을유세계문학전집을 완전히 새롭게 마련하게 된 것은 우리가 직면한 문화적 상황에 적극적으로 대응하기 위해서입니다. 새로운 을유세계문학전집은 세계문학의 역할이 그 어느 때보다 중요해졌다는 인식에서 출발했습니다. 오늘날 세계에서 타자에 대한 이해는 우리의 안전과 행복에 직결되고 있습니다. 세계문학은 지구상의 다양한 문화들이 평등하게 소통하고, 이질적인 구성원들이 평화롭게 공존할 수 있는 문화적인 힘을 길러 줍니다.

을유세계문학전집은 세계문학을 통해 우리가 이런 힘을 길러 나가야 한다는 믿음으로 만들어졌습니다. 지난 5년간 이를 준비하기 위해 많은 노력을 기울였습니다. 세계 각국의 다양한 삶의 방식과 문화적 성취가 살아 있는 작품들, 새로운 번역이 필요한 고전들과 새롭게 소개해야 할 우리 시대의 작품들을 선정했습니다. 우리나라 최고의 역자들이 이들 작품 속 한 문장 한 문장의 숨결을 생생히 전하기 위해 심혈을 기울였습니다. 또한 역자들은 단순히 번역만 한 것이 아니라 다른 작품의 번역을 꼼꼼히 검토해 주었습니다. 을유세계문학전집은 번역된 작품 하나하나가 정본(定本)으로 인정받고 대우받을 수 있도록 최선을 다했습니다. 세계문학이 여러 경계를 넘어 우리 사회 안에서 주어진 소임을 하게 되기를 바라며 을유세계문학전집을 내놓습니다.

을유세계문학전집 편집위원단(가나다 순)
김월회(서울대 중문과 교수)
김헌(서울대 인문학연구원 교수)
박종소(서울대 노문과 교수)
손영주(서울대 영문과 교수)
신정환(한국외대 스페인어통번역학과 교수)
정지용(성균관대 프랑스어문학과 교수)
최윤영(서울대 독문과 교수)

을유세계문학전집

을유세계문학전집은 계속 출간됩니다.

을유세계문학전집 연표